Böğürtlen Kışı

SARAH JIO

İngilizceden Çeviren
Duygu Parsadan

ARKADYA

Sevgili Okurlar,

Bir senedir hikâyelerimi okuyan Türk okurlardan güzel haberler almak benim için bir zevkti. Hikâyelerimin içinde kendinizi bulduğunuzu, karakterlerin sizi derinden etkilediğini bilmek beni çok mutlu etti. Bir yazar olarak benim için bundan daha özel ve güzel bir hediye olamaz.

Şimdi de yeni romanım Böğürtlen Kışı ile size buradan, Seattle'daki evimden merhaba diyebilmenin heyecanını ve memnuniyetini yaşıyorum. Umarım bu hikâyeyi de en az diğerleri kadar çok seversiniz. Yorumlarınızı duyabilmek için sabırsızlanıyorum.

Kucak dolusu sevgiler ve keyifli okumalar,
Sarah Jio

Oğullarım Carson, Russell ve Colby ile onların çok sevgili oyuncak hayvanlarına; eski püskü bir ayıcık, yırtık pırtık üç zürafa ve küçük, çizgili bir kaplan. Sizin anneniz olmak, hayatımın en büyük mutluluğu.

Ve dünyanın her yerindeki annelere – özellikle de çocuğuna veda etmek zorunda kalmış olanlara…

Birinci Bölüm

Vera Ray

Seattle, Mayıs 1933

Döşeme tahtalarını yalayan soğuk bir rüzgârla birlikte titreyerek gri, yün hırkama sıkıca sarındım. Onun da sadece bir düğmesi kalmıştı. Tanesi beş sente yenilerini alıp dikmeyi düşünmek saçma olurdu. Hem zaten bahar gelmişti. Yoksa gelmemiş miydi? İkinci katın penceresinden dışarı göz atarak uğuldayan rüzgârı dinledim. Oldukça hiddetli bir rüzgârdı bu. Yaşlı kiraz ağacının dalları, binanın duvarına bir kırbaç gibi öylesine sert çarpıyordu ki bir sonraki darbede camı kırabileceğinden korkarak yerimden sıçradım. Fakat tam da o sırada beklenmedik bir görüntü, beni bir anlığına endişelerimin arasından çekip çıkardı. Tozpembe çiçekler, havada dönerek uçuşuyordu. Bir iç geçirerek kendi kendime gülümsedim. *Tıpkı kar gibi.*

"Anne?" diye seslendi Daniel tiz bir sesle, yorganın altından. Yırtık pırtık, mavi yorganı aşağı çekerek Daniel'ın o güzel, yuvarlak yüzüne ve uçları hâlâ kıvırcık olan sarı saçlarına baktım. *Bebeklik saçları.* Tombul, al yanakları ve yürek hoplatan mavilikteki iri gözleriyle üç yaşında, bebeklik ile çocukluk arasında bir yerdeydi. Uyuduğunda ise tıpkı doğduğu günkü gibi görünüyordu. Bazen parmak uçlarıma basarak, sabahın erken saatlerinde odasına giriyor ve tek kulağı kopuk, boynunda eski püskü, mavi kadife papyonu olan kahverengi ayıcığına sarılmış bir halde uyuyuşunu seyrediyordum.

"Ne oldu, tatlım?" diye sordum, küçük, ahşap yatağının yanına diz çökerek. Ardından pencereden dışarıya, şiddetini arttırmış olan rüzgâra göz attım. *Ben nasıl bir anneyim ki onu bütün gece burada, tek başına bırakıyorum?* Bir iç çektim. *Başka bir seçeneğim var mı?* Caroline gece vardiyasında çalışıyordu. Ayrıca Daniel'ı bir daha otele götüremezdim. Özellikle de Estella geçen hafta onu dokuzuncu kattaki çatı katı süitinde uyurken bulduğunda yaşananlardan sonra. Daniel'ı sanki un kavanozuna giren bir mutfak faresiymiş gibi sıcacık yorganın altından çıkarıp dışarı kovalamıştı. Bu olay Daniel'ı son derece korkuttuğu kadar benim de neredeyse işime mal oluyordu. Derin bir nefes aldım. Hayır, biricik oğlum burada, yatağında, sıcak ve güvende olacaktı. Kapıyı kilitleyecektim. Apartmanın duvarları inceydi ama kapısı oldukça dayanıklıydı. Maun bir kapısı ve iyi, pirinçten bir kilidi vardı.

O anda hızlı ve ısrarlı bir şekilde çalmaya başlayan kapı, ikimizin de irkilmesine neden oldu. Daniel yüzünü buruşturdu. "Yine o mu, anne?" diye sordu fısıltıya benzeyen bir sesle. "*Kötü* adam mı?"

Korkumu gizlemeye gayret ederek Daniel'ın alnına bir öpücük kondurdum. "Merak etme, hayatım," dedim ayağa kalkarak. "Muhtemelen Caroline teyzendir. Sen burada kal. Ben gidip bakayım."

Merdivenleri indikten sonra, bir an için oturma odasında donakalarak ne yapacağıma karar vermeye çalıştım. Kapının ısrarlı çalışı, gittikçe daha gürültülü ve öfkeli bir hal alıyordu. Kapıdakinin kim olduğunu ve ne istediğini biliyordum. Cüzdanıma bir göz attım, içinde bir, belki de iki dolardan fazla paranın olmadığını biliyordum. Kirayı üç hafta önce ödemem gerekiyordu ve Bay Garrison'ı bahanelerle oyalayıp duruyordum. Peki ya şimdi ne diyecektim? Son maaş çekimi de yiyeceklere ve zavallı oğlum Daniel için yeni bir çift ayakkabıya harcamıştım. Gittikçe büyüyen ayaklarının o küçücük terliklerin içine sığmasını bekleyemezdim.

Tak. Tak. Tak.

Kapıdaki ses, kalp atışlarımı yansıtıyordu adeta. Korkmuş ve kapana kısılmış hissediyordum. Daire, bir kafesi andırıyordu. Etrafımdaki duvarlar paslı tellere benziyordu. *Ne yapacağım ben?* İstem dışı bir hareketle bileğime baktım. Daniel'ın babası, şimdiye dek gördüğüm en zarif şey olan bu üç safirle işlenmiş altın bilekliği bana hediye ettiğinden beri onun üzerine titremiştim. O gece, Olympic Otel'de siyah elbiseli ve beyaz önlüklü bir hizmetçi değil, bir misafirdim. Küçük mavi kutuyu açıp, bilekliği bileğimin üzerinde sallandırdığında, kendimi ilk kez böylesine şık şeyler takmak için dünyaya gelmiş biri gibi hissetmiştim. Gerçi sonrasında bu düşüncelerin ne kadar saçma olduğunu anlamıştım. Kapı çalmaya devam ederken gözlerimi sıkıca kapattım. Bilekliğimin kopçasını açmaya kalkıştığım sırada başımı iki yana salladım. Hayır, bunu ona vermeyecektim. Bu kadar kolay vazgeçmeyecektim. Onun yerine kolumdaki bilekliği biraz yukarıya çekerek, elbisemin altına sakladım. Başka bir yol bulacaktım.

Derin bir nefes alıp yavaşça kapıya doğru yürüdüm ve isteksizce kilidi açtım. Menteşeleri gıcırdayarak açılan kapının ardından koridorda bekleyen Bay Garrison göründü. Bay Garrison hem boy hem de en olarak irice bir adamdı. Daniel'ın ondan neden korktuğunu anlamak zor değildi. Sert yüzü neredeyse tamamen gri, bakımsız bir sakalla kaplıydı. Sakalının arasından yalnızca çiçekbozuğu yanakları ve koyu renkli, zalim bakışlı gözleri görünüyordu. Alkol kokan ekşi nefesi, alt kattaki tavernadan geldiğini belli ediyordu. Katı alkol yasağı dönemi henüz sona ermemişti, fakat kasabanın bu tarafındaki çoğu polis içki içenleri görmezlikten geliyordu.

"İyi akşamlar, Bay Garrison," dedim elimden geldiğince nazik bir şekilde.

Bay Garrison kocaman, çelik burunlu çizmeleriyle kapı eşiğinden içeri adım atarak yavaşça bana doğru yaklaştı. "Formaliteleri bir kenara bırak," dedi. "Param nerede?"

"Lütfen... Özür dilerim, bayım," diye söze başladım kekeleyerek. "Kirayı geciktirdiğimi biliyorum. Bizim için çok zor bir ay oldu ve--"

Bay Garrison duygudan yoksun bir sesle, "Bu hikâyeyi geçen hafta anlatmıştın," diyerek sözümü kesti. Ardından yanımdan geçip mutfağa giderek fırından yeni çıkardığım küçük, somun ekmeği aldı. *Akşam yemeğim...* Buzdolabını açıp tereyağı bulamayınca ise kaşlarını çattı. "Bir kez daha soracağım," diye devam etti, ağzı ekmekle dolu bir şekilde gözlerini kısarak. "Param nerede?"

Kolumdaki bilekliği sıkıca kavrayarak, gözlerimi Bay Garrison'ın arkasındaki süpürgelikleri eskimiş ve boyası dökülmüş duvara diktim. *Ona ne söyleyebilirim ki? Ne yapabilirim?*

Bay Garrison, gırtlaktan gelen derin bir kahkaha patlattı. "Tıpkı düşündüğüm gibi," dedi. "Tam bir yalancı."

"Bay Garrison, ben–"

Gözlerini üzerime sabitleyen Bay Garrison, ekşi nefesinin kokusunu alana ve sakalının sertliğini yüzümde hissedene dek bana yaklaştı. Tam da ondan sakladığım bilekliğim elbisemin kolundan aşağı kaydığı sırada, bileğimi sıkıca yakaladı. "Böyle olacağını tahmin etmiştim," dedi, ardından iri ve kaba eliyle hırkamı çekip elbisemin üst kısmından sıkıca tuttu. Sonra da işaret parmağıyla düğmelerimden birini çekiştirmeye başladı. "Şanslısın ki cömertliğim üzerimde. O yüzden bana *farklı* bir şekilde ödeme yapmana izin vereceğim."

Bir adım gerilediğim sırada, merdivenlerden gelen ayak seslerini duydum. "Anne?"

"Daniel, yatağına dön, tatlım," diye seslendim, elimden geldiğince sakin olmaya çalışarak. "Hemen geleceğim."

"Anne," dedi Daniel tekrar, bu kez ağlamaya başlamıştı.

"Ah, tatlım," dedim, hissettiğim korkunun sesimden belli olmaması için dua ediyordum. "Her şey yolunda. Yemin ederim. *Lütfen* yatağına dön."

Daniel'ın bu olanları görmesine ya da daha kötüsü, Bay Garrison'ın onu incitmesine izin veremezdim.

"Anne, korkuyorum," dedi Daniel, yüzünü gömdüğü oyuncak ayısının bastırdığı sesiyle.

Bay Garrison, boğazını temizleyerek paltosunu düzeltti. "Pekâlâ, mademki şunun çenesini kapatamıyorsun," diye bağırdı, yüzünde şeytani bir gülümsemeyle Daniel'ı kastetmişti. "Öyleyse geri gelmek zorunda kalacağım. Ama emin ol ki *geleceğim.*" Daniel'a sanki bir evcil hayvan, bir baş belasıymış gibi bakmasından hoşlanmamıştım. Ardından bakışlarını yeniden bana çevirerek, sanki tavada cızırdayan kalın bir dilim biftekmişim gibi beni süzdü. "Ve ödememi alacağım."

Bay Garrison kapıdan çıkarken süklüm püklüm bir şekilde başımı salladım. "Anladım, Bay Garrison." Ayak sesleri koridorda uzaklaşırken, kapıyı kapatarak sürgüledim. Daniel'ın yanına dönmeden önce derin bir nefes alıp rahatlamaya çalışarak, yanağımdan süzülen bir damla gözyaşını sildim.

"Ah, Daniel," dedim, merdivenlerin tepesine koşup onu kollarıma alarak. "Korktun mu, hayatım? Korkma. Annen burada. Endişelenecek bir şey yok."

"Ama o adam," dedi burnunu çekerek, "kötü biri. Sana bir şey yaptı mı, anne?"

"Hayır, tatlım," diye yanıt verdim. "Annen buna izin vermez."

Bilekliğimin kopçasını açıp avucuma aldım.

Daniel şaşkın bir şekilde bana baktı. Onun iri ve masum gözlerini incelerken, ikimiz için de her şeyin farklı olabilmesini diliyordum. "Annen bu bilekliği çok seviyor, bir tanem. Sadece onu güvende tutmak istiyorum."

Daniel bir süreliğine düşündü. "Kaybetmemek için mi?"

"Aynen öyle." Ayağa kalkarak elini tuttum. "Onu *gizli yere* koyması için annene yardım eder misin?"

Daniel başını olumlu anlamda sallayınca, ayağa kalkıp merdivenlerin aşağısındaki küçük gömme dolaba yürüdük. Bir şapka kutusundan daha büyük olmayan bu yeri, Daniel bir sabah oyun oynarken keşfetmişti ve bu özel bölmenin gizli yerimiz olmasına karar vermiştik. İçinde Daniel'ın sakladığı kıymetli hazineleri vardı; sokakta bulduğu mavi bir kuş tüyü, pürüzsüz taşlarla ve diğer ıvır zıvırlarla doldurduğu bir sardalya kutusu, bir kitap ayracı, parlak, beş sentlik bir madeni para, güneş yüzünden bembeyaz olmuş bir istiridye kabuğu. Ben de güvende durmaları için onun doğum belgesini ve diğer evrakları buraya tıkıştırmıştım. Ve şimdi de bilekliğimi saklıyordum.

"İşte," dedim, dolabın küçük kapağını kapatıp hiçbir iz yeri olmamasına hayretle bakarak. Bölme, merdivenlerin ahşap kaplamalarına karışarak mükemmel bir uyum sağlıyordu. Daniel'ın onu nasıl keşfettiğini hiç bilemeyecektim.

Daniel, başını göğsüme yasladı. "Şarkı söyleyecek misin, anne?"

Başımı evet dercesine salladım ve alnına düşen sarı saçlarını kenara iterek, babasına ne kadar çok benzediğine hayret ettim. *Keşke Charles burada olsaydı.* Sonra da bu hayali çabucak aklımdan çıkararak şarkı söylemeye başladım. Dudaklarımdan dökülen kelimeler, ikimizi de yatıştırmıştı.

Söylediğim dört şarkı, Daniel'ın gözkapaklarının ağırlaşmasına yetmişti. Onu tekrar yatağına taşıyıp, yorganını yeniden üzerine çektim.

Siyah elbisem ile beyaz önlüğüme göz gezdiren Daniel'ın yüzünde endişeli bir ifade belirmişti. "Gitme, anne."

Çenesini okşadım. "Sadece kısa bir süreliğine, tatlım," dedim iki yanağını da öperek. Dudaklarıma değen yanakları yumuşak ve soğuktu.

Daniel, bebekliğinden beri yaptığı gibi yüzünü ayıcığına gömerek burnunu, ayıcığının düğmeden burnuna bastırdı. "İstemiyorum." Üç yaşındaki aklıyla doğru kelimeleri seçmeye çalışarak durakladı. "Gittiğin zaman korkuyorum."

"Biliyorum, hayatım," dedim, gözyaşlarıma hâkim olmaya çalışarak. "Ama gitmek zorundayım. Çünkü *seni seviyorum*. Bir gün bunu anlayacaksın."

"Anne," diye devam etti Daniel, pencerenin ardına bakarak. Rüzgâr hızını iyice arttırmıştı. "Eva geceleri hayaletlerin çıktığını söylüyor."

Gözlerimi iri iri açtım. Caroline'in kızı, üç buçuk yıldır zihnini kurcalayan hayaller üretip duruyordu. "Eva sana başka neler anlatıyor, canım?"

Daniel, sanki bir cevap verip vermemeyi düşünüyormuş gibi durakladı. "Şey," dedi temkinli bir şekilde, "bazen oyun oynarken insanlar bize bakıyor. Onlar hayalet mi?"

"Kimler, tatlım?"

"O kadın."

Daniel ile göz göze gelebilmek için dizlerimin üzerine çöktüm. "Hangi kadın, tatlım?"

Daniel yüzünü buruşturdu. "Parktaki kadın. Onu sevmiyorum, anne. Tüyleri var. Yoksa bir kuşa mı zarar vermiş? Ben kuşları seviyorum."

"Hayır, bir tanem," dedim, Caroline ile Eva'nın hikâyeleri hakkında konuşmaya karar vererek. Daniel'ın son zamanlardaki kâbuslarının temelinde, bu hikâyelerin olduğundan şüpheleniyordum.

"Daniel, annen sana yabancılarla konuşmak hakkında ne söylemişti?"

"Ama onunla konuşmadım ki," dedi gözlerini iri iri açarak.

Saçlarını okşadım. "Aferin sana."

Daniel başını olumlu anlamda salladı ve bir iç çekerek başını yeniden yastığına yasladı. Oyuncak ayısını Daniel'ın kolunun altına yerleştirdim. "Bak, yalnız değilsin," dedim, sesimin titremesine engel olamamıştım. Daniel'ın bunu fark etmemiş olmasını umuyordum. "Max burada, yanında."

Daniel yüzünü tekrar ayıcığına bastırdı. "Max," dedi gülümseyerek.

"İyi geceler, hayatım," diyerek kapıya doğru döndüm.

"İyi geceler, anne."

Kapıyı sessizce kapattıktan sonra, Daniel'ın boğuk bir sesle, "Bekle!" dediğini duydum.

"Efendim, tatlım?" dedim başımı kapıdan içeri uzatarak.

"Max'i öpmeyecek misin?"

Tekrar yatağın yanına yürüyerek dizlerimin üzerine çöktüm. Daniel, ayıcığı dudaklarıma bastırdı. "Seni seviyorum, Max," diye fısıldadım yeniden kapıya yönelirken. "Seni de seviyorum, Daniel. Hem de tahmin bile edemeyeceğin kadar."

Parmak uçlarıma basarak alt kata indim ve şömineye bir kütük daha yerleştirdim. Sonra da içimden dua ederek dışarı çıkıp, kapıyı ardımdan kilitledim. Sadece tek bir mesaiydi. Güneş doğmadan evde olacaktım. Tekrar kapıya doğru döndüğüm sırada başımı iki yana sallayarak kendimi avuttum. Tek yol buydu. Daniel güvende olacaktı. Güvende ve sağ salim.

İkinci Bölüm

CLAIRE ALDRIDGE

Seattle. 2 Mayıs. günümüz

Gözlerimi açar açmaz elimle karnıma bastırdım. İşte, yine karnımdaki o berbat sancı. Doktor Jensen bunu ne diye adlandırmıştı? Evet, *hayalet ağrı* –bedenimin travma anılarıyla ilgili bir şey. Hayalet ya da değil, öylece yatıyor ve son bir yıldır her sabah beni karşılayan o tanıdık ağrıyı hissediyordum. Anılarımı kabullenmek için bir süre durakladım. Sabahları saatin alarmı her çaldığında yaptığım gibi, yataktan nasıl kalkabildiğime, nasıl giyindiğime, kısacası tek yapmak istediğim bir top gibi kıvrılıp uyku ilacı alarak tüm hislerimi yok etmekken, nasıl normal bir insan gibi davranabildiğime hayret ediyordum.

Gözlerimi ovuşturup kısık gözlerle saate baktım; Sabah 05:14. Yattığım yerde kımıldamadan, on dördüncü kattaki dairemizin dışında şiddetini arttıran rüzgârı dinledim. Sonra da ürpererek kuştüyü yorganı boynuma kadar çektim. Ancak o bile soğuğu kesmeye yetmiyordu. *Neden bu kadar soğuk?* Ethan termostatı kısmış olmalıydı -bir kez daha.

"Ethan?" diye fısıldadım, kolumu büyük yatağın onun yattığı tarafına uzatarak. Fakat çarşaf soğuk ve sertti. Yine işe erken gitmişti.

Ayağa kalkıp yatağın yanındaki mavi-beyaz çizgili sandalyede asılı olan sabahlığımı aldım. Sonra da ısrarla çalan telefon yüzünden oturma odasının yolunu tuttum. Dairenin pencereleri, aşağıdaki Seattle Pike Place Pazarı'ndan ve sürekli gidip gelen vapurlarıyla Elliott Körfezi'nden bir manzara sunuyordu. Dört yıl önce evi gezdiğimiz gün, Ethan'a bu dairenin sanki havada uçuyormuşum gibi hissettirdiğini söylemiştim. Üç hafta sonra da, "İşte, gökyüzündeki şaton," diyerek bana parlak, gümüş bir anahtar uzatmıştı.

Ancak bu sabah beni büyüleyen şey, sözünü ettiğim manzara değildi. Aslında manzara falan *yoktu.* Her yer... *beyazdı.* Çift katlı camın ardındaki manzaraya daha net bakabilmek için gözlerimi ovaladım. *Kar.* Dışarıda öylece atıştıran birkaç kar tanesi de değil, tam bir tipi vardı. Masamın yanındaki duvarda asılı olan takvime göz atarak başımı şaşkınlıkla iki yana salladım. Mayısın 2'sinde kar fırtınası mı? İnanılır gibi değil.

"Alo," diye mırıldandım telefona, çalmasına nihayet bir son vererek.

"Claire!"

"Frank." Frank gazetedeki patronumdu, evet, ama sabahın bu erken saatinde ona cevap verişim biraz nezaketten ve profesyonellikten uzaktı.

"Pencereden dışarı baktın mı?" Kendini işine adamış bir editör olan Frank, çoğu zaman güneş doğmadan önce masasında olurdu. Bense genellikle saat dokuz civarı ofise ayak basardım. O da eğer iyi günümdeysem. Makale departmanı, haber departmanı kadar acelesi olan bir bölüm olmasa da Frank, sanki yerel bahçecilerin profilleri ile çocuk tiyatrosu oyunları acil ve hayati konularmış gibi davranırdı. Ben de dahil, çalışanları olarak ona neredeyse hiç karşı çıkamazdık. Frank'in eşi üç yıl önce ölmüştü ve o zamandan beri kendini öylesine işine vermişti ki bazen onun ofisinde uyuduğundan bile şüpheleniyordum.

"Kardan söz ediyorsun, değil mi?"

"Evet, *kar*! Buna inanabiliyor musun?"

"Biliyorum," dedim, karla kaplı ferforje masa ve sandalyelerin bulunduğu balkona göz gezdirerek. "Sanırım meteoroloji uzmanları bunu gözden kaçırdı."

"Kesinlikle öyle," dedi Frank. Masasındaki kâğıtları karıştırdığını duyabiliyordum. "İşte, burada. Bugünkü gazetenin hava durumu: 'Bulutlu, on beş derece, hafif yağmur ihtimali.'"

Başımı iki yana salladım. "Bu nasıl olabilir? Neredeyse yaz geldi. En azından son kontrol ettiğimde öyleydi."

"Ben meteorolog değilim, ama bunun nadir bir olay olduğunu biliyorum. Bunu yazmalıyız." Frank'in sesinden, bir hikâye yakalamak üzere olan editörün bütün özellikleri seçiliyordu.

Esnedim. "Sence de bu haber departmanının işi değil mi? Dur bir dakika, tabii benden şehrin kardan adamları hakkında bir haber yapmamı istemiyorsan."

"Hayır, hayır," diye devam etti Frank. "Bu çok daha büyük bir hikâye. Claire, eski dosyaları gözden geçirdim ve ne bulduğuma asla inanmayacaksın."

"Frank," dedim, el yordamıyla termostatı arayarak. Sonra da sıcaklığı yirmi dört dereceye ayarladım. Ethan, boşa enerji harcamaktan nefret ediyordu. "Saat sabahın altısı bile değil. Ne zamandır ofistesin sen?"

Frank sorumu duymazlıktan geldi. "Seattle ilk kez böyle bir fırtına görmüyor."

Gözlerimi devirdim. "Doğru, ocak ayında da kar yağmıştı, değil mi?"

"Claire," diye devam etti Frank, "hayır, dinle. 1933 yılında, tam da bugün, mevsimsiz bir fırtına kopmuş." Daha fazla kâğıt sesi duydum. "Zamanlama çok esrarengiz. Bundan seksen yıl önce, tıpkı böyle büyük bir kar fırtınası tüm şehri tamamen felce uğratmış."

"İlginç," dedim, kendime bir fincan sıcak kakao yapıp doğruca yatağa dönmek için büyük bir istek duyuyordum. "Ama bunun neden bir makale konusu olduğunu hâlâ anlamadım. Haber departmanındaki Debbie'nin bunu ele alması gerekmez mi? Hatırlasana, geçen yıl Güney Seattle'daki sıra dışı kasırgayı da yazmıştı."

"Çünkü bu o kadar *basit* değil," dedi Frank. "Bir düşünsene. Aralarına neredeyse yüz yıl girmiş olan ve aynı tarihi paylaşan iki kar fırtınası. Eğer buna makale yazmaya değer bir şey demeyeceksek, neye demeliyiz bilmiyorum, Claire."

Sesinde beliren patronumsu tonu sezdiğimden pes ettim. "Kelime sayısı ve teslim tarihi ne olacak?"

"Haberler konusunda haklısın," dedi Frank. "Onlar konuyu sadece bugün ve yarın ele alacaklardır, ama ben daha büyük bir şey istiyorum. Fırtınayla ilgili gerçeklere ışık tutacak bir şey. Tüm bölümü buna ayıracağız. Altı bin kelimelik bir şey olabilir ve cuma gününe kadar istiyorum."

"Cuma mı?" diye karşı çıktım.

"Çok fazla kaynak araması yapmak zorunda kalmayacaksın," dedi Frank. "Arşivlerde bununla ilgili bir materyal hazinesi olduğuna eminim. Çıkış noktan da şu olabilir: Fırtınanın muhteşem dönüşü."

Kendi kendime sırıttım. "Sanki canlı bir şeymiş gibi konuşuyorsun."

"Kim bilir?" dedi Frank. "Belki de bu geçmişe dönüp bakmamız için bir sebeptir. Neler kaçırdığımızı görmek için..." diye ekledi, canlılığını yitiren bir sesle.

"Frank," dedim bir iç çekerek, "hava durumu hakkındaki aşırı duyarlılığın hayranlık uyandırıcı, ama bu kadar heyecana kapılma. Hâlâ kardan adamlar hakkında nasıl altı bin kelime yazacağımı merak ediyorum."

"Böğürtlen kışı," diye mırıldandı Frank.

"Efendim?"

"Fırtına," diye devam etti. "Ona böğürtlen kışı diyorlar. Meteorologlar, mevsim sonu görülen ani soğukları böyle adlandırıyor. İlginç, değil mi?"

"Sanırım," dedim, gazlı şöminenin düğmesine basarak. Frank'in hava durumu hakkında verdiği ders, canımın bir dilim sıcak, böğürtlenli turta çekmesine neden olmuştu. "Hiçbir şey olmasa bile muhteşem bir manşetimiz olacak."

"Ve umarım muhteşem bir de hikâyemiz," dedi Frank. "Ofiste görüşürüz."

"Frank, bir saniye, bu sabah Ethan'ı gördün mü?" Yazı işleri müdürü olan kocam, çoğu günler işe benden erken giderdi. Fakat son zamanlarda sabahlarına gittikçe daha erken başlar olmuştu.

"Henuz değil," dedi Frank. "Sadece ben ve haber departmanından birkaç kişi var. Neden?"

"Ah, hiçbir şey," dedim, hislerimi saklamaya çalışarak. "Sadece bu fırtınada işe sağ salim varıp varmadığını merak etmiştim."

"Tamam, sen de dikkatli ol," dedi Frank. "Beşinci Cadde buz pateni pisti gibi."

Telefonu kapattıktan sonra daha iyi görebilmek için gözlerimi kısarak aşağıdaki sokağa baktım. Küçük bir çocuk ile babası, kartopu savaşı yapıyorlardı.

Burnumu pencereye dayayarak camın soğukluğunu tenimde hissettim. Nefesim camı buğulaştırana dek manzaraya bakarak gülümsedim. *Böğürtlen kışı.*

Üçüncü Bölüm

Vera

"Geciktin," dedi Estella, Olympic Otel'in hizmetçi odasına girdiğimde gri, çelik masasının ardından bana bakıyordu. Loş zemin kat odasının tavanındaki bir kablodan, tek bir ampul sarkıyordu. Estella, başıyla yeni yıkanıp ütülenmiş ve acilen katlanması gereken beyaz çarşaf yığınını işaret etti.

"Biliyorum," dedim özür dilercesine. "Çok özür dilerim. Tramvay gecikti ve tam evden çıkacakken ev sahibimle–"

"Senin mazeretlerinle ilgilenmiyorum!" diye bağırdı Estella. "Beşinci kattaki odaların derhal temizlenmesi gerekiyor. Bu gece otele giriş yapacak bir grup var. Hepsi de mevki sahibi insanlar. Bütün işler hızlı ve detaylara özen gösterilerek yapılmalı. Ayrıca yatakların köşelerine dikkat et. Dün hepsi baştan savma yapılmıştı ve onları yeniden yapması için Wilma'yı göndermek zorunda kaldım." Estella, bir iç çekerek yeniden önündeki evrak işlerine döndü.

"Özür dilerim, bayan," dedim ve çantamı dolaba koyup servis asansörüne yönelmeden önce önlüğümü belime bağladım. "Daha iyisini yaparım."

"Bu arada, Vera," diye seslendi Estella, "yine o çocuğu getirmedin, değil mi?" Sanki onu eteğimin altında saklanırken bulmayı umuyormuş gibi boynunu uzattı.

"Hayır, bayan," diye mırıldandım, aniden Daniel için bir bardak su bırakıp bırakmadığımı merak etmiştim. *Ona su bıraktım mı? Acaba susar mı?* Ancak Estella'nın beni delip geçen bakışları karşısında bu düşüncelerimi bastırdım.

"Güzel," dedi Estella. "Çünkü bir daha Seattle'ın en iyi otelini bir çocuk yuvasıyla karıştırırsan, korkarım işini onu isteyen herhangi bir kadına vermek zorunda kalacağım. Bunca işsiz insan varken para kazandığın bir işin olduğu için minnettar olmalısın."

"Evet, bayan," dedim. "Çok *minnettarım.* Bir daha olmayacak."

"Çok iyi," dedi Estella. Ardından üzerinde iki kocaman dilim çikolatalı pasta ve bir şişe şampanya olan gümüş tepsiyi işaret etti. *Keşke Daniel da bir dilim çikolatalı pasta yiyebilseydi.* Aklımın bir köşesine, topladığım bahşişlerle Daniel için bir pasta yapmayı not ettim. Her çocuk pasta tatmayı hak ediyordu, yoksul olanlar bile. "Bunu 503 numaralı odaya götür," dedi Estella. "Manuel başka bir servis yapmaya çıktı. Bu *önemli* bir misafir için, o yüzden acele et, anladın mı?"

"Evet, bayan," dedim, servis arabasını kapıya doğru iterek.

Servis asansörü yukarı çıkarken pastayı inceliyordum; her katının arası şekerlemeyle kaplı bitter çikolatadan yapılmıştı. Ve bir de etiketinde yabancı harflerle anlayamadığım kelimeler yazılı olan köpüklü Fransız şarabı vardı. Aniden acıktığımı hissedince, bakışlarımı pastadan başka yöne çevirdim. Şansım varsa, temizlediğim odalarda bir parça peynire ya da bir çöreğe rastlıyordum. Geçen hafta bir biftekli sandviç bile bulmuştum. Gerçi ucundan biraz kemirilmişti, ama tüm gün bir şey yemediğimden bunu umursamamıştım.

Asansörün aniden durmasıyla birlikte sallanan servis arabasını sabitledim ve irkilerek, yere düşmekten kıl payı kurtulup birbirlerine çarpan şampanya kadehlerine baktım. *Onları kırsaydım Estella bana ne derdi?* Arabayı koridora iterken, yanımdan geçen şık bir çifti başımla selamladım. Beni görmezlikten geldiler. *Nereye gidiyorlar? Tiyatroya mı? Yoksa operaya mı?* Bir otelde çalışırken hayallerin içinde kaybolmak kolaydı. Çoğu zaman vakit geçirmek için yeni ütülenmiş çarşafları ve şişirilmiş yastıkları olan bir yatakta yatmanın nasıl bir his olacağını düşünüp duruyordum. Toz alırken dolapların içine göz atıyor ve içinde asılı elbiselere, şifoniyerlerin üzerine saçılmış mücevherlere, altı aylık kira ederindeki parfüm şişelerine hayranlıkla bakıyordum. Bir keresinde bir parfümü hafifçe bileğime dokundurmuş, zenginlik ve lüksün o egzotik, çiçekli kokusunu içime çekmiştim. Hemen ardından da Estella'yı düşünerek bileğimi su ve sabunla ovarak yıkamıştım.

Oda oda gezerken misafirlerin hayatları hakkında hikâyeler uyduruyor ve her seferinde şartlar farklı olsaydı Daniel ile nasıl bir hayatımız olurdu diye merak ediyordum.

503 numaralı odanın önünde durup kapıyı tıklattım. İçeriden müzik sesi geliyordu. Sanırım cazdı. "Bir dakika," diye seslendi bir kadın sesi, ardından kıkırdadı.

Çok geçmeden kapı açıldı ve benim yaşlarımda, güzel bir kadın belirdi. Göğüsleri belini sımsıkı saran uçuk pembe, dantel bir gecelikten dışarı taşıyordu. Göz alıcı bir sarıya boyanmış kısa saçlarının uçları, tıpkı reklamlardaki gibi hafif dalgalıydı. Kadın, servis arabasındakilere bakarken, saç diplerinin doğal, koyu rengini görebiliyordum. "Ah, Tanrım," diye ciyaklayarak pastanın üzerinde gezdirdiği işaret parmağını yaladı. Beni tamamen görmezlikten geliyordu. "Lon," diye seslendi odaya, cilveli bir şekilde. "Seni hınzır şey, şampanya ve çikolataya zaafım olduğunu biliyorsun."

Kadının peşinden arabayı iterek odaya girdim. İçerisi parfüm kokuyordu. Yatakta yatan yarı çıplak adamı fark ettiğimde yanaklarım kıpkırmızı oldu. Beline sardığı çarşafıyla, bir yığın yastığa yaslanmış bir krala benziyordu. "Arabayı şuraya, hemen yanıma bırakıver, bebek," dedi nazikçe, doğrudan gözlerimin içine bakarak. Sanki biraz önce çok güç sarf ettiği izlenimini veren bronz, nemli ve çıplak göğsünden utanarak başımı başka yöne çevirdim.

"Ah," dedi adam sırıtarak, onunla göz teması kurmam için beni zorluyordu. "Utanma, tatlım. Burada yeni misin?"

"Hayır, bayım," dedim. "Yani, şey, evet, efendim. Sadece altı ay oldu."

Kadın, sohbetimizden oldukça rahatsız olmuşa benziyordu. "Lonnie," diye sızlandı, "haydi, sana biraz pasta yedireyim."

"Bir dakika, Susie," dedi adam gözlerini üzerimden ayırmaksızın. "Ben Lon Edwards. Seninle tanışmak büyük bir zevk," diyerek elini uzattı. Kadın, kara düşüncelere dalmıştı.

Adamın uzattığı eli beceriksizce sıktım. Sonra da ne diyeceğimi bilemez bir halde, "Ben Vera. Vera Ray," diye ciyakladım.

"Tanıştığımıza memnun oldum, hayatım," diyerek önlüğümün cebine buruşmuş bir dolar sokuşturdu.

Geri çekilip dizlerimi bükerek selam verdim. "Teşekkürler bayım, şey, Lon; yani, Bay Edwards."

"Umarım seni tekrar görürüm," diyerek sırıttıktan sonra, bakışlarını yeniden Susie'ye çevirdi. Susie, hem Lon'un ilgisine hem de çikolatalı pastaya aç görünüyordu.

"Evet, bayım," diye kekeledim. "Teşekkür ederim, efendim. İyi geceler."

Kapıyı ardımdan yavaşça kapatıp derin bir nefes aldığım sırada, koridorda beni bekleyen Gwen'i gördüm. Kısa boylu, tombul ve sol yanağında talihsiz bir yara izi olan Gwen, çok nadir surat asar ya da bir şeylerden yakınırdı. Bu yüzden ona çabucak kanım kaynamıştı.

"Estella bu katta sana yardımcı olmam için beni yolladı," diye cıvıldadı neşeyle. "Büyük bir grup geliyor. Hızlı çalışmamız gerek," diyerek gülümsedi. "Görüyorum ki Lon ile tanışmışsın."

Hafifçe önlüğümün cebine vurarak omzumu silktim. "İyi bahşiş veriyor."

Gwen sırıttı. "Aynı zamanda hizmetçilere karşı takıntısı var."

"Gwen!" diye homurdandım. "Herhalde benim onunla–"

"Hayır, hayır," dedi, tüylü toz alıcısının ucuyla şakacı bir tavırla beni dürterek. "Sadece şu an onun yanındaki kadın – Susie– sen işe başlamadan önce oda hizmetinde çalışıyordu."

"Yani, o...?"

Gwen evet dercesine başını salladı. "Tıpkı bizim gibi. Ve şimdi de Lon'un odasında, süslü püslü, makyajlı ve onun her emrine amade bir halde."

Bu düşünce karşısında yanaklarım kızardı. "Ne korkunç."

Gwen omzunu silkti. "Susie öyle düşünüyormuş gibi görünmüyor. Adam ona haftada yüz dolar veriyor, aynı zamanda arabasını ve şoförünü kullandırıyor. Şüphesiz bu, yerleri ovalayıp temizlemekten daha iyi."

"Haftada yüz dolar mı?"

Gwen efkârlanmış görünüyordu. "Bir servet."

"Pekâlâ," dedim derin bir nefes alıp bu düşünceyi aklımdan kovarak. "Kendimi asla bu şekilde satılığa çıkarmazdım."

Gwen yeniden omzunu silkti. "Asla, asla deme," dedi, temizlenmesi gereken on bir odadan ilkinin kapısını açarken. "Zor zamanlar geçiriyoruz. Pek çok insan fazlasıyla talihsiz. En büyük kardeşim Kansas'ta yaşıyor. Kocası işsiz ve sekiz çocukları var. Yani doyurulması gereken tam *sekiz* karın. Ailesini doyurmak için kardeşimin neler yapabileceğini bir hayal et. Sadece kendi karnımı doyurmak zorunda olduğum için mutluyum."

Daniel'ı ve kira yüzünden içinde bulunduğum çıkmazı düşündüm. Bay Garrison'ı daha fazla oyalayamazdım. Bu gidişle birkaç gün, eğer şanslıysak bir hafta içinde kapının önünde olurduk.

"Gwen," diye mırıldandım, "bana borç verebileceğin yirmi doların var mı acaba? Kirayı ödemem için. Çok zor durumdayım."

"Keşke olsaydı, tatlım," dedi, güzel gözleri merhametle parıldıyordu. Aniden içimi bir suçluluk duygusu kaplamıştı. *Aynı durumda olduğunu bildiğim halde, beni kurtarmasını nasıl bekleyebilirim?* "İşte," dedi Gwen, bana iki buruşuk kâğıt para uzatarak. "Son iki dolarım."

"Söz veriyorum, geri ödeyeceğim," dedim.

"Dert etme," dedi yatağı işaret ederek. "Haydi, şu çarşafları çıkarmakla başlayalım. Odalarda bulduğumuz bütün bahşişleri almana da izin veririm. Belki şanslı günümüzdeyizdir."

"Belki," dedim.

Sabahın beşine kadar kattaki tüm odaları bitirmiştik ve ellerimin derisi artık soyulup çatlamıştı. Gwen esneyerek, boş odalardan birinden arakladığı yüz kremini bana uzattı. "Al, biraz bundan sür," dedi. "Faydası olacaktır."

Nazik davranışına gülümseyerek karşılık verdim.

"Eve gitmeden önce bir şeyler yemek ister miydin?"

"Yapamam," diye yanıtladım. "Daniel uyanmadan önce evde olmalıyım."

Gwen koluma dokundu. "Onu yalnız bırakmak zor geliyor, değil mi?"

Evet dercesine başımı salladım, boşa geçen her saniyenin farkındaydım. Daniel bekliyordu. "Aslına bakarsak, dayanılmaz." Gözlerimin yaşardığını hissederek başımı başka yöne çevirdim.

"Bu sonsuza dek sürmeyecek, biliyorsun," dedi Gwen. "Yolunu bulacaksın. Elbet biriyle tanışacaksın. Harika biriyle."

Ama zaten tanışmıştım ve bak, neler oldu, demek istesem de başımı olumlu anlamda sallamakla yetindim. "Evet," dedim. "Artık talihim dönmeli, değil mi? Seninki de öyle."

Gwen göz kırptı. "Aynen öyle, tatlım," dedi kolumu sıvazlayarak. "Şimdi, ne kadar bahşiş topladın?"

Omzumu silktim. "Dört dolar."

Gülümsedi. "Ona benim verdiğim iki doları ve Lon'un bahşişini de eklersen–"

"Kirayı ödemeye yetmez," dedim, bozguna uğramış bir halde.

Gwen bir iç çekti. "Pekâlâ, yine de bu bir başlangıç. O yakışıklıyı benim yerime öp."

"Öpeceğim," dedim, caddeye bakan kapıyı açarak. Yanaklarıma çarpan soğuk bir rüzgâr, hırkamın boşluklarından içeri girerek yorgun bedenimi ürpertti. Kaldırıma attığım ayağım, en az on santimetre derinliğindeki kara batınca aniden irkilerek şaşırdım. *Yüce Tanrım, kar mı? Mayıs ayında?* Anlaşılan dünyanın değişkenliğine ve zalimliğine hava da uyum sağlamıştı. Bir iç çektim. *Nasıl eve gideceğim ben şimdi? Tramvay bu havada çalışmaz.*

Yürümek, hızlı yürümek zorunda olduğumu biliyordum. Ev uzakta değildi, fakat bu kar ve sağ ayakkabımın tabanındaki delikle birlikte, sanki kilometrelerce uzaklıkta gibi geliyordu. Ancak bunun bir önemi yoktu, çünkü Daniel'a gidiyordum. Kararlı bir şekilde, güçlükle yürümeye koyuldum. Fakat yarım saat sonra ayağım ağrımaya ve açıkta kalan etim şiddetle sancımaya başlayınca, acıyla yüzümü buruşturdum. Topallayarak dar bir sokağa girdim ve elbisemin astarını dikiş yerinden kopararak ayağımı sardım. Yüzü is lekesiyle kaplı bir adam, bir çöp tenekesinin başında dikiliyordu. Eğreti bir sundurmanın altında küçük bir ateş yakmış, bir sopayla közlerini karıştırıyordu. Ellerim buz kesmişti ve biraz ısınmak için can atıyor olsam da, adamın nahoş bakışları bana yola devam etmemi söylüyordu. Ayrıca duracak vakit yoktu, Daniel bekliyordu. Bir yokuşun ardından diğerini tırmandım. Kumaş parçası sadece buz kesen ayağımın uyuşmasını sağlamıştı, fakat bir süre sonra sancının yeniden kendini hissettirmesiyle birlikte ayağım şiddetli bir şekilde zonklamaya başladı. İki *yokuş daha. Devam et.* Güneş doğana dek evde olabilir, Daniel gözlerini açar açmaz onu öperek karşılayabilirdim. Ona bunu borçluydum.

Apartmana vardığımda artık ayaklarımı hissetmez olmuştum. Yine de aceleyle içeri girip, soğuktan uyuşmuş kol ve bacaklarımı sürükleyerek merdivenleri tırmanmaya başladım. Binanın içinin ısıtılmamasına rağmen merdiven boşluğunun on derecelik ısısı içimi ısıtmıştı.

"Hey, merhaba, güzel şey," diye seslendi koridordaki bir adam. Bir tavernanın üst katında yaşıyor olmaktan nefret ediyordum. Bu, yarı düzine ayyaşı itekleyerek geçmek anlamına geliyordu –kimileri koridorda kendinden geçmiş, kimileri öfkeli ve kavga arayışında, bir o kadarı da kendilerine bir kadın arayışında olurdu. Cüretkâr bir tanesi uzanarak elimi yakalasa da, kurtulup merdivenlerden çıkmayı ve kendimi eve atmayı başarabildim. Ancak kapıyı kilitlerken, bir anlığına paniğe kapıldım. İçeri anahtarla mı girdim, yoksa kapı açık mıydı, bu yorgunlukla hatırlayamıyordum. *Dün gece işe gitmeden önce muhakkak kilitlemişimdir, değil mi?* Herhalde yorgun zihnim bana oyun oynuyordu.

Bir önceki gece yaktığım şömine ateşi çoktan sönmüştü. İçerisi soğuktu. İliklere işleyen bir soğuktu bu. *Zavallı Daniel, ısınmak için sadece incecik bir örtüsü var. Dün gece üşümüş müdür?* Oğlum gürültülü bir tavernanın üst katındaki dairede, yatağında, tek başına üşüyorken, şehrin zenginlerini –milyonlarca kuştüyünün altında sıcacık ve rahat olanları, gece yarısı pasta yiyenleri– düşünerek irkildim. *Neyi var bu dünyanın böyle?* Çantamı bırakıp karla ve sabahın ışığıyla parlayan buz parçalarıyla kaplı hırkamı çıkardım. Sonra da merdivenlerin altındaki bölmeye yürüyerek küçük kapağını açtım ve bilekliğimi gizli yerinden çıkardım. Daniel küçük parmaklarını altın zincirin üzerinde gezdirmeyi seviyordu. Bilekliğimi takarken, onu yeniden bileğimde gördüğü için ne kadar sevineceğini biliyordum.

Daniel'ın odasına çıkan merdivenleri tırmanırken, esnemelerime hâkim olmaya çalışıyordum. Yorgunluğum, küçük oğlumu görecek olmamın verdiği heyecanla boy ölçüşemezdi. Hiç şüphesiz, yağan karı gördüğünde sevinçten deliye dönecekti. Birlikte kardan adam yapar, sonra da ateşin başında birbirimize sokulurduk. Öğleden sonra o biraz şekerleme yaparken, ben de bir saat kadar uyurdum. Mükemmel bir gün.

Odanın kapısını açtım. "Daniel, anne eve geldi!"

Küçük yatağının yanına diz çöküp, örtüsünü açtım. Ancak yatakta kırışmış çarşaflardan başka hiçbir şey yoktu. Gözlerim tüm odada, yatağın altında, kapının arkasında gezindi. *Nerede bu?* "Daniel, annenden saklanıyor musun, tatlım?"

Sessizlik.

Tuvalete, ardından da alt kattaki mutfağa koştum.

"Daniel!" diye bağırdım. "Daniel, nerede saklanıyorsun? Çık ortaya, hemen!"

Kalbim, alt katta yumruk yumruğa kavga eden adamların gürültüsünü bile bastıran bir sesle çarpıyordu. Gözlerim evin her köşesini tararken, bunun sadece Daniel'ın küçük oyunlarından biri olması için dua ediyordum. Herhalde birazdan birlikte oynadığımız zamanlar yaptığı gibi kiler kapısının arkasından fırlar ve 'Sürpriz!' diye bağırırdı.

"Daniel?" diye bağırdım bir kez daha. Fakat sesim soğuk ve ıssız odada yankılanarak bana geri döndü.

Daire kapısından fırlayarak merdivenlerden aşağı koşmaya başladım. Üzerime bir palto almak için bile durmamıştım, ama bunun bir önemi yoktu. Soğuğu hissetmiyordum, tek hissettiğim korkuydu. *Yakınlarda olmalı. Belki uyanıp yağan karı görmüş ve dışarı çıkıp oynamaya karar vermiştir.*

Tavernanın önünde aylak aylak dolanan adamların arasından geçip sokağa fırladım. "Daniel!" diye bağırdım soğuk havaya karşı. Sesim, kalın kar tabakası tarafından anında bastırılmıştı. "Daniel!" diye seslendim tekrar, bu defa daha yüksek sesle. Sanki bir yığın pamuk yumağı içinden bağırıyor gibiydim. Etrafa boğucu bir sessizlik hâkimdi. Önce sağa, sonra sola bakındım.

"Oğlumu gördünüz mü?" diye sordum, üzerinde paltosu, başında silindir şapkası olan bir işadamına. "Üç yaşında, şu boylarda," diyerek elimle Daniel'ın boyunu işaret ettim. "Mavi kareli bir pijama giyiyordu. Yanında oyuncak ayısı–"

Adam kaşlarını çattı ve beni iterek yürümeye devam etti. "Nasıl bir annesin sen? Üç yaşında bir çocuğun *bu* havada dışarı çıkmasına izin veriyorsun," diye homurdandı uzaklaşırken.

Sözleri canımı yaksa da durmayarak kaldırımdaki bir başkasına doğru koştum. "Bayan!" diye seslendim, küçük kızıyla birlikte yürüyen bir kadına. İkisi de süslü, gri şapkalarıyla uyumlu yün paltolar giymişti. Bir an yüreğimin ezildiğini hissettim. *Daniel'ın onu sıcak tutacak bir paltosu bile yok. Eğer bu havada dışarıdaysa...* Yalvaran gözlerle doğruca kadının gözlerinin içine baktım. "Buralarda dolaşan küçük bir çocuk gördünüz mü acaba? Adı Daniel." Kendi sesimi neredeyse tanıyamaz olmuştum. Çaresiz ve son derece tiz bir sesti bu.

Kadın beni kuşkuyla süzdü. "Hayır," dedi duygusuz bir şekilde. "Görmedim." Ardından kızını kendine doğru çekerek yoluna devam etti.

"Daniel!" diye bağırdım tekrar, ara sokaklardan birine doğru. Öğleden sonraları örgü ördüğüm zamanlar, bazen diğer çocuklarla birlikte bu sokakta seksek ya da beştaş oynamasına izin verirdim. *Cevap yok.* Derken aklıma kardaki ayak izlerini aramak geldi. Daniel'ın ayakları, onları diğer izlerden ayırt edebilmeme yetecek kadar ufaktı. Fakat birkaç dakikalık arayışın sonunda, çabalarımın boşuna olduğunu fark ettim. Artık şiddetini iyice arttıran kar, tüm izleri amansız ve beyaz örtüsüyle kapatıyordu.

Sokağın diğer tarafına doğru birkaç adım daha atmıştım ki gözüme mavi bir şey takıldı. Ona doğru koşup dizlerimin üzerine çöktüm ve başımı hızla iki yana sallayarak, hıçkıra hıçkıra ağlamaya başladım. *Hayır. Hayır, Tanrım, olamaz!* Daniel'ın kıymetli ayıcığı, Max, karların arasında yüzüstü yatıyordu. Onu yerden alıp göğsüme bastırarak, kâbus gördüğü zamanlar Daniel'ı rahatlatmak için yaptığım gibi, bir ileri bir geri sallanmaya başladım. Derinden gelen bir titremeyle sarsılıyordum. Küçük oğlum *gitmişti.*

Dördüncü Bölüm

CLAIRE

Bir travma ya da acı karşısında hepimiz farklı şekilde davranırız, en azından terapistim Margaret öyle söylüyor. Bazı insanlar acısını dışa vururken, bazıları onu içinde yaşar. Yani acısını içine, derinlere bir yere atar ve orada demlenip büyümesine izin verir. İşte ben de geçtiğimiz o korkunç mayıs ayından beri böyle yapıyordum. Öte yandan Ethan, üzüntüsüyle onu dışa vurarak başa çıkıyor gibi görünüyordu. Kendini işine vermişti. Bol bol viski içiyordu. Geç saatlere kadar dışarıda, arkadaşlarıyla takılıyordu, ki bu arkadaşların geçen yıl onun için hiçbir anlam ifade etmediğini eklemem gerekir. Ve bir de mart ayında bir hevesle aldığı kırmızı BMW'si vardı. Margaret, bütün bunların onun acısıyla bir ilgisi olduğunu söylüyordu. Onu ofisin önünde, o üstü açık arabaya binerken gördüğümde, gözlerim yaşlarla dolmuştu. Beni rahatsız eden şey ona harcadığı para değil, seçimiydi. Ethan havalı, kırmızı bir BMW'ye binecek türden bir adam değildi.

Benimle haftalık randevularıma gelmesi için onu ikna etmeyi denemiştim. Birlikte geçmişimiz hakkında konuşabilirsek, ikimiz de o hiç yaşanmamış gibi davranmayı bırakabilir ve karşımızdaki her ne ise onunla yüzleşmeyi öğrenebiliriz diye düşünmüştüm. Ethan ise başını iki yana sallayıp, "Ben deli doktoruna gitmem," diye cevap vermişti. Böylece yollarımız ayrıldı. Fakat aramızdaki aşk kaybolmamıştı. Bunu, konuşmadığımız anlarda, unutma huyum olduğunu bildiği için sabahları diş ipini lavaboya bıraktığı ya da her iyi geceler dediğimde gözlerini benimkilerden ayırmadığı zamanlar hissedebiliyordum. Ancak aramızdaki boşluk bir kanser gibi büyüyordu ve bunun artık kontrol edilemeyecek kadar yayılmış olduğundan korkuyordum. Görünen o ki evliliğimiz hızla bir sona doğru ilerliyordu.

Asansörden indiğim sırada, "Günaydın, Claire," dedi binamızın kapı görevlisi olan Gene neşeyle. "Şu havaya inanabiliyor musun?"

Trençkotumun kemerini biraz daha sıkarken, yukarı çıkıp üzerimi değiştirsem mi diye düşündüm. Gidip birer eldiven ve atkı -baldırlarıma dek uzanan çizmelerime baktım- belki bir çift de kar botu giyebilirdim. Hiç değilse karda kaymayacak bir şey seçmem gerekirdi, ama spor ayakkabılarımı bağlamaya katlanamıyordum. Onları *kazadan* beri giymemiştim ve tekrar giyecek cesareti bulamıyordum. Henüz değil. "Mayıs ayında kar fırtınası," dedim Gene'e, binanın çift kanatlı kapısından dışarı bakıp başımı iki yana sallayarak. "Neden burada yaşıyorum ki sank ?"

Gene gülümsedi. "Yeterince sıkı giyindiğini düşünüyor musun?" diye sorarak sokağı işaret etti. "Dışarısı buz gibi." O *olaydan* beri, Gene dahil herkes benimle küçük, kayıp bir kuşmuşum gibi ilgileniyor[illegible]. *Çok üşüdün mü? Çok* [illegible] *ledin? Sence hava karardıktan sonra köşe başındaki markete yürümen güvenli olur mu?*

Onun bu ilgisine hem minnet duyuyor hem de bir o kadar sinir bozucu buluyordum. Acaba sırtımda, DİKKAT: BEDENEN VE AKLEN KENDİME YETEMİYORUM. LÜTFEN BANA YARDIM EDİN, yazan kocaman bir tabela mı asılıydı?

Ancak Gene'i suçlamıyordum. "Başımın çaresine bakarım," dedim kendime güvenerek, yapmacık bir gülümsemeyle. "California'dan gelmiş olabilirim, ama ofise varana dek soğuk ısırığından nasıl korunacağımı bilecek kadar Kuzeybatı kışı geçirdim."

"Yine de," diyerek cebinden bir çift eldiven çıkardı Gene, "şunları giy. Yoksa ellerin donar."

Biraz tereddüt etsem de mavi-beyaz yün ipliğinin düzensizce buluşmasından oluşan eldivenleri kabul ettim. "Teşekkür ederim," dedim, eldivenleri sadece onu hoşnut etmek adına takmıştım.

"Güzel," dedi Gene. "Artık güzel bir kartopu fırlatabilirsin."

Kapıdan çıkıp ayaklarımı sekiz santimetre derinliğindeki kara batırdım. Ayak parmaklarım soğuğu anında hissetmişti. *Neden yün çoraplar giymedim ki?* Kardan adam yapmakla uğraşan bir grup çocuğu saymazsak, sokaklar boştu. *Kafe Lavanto açık mıdır?* En sevdiğim kafeye gitmek için bir sürü blok yürüme düşüncesinden nefret etsem de, kremşantiyle karıştırılmış sıcak kakaonun bu çabaya değeceği sonucuna vardım. Ayrıca canım henüz ofise gitmek istemiyordu ve bu gezintiye araştırma süsü verebilirdim. Fırtına hikâyesi araştırması…

Yirmi dakika sonra kafenin kapısının kilitli olduğunu gördüğümde, verdiğim karara ve ayaklarımı iki buz kalıbına döndürmek üzere olan sırılsıklam çizmelerime lanet ediyordum.

"Claire?"

Arkamı döndüğümde, Kafe Lavanto'nun sahibi Dominic'in bana doğru yürüdüğünü gördüm. Uzun boylu, kahverengi saçları ve nazik bir gülümsemesi olan Dominic'i oldum olası kahve tezgâhının arkasına yakıştıramazdım. Tıpkı üniversitedeki İngiliz Edebiyatı profesörümün aynı zamanda dövmecilik yapması gibi, bu da birbirine hiç uymayan tarzda eşleşmelerden biriydi.

"Şükürler olsun," dedim kapıya yaslanarak. "Buraya kadar bunlarla yürüme hatasını yaptım," diyerek ayakkabılarımı gösterdim. "Ve sanırım ayaklarım artık geri dönemeyecek kadar donmuş durumdalar. Burada biraz buzlarını çözmemin mahsuru var mı?" Normalde sabahın bu saatlerinde insanlarla dolu olması gereken sessiz, sakin ön masalara göz gezdirdim. "Sanırım şehrin tamamen kepenk kapatacağını beklemiyordum."

"Seattle'ı biliyorsun," dedi Dominic gülümseyerek. "Birkaç kar tanesi, ortalığı velveleye vermeye yeter de artar." Kafenin anahtarını çıkarmak için siyah, deri omuz çantasına uzandı. "Buraya gelebilen tek kişi benim. Otobüsler sefer yapmıyor, arabalarsa fena kayıyor. İkinci Bulvar'daki zincirleme kazayı gördün mü?"

Başımı iki yana sallayarak Ethan'ı düşündüm.

Dominic, anahtarı yuvasına yerleştirdi. "Haydi, içeri gel de seni ısıtalım."

"Tanrı'ya şükür ki açıksın," dedim, Dominic'in peşinden içeri girerken. "Seattle şu an tam bir hayalet şehir."

Dominic, hayır dercesine başını sallayıp kapıyı içerden kilitledi. "Hayır, bugün açacağımı sanmıyorum. Ne de olsa bir günlük izin kullanabilirim. Ama birinin Pascal'ı kontrol etmesi gerekiyordu."

"Pascal mı?"

"Kedi," dedi Dominic.

"Altı yıldır buraya geliyorum ve bu kafede bir kedi olduğundan haberim yok mu yani?"

Dominic sırıttı. "Huysuz ihtiyarın tekidir. Ama esmer bayanlardan hoşlanıyor."

Kafenin sıcağında buzu çözülmeye başlayan yanaklarımın karıncalandığını hissettim.

"Zaten vaktinin çoğunu yukarıda, tavan arasında geçiriyor," diye devam etti Dominic.

"Tavan arası mı?"

"Öyle büyük bir şey değil, sadece malzemeleri sakladığımız bir depo. Mario, yani kafenin önceki sahibi, masasını orada tutuyormuş. Orayı stüdyo daireye dönüştürmeyi ve kafenin üst katında yaşamayı düşünüyorum."

"Kulağa hoş bir hayat gibi geliyor," dedim, çantamdaki telefonumun titrediğini fark ettiysem de aldırmadım. "Kafeyi yakın zamanda satın aldığını duydum, bu doğru mu?"

Dominic başını olumlu anlamda sallayarak beni onayladı. "Evet. Ve yüz beş yaşına kadar borçlu olacağım. Yine de bu risk buna değer. Bu eski mekânı seviyorum. Gerçi bazı değişiklikler yapacağım. Öncelikle doğru düzgün bir tente, bir de öğle yemeği mönüsüyle başlayacağım. Ve yeni bir de isim."

"Öyle mi? Kafe Lavanto'nun nesi var?"

"Aslında bir şeyi yok," dedi Dominic. "Sadece bu yerle, buranın geçmişiyle bir bağı yok."

"Peki, ona ne isim vereceksin?"

Dominic çelik bir sürahiye süt doldurarak, onu yavaşça espresso makinesinin süt köpürtme çubuğuna itti. "Emin değilim. Belki iyi bir şey bulmamda bana yardımcı olabilirsin," diyerek göz kırptı. "Sen bir yazarsın, değil mi? Bir kelime ustası?" Islığa benzer sesler eşliğinde buharı tüten sütten baloncuklar fışkırıyordu.

"Hatırlıyor musun?"

"Tabii. *Herald* gazetesi, değil mi?"

"Doğru. Ama *The New Yorker*'da personel editörü olmamı umarak beni dört yıllığına Yale'e gönderen anneme soracak olursan, vasat bir yazarım." Ellerimi ısıtmak için birbirine sürttüm.

"Ah, haydi ama," dedi Dominic gülümseyerek. "Sence de kendine fazla yüklenmiyor musun? Eminim ailen seninle gurur duyuyordur, değil mi?"

Omzumu silktim. "Yerel gazete için ıvır zıvır haberler yazıyorum. Aslında bugün de kar fırtınasını raporlayacağım. Pek de gerçek bir iş denemez."

"Pekâlâ, bilhassa ben bunun kulağa oldukça ilginç geldiğini ve saygın bir iş olduğunu düşünüyorum," dedi Dominic tezgâha yaslanarak. "Hiç şüphesiz, otuz beş yaşında bir barmenden daha iyi. Her yıl Şükran Günü'nde aldığım yorumları bir hayal etsene."

Alçakgönüllülüğü hoşuma gitmişti. "Bundan önce ne iş yapıyordun?"

Dominic, kafe ışıkları altında parlak ve pürüzsüz görünen espresso çekirdekleriyle doldurduğu el değirmeninden başını kaldırıp bana baktı. "Sadece peş peşe yanlış başlangıçlar," diye yanıtladı.

"Hatalar kişiliği oluşturur," dedim.

Dominic hemen cevap vermeyince, onu incittiğimden endişe ettim. "Affedersin," diye ekledim. "Öyle demek istememiştim..." *Neden ağzımı açtım ki sanki?*

"Umutsuz bir başarısız olduğumu mu?" dedi Dominic. "Sorun değil. Bu mekân, kesinlikle iş hakkında aldığım en akıllıca karar değildi."

Dudağımı ısırdım. *Hiç değilse gülümsüyor.*

"Ama bir yıl içinde iflas etsem bile bundan pişmanlık duymayacağım," diye devam etti, kafeye gururla göz gezdirerek. "Bazen sadece riski göze almalısın, bilhassa seni mutlu ettiği zamanlar." Bir iç çekti. "Üç yıl önce buraya çalışmaya geldiğimde, üniversiteden çıkar çıkmaz beni işe alan bir muhasebe şirketinden yeni kovulmuştum. O zamanlar neredeyse her şeye sahiptim; makul bir maaşım, bir nişanlım, bir dairem ve Scruffles adında Pug cinsi bir köpeğim vardı."

Bir kahkaha patlatmamak için kendimi tuttum. "Scruffles mı?"

"Sorma," dedi Dominic kederli bir gülümsemeyle. "Onun köpeğiydi."

Anlayışlı bir şekilde başımı salladım.

"İşimi kaybettiğim an beni terk etti."

"Köpeği de mi aldı?"

"Köpeği de aldı," dedi, beyaz bir bezle krom espresso makinesini parlatarak.

Hafiften gülümseyerek, "Böylece sen de burada işe girdin, öyle mi?" diye sordum.

"Evet, barmen olarak," diye yanıt verdi Dominic. "Sadece geçici bir iş olacaktı. Ama sonra bu işi ne kadar sevdiğimi fark ettim. Ellerimi kahve telvesine bulamak, mükemmel köpüğü seramik fincanlara doldurmak son derece hoşuma gidiyordu. Ne şirkette geçirdiğim uzun saatleri ne de yoğun hesapları özlüyordum. Kahve yapmak, her nasılsa terapi gibiydi. Kulağa garip geliyor, ama buna *ihtiyacım* vardı. Ve Mario işi satmayı teklif ettiğinde, ailemin uyarılarına rağmen bu fırsata balıklama atladım."

Gülümsedim. "Pekâlâ, öyleyse şanslısın. İşinden nefret eden kaç insan olduğunu biliyor musun?"

Dominic, elinde bir kutu kuru kedi mamasıyla tezgâhın üzerinden atlayarak, kapının yanındaki beyaz bir tabağa bolca mama döktü. "Pascal," diye seslendi. "Gel buraya, kedicik."

Çok geçmeden fazla kilolu, siyah-beyaz bir kedi göründü. Yemeğinin başına oturmadan önce, beni dikkatle süzdü.

"Sana bir şey hazırlayayım mı?" diye sordu Dominic, kocaman espresso makinesinin yanına dönerek. Kafedeki tek müşteri olmayı komik bulmuştum, tiyatroda perde açılmadan önce sahne arkasında olmak gibi bir şeydi bu.

"Ah, benim için bir şey yapmak zorunda değilsin," dedim.

Dominic'in kahve öğütücünün başına geçmesiyle birlikte kafe, makinenin huzur veren uğultulu sesiyle doldu. "Israr ediyorum."

Sırıttım. "Pekâlâ..."

"Hiç dert değil," dedi. "Kendime kapuçino yapıyorum. Sen sıcak çikolata seviyorsun, değil mi?"

"Hatırlıyor musun?"

"Elbette hatırlıyorum," dedi Dominic. "Seni hep üzerine

tarçın serperken görüyordum. Kakaoya biraz baharat karıştırmamı ister misin? Sana Meksika sıcak çikolatası yapabilirim. Gerçekten çok seversin."

"Evet, teşekkür ederim."

Dominic kakao tozu kutusunu almak için arkasını döndü. "Burnumu sokmak istemem," dedi, "ama kocan neden..." diyerek durakladı. "O senin kocan, değil mi?"

"Evet," dedim.

"İyi," diye devam etti. "Neden her sıcak çikolata ısmarlayışında senin üzerine geliyor?"

Yeniden sırıttım. "Herhalde benimle dalga geçtiğini duydun, değil mi?"

Dominic evet dercesine başını salladı.

Omzumu silktim. "Seattle'ın en büyük kahve züppesiyle evliyim."

Ethan, Seattle'da doğmuş ve tüm hayatını burada geçirmişti. Espresso kültürüyle büyümüştü ve onun kahveye olan aşkını paylaşmayan ya da daha kötüsü, espressoya 'ekspreso' diyen herkese kuşkuyla yaklaşıyordu. Evimizde on bir adet kahve demleme aparatı, on dokuzuncu yüzyıl İtalya'sından kalma süzgeçli bir kahve ibriği, iki geleneksel kahve makinesi ve birçok insanın arabasından daha pahalı olan bir espresso makinesi vardı.

"Yani seni değiştirmeye mi çalışıyor?"

"Evet," dedim. "Ethan kahveye neden alışamadığımı hiç anlamıyor."

Dominic bana ağzına kadar dolu ve tarçınlı köpük kremayla ustaca süslenmiş, kulplu bir bardak uzattı. "Senin için," dedi sırıtarak. "Ayrıca sıcak çikolata erbabı olmanın utanılacak bir şey olduğunu hiç sanmıyorum."

Bir ağız dolusu köpük kremayı höpürdeterek içip gülümsedim. "Bu dediğin hoşuma gitti," dedim. "Kakao erbabı."

Pascal yeniden üst kata çıkmadan önce mırlayarak ayaklarımın etrafında gezindi. Kafenin diğer ucundaki eski, tuğla şömineye göz gezdirdim. Sıvası yer yer dökülmüştü, fakat şöminenin hemen yukarısındaki boyalı bir çini dikkatimi çekti. Daha iyi görebilmek için gözlerimi kıssam da fildişi rengi levhada resmedilen şeyi seçemiyordum. Kafeyi bunca zaman ziyaret edip, daha önce onu hiç fark etmemiş olmam garipti. Bir sonraki gelişimde onu daha yakından incelemeyi aklımın bir köşesine not ettim.

"Bu iyi bir girişim olmasa ne çıkar ki?" dedim. "Burası şehrin en havalı kafesi."

Dominic küçük odaya göz gezdirerek başını olumlu anlamda salladı. "Bu özel bir bina, öyle değil mi?" diye sordu gülümseyerek. "Aslında birilerinin burayı yıkıp bir Starbucks'a dönüştürmemiş olması çok şaşırtıcı."

Gülümseyerek saatime baktım. "Pekâlâ," dedim, "nasıl da vaktini aldım. Dışarı çıkıp havaya meydan okusam iyi olacak. Benden hikâye bekleyen bir editörüm var."

"Ne tarafa gidiyorsun?"

"Alaskan Yolu üzerindeki *Herald* binasına," diye yanıtladım. "Tabii gidebilirsem."

"Ben de seninle yürüyeyim," dedi Dominic biraz mahcup bir şekilde. "Hiç değilse bir taksi bulana kadar."

"Çok isterim," dedim. Ve birlikte karlı caddelerin yolunu tuttuk.

Dışarıda kopan fırtınaya rağmen haber odasında, sanki termometre yirmi dereceyi gösteriyormuş gibi bir koşuşturma hâkimdi. Gerçi bu beni hiç şaşırtmamıştı. Gazete muhabirleri işten çok nadir kaytarırlardı. İşine bağlılık onların kanında vardı ve bu yüzden, bu iş için biçilmiş kaftan olup olmadığımı merak ediyordum. Mayıs ayından beri çok şey değişmişti. O olay olduğundan beri... İşim için gereken niteliklere hâlâ sahip olup olmadığımı merak ediyordum.

"İşte buradasın!" Sesin geldiği tarafa döndüğümde, açık ofisime doğru yaklaşan Abby'yi gördüm. Abby gazetenin araştırma editörüydü ve ona hemen ısınmamı sağlayan bir mizah anlayışı vardı. *Herald*'daki ilk günümde, ilk personel toplantısından sonra yanıma gelmiş ve gözlerimin içine bakarak "Senden hoşlandım. Sivri burunlu ayakkabılar giymiyorsun," demişti. Ardından masamın etrafındaki havayı koklamış, "Ama sigara içiyorsun, öyle mi?" diye sormuştu.

"Hayır," diye yanıtlamıştım, biraz afallayarak.

"Güzel," demişti Abby. Yüzünden anladığım kadarıyla arkadaşlık testinden geçmiştim. "Ben, Abby." İşte o an, hemen arkadaş olacağımızı anlamıştım.

Abby, herhangi bir şey ya da herhangi biri hakkında bulunması güç şeyleri bulmakta oldukça becerikliydi. Örneğin bir önceki belediye başkanının kızının saç rengi ya da Marion Caddesi'ndeki artık olmayan bir restoranda 1983 yılında servis edilen çorbanın adı gibi. Siz söylerdiniz, Abby bulurdu. Son birkaç ayda birçok kez, son teslim tarihinde iyi bir makale oluşturmak için materyal eksikliği çektiğimde imdadıma koşmuştu. "Frank seni arıyor," dedi bilmiş bir gülümsemeyle.

Alnımı ovuşturdum. "Peki, kalemini çiğniyor mu?"

"Evet," diye yanıtladı Abby. "Alarm verebilirsin. Sanırım çiğnenen bir kalem gördüm."

"Harika," dedim, bölmemin duvarları üzerinden görünmemek için sandalyemde büzülerek. Abby de ben de, kalemini çiğnediği vakitler Frank ile ters gitmememiz gerektiğini biliyorduk. Bu, ateş püsküren bir editörle karşı karşıya olduğumuzun bir işaretiydi.

"Ne istediğini biliyor musun?" diye sordu Abby, misafir sandalyeme gömülerek.

Bilgisayarımı açıp, yavaşça aydınlanan monitörümde beliren ve Ethan ile birlikte üç yıl önce Meksika'da çektirdiğimiz fotoğrafa baktım. *Ne kadar mutlu görünüyoruz.* Bir iç çekerek Abby'den yana döndüm. "Frank, fırtına hakkında bir yazı yazmamı istiyor."

Abby omzunu silkti. "Öyle mi? Bu bana o kadar da büyük bir iş gibi görünmedi."

"Aynen öyle," dedim. "Bunun hiçbir önemli tarafı yok. Havayla ilgili bir makale yazamazsın. Yani iyi bir şey yazamazsın." Masamdaki dağınık kâğıtları toplayıp düzenli bir yığın kâğıdın üzerine yerleştirerek başımı iki yana salladım. "Bilmiyorum, Abs. Belki de sorun bende. Son zamanlarda *hiçbir* hikâyenin beni heyecanlandırabileceğini sanmıyorum."

"Tatlım, öyleyse biraz inzivaya çekil," dedi Abby. "Sana birkaç gün izin vermesi için Frank ile konuşmamı ister misin? Biliyorsun, o günden beri gerçekten hiç dinlenmedin" -duraklayarak, belki de az sonra söyleyecekleri için izin almak istercesine yüzümü inceledi- "yani hastanede yattığından beri. Ayrıca benim aksime, senin iş güvencen var, tatlım. Ne de olsa sen bir Kensington'sın. İstediğin gibi borunu öttürebilirsin."

Masamdaki bir basın bildirisini top haline getirip Abby'e doğru fırlatarak sırıttım. "Çok güzel," dedim. "Bir Kensington ile evli olabilirim, ama bir Kensington *değilim*."

Ethan'ın ailesi, ülkedeki son aile şirketi gazetelerinden biri olan gazetenin sahibiydi. Ethan ile tanışmadan önce gazetede Claire Aldridge adıyla yazdığımdan, ismimi değiştirmek profesyonel açıdan mantıklı gelmemişti. Üstelik bu durumun Ethan'ın geleneklerine oldukça bağlı olan anne babasında, yani Glenda ve Edward Kensington'da bıraktığı izlenim epey hoşuma gidiyordu. İkisi de gazetenin hissedarlarıydı ve işleri uzaktan idare ediyorlar, günlük işleri ise Ethan'a bırakıyorlardı. Çünkü kız kardeşi Leslie, programı sosyal aktivitelerle ve salon randevularıyla dolup taştığından, gerçek bir işte tutunmakla ilgilenmiyordu. Gazetenin saygıdeğer yazı işleri müdürü olan büyükbabası Warren ise seksenli yaşlarında olduğundan ve sağlığı iyi olmadığından dolayı artık daha az uğruyordu. Fakat adı gazete künyesinin en üstünde yer alıyordu.

Gazete, Ethan'ın büyük büyükbabası tarafından yüzyılın başında kurulmuş bir aile kurumuydu. Eğer olursa, gelecekteki çocuklarımız da dahil tüm Kensingtonların bu kurumda görev alması umulurdu.

"Pekâlâ," diye devam etti Abby. "Ben yine de Kensington kozunu kullanıp biraz izin alman gerektiğini düşünüyorum. Zor bir yıl oldu. Neden kendine dinlenip toparlanman için biraz zaman vermiyorsun?"

Başkaları geçmişten söz açtığında bir an önce konuyu değiştirmeme rağmen, Abby yaptığında bundan rahatsız olmuyordum. "Teşekkürler," dedim başımı olumlu anlamda sallayarak. "Ama ben iyiyim. Gerçekten."

Başımı kaldırdığımda, bölmenin üzerinden başını uzatmış olan ve ağzındaki kalemi sıkıca tutan Frank'in yüzüyle karşılaştım. "İşte buradasın," dedi. Sesindeki aceleyi duyabiliyordum. "Anlatacak bir şeyler var mı?"

Başımı sağa yatırarak, kalemlerin hâlâ zehirlenmeye sebep olan cinsten kurşun içerip içermediğini merak ettim. Belki de bu Frank'in hafif sinirli davranışlarını açıklayabilirdi. "Anlatacak derken?"

"Hikâye hakkında."

"Ah, evet," dedim. "Ben de tam, şey, Abby ile onun hakkında konuşuyordum."

"Güzel," dedi Frank, kalemi kulağının arkasına yerleştirerek. "Eğer yapabilirsen, bu öğleden sonrasına kadar bana son durumu bildir."

"Tamam," dedim başımı olumlu anlamda sallayarak, Frank arkasını dönüp ofisine doğru yürürken.

Abby'den yana döndüm. "İmdat."

Abby, ellerini kucağında kenetledi. "Yani kar fırtınası hakkında bir hikâye, öyle mi?"

"Evet."

"Biraz izne ayrılmakla ilgili söylediklerimi hatırlıyor musun?"

"Bunu yapmayacağım."

Abby, anladığını belirtircesine başını salladı. "Pekâlâ, öyleyse, haydi işe koyulalım. Röportaj yapmaya başladın mı?"

Hayır dercesine başımı salladım.

"Çıkış noktan nedir?"

"Öyle bir şeyim yok." Bozguna uğramış bir şekilde iç çektim. Sonra Frank'in 1933'teki fırtına hakkında söylediklerini hatırladım. "Frank bu yazıya 'Böğürtlen Kışı' başlığını atmak istiyor."

"Böğürtlen neyi?"

Dikkatimi toplamaya çalıştım. "Kışı. Sanırım meteoroloji uzmanlarının mevsimsiz görülen soğuk hava olaylarına verdikleri isimmiş. Frank 1933 yılında, aynı tarihte kopan benzer bir fırtınayla ilgili bir şeyler söylemişti. Resmen şehri felce uğratmış."

Abby sandalyesinde doğruldu. "Şaka yapıyorsun."

Omzumu silktim. "Frank'in fırtınanın anlamlı bir şekilde dönüş yaptığıyla ilgili çılgınca fikirleri var. Benden fırtına öncesi ve sonrasına dair bir makale hazırlamamı istiyor. Buna inanabiliyor musun? *Hava* durumuyla ilgili bir makale. Bundan daha sıkıcı bir iş hayal edemiyorum."

Abby başını iki yana salladı. "Sıkıcı mı? Claire, ciddi olamazsın. Bu çok iyi. 1933'teki fırtınada yaşananları araştırmaya başladın mı?"

Başımı iki yana salladım. "Abby, doğrusunu istersen, sanırım bu hikâyeyi araştırmaktansa gidip tuvaleti temizlemeyi tercih ederim. Başım dertte."

"Anlaşıldı," dedi Abby. "Bana bir saat ver de sana güzel bir şeyler bulayım. Biliyorsun, arşivleri karıştırmak için bahaneleri seviyorum." Abby oldukça istekli görünüyordu. "1930'lu yıllar ve Büyük Buhran – iyi bir şeyler bulacağımdan eminim."

Omzumu silktim. "Umarım öyle olur."

Abby ayağa kalkarak bana güven verircesine başını salladı. "Sen pad Thai* siparişi ver. Öğle vakti dönerim."

---

* İçine çeşitli soslar, sebzeler ve etler katılan, pirinç makarnası ile yapılan bir Tayland yemeği. (Çev. N.)

"Denerim," dedim, başımı koridora uzatarak. "Bu havada sipariş teslim edeceklerinden emin değilim."

"Onlara yüzde kırk bahşiş vereceğini söyle," dedi Abby. "İyi bir araştırma, pad Thai yemeyi gerektirir."

Yarım saat sonra Ethan'ı görmek için uğradığımda, haber odasının diğer tarafında bulunan ofisini kilitli buldum. Kapısını tıklatırken onun karısından çok bir çalışanı gibi hissetmeye başladığımı fark ettim. Son birkaç aydır, yatağımızın dışında paylaştığımız çok az şey vardı.

"Selam, Claire," dedi Ethan'ın asistanı Tracy, birkaç adım ilerideki masasında oturuyordu. Ardından başıyla Ethan'ın kapısını işaret etti. "Onu az önce kaçırdın, üzgünüm. Önce bir toplantısı, sonra da öğle yemeği görüşmesi var."

"Ah," dedim zorla gülümseyerek. "Kiminle?"

Tracy huzursuz bir şekilde birkaç saniye durakladı. "Şey, sanırım sokağın aşağısındaki yeni İtalyan restoranında Cassandra'ya eşlik edeceğini söylemişti."

"Bu havada mı? Restoran açık mı?"

"Özellikle Cassandra için açtılar," dedi Tracy, sesinde hafif bir öfke seziliyordu. "Biliyorsun, eleştiri yazısı yazıyor."

Tracy'nin şeker kâsesinden bir şekerleme alıp, ambalajını yakındaki bir çöp kovasına fırlattım. "Ve Ethan da ek iş olarak yemek eleştirmeni asistanlığı yapıyor, öyle mi?"

Tracy omzunu silkti. "Cassandra gnocchi* ile ilgili bir şeyler söylemişti."

* Patatesle yapılan bir çeşit İtalyan yemeği. (Çev. N.)

"Gnocchi."

Evet dercesine başını salladı.

"Ethan o yemekten nefret eder."

Tracy bana halden anlayan bir bakış attı.

Normalde bir gazetenin şef editörünün, bir yemeği tatmak için yemek eleştirmenine eşlik etmesi son derece anlaşılır bir şeydi. Ancak Tracy de ben de gerçeği biliyorduk: Tam da şu an, kocam eski sevgilisiyle öğle yemeği yiyordu. "Teşekkürler," dedim, kendimi toparlayarak. "Ona sonra uğrarım."

Son zamanlara kadar gazetenin yemek eleştirmeni ve Ethan'ın eski kız arkadaşı olan Cassandra'nın üç kapı uzaklıkta çalışıyor olması, sık sık çıktığı öğle ile akşam yemeği gezintilerine Ethan'ı da dahil etmekten zevk alması, beni rahatsız etmemişti. Fakat şu günlerde endişelenmeden edemiyordum. Uzun boylu ve sarışın –yani bende olmayan her şeye sahip– olan Cassandra, Ethan ile tanışmamdan birkaç ay önce yaşadıkları ayrılıktan beri kimseyle ciddi şekilde flört etmemişti. Ve gazete çalışanları arasında dönen söylentilere göre, Ethan'ı hiç unutamamıştı. Cassandra'nın boş masasının önünden geçerken, gergin bir şekilde evlilik yüzüğümü çekiştirdim.

Sipariş ettiğim yemek öğle vaktinde geldiğinde, şapkası karla kaplanmış kuryenin eline yirmi dolarlık bir bahşiş tutuşturdum. "Teşekkürler, bayan," diyerek kapıya doğru yürürken az kalsın Abby'ye çarpıyordu.

"Thai kokusu alıyorum!" diye bağırdı Abby, sıkıca tuttuğu kalın bir dosyayla.

Üzerine yerfıstığı sosu dökülmüş Thai kutusunu açtığımda, havayı tatlı bir koku doldurdu. "Bir mi, yoksa iki tane mi yersin?"

"İki," dedi Abby, ardından yere oturup dosyayı açarak içindeki kâğıtları halının üzerine yaymaya başladı. "Araştırma yapmak karnımı acıktırıyor. Neler bulduğumu görene kadar bekle."

Abby'ye bir tabak uzatarak onun yanına, yere oturdum. "Ee?"

"İşte," dedi ve 7 Mayıs 1933 tarihli bir gazete kupürünün fotokopisini bana uzattı. "Şunu oku."

Makalenin ilk birkaç paragrafına hızlıca göz gezdirsem de dikkatimi çeken bir şey olmadı. "Bu sadece haftalık polis merkezindeki kayıt defterinin bir özeti," dedim. "Tutuklanan kaçaklar, küçük çaplı soygunlar. Gözden kaçırdığım bir şey mi var?"

"Evet," dedi Abby, yemeğinden bir ısırık almadan önce. Sonra da paragrafın biraz aşağısını işaret etti. "Kar yağışı, Prens George'un ziyaretine engel oldu."

"Gerçekten mi? Seni heyecanlandıran şey, sersem bir kraliyet mensubunun ziyareti mi?"

"Pekâlâ, ilginç olan bunun ardındaki hikâye," dedi Abby bana bir başka gazete kupürünü uzatarak. "Anlaşılan Seattle'dan bir kadınla flört ediyormuş. Eğer fırtına çıkmasaydı, Seattle ilk prensesine sahip olabilirdi."

Suratımı astım.

"Anlaşılan kraliyet hikâyelerini sevmiyorsun."

"Abs, herkes Diana aşkıyla yanıp tutuşurken bile Diana'ya hayran değildim," dedim, yarısı dolu tabağımı masama bırakıp bir iç çekerek. "Başka bir şey olmalı."

Haber kupürlerini tekrar elime alıp, herhangi bir şey bulmak umuduyla isteksizce okumaya başlamıştım ki gözlerim bir habere takılıp kaldı.

"Üç yaşındaki Daniel Ray'in, 2 Mayıs sabahı Seattle'daki evinde kaybolduğu bildirildi. Kaçtığından şüpheleniliyor."

"Üzücü," dedi Abby. "Tam da kar fırtınasının olduğu gün."

Başımı sallayarak onayladım. "Kız kardeşimin üç yaşında bir çocuğu var. O yaştaki çocuklar evden kaçmaz."

"Yani kaçırıldığını mı düşünüyorsun?" diye sordu Abby, habere yakından bakmak için eğilmişti.

"Pekâlâ, mantıklı gelen tek şey bu," diyerek ayağa kalkıp masama geçtim. "Ama bakalım neler bulabileceğiz." Çocuğun adını arşiv veritabanına girdiğimde birçok sonuçla karşılaştım. İlk sonuca tıklayıp, daha fazla ayrıntı öğrenmek amacıyla sayfaya hızla göz gezdirdim. Çocuğun annesinin adı Vera Ray'di. Yazanları hızlıca okuduktan sonra Abby'den yana döndüm. "Annesi işten eve döndüğünde çocuk kayıpmış," dedim. "Oyuncak ayısını karların üzerinde bulmuş." Elimi kalbimin üzerine yerleştirdim. "Tanrım, ne kadar içler acısı."

Abby, bana katıldığını belirtircesine başını salladı. "Sence onu bulmuşlar mıdır?"

"Bilmiyorum," dedim, diğer makalelere tıklayarak. "Burada herhangi bir sonuç görünmüyor."

Abby, sırtını dosya dolabımın yanındaki duvara yasladı. "Peki, ya annesi?"

Kadının adını bilgisayara girip çıkan ilk sonuca tıkladım. "Bak," dedim. "Adı birçok polis raporunda geçiyor." Yazının hepsini seçerek koridorun aşağısındaki yazıcıya yolladım.

Ardından tekrar çocuğun adını girerek, çıkan makalelerden birini daha yakından inceledim. "Bunların hepsi *Seattle Post-Intelligencer*'dan, *Herald*'dan değil. Bu haberle ilgili hiçbir şey yazmadık mı?"

Abby makale listesini gözden geçirdi. "Tuhaf, yazmamışız gibi görünüyor," dedi. "*Herald* bu hikâyeyi tamamen gözden kaçırmış olmalı."

Bir başka linke tıkladığımda, makaleyle birlikte sarı saçlı, tombul yanaklı küçük çocuğun bir fotoğrafı belirdi. İri, yuvarlak gözleri doğruca bana bakıyordu. O tanıdık sancıyı hissederek karnımı tuttum ve gözlerimi sımsıkı kapattım.

"Claire," diye fısıldadı Abby, "iyi misin?"

"Bu çocuğa ne olduğunu bulduğumda iyi olacağım," dedim. Abby'ye, hatta kendime bile açıklayamıyordum, ama bu çocukta, 1933 yılındaki küçük Daniel Ray'de, kalbime hitap eden bir şey vardı.

Abby gülümsedi. "Sanırım hikâyeni buldun, değil mi?"

"Evet," dedim gözlerimi bilgisayar ekranından ayırmaksızın.

Beşinci Bölüm

VERA

"İşte," dedi başımda bekleyen biri. "İç şunu. İyi gelecektir."

Neredeyim ben? Bu kimin sesi? Gözlerimi açmamla birlikte bulanık görüntü yavaşça netleşmeye başladı. *Caroline.* Şöminede sarı alevler titreşiyordu. Kucağımda ise kaşındıran, yün bir battaniye vardı.

"Vera Teyze, uyandın mı?" Caroline'in kızı, küçük Eva, yanağını göğsüme yasladı. Daniel'dan çok büyük olmasa da yaşının ötesinde bir olgunluğa sahipti.

Gözlerim yanıyor, başım ağrıyordu. Büyük bir acıyla ayaklarımı kavradım. Ayaklarım yanıyor ve daha önce hiç hissetmediğim bir acıyla zonkluyorlardı.

"Soğuk ısırması," dedi Caroline usulca. "Seni tam zamanında bulduğumuz için şanslısın. Son bir saattir onları ısıtmakla uğraşıyorum. Sanırım başparmağını kurtardık."

Sağ ayağımı dikkatle inceledikten sonra ellerime bir bardak su tutuşturdu. "Haydi, iç."

Yüzümü kanepenin yastığına gömdüm, fakat Caroline çenemi nazikçe kaldırarak bardağı dudaklarıma dayadı.

Soğuk su kurumuş boğazımdan aşağı kayarken bir an için nefesim kesildi.

"Seni bir saat önce sokakta bulduk," diye devam etti Caroline. "Bayılmadan önce deliye dönmüş bir halde sayıklıyordun, tatlım. Bay Ivanoff, seni buraya taşıma nezaketini gösterdi."

Bay Ivanoff, Rusya'dan gelmiş bir duvar işçisiydi ve bize karşı daima iyi davranırdı. Geçtiğimiz ay apartmanın koridorunda Daniel'ı görüp, yardımsever bir şekilde gülümsemişti. "Çocuğun babası yok mu?" diye sormuştu ağır aksanıyla.

"Hayır, yok," demiştim sessizce, o sırada Daniel hayretle Bay Ivanoff'un aletlerine bakıyordu.

Bay Ivanoff, anladığını belirtircesine başını sallamıştı. "Öyleyse bugün bana yardım etmesine izin veriyorum. Sizin için bir mahsuru yok, değil mi?"

Bu nazik davranışına gülümseyerek karşılık vermiştim.

"Lütfen, yardım edebilir miyim, anne?" diye sormuştu Daniel neşeyle.

"Elbette, tatlım."

Daniel ve yeni arkadaşı tavernanın şöminesinin harcını onarmaya koyulurken, ben de örgü şişlerimi çıkarıp köşedeki bir sandalyeye oturmuştum.

Aniden yerimden doğrularak, telaş içinde Caroline'in dairesine bakındım. Sis perdesi kalkarak, daha önce hissettiğim dehşeti açığa çıkarmıştı. *Oğlum. Gitmişti.*

Ayağa kalkıp titreyen elimle bardağı sehpaya bıraktım. Fakat yere düşüp paramparça olan bardaktaki su, eski püskü, mavi kilime döküldü. "Onu bulmalıyım!" diye bağırdım. "Bir şeyler yapmak zorundayız. Biri onu götürdü. Biri Daniel'ı götürdü!"

Caroline telaşla yanıma koşturdu. "Sakin ol, sakin ol," dedi. "Bütün sabahı karın içinde geçirdin. Ayakların donmuş olmalı. Tekrar dışarı çıkamazsın. Buna izin vermeyeceğim."

Caroline'i bir kenara iterek kapıya doğru bir adım attım, ancak bacaklarım beni taşımıyordu. Caroline başımı kucağına koyarken kalbim öylesine hızlı çarpıyordu ki tek duyabildiğim onun sesiydi. *Ne kadar zaman geçti?* Pencereden dışarı baktığımda havanın kararmış olduğunu görebiliyordum. "Acıkmış ve üşümüş olmalı," diyerek hıçkırarak ağlamaya başladım. Caroline'in itirazlarına boyun eğmeden önce, bir kez daha beceriksizce ayağa kalkmaya çalıştım.

Caroline kanepeye oturmama yardım ederek, hıçkırıklarım dinene kadar saçlarımı okşadı. "Onu bulacağız," dedi usulca.

Daniel'ın en iyi arkadaşı, küçük Eva, yüzünde korkmuş bir ifadeyle annesinin yanına oturmuştu. "Vera Teyze?" diye fısıldadı, başını omzumun üzerinden uzatarak.

"Şimdi Vera teyzeni rahatsız etme, tatlım," dedi Caroline. "Dinlenmesi gerek."

"Ama anne," dedi Eva, "korkuyorum. Daniel'ı o kuş kadın mı götürdü?"

Gözlerimi iri iri açtım. "Kuş kadın mı? Eva, ne demek istiyorsun?"

"Kuşları öldüren kötü kadın," diye devam etti Eva.

"Eva!" diye bağırdı Caroline. "Sus. Yukarı çık ve oyuncağınla oyna."

Çocuk itaatkâr bir şekilde başını sallayarak odadan ayrıldı.

"Ona kulak asma," dedi Caroline. "Ne dediğini bilmiyor."

Yüzümü titreyen ellerimin arasına gömdüm. "Ama ben–" Ağlarken sesim çatallaşıyor, fakat gözlerimden yaş akmıyordu. Artık dökecek gözyaşım kalmamıştı. "Ah, Caroline," diye bağırdım. "Onu bulmak zorundayız. Lütfen onu bulmama yardım et. Lütfen Tanrım, lütfen eve, bana dönmesine izin ver."

"Yardım edeceğim, tatlım," dedi Caroline yumuşak bir sesle. "Seninle ilgilenir ilgilenmez yardım edeceğim."

Bir saat sonra Caroline yakacak odun almak için köşedeki markete çıktığında, yerimden doğrularak başımı tuttum. Başım oldukça şiddetli ağrıyordu, ama yine de ayağa kalktım. Dizlerim titreyince çabucak kanepenin koluna tutundum. *Buradan çıkmak zorundayım. Onu bulmalıyım. Eve geri dönmeliyim.*

"Sen burada kal, tatlım," diye fısıldadım Eva'ya. "Annen hemen gelecek. Ona gidip Daniel'ı bulmam gerektiğini ve üzgün olduğumu söyle. Beni anlayacaktır."

Eva başını olumlu anlamda sallarken kapıdan çıktım. Bir saniyeyi daha boşa harcayamazdım. Ayaklarım şiddetle zonkluyordu. Korkuluklara sıkıca yapıştım ve her basamakta duraklayarak aşağı inmeye başladım. Sokağa ulaştığımda, yüzüme nefesimi kesen, şiddetli ve dondurucu bir rüzgâr çarptı. Fakat kaldırım boyunca topallayarak yürümeye devam ediyor, acının geçmesini diliyordum. Güçlü kalmak zorundaydım. Ancak ayaklarım öylesine şiddetli ağrıyordu ki bastığım karlar tıpkı açık yaraya dökülen asit gibiydi. *Yürümeye devam et. Seni bekliyor olabilir.* İlerideki görüntüler bir netleşiyor, bir bulanıklaşıyordu. Gücüm tükeniyordu, biliyordum. *Dayan. Yürümeye devam et.* İriyarı ve karanlık bir gölge bana doğru yaklaşıyor, bir yumruğuyla diğer avucunun içine vuruyordu. Gözlerimi yüzüne diktiğimde, tüylerim bir anda diken diken oldu. *Ah, Tanrım, Bay Garrison.*

"Bakın burada kim varmış," dedi Bay Garrison, yüzünde iğrenç bir gülümsemeyle. "Kiranı ödemeden kaçtın, değil mi?" Kolumu sertçe yakalayarak beni hızla kendine doğru çekti.

"Lütfen!" diye bir çığlık attım. "Oğlum kayboldu. Onu bulmak zorundayım!"

"Çok geç," dedi duygusuzca. Bıyığındaki kurumuş bira köpüğünü görebiliyordum. "Kira yoksa, ev de yok."

"Ama, ben..." Cümlemi tamamlamaya kalmadan sallanmaya başladım. Sonra da her yer kararıverdi.

Ne kadar zaman geçti bilmiyordum, ama gözlerimi açtığımda boynumda buz gibi bir rüzgâr hissettim. Dudağımdan kan sızıyordu.

Bay Garrison tepemde dikilmişti. Sıcak, ekşi nefesi yüzüme çarpıyordu. "Benimle geliyorsun," dedi, beni kollarına alıp kaldırarak.

"Dur!" diye bağırdı Caroline. "Bırak onu!"

Yaşlıca bir adam, sokağın karşısından koşarak yanımıza geldi. "Bir problem mi var?"

"Bu adam," diye bağırdı Caroline, Bay Garrison'ı işaret ederek, "arkadaşıma bir şey yaptı."

Yaşlı adam göğsünü kabartarak, "Sende hiç mi ahlak yok?" diye bağırdı. Bay Garrison kolumu bırakınca, karların arasına yığıldım. "Zavallı kadını rahat bırak!"

Bay Garrison adama alaycı bir bakış fırlattıktan sonra, alçak sesle bir şeyler homurdanarak tavernaya yöneldi.

"Onu evine götürmenize yardım edebilir miyim, bayan?" diye sordu adam, Caroline'e.

Caroline, kolumu omzuna atarak ayağa kalkmama yardım etti. "Hayır," dedi adama, "ama yine de teşekkür ederim. Sadece birkaç blok ötede oturuyorum. Kendim halledebilirim."

"Onu aramaktan vazgeçmeyeceğim," dedim cılız bir sesle.

"Biliyorum, tatlım," dedi Caroline. "Ama bunu denerken ölmene izin vermeyeceğim. Eve döndüğümüzde, seni yatıracağım ve sonra da polise gideceğim."

"Bunu yapar mısın?"

"Elbette yapacağım," dedi omzumu okşayarak. "Kayıp ihbarında bulunacağız. Onlar da Daniel'ı aramaya başlayacaklar." Caroline'in sesindeki kesinlik beni yatıştırmıştı.

Evine döndüğümüzde, beni bir battaniyeye sardıktan sonra mantosunu giydi ve bir polis memurunu durdurmak için sokağa çıktı. Geçen her saniyenin farkında olarak, duvarda asılı eski guguklu saatin tik taklarını dinlerken, Eva da başını göğsüme yaslamıştı. Apartmanın koridorundan gelen ayak seslerini duyduğumda yerimden doğruldum. Kapı açıldı ve Caroline, yanında bir polis memuruyla birlikte içeri girdi. Elinde siyah bir cop olan memur, ocağın üzerindeki kahve ibriğine göz gezdirdikten sonra Caroline'e baktı.

"Acaba bütün gününü soğukta geçirmiş bir polis memuru için bir fincan kahveniz var mıydı, bayan?"

Caroline hızla mutfağa koşup ocağı yaktıktan sonra, kahve kutusunun içinde kalan son kahveyi de ibriğe boşalttı.

"Birazdan hazır olur, memur bey," dedi. "Vera orada. Aşağıda söylediğim gibi, oğlu kayıp."

Polis memuru umursamaz görünüyordu. "Bayan Ray?"

"Evet," dedim. "Geldiğiniz için çok teşekkür–"

"Fazla vaktim yok," diye gürledi. "Kısa kesin."

"Tabii," diyerek bacaklarımı örten battaniyeyi düzelttim. "Bu sabah işten eve geldiğimde, oğlum Daniel, ortadan kaybolmuştu."

Polis memuru, kaşlarını yukarı kaldırarak Caroline'in eline tutuşturduğu bardaktan bir yudum kahve aldı. "Yani çocuğun evde tek başına olduğunu söylüyorsunuz, öyle mi? Kaç yaşında?"

"Üç," diye yanıtladım. Memurun bakışları beni adeta delip geçiyordu.

"Vera, Olympic Otel'de çalışıyor," diye lafa karıştı Caroline, sessizliği bozmak için. "Oğluna bakmak için çok çalışıyor. Daniel'a elimden geldiğince sık göz kulak oluyorum, ama dün gece ben de çalışıyordum ve o– "

"Evde tek başına kalmak zorunda kaldı," diyerek cümlesini tamamladım. Doğruyu söylemekten başka yol yoktu. "Geçen hafta işe giderken Daniel'ı da yanımda götürmüştüm, ama müdürüm onu bir daha getirirsem beni kovacağını söyledi. Memur bey, bugünlerde onca insan işsizken işimden olmaya dayanamazdım–"

"Şehirdeki istihdam şartları hakkında bir derse ihtiyacım yok, bayan," dedi memur, bana şüpheyle göz gezdirerek. "Çocuğun babası nerede?"

"Daniel'ın babası yok," dedim. "En azından hayatının bir parçası olan bir babası yok."

Polis memuru yapmacık bir şekilde gülümsedi. "Anlıyorum."

Ona Daniel'ın küçük ayıcığını gösterdim. "Bunu karların arasında buldum. Oğlumun ayıcığı."

Memur anladığını göstermek istercesine başını sallayarak çıkardığı not defterine birkaç kelime karaladı. "Bir kaçma vakası," dedi nihayet. "Büyük ihtimalle eve dönecektir. Hep böyle yaparlar."

Aniden midemin çalkalandığını hissettim. "Hayır, hayır," dedim. "Tamamen yanlış anladınız. Daniel asla evden kaçmazdı. Biri onu götürmüş olmalı. Bundan eminim."

Memur yapmacık bir şekilde sırıtmaya devam etti. "İçeri zorla girildiğine dair herhangi bir işaret var mıydı? Camlardan biri ya da kapı kırılmış veya değerli bir şey çalınmış mı?"

Boş gözlerle memura baktım. "Hayır, öyle bir şey söyleyemem."

Memur, boş kahve bardağını masaya bıraktıktan sonra not defterini sertçe kapattı. "Tam tahmin ettiğim gibi. Çocuk geri dönecektir," diyerek rahatsız edici bir şekilde kıkırdadı. "Yeterince acıktığı zaman."

Kapı gürültüyle kapandığında yüzümü ellerimin arasına gömdüm. "Eve gitmeliyim," dedim hıçkırarak. "Geri dönmeliyim. Daniel eve gelebilir."

Caroline hayır dercesine başını salladı. "O zorba ev sahibi pusuya yatmış beklerken olmaz. Burada kalıyorsun. Bay Ivanoff'tan sabah bize oraya kadar eşlik etmesini isteyebiliriz. Ama şimdi dinlenmen gerek."

Eva, Caroline'in durduğu merdivenlerin dibinde beliriverdi. "Anne!" diye bağırdı. "Daniel kabanının düğmelerini iliklemeyi unutmamıştır, değil mi? Her seferinde unutuyordu, ben de ona–" Caroline, Eva'yı susturmak için telaşla ağzını kapattı.

Dışarısı buz gibiydi. Ve yağan kar bir girdap gibi amansızca dönerek uçuşurken, küçük oğlumun kabanını giyip giymediğini bile bilmiyordum.

Altıncı Bölüm

CLAIRE

"Bunu sevdim!" diye bağırdı Frank coşkuyla, makale hakkındaki fikrimi ona anlattığımda. "Kar fırtınasında kaybolmuş küçük bir çocuk. Bu, her okuyucunun yüreğini cız ettirecektir. Yazmak için ne kadar zamana ihtiyacın var?"

"En azından bir hafta," diye cevapladım. "Bu konuya gerçekten eğilmek istiyorum. Röportaj yapabileceğim arkadaşlar ya da akrabalar bulabilecek miyim diye bir bakacağım."

Frank tamam dercesine başını salladı. "Sana o kadar zaman verebilirim. Beni gelişmelerden haberdar et."

O akşam Ethan'ı mutfakta, boş buzdolabına dalgın gözlerle bakarken buldum.

"Selam," dedim, anahtarlarımı masaya bırakarak. Sesim evin köşesinde yankılanmış ve her yere nüfuz etmiş olan o yoğun, rahatsız edici sessizliği iyice gözler önüne sermişti.

"Selam," diye karşılık verdi Ethan, arkasını dönmeksizin. "Bugün fena fırtına vardı, ha? Baksana, buralarda bir yerlerde kalmış Meksika yemeğimiz yok muydu?"

"Çöpe attım," dedim.

Ethan benden yana dönerek suratını astı. Sanki hazır yemek artığını çöpe atmak bir ihanet –hayır, düpedüz bir savaş nedeniydi. "Bunu neden yaptın?" diye sordu incinmiş bir şekilde.

"Çünkü iki haftadır oradaydı ve küflenmeye dönmüştü."

"Ah," dedi Ethan, kanepeye yönelmeden önce. "O kadar olmuş muydu?"

"Evet," dedim. Aynı zamanda aramızda geçen son konuşmadan bu yana da iki hafta geçmiş olabileceğini fark etmiştim.

"Seni muayenehaneden aradılar."

E-postalarımı kontrol etmekle meşgul olmayı denedim.

"O randevuya gerçekten gitmelisin, Claire."

Ethan'ın soğuk ve duygusuz ses tonu, bugün Cassandra ile yenen öğle yemeği, ama en çok da geçmişin verdiği acı yüzünden içimde kabaran bir öfke hissettim. "Bana ne yapmam gerektiğini söyleme, Ethan," diye çıkıştım.

Ethan omzunu silkip uzaktan kumandayı eline alarak, alçak sesle bir şeyler mırıldandı.

Mısır gevreği kutusunu açıp içindekileri bir kâseye gelişigüzel boşalttım ve üzerine biraz soya sütü döktüm. Sonra da granit tezgâha sıçrayan süt damlalarını silme gereği bile duymaksızın yatak odasına yöneldim.

Nasıl bu kadar vurdumduymaz, bu kadar bezgin olabiliyor? Ethan, kliniğe gidip doktorumun yüzünü görmemin ve her şeyi tekrar tekrar yaşamamın bana nasıl hissettirdiğini biliyordu. *Neden bu konuyu açtı? Canımı acıtmak mı istiyor?* Kâsemden bir kaşık alarak, mısır gevreğinden kaynaklanan çıtırtının Ethan'a ve geçmişe dair düşünceleri bastırmasına izin verdim. Onun yerine küçük Daniel Ray'i düşünmeye başladım. *Ona ve annesine ne oldu? Tekrar bir araya geldiler mi? Kar fırtınasının bu trajedide payı var mıydı?*

Küçük bir çocukken, Maine'deki büyükannemlere yaptığımız bir Noel ziyareti sırasında otuz santimetre kalınlığına kadar kar yağmıştı. İki California çocuğu olan erkek kardeşimle ben, manzara karşısında çılgına dönmüş ve bütün haftayı kardan adamlarla kardan melekler yaparak, dilimizle kar tanelerini yakalayarak geçirmiştik. Son derece neşeliydik. Yeniden öyle hissetmek, kalbimdeki acıyı ve boşluğu tamir etmek için can atıyordum. *Daniel da kaybolduğu günün sabahı karlarla oynamış mıydı? O da aynı mutluluğu hissetmiş miydi?*

Yatağa oturdum ve yapacağım arama için biraz kendime güven duymayı dileyerek telefona uzandım. Hastanedeyken doktorum bana cep telefonu numarasını vermiş ve onunla iletişime geçmem için beni cesaretlendirmişti. Numarayı çevirdim, telefonun korkutucu, uzun bir saniye boyunca çalmasına izin verdikten sonra çabucak kapattım. *Hayır. Henüz değil.*

Onun yerine, yorganı yeniden yatağa çekerek altına girdim ve sıcaklığında gizlendim. Bir saat sonra Ethan'ın odaya girdiğini duydum. Elindeki anahtarları şıngırdıyordu. Ona doğru dönüp, çekmeceden bir kazak çıkarışını ve bir robot gibi odadan çıkışını seyrettim. Daire kapısı, umursamaz bir gürültüyle çarparak kapandı.

Ertesi sabah sokaklar hâlâ karla örtülüydü ve meteoroloji uzmanları daha fazlasının yağabileceğini söylüyordu. Bu defa ayağımda daha elverişli ayakkabılarla Kafe Lavanto'nun yolunu tuttum. Abby ile saat dokuzda orada buluşmak üzere anlaşmıştım ve şöminenin yanındaki bir masada beni bekliyordu. Odunla dolu şömineyi ve kükreyen alevleri görmek beni sevindirmişti.

"Günaydın," dedi Abby, kahvesinden bir yudum alarak.

"Merhaba," diyerek yanındaki sandalyeye yerleştim.

Abby kaşlarını çattı. "Bu üzgün surat da ne böyle?"

Keyifsiz bir şekilde çantamı masaya bıraktım. "Ethan."

"Çok üzüldüm, tatlım," dedi Abby. "Son durum ne?"

Bir iç çektim. "Ah, Abs, nereden başlayacağımı bile bilmiyorum. Durum o kadar kötü."

"Pekâlâ," dedi Abby, "ikiniz de büyük şeyler yaşadınız. Yaşananları hiç değişmeden atlatamazsınız." Kendisinin bekâr olmasına rağmen Abby, tanıdığım en iyi evlilik danışmanıydı.

"Haklısın," diye karşılık verdim. "Onu kaybetmek istemiyorum, öte yandan her şeyi nasıl düzelteceğimi de bilmiyorum." Durup etrafıma bakınırken, espresso tezgâhının arkasındaki Dominic'i fark ettim. "Ethan yine Cassandra ile öğle yemeği yemiş."

Abby kaşlarını çattı. "O kadın zehirli, demedi deme."

"Aynen öyle," dedim, çantamda belli belirsiz çalan telefonumu fark ederek. "Affedersin," diye ekledim, "bunu açsam iyi olur."

Arayan numarayı tanımıyordum. "Alo?"

"Bayan Aldridge?"

"Evet?"

"Ben Elliott Körfezi Kuyumcusu'ndan Jerry. Saatiniz hazır –bu sabah New York'tan gelen özel siparişten bahsediyorum," dedi bir adam. Bir ay önce Ethan için bir hevesle sipariş ettiğim saati neredeyse unutmuştum. Aşağı yukarı bir yıldır, bir Hugo Allen istiyordu. Çocukların oyunları ve sportif aktiviteler için işe yarayacağını söylediği bir kronometre özelliği vardı. Bir baba için çok kullanışlıydı. Babalar Günü yaklaşıyordu ve haziranın üçüncü pazar günü, böyle bir hediyenin onu gülümsetebileceğini düşünmüştüm. Bu bir zeytin dalı olacaktı.

"Ah, evet," dedim, içten içe onu hiç ısmarlamamış olmayı diliyordum. "Ben... gelip onu alırım."

"İçine bir şey yazdırmak ister miydiniz?"

"Bir şey yazdırmak mı?"

"Şey, yapmak zorunda değilsiniz elbette," dedi adam. "Ama müşterilerimizin çoğu hediyelerini kişileştirmekten hoşlanıyor. Bu sadece hediyenizi daha özel yapıyor."

"Ah," dedim. "Doğru."

"Peki, içinde ne yazmasını istersiniz?"

Ne yazmasını isterim? Kocama. Ellerimden kayıp giden adama. Artık onu tanımadığımdan endişe ettiğim adama. Başımı iki yana salladım. *Kalbinizdekileri tek bir cümleyle nasıl özetlersiniz ki?*

Belli ki endişelerimin farkına varmıştı. "Biraz düşünüp, karar verdiğinizde bizi aramak ister misiniz?" Aşk söz konusu olduğunda, kuyumcuların altıncı hisleri son derece kuvvetliydi.

"Evet, çok iyi olur," dedim. "Teşekkürler."

Telefonu kapatıp Abby'ye baktım. "Yapamadım."

Abby omzunu silkerek, "Ne?" diye sordu.

"Arayan kuyumcuydu. Ethan'a bir saat satın almıştım," diye açıkladım. "Bir yerlerde gördüğü şu aptal, pahalı saati. Babalar Günü'nde verecektim." Şöminenin tüm sıcaklığını üzerimde hissederek elbisemin kolunu çekiştirdim. "Saatin içinde ne yazmasını istediğimi sordular, ama ne diyeceğimi bilemedim. Hiçbir şey düşünemedim, Abby."

Abby, bir paket şeker daha açarak bardağına boşalttı. "Sana bir şey diyebilir miyim?"

"Tabii."

"Ethan'ın Cassandra'ya karşı herhangi bir ilgisi olduğunu zannetmiyorum," dedi. "Bence o, seni istiyor."

"Zaten bana *sahip*," dedim zorla gülümseyerek.

"Hayır, tatlım, değil. Sen onun evlendiği kız değilsin. Onun evlendiği kız uzun zaman önce gitti ve keder içinde boğuluyor."

Kucağımdaki ellerimi ve parmağımdaki tek taş yüzüğü inceledim. Abby haklıydı. Uçuruma doğru yol alan ve kendini durduramayan bir tarla faresi gibiydim.

"Dinle," diye devam etti Abby. "Dün ofisteyken, gözlerinde uzun zamandır görmediğim bir şey gördüm. Bir an için geri dönmüştün. *Bir şey* için heyecan duymuştun. Tanrım, Claire, uzun zamandır bir şeye heyecanlandığını görmemiştim."

Onu onaylarcasına başımı salladım. İçimde ufacık bir coşku hissinin alevlendiğini hissetsem de çabucak söndü.

"Bence şu hikâye, şu küçük çocuk, seninle birlikte yankı uyandıracak," diye devam ederek kahvesinden bir yudum aldı Abby. "Adı ne demiştin?"

"Daniel," dedim, gözlerim şömine ateşine takılı kalmıştı. "Daniel Ray."

Bir elin omzuma dokunduğunu hissetmemle arkamı döndüm ve Dominic ile karşılaştım. "Günaydın," dedi neşeyle. "Umarım bölmüyorumdur." Sonra da önüme üzeri köpük kremayla dolu, büyük, kulplu bir bardak koydu. "Sıcak çikolatanı içmek istersin diye düşündüm de."

Yanaklarımın yandığını hissettim. Kıpkırmızı olmuş olmalıydım, ama bunu fark etmemelerini umuyordum. "Teşekkür ederim," dedim, Abby'yi işaret ederek. "Siz ikiniz tanışmış mıydınız?"

Dominic hayır dercesine başını salladı.

"Abby, Dominic. Dominic, Abby."

"Tanıştığımıza memnun oldum," dedi Abby, Dominic'ten çok bana sırıtarak.

Dominic eğilerek şömineye bir odun daha yerleştirdi. "Sizin için çok sıcak olmaz, umarım."

"Hayır, harika," dedim, hırkamı çıkarırken. Önceki gün kafenin diğer ucundan gördüğüm levhayı hatırlayarak şöminenin tuğlalarını inceledim. Şimdi daha yakından bakıyordum. Üzerinde 'Lander'ın Tavernası' yazıyordu. "Şu levha," dedim Dominic'e, "ne anlama geliyor?"

"Ah," dedi seramiğe bir göz atarak. "Eskiden burası bir tavernaymış ya da bir bar, artık o zamanlar bu tür yerleri nasıl adlandırıyorlarsa. İçki yasağı boyunca da ayakta kalmış." Döşeme tahtalarını işaret ederek, onarım esnasında belli ki gözden kaçmış olan bir oyuğu gösterdi. "Kasabanın ayyaşları işte burada toplanırlarmış. Polisler onları doğruca buraya yollarmış. Vakti zamanında burası gürültülü ve kavgalı bir yermiş. Hâlâ bir çift eski bira fıçımız ve tavan arasında da bir iki büyük bira bardağımız var." Ardından elini şöminenin üzerinde gezdirerek gevşemiş, gri bir harç parçasını çekip çıkardı. "Ama bu," diye devam etti, "bu çok özel bir şey. Şu baş harfleri görüyor musunuz?" diye sordu, levhanın köşesindeki 'S. W. Ivanoff' yazısını göstererek. "Seattle'ın en ünlü duvar ustalarından biriymiş. Eski Olympic Otel'deki ve şehrin diğer binalarındaki çoğu dekoratif şömineyi bu adam yapmış. Gerçek bir zanaatkâr. Ölümünden sonrasına dek eserlerinin kıymeti bilinmemiş, tabii."

Not defterimi çıkarıp adamın ismini not aldım. "Kim bilir?" dedim. "Mimarlık bölümü onun eserlerini incelemek isteyebilir."

"Pekâlâ," dedi Dominic. Kapıdaki çan, içeri giren bir müşterinin haberini veriyordu. Yanaklarımda hissettiğim buz gibi bir esinti, şömine ateşinin sıcaklığını azaltmıştı. "Seni tekrar görmek güzeldi," dedi Dominic, doğruca bana bakarak.

"Seni de öyle," diye karşılık verdim, Dominic arkasını dönüp yeniden bara yönelirken.

"*Birileri* sana biraz abayı yakmış," diye fısıldadı Abby, şarkı söyler gibi bir ses tonuyla.

Bakışlarımı kaçırdım. "Ah, kes şunu."

"Tamam, tamam," diyerek geri çekildi. "Ama bak, hiç değilse bir hayranın *var*."

"Senin de öyle," diye ekledim. "Rick konusunu açmama gerek var mı?"

İkimiz de kahkahayı bastık. Rick –evet, aslan yelesine benzer bir saç modeli kullanan sevimli biriydi– uzun zamandır Abby'ye âşıktı. Fakat ne yazık ki bir kaplumbağanın çekiciliğine sahipti ve anne babasıyla birlikte yaşıyordu.

Abby kahvesinin son yudumunu da içtikten sonra kalçalarını örten beyaz, kabarık montuna uzandı. Sonra da montu giyip fermuarını çekerek gülümsedi. "Sence bu şey beni Michelin maskotu gibi mi gösteriyor?"

"Gerçeği duymak ister misin?" diye sordum, kahkahamı bastırmaya çalışarak.

Evet dercesine başını salladı.

"Biraz," dedim, kıkırdamama engel olamayarak. "Ama hiç değilse seni sıcak tutuyor."

Abby sırıttı. "Pekâlâ, Michelin maskotu bir an önce ofise gitse iyi olacak. Frank bana pazar gazetesi için bir yığın araştırma yaptırıyor. Ayrıca Cassandra'nın dün gece benden neler istediğine inanamazsın."

Cassandra. Ansızın irkildim. O kadının adı, bir diken gibi canımı acıtıyordu. Birileri onun adını her söylediğinde '*ah*' demek istiyordum.

"Kadın 1980'li ve 90'lı yıllarda şehirde bulunan tüm İtalyan restoranlarıyla ilgili bir arşiv istiyor," diye devam etti Abby. "Yemek eleştirmenleri kendilerini biraz fazla ciddiye alıyorlar. Her neyse, şimdiye kadar bulabildiğim tek şey, fırında makarna yemek isteyen bir katil."

Gülümsedim. "Sana kolay gelsin."

Abby, kafenin diğer ucundaki Dominic'e göz attı. "Sen kalıp burada mı çalışacaksın?"

"Yo," diyerek ayağa kalktım. Dominic ile göz göze gelir gelmez, bakışlarımı başka yöne çevirdim. "Ben de seninle geliyorum. Birlikte bir taksi tutabiliriz."

"Tık, tık."

Başımı bilgisayarımdan kaldırdığımda, kapı eşiğinde duran Ethan'ı gördüm. "Merhaba, yabancı," dedi soğuk bir şekilde, pembe, beyaz, turuncu ve sarı lalelerden oluşan kocaman bir buketi bana uzatarak. Kahverengi bir kâğıtla sarılmış ve bir iple bağlanmış olan çiçekler, Pike Place Pazarı'ndan alındıklarını oldukça belli ediyordu.

Şaşkın bir halde, pastel renkli yaprakların limoni, tatlı kokusunu içime çekerek beni bir anlığına sarhoş etmesine izin verdim. "Çok güzeller," dedim, tekrar kendimi toparlayarak. "Teşekkür ederim."

"Pazardan geçiyordum ve aklıma sen geldin," dedi Ethan, karşımdaki sandalyeye yerleşerek. Uzun boyu, geniş omuzları, kestane rengi saçları ve dizlerin bağını çözen gülümsemesiyle, Ethan'ın çekici olmaya çalışmasına hiç gerek yoktu. Zaten öyleydi. Gazetenin kurucusunun torunu olarak, büyük bir gazetede deneyim kazanmıştı ve yıllar önce *Herald* binasına adım attığında, ilk görüşte ondan etkilenmiştim. Ondan hâlâ etkileniyordum. Fakat şimdi her şey farklıydı. Bir zamanlar birbirine delicesine âşık iki insandık. Peki, ya şimdi? En son ne zaman seviştiğimizi bile hatırlayamıyordum.

"Çok incesin," dedim, genellikle iş arkadaşlarımla konuşurken kullandığım bir ses tonuyla. Gelen bir e-posta bildirisinin sesini duyarak bilgisayarıma döndüm.

"Ah," dedi Ethan. "Bugün son teslim günü mü?"

"Hayır," diye yanıtladım. "Şey, aslında, bir nevi öyle. Frank beni olmayacak bir hikâyenin peşinden koşturuyor, ama nihayet araştırmaya değer bir şey buldum sanırım."

Ethan birden ayağa kalktı. "Pekâlâ, öyleyse seni meşgul

etmeyeyim. Bu geceki galada görüşürüz diye tahmin ediyorum?"

"Gala mı?"

"Unutmadın değil mi?"

"Affedersin," dedim, kafam karışmış bir halde. "Sanırım unutmuşum."

Ethan'ın suratı asıldı. "Ronald McDonald Yardım Derneği galası," dedi. "Hani şu, annemle babamın başkanlık ettiği dernek? Büyükbabam bu gece Hayat Boyu Başarı Ödülü ile onurlandırılacak." Bir iç çekti. "Claire, bunu aylar öncesinden biliyordun."

Bunu aylar öncesinden *biliyordum*. Bu konuyla ilgili konuştuğumuzu, çoğunlukla da Ethan'ın annesi Glenda'nın, geceye uygun, resmi, uzun bir elbise bulmam konusunda nasıl kafamı ütülediğini, hayal meyal hatırlıyordum. Her ne kadar yerlere kadar uzanan elbiseler giymeyi sevmesem de yetersiz itirazlarım Ethan'ın annesini alt edememişti.

"Ah, evet," dedim duygudan yoksun bir sesle.

"Bir elbise buldun mu?"

"Hayır," diye cevap verdim.

"Kendi elbiselerinden birini giyebilir misin?"

Bilhassa yaşadığım onca şeyden sonra, nasıl bu kadar duygusuz olabilir? "Dolabımdaki kıyafetlerin hiçbirine sığamadığımı biliyorsun!" dedim, beklediğimden biraz daha yüksek bir sesle. Başımı eğip ayak parmağımla halıya bastırdım. Ona böyle sert çıkıştığım için pişman olmuştum. Ne de olsa sadece bana yardımcı olmaya çalışıyordu. "Affedersin," dedim. "Annen unuttuğum için benden nefret edecek."

Ethan kollarını göğsünde kavuşturdu. "Claire, annem senden *nefret* falan etmeyecek."

"Merak etme," dedim, niyet ettiğimden daha asık bir suratla. "Orada olacağım. Ayrıca bir kesekâğıdına sarınıp da gelmeyeceğim. Eve dönmeden önce Nordstrom'a* uğrarım."

Ethan'ın bakışları bir an için yumuşadı. "Claire," dedi yumuşak bir sesle, "düşünüyordum da, ben..."

Sandalyemden doğruldum. "Ne?"

"Yok bir şey," dedi Ethan, ses tonu anında eski ciddiyetine kavuşuvermişti. "Önemli değil." Sonra da bana zorla gülümseyerek kapıdan dışarı çıktı

Bütün sabahı araştırma yaparak geçirmiştim ve çok geçmeden, 1933 yılında kaybolan bir çocuğu bulmanın kolay iş olmadığının farkına vardım. Polis teşkilatının telefondaki görevlisi, bunu daha da anlaşılır bir hale getirmişti.

"*Kimi* arıyorum dediniz?"

"Küçük bir çocuk," dedim, "1933 yılının mayıs ayında ortadan kaybolmuş. Bildiğim kadarıyla da bir daha bulunamamış."

"Bayan," dedi telefondaki kadın, sakızını şaklatarak, "benden ne yapmamı istiyorsunuz? Kayıp ihbarında bulunmak için mi aradınız?" Yüzündeki bezgin ifadeyi hayal edebiliyordum.

"Hayır, hayır," dedim. "Sadece Daniel ya da Vera Ray hakkındaki kayıtlarınızı kontrol edebilirsiniz diye umuyordum. Gazete için bir makale üzerinde çalışıyorum."

Kadın bir iç çekti, etkilenmediği çok belliydi. "Kayıtlarımız *o kadar* eskiye dayanmıyor."

*ABD'de bir mağazalar zinciri. (Çev. N.)

"Ah," dedim sandalyeme gömülerek.

"Bakın," dedi kadın nihayet, uzun bir sessizlikten sonra. "Eğer biraz ağırlık kaldırmak isterseniz, emniyet müdürlüğüne gelin. Size arşivlerimizi gösteririm, böylece onlara memnuniyetle göz atabilirsiniz. Basın kartınız var, değil mi? Bir gazetede mi çalışıyorsunuz?"

"Evet," dedim. "*Seattle Herald* gazetesinde."

"Pekâlâ," dedi kadın. "Makalenizde polis teşkilatını kötü göstermeyin, yeter. Böyle durumlar amirimizin hiç hoşuna gitmiyor."

"Elimden geleni yapacağım," dedim, telefonu kapatıp aynı anda paltoma uzanarak.

"Gelebilmenize şaşırdım," dedi bir polis memuru. Sonra da on yıllar öncesine kadar uzanan polis kayıtlarının bulunduğu, bodrum kattaki arşiv odasına giden uzun koridor boyunca bana eşlik etti. "Meteoroloji uzmanları bu öğleden sonra en az beş santimetre daha yağış beklediklerini söylüyorlar."

Hâlâ karla kaplı olan çizmelerimi göstererek gülümsedim. "Az kalsın gelemiyordum."

Polis memuru sırıttı. "Öyleyse oldukça önemli bir hikâyeniz olmalı?"

Başımı sallayarak onayladım. "Evet. En azından, ben öyle olduğunu düşünüyorum."

"Şu fırtına çok tuhaf," diye devam etti memur. "Bugün memurlardan birinin annesi aradı. Kadın bu kasabada yaşıyor ve söylediğine göre, otuzlu yılların mayıs ayında tıpkı bunun gibi bir fırtına kopmuş."

"Biliyorum."

"Ah, sizin de mi o fırtınayı hatırlayan bir akrabanız var?"

"Hayır," dedim. "Ama fırtına günü kaybolan küçük bir çocuk hakkında yazıyorum."

"Benim de üç oğlum var," dedi polis memuru. "Biri beş, biri üç, diğeri de bir yaşında." Hüzünlü bir şekilde başını iki yana salladı. "Çocuğunu kaybetmenin nasıl bir şey olduğunu hayal bile edemiyorum. Ama beni daha çok endişelendiren şey, bunun karımın üzerinde nasıl bir etki bırakacağı. Eminim ki böyle bir şeyi asla atlatamazdı."

Ona katıldığımı belirtircesine başımı salladım. "Hiçbir anne evladını kaybetmemeli," dedim, gözlerimi önümdeki kapıya dikerek. "Sanırım bu hikâyenin benim için bu kadar önemli olmasının sebebi de bu. Bildiğim kadarıyla, o küçük çocuk bir daha asla annesiyle bir araya gelmemiş. Neler olduğunu bilmek istiyorum."

Birlikte karanlık bir odaya girdikten sonra polis memuru ışığı açtı. Tavandaki floresan lambalar titreyerek hafifçe uğuldamaya başladı. "Hangi yıl kaybolmuş?" diye sordu. Sesi gri, beton duvarlara çarparak yankılandı.

Çantamdan not defterimi çıkarıp hızla notlarıma göz gezdirdim. "Bin dokuz yüz otuz üç."

"Bu taraftan," dedi memur. "Cinayetler bu koridor boyunca dizili. Diğer her şeyi şu duvardaki raflarda bulabilirsiniz."

Cinayetler.

Kutularla istifli raflara göz gezdirirken, her birinin içinde ne korkunç vakaların olabileceğini hayal etmemeye çalışıyordum. *Kanlı giysiler. Cinayet silahları. Kemikler.* Tüylerim diken diken olmuş bir şekilde irkildim. "Teşekkür ederim," diyerek, üzerinde KAYIP ŞAHISLAR yazan bir rafa yöneldim.

"Bir şeye ihtiyacınız olursa koridorun sonundayım," dedi polis memuru, kapıya doğru dönerek. Ardından tekrar arkasını dönüp bana baktı. "O çocuğu bulmaya çalıştığınız için iyi bir insansınız."

Omzumu silktim. "Sadece işimi yapıyorum."

Yakındaki bir merdivenin yardımıyla raftaki birkaç kutuyu aşağı indirdim ve R harfini bulana dek dosyaları karıştırmaya başladım. Ayrıntılı arayışlarım bir sonuç vermeyince, ümidim kırılmış bir halde merdivenden indim. *Tek bir kaydı bile olmadan nasıl ortadan kaybolabilir?*

Üst rafa göz gezdirdim. Bir şeyleri gözden kaçırmış olabilir miydim? Yeniden merdivene tırmanarak, önemli bir kutu bulmak amacıyla rafı incelemeye başladım. Hepsi alfabetik sıraya göre dizilmişti ve R harfi için sadece bir kutu vardı. *Ya içlerinden biri yanlış etiketlenmişse?* S harfinin bulunduğu bir sonraki kutuyu açtım. Ancak hiçbir şey bulamadım. Ardından üzerinde Q harfinin olduğu kutuyu denedim. En arkada, R harfine ait iki dosya duruyordu. İlkini çıkarıp okuduktan sonra bir kenara bıraktım. Fakat ikinci dosyada, küçük Daniel Ray'in daktiloyla yazılmış ismini gördüğümde, parmaklarımın donduğunu hissettim.

Seattle'dan Vera Ray, oğlu
Daniel Ray'in kaybolduğunu
bildirdi. Çocuk, en son
4395 Beşinci Cadde'deki 2
numaralı evinde görülmüştür.
Kaçtığından şüpheleniliyor.

Nasıl oldu da bu kadar çabuk kaçtığına karar verdiler? Üç yaşındaki çocuklar evden kaçmaz. O sadece bir bebekti. Hayır, bunun başka bir açıklaması olmalıydı.

Adresi bir kenara not ettikten sonra, daha fazla bilgi bulmak arzusuyla, dosyaya hızla göz gezdirmeye başladım. Fakat bir saatin sonunda hiçbir şey bulamamıştım. Koridora dönerek polis memuruyla birlikte yukarı çıktım. "Bir şey bulabildin mi?" diye sordu.

"Evet," dedim, kapının ardındaki karlı caddeye bakarak. "Bir adres." Ve o adreste beni neyin beklediğini, yalnızca hayal edebilmekle yetiniyordum.

Bir zamanlar Daniel ve Vera Ray'in yaşadığı evi ziyaret etmeden önce, dizüstü bilgisayarımı alıp birkaç telefon görüşmesi yapmayı umarak, saat ikide ofise geldim. Daha çantamı bile bırakamadan, az kalsın Cassandra ile çarpışıyordum.

"Ah, merhaba," dedi, ofisimin girişinde durarak. İpek bir bluz giymişti ve bir düğmesini iliklemediği için siyah kaşkorsesinin dantelli kısmı belli oluyordu.

"Merhaba," dedim, burada ne yaptığını merak etmiştim. Daha da önemlisi, neden daima bu kadar ışıl ışıl ve mükemmel göründüğünü merak ediyordum. Bu sabah banyodaki aynada kendime bir bakmış ve gözlerimin altındaki koyu halkaları görerek irkilmiştim.

"Ethan ve ben, Giancarlo's'taki öğle yemeğinden az önce geldik. Artanları da senin için paket yaptırdık," dedi Cassandra.

Ethan ve ben.

Boş gözlerle Cassandra'nın manikürlü elinden sarkan küçük, kahverengi kâğıt torbaya baktım.

Cassandra paketi masama bıraktıktan sonra, Ethan'ın getirdiği lalelerle dolu vazoyu fark etti. "Ah, harikalar, değil mi? Çarşıda bu çiçeklerin önünden geçerken, Ethan'a onları mutlaka sana alması gerektiğini söyledim."

İşte o an kalbimin parçalandığını hissettim. *Demek çiçekler Cassandra'nın fikriydi.*

"Bazen erkekler sadece biraz teşvik edilmeye ihtiyaç duyarlar," diye devam etti Cassandra, uzun saçlarından bir tutamı parmağına dolayarak. "Pekâlâ, bu gece görüşürüz öyleyse? Galada?"

"Evet," dedim ifadesizce. "Bu gece görüşürüz."

"Claire," dedi, tekrar bana doğru dönerek. "Kuşkonmazlı risottoyu kesinlikle denemelisin. Muhteşemdi."

Cassandra'ya bakmaksızın, tamam dercesine başımı salladım. Uzaklaşan ayak seslerini duyar duymaz da paketi masamın altındaki çöp sepetine attım.

Gala için hazırlanmaya başlamadan önce iki saatim vardı, bu yüzden aceleyle dışarı fırlayıp bir taksi çevirdim. Şoföre bir çırpıda adresi söylerken, oraya gittiğimde neler bulacağımı merak ediyordum. Acaba eski bir apartman dairesi miydi? Eğer şanslıysam, fırtınayı –hatta küçük Daniel'ı– hatırlayan yaşlı bir apartman sakini bile olabilirdi.

Taksi nihayet kayarak durdu. On dolarlık bir banknot bulmak için cüzdanımı karıştırmakla o kadar meşguldüm ki başımı kaldırıp kapıya uzanana dek nerede olduğumuzu fark edemedim. "Affedersiniz," dedim, şaşkın bir halde Kafe Lavanto'ya ve onun karla kaplı, yeşil tentesine bakarken. "Size yanlış adres vermiş olmalıyım. Bu doğru olamaz."

"Kırk üç, doksan beş, Beşinci Cadde değil miydi?" dedi şoför, kafenin camındaki adres levhasına bakarak.

Not defterime göz atarak, başımı iki yana salladım. "Şey, evet, buraya aynen öyle not almışım." Ücretimi ödeyip kaldırıma ayak bastım. Soğuk havayla çarpışan nefesim, anında buhara dönüştü.

Şöminenin yanındaki bir koltukta oturan tek müşteri dışında, kafe sessiz ve sakindi. Dominic barın başındaydı. Tezgâhı sildikten sonra bezi omzuna atarak bana baktı. "Yoksa canın akşamüzeri sıcak çikolatası mı çekti?"

Hayır dercesine başımı salladım. "Söylesem asla inanmazsın."

"Bir dene bakalım."

Çantamdan çıkardığım dosyayı tezgâhın üzerine koydum ve 1933 tarihli bir gazete kupürünün fotokopisini açtım. Daniel Ray'in bulanık, siyah beyaz ve akıldan kolay kolay çıkmayan fotoğrafını gösterdim. "Bu çocuk," dedim. "Burada yaşıyormuş."

"Burada mı?"

Tavana bakarak, bina düzenini gözümde canlandırmaya çalıştım. "Muhtemelen üst katta. Daireler son yüzyılın başlarında inşa edilmiş olmalı, hatta belki ondan da önce."

"Mantıklı," dedi Dominic, haberin yazılı olduğu makaleye daha yakından bakarak. "Tavan arasının yukarısındaki katlar boş, sadece depo malzemeleri var, ama bence bir zamanlar daire olarak kullanılıyorlardı. Bu caddedeki binaların çoğu, çok kiracılı, büyük apartmanlarmış. Şimdiyse neredeyse hepsi ofislere ya da lüks apartman dairelerine dönüştürülmüş durumda." Hayranlıkla etrafına bakındı. "Bu binayı asla satamazdım."

Gülümsedim. "Burayı gerçekten seviyorsun, değil mi?"

"Seviyorum," dedi Dominic. "Burası bir bakıma beni kurtardı. Her şeyi kaybettiğimi düşündüğüm, nasıl yol alacağımı bilemediğim bir zamanda buraya çalışmaya gelmiştim. Ve şimdi buranın sahibiyim. Kendimi oldukça şanslı hissediyorum."

Gülümseyerek, üst kata açılan kapıyı işaret ettim. "Dün bana sözünü ettiğin şu tavan arası," dedim. "Acaba oraya bir göz atmamın sakıncası var mı? Onun Daniel ve annesinin yaşadığı daire olup olmadığını merak ediyorum."

"Tabii ki bakabilirsin," dedi Dominic, bana yolu göstererek. Tavan arasına çıkan merdivenler, şimdiki imar yasasına uyamayacak kadar dardı. Başımı olumlu anlamda sallayıp, Dominic'in peşinden yukarı çıkmaya başladım. Yıllar önce belki de küçük bir oturma odası olan odaya çıkarken, ayağımın altındaki merdivenler gıcırdıyordu. Oda, harap durumdaki küçücük, basit bir mutfağa bağlıydı. Fildişi dolaplar son derece yorgun görünüyordu. Yılların aşındırıp sararttığı porselen lavaboda çatlaklar, su giderinin kenarlarında ise pas lekeleri göze çarpıyordu.

Sağ tarafta küçük bir merdiven daha fark ederek Dominic'e baktım. "Şu merdiven nereye çıkıyor?"

"Sadece küçük bir odaya," dedi Dominic. "Aslında, bir çatı katı. Orada kutular dolusu evrak saklıyoruz. Herhalde bir zamanlar yatak odası olarak kullanılıyordu."

"Bakmamın bir sakıncası var mı?"

"Elbette yok," dedi Dominic.

Merdiven basamakları her adımda daha bir esniyor gibi görünüyordu. Sondan bir önceki basamağa bastığımda az kalsın kayıp düşüyordum. Tam o sırada, sırtımda Dominic'in bana destek olan elini hissettim. Hastanede yattığımdan beri dengem bozulmuştu ve bu eksiklik, zaman zaman kendimi küçük, yaşlı bir bayan gibi hissetmeme neden oluyordu.

"Teşekkürler," dedim Dominic'e, biraz gergin bir şekilde.

Odaya girdiğimde ısınmak için kollarımı kavuşturdum.

"Üzgünüm," dedi Dominic. "Bu katı ısıtmıyorum. Bugünlerde mümkün olduğunca tasarruf etmek zorundayız."

Dar bir sokağa ve aşağıdaki büyük bir ağaç köküne bakan eski, tek camlı pencereye yürüdüm. Sonra tekrar Dominic'ten yana dönüp derin bir nefes aldım. "Hiç bu odayla ilgili bir *hisse* kapıldığın oluyor mu?"

Dominic evet dercesine başını salladı. "Doğruyu söylemek gerekirse," dedi, "bu oda her zaman tüylerimi ürpertiyor."

Boyası pul pul olup dökülmüş duvarları ve on yıllar öncesine ait duvar kâğıdı kalıntılarını inceledim. "Adeta hissedebiliyorsun."

"Neyi hissedebiliyorsun?" diye sordu Dominic.

Dosyamdaki gazete kupürlerini çıkarıp, küçük çocuğun fotoğrafına uzun uzun baktım. "Kederi hissedebiliyorsun. Burada kötü bir şey yaşanmış."

Dominic, bana katıldığını belirtircesine başını salladı. "Sence ne *yaşanmış*?"

Ona elimdeki gazete kupürünü gösterdim. "Sanırım bu küçük çocuk, 1933 yılında buradan kaçırılmış."

"Onu bulmuşlar mı?"

"Hayır," dedim. "Yani bildiğim kadarıyla hayır."

Dominic gülümsedi. "Ve sen, Sherlock, onu bulmaya niyetlisin, öyle mi?"

"Ona ne olduğunu bir şekilde bulmak niyetindeyim," diyerek saatime baktım. Dört buçuğu gösteriyordu. "Gala!" diye bağırdım, adeta çığlık atmıştım. "Bir elbise alıp çok önemli bir yere yetişmek için bir saatim var."

"Birçok kadın tanırım," dedi Dominic sırıtarak, "ama bir saat içinde alışveriş yapıp giyinebilen bir kadınla hiç karşılaşmadım."

Dosyayı telaşla çantama tıkıştırdım. "Pekâlâ, ben senin bildiğin kadınlardan değilim."

"Sana yardım edebilir miyim?" diye sordu Dominic, yeniden alt kata indiğimizde.

"Yardım etmek mi? Bana bir elbise dikmediğin sürece, ben–"

"Seni götürebilirim," diye sözümü kesti, bir motosiklet kaskı uzatarak. "Tak şunu. Bugün erken kapatacağım. Seni Nordstrom'a bir taksiden daha çabuk götürebilirim."

"Bu karda mı?"

"Güven bana," dedi, bir başka kaskı kafasına geçirerek. "Çok daha kötü koşullarda motosiklet kullanmıştım. Hem artık yollar açıldı. Hiçbir şey olmaz."

"Pekâlâ," dedim tereddütle, Dominic'in peşine düşerek.

Yavaş gitmemize rağmen soğuk rüzgâr paltomun içine işliyordu ve kollarımı içgüdüsel bir şekilde Dominic'e daha sıkı sarıyordum. "Çok üşüyor musun?" diye sordu, moto sikletin gürültüsünü bastırmak için bağırarak. Motor öylesine gürültülü sesler çıkarıyordu ki yol kenarında kardan adam yapan çocuklar aniden irkilerek bize bakıyorlardı.

"Ben iyiyim," diye bağırdım. Ama gerçek düşüncelerimi yansıtmamıştım. *Ya Ethan beni görürse? Ne der? Evli bir kadın olarak, ne zamandan beri iyi tanımadığım bir adamla birlikte bir motosikletin arkasına atlıyorum ben? Peki, ona eski sevgilisiyle birlikte sürekli öğle yemeğine çıkma iznini kim verdi? Ödeştik.*

Dominic Nordstrom'un önündeki bir park yerine girdi. İkimiz de motosikletten inip kasklarımızı çıkardık. "İçeride bir çift göze daha ihtiyacın olur mu?" diye sordu.

Gülümsedim. "Gerçekten mi? Sahiden benimle elbise alışverişine mi geleceksin? Sanırım kocam bunu yapmaktansa gözlerini oyup çıkarmayı tercih ederdi."

"Dört kız kardeşim var," dedi Dominic. "Bu konuda tecrübeliyim."

Gümüş rengi bir gece elbisesi giymiş olan vitrin mankenine göz atınca, kalbimin hızla ve korkuyla çarptığını hissettim. *Neden bu kadar zorlanıyorum? Haydi ama, bu sadece bir alışveriş. Neden bir elbise deneme fikri beni bu kadar endişelendiriyor ki?* Dominic'in şefkatle bakan gözlerinin içine bakarak yanımda olduğu için ona minnet duydum. Dahası, onun yanımda olmasını *istiyordum*. "Evet," dedim, gülümsemesine karşılık vererek. "Yardımcı olursan çok sevinirim. Moda zevkim sıfır ve uygun bir kıyafet bulamazsam başımın etini yiyecek bir kayınvalidem var."

"Sen o işi bana bırak," dedi Dominic, centilmence kapıyı tutarak.

Birlikte asansöre binip ikinci kattaki elbise bölümüne

çıktık ve uygun bir kıyafet bulmak için askıları karıştırmaya başladık.

"Buna ne dersin?" diye sordu Dominic. Elinde uzun, siyah, pullu bir elbise vardı.

"Çok dar," dedim, başımı hoşnutsuzca iki yana sallayarak. "Onun içinde bir sosis gibi görünürüm."

Dominic yeniden elbiselere odaklanarak, yakındaki bir askıdan mavi bir gece elbisesi çekip çıkardı. "Bu," dedi, "gerçekten çok hoş."

Başımı sallayarak onu onayladım. "Öyle."

"Mavi tam senin rengin."

Kolumu kaldırarak bilekliğimi gösterdim. Üzerinde üç mavi safir bulunan altın zincirim, mağaza ışıkları altında parıldadı. Ethan bu bilekliği bana otuzuncu yaş günümde vermişti. Onu bileğime taktığı an, yüzünün nasıl da gururla parladığını hiç unutmayacaktım.

"Mükemmel bir uyum," dedi Dominic. "Haydi, git ve dene."

Askıyı alıp doğruca soyunma kabinine girdim. Elbiseyi başımın üzerinden geçirmeden önce, bir an için aynadaki çıplak bedenime baktım. *Sonra da hızla bakışlarımı çevirdim. Tanrım, nasıl da unuttum? Bugün 3 Mayıs. Her şeyin yıldönümü.*

Aniden, kendi kıyafetlerimi giyip soyunma odasından dışarı fırlamak ve kendimi evimde güvende hissedene dek koşmaya devam etmek için büyük bir istek duydum. Yatağıma kıvrılırdım. Bir uyku hapı acımı dindirebilirdi. Ecza dolabımdaki ilaç kutumda, hâlâ birkaç tane vardı. Bir süreliğine de olsa, daima işe yarıyorlardı. Fakat bileğimdeki safir taşlar bir kez daha parladı. Mücevherlerin parlaklığı, gözyaşlarıma yansıyordu. Ethan'ı ve ona verdiğim sözü düşündüm. Elbisenin fermuarını çekerek, iki yanında oluşan hafif buruşuklukları düzelttim. *Bunu yapabilirim.*

Belki de son bir yıldır çuval gibi renksiz kıyafetler giyip durduğum için aynada bana bakan kadını zar zor tanıyabilmiştim. Neredeyse bir şeklim olduğunu bile unutmuştum. Soyunma odasının kapısını açıp dışarı çıktım.

"Çok... baş döndürücü görünüyorsun," dedi koridorda sabırla beni bekleyen Dominic. "Aradığımız elbise budur."

"Öyle olsa iyi olur, çünkü on beş dakika içinde Olympic Otel'de olmalıyım."

"Haydi, çıkar," dedi Dominic. "Etiketlerini kasada çıkarırlar."

Deri çizmelerimi göstererek gülümsedim. "Sanırım bir çift de ayakkabı alsam iyi olacak."

"Evet," dedi Dominic gülümseyerek.

Dominic ile vedalaştıktan sonra, bir taksi çevirerek Olympic Otel'in yolunu tuttum. Ethan, lobide volta atarak beni bekliyordu. Yukarıdan gösterişli bir avize sarkıyordu. Ethan'ın yüzündeki ifadeyi anında tanımıştım: Öfke.

"Sonunda geldin," diyerek saatine göz attı. "Yarım saat geciktiğinin farkında mısın?"

"Ben de seni gördüğüme sevindim," dedim alay edercesine. Etiketlerin çıkarıldığından emin olmak için elimi elbisemin kenarında gezdirdim.

Ethan kaşlarını çattı. "Sen neden bu kadar..."

"Bu kadar *ne*?" diye sordum kollarımı göğsümde kavuşturarak.

"Neden bu kadar savunmacı olmak zorundasın?" dedi Ethan. "Sürekli bu kadar sinirli."

Bir iç çektim.

"Claire," diye devam etti Ethan. "Uzun bir gündü. Yalnızca içeri geçip oturabilir miyiz, lütfen? İyi geçiniyormuşuz gibi davranabilir miyiz? Sadece bu gecelik?"

Boğazımın düğümlendiğini hissettim. "Hatırlamıyorsun, değil mi?"

"Neyi?"

"Bugün," dedim, gözlerinin içine bakarak. "Bugünün hangi gün olduğunu hatırlamıyorsun."

Ethan önce balo salonuna, sonra da sinirli bir şekilde tekrar bana baktı. "Neden bahsettiğini anlamıyorum, ama şimdi içeri girmezsek–"

"Geçen yıl bugün..." dedim, adeta fısıldayarak. Bu anı, bir yabancının kulak misafiri olmasına izin veremeyeceğim kadar kutsaldı.

Ethan'ın suratı bir anda değişti. Yüzündeki o sert ifade yumuşamıştı. Bana doğru bir adım attı. "Ah, hayatım, çok üzgünüm" dedi, elini sırtıma koyarak. "Unuttuğuma inanamıyorum."

"Evet," dedim, gözümden süzülen bir damla yaşı silerek. "Belki de Cassandra ile öğle yemeği yemekle çok meşguldün."

Ethan'ın yüzü yeniden sertleşti. "Claire, komik olma. Dinle, haydi içeri gidip oturalım. Daha sonra konuşabiliriz."

Kendi sesimdekinden olduğu kadar, onun sesindeki tondan da nefret ediyordum. Soğuk... Duygusuz... *Birbiriyle didişip duran bu çift de kim böyle?* Dominic'in sadece dakikalar önce seçmeme yardım ettiği siyah, topuklu ayakkabılarıma baktım. Sonra başımı kaldırarak yeniden Ethan'a baktım. *Ona sarılsam ne olur? O da bir zamanlar yaptığı gibi beni kollarına alır mı?* Büyük bir üzüntü hissettim.

"Beni suçluyorsun," dedim, neredeyse duyulmayan bir sesle. "Olanlar için." İşte, söyledim.

"Ah, yapma, Claire. Ciddi olamazsın."

"Bana kızgın değilmişsin gibi davranma," diye devam ettim. "Onun benim suçum olduğunu düşündüğünü biliyorum. Lanet olsun, sana her baktığımda bunu gözlerinden okuyorum."

"Claire," dedi Ethan, "bu adil değil."

"Pekâlâ, inkâr etmiyorsun."

Başını önüne eğdi. "Ben–"

Arkamızdan gelen ayak seslerini duyunca, ikimiz de o yöne döndük.

"Ah, işte buradasın, Ethan," dedi Cassandra, elinde iki kadeh şampanyayla. Altın rengi, pullu elbisesi vücuduna sıkıca yapışmıştı ve kıvrımlarını, hiçbir elbisenin bana yapamayacağı bir şekilde ön plana çıkarmıştı. "Burada her şey yolunda mı?" diye sordu. "Annen benden seni bulmamı rica etti. Büyükbaban sahneye çıkmak üzere."

Ethan, tamam dercesine başını salladı. "Teşekkürler, Cassandra, ben–"

"Ben de tam gidiyordum," dedim, tekrar caddenin yolunu tutarken bileziğimi çekiştirerek. Yaklaşan bir taksiyi çevirip, arka koltuğa oturur oturmaz yüzümü diğer tarafa çevirdim. Gözyaşlarımı görmelerine izin veremezdim.

Yedinci Bölüm

VERA

Charles. O güzel gözleri, güçlü çeneyi ve beni anında büyüleyen gülümsemeyi en son dört yıl önce görmüş olmama rağmen, onun yüzünü hatırlamakta güçlük çekmiyordum.

Onunla neredeyse tanışmayacaktım. Aslında hiç tanışmamalıydım. Charles benim için fazla iyiydi. Yüksek sosyeteye mensup biriydi. Bunu, belki de kendisi dışında herkes biliyordu. Varlıklıydı, ayrıcalıklıydı ve kasabanın yoksul kesiminden gelen bir kız için, bir balıkçının kızı için fazla büyük bir avdı. Gelgelelim Caroline, Seattle'ın o ana dek gördüğü en lüks otelin açılış gecesine katılmam için beni ikna etmişti. Ve orada, çift kanatlı gösterişli kapıların ardında, otelin büyük giriş salonundaki kristal avizenin altında, Charles purosunu içiyordu. Hizmetçiler, mezelerle dolu tepsileri dengede tutmaya çalışarak telaşla oradan oraya koşturuyorlardı. Charles'ın gözünün önünde çok sayıda süslü, yuvarlak hatlı, pudralı, güzel kadınlar dolanıyordu. Ancak o hâlâ anlayamadığım bir sebepten ötürü, yalnızca bana bakıyordu.

"Haydi," diye fısıldadı Caroline.

Kendimi aptal gibi hissederek, gözlerimi Charles'tan kaçırdım.

"Haydi, içeri sızalım."

Suratımı astım. "Tek bir bakışta bizi kapı dışarı edeceklerini biliyorsun."

"Saçma," dedi Caroline. "Şu muhteşem elbisenin içinde kendine bir bak." Doğru, en güzel elbiselerimizi giymiştik. Eğer dikkatli bakmazsanız, el yapımı elbiselerimizi, en pahalı markalardan birinin kreasyonu sanabilirdiniz. Fakat yakından inceleyecek olursanız, gerçekler tüm parlaklığıyla gün yüzüne çıkardı: On dokuz yaşında, beş parasız iki sefildik.

Bir iç çektim. "Pekâlâ," dedim pes ederek. "Tabii, başımızı belaya sokmayacağımızdan eminsen."

"Elbette sokmayacağız," dedi Caroline, kendinden biraz fazla emin bir şekilde. Ardından elimi tutarak beni otelin giriş kapısına sürükledi.

Kapıdaki görevli bizi kuşkuyla süzdü. "Adınız?"

"Ben Bayan Ella Wentworth, bu da Atlanta'dan sosyetik kuzenim, Gilda," dedi Caroline.

Onun oyununa eşlik ederek kirpiklerimi kırpıştırırken, bir kahkaha patlatmamak için kendimi zor tutuyordum. *Sosyetik kelimesini kullanmak zorunda mıydı?*

Görevli, elindeki kâğıtlara göz gezdirdi. "Korkarım adınızı listede göremiyorum," dedi nihayet.

"Ah, ne yazık," dedi Caroline cilveyle. "Babacığım bunu duyduğuna çok üzülecek. Babamın kim olduğunu biliyorsunuz, değil mi?"

Adam hayır anlamında başını salladı.

"Alexander Wentworth," dedi Caroline. "*Wentworth Gayrimenkulleri*'nden." Ardından başını kaldırıp yüksek binaya baktı. "Bu otele çok fazla yatırım yapmıştı. Davetli listesinin doğru düzgün hazırlanmamış olması çok kötü." Boynundaki altın zinciri çekiştirerek bir iç çekti. "Bu konuyu babamla konuşacağım."

"Durun, durun," diye kekeledi görevli. "Bir yanlış anlaşılma olduğundan eminim. Lütfen, içeri giriniz, Bayan Wentworth. Ve babanıza en içten özürlerimizi iletiniz."

"İleteceğim," dedi Caroline, bir kraliçe edasıyla başını sallayarak. Birlikte kapıdan girip, ışıltılar saçan partiye karıştık. Caroline, bir garsonun tepsisinden arakladığı kokteyl kadehini bana uzattıktan sonra, bir tane de kendisi için aldı. "İşte," dedi bir yudum alarak, "bu iş böyle yapılır."

"Caroline," diye fısıldadım, "sen aklını kaçırmışsın."

Kokteyl kadehinin arkasından bana bakarak kıkırdadı. "Ah, haydi, ama biraz eğlen."

Başımı iki yana salladım. "Bence buradan gitmeliyiz."

Caroline, başını arkaya yatırarak bir kahkaha attı. "Ve sezonun en havalı partisini kaçıracağız, öyle mi? Bence hayır."

Etrafımızdaki şık kadınlara ve onların süslü elbiselerine göz gezdirdim. Keşke elbisemin eteğinin kenarına püsküller dikseydim, diye geçirdim içimden. Saten kumaşların ve dantellerin yanında, benimki oldukça gösterişsiz kalıyordu. "Biz buraya ait değiliz," diye fısıldadım Caroline'e.

"Tabii ki aidiz," dedi, tedirginliğim onu etkilemişe benzemiyordu. "Şu tarafa baksana." Hemen ilerimizde duran iki adamı işaret etti. Adamlardan biri, az önce benimle göz temasında bulunan adamın ta kendisiydi. Davetkâr bir gülümsemeyle bana baktığını görünce, hızla başımı çevirdim.

"Gidip onlarla sohbet edelim mi?" diye sordu Caroline, buklelerini cilveli bir şekilde parmağına dolayarak.

"Caroline!" Kolundan tutarak, onu solumuzdaki bir odaya çekiştirdim. İnsanlar bir kuyruklu piyanonun etrafında toplanmışlardı. "Senin neyin var böyle?"

Caroline sırıttı. "Bak, sadece biraz eğleneceğiz, tamam mı? Ayrıca bu akşamı *zengin* erkekler eşliğinde geçirmek fikri hoşuma gidiyor."

Başımı iki yana salladım. "Ben burada kalıp da–" Bir elin omzuma dokunduğunu hissederek sustum. Arkamı döndüğümde, giriş salonundaki iki adamla karşılaştım.

Gri bir takım elbise giymiş olanı gülümsedi. "Sen burada kalıp da ne...? Devam et."

Yüzümün kızardığını hissettim. "Ah, yok bir şey," diye mırıldandım, Caroline'e telaşlı bir bakış fırlatarak. Fakat onun bakışları, adamın arkadaşı tarafından çoktan zapt edilmişti bile.

"Ben, Charles," dedi ikiliden uzun boylu olanı, elini bana uzatarak. Avuçlarımız birbirine değer değmez, nezaket gereği sıktığım elini bırakmak istediğimi fark ettim. "Ya sen?"

"Vera," dedim, bakışları karşısında hipnotize olmamak için gözlerimi kaçırarak. "Vera Ray."

Charles, sağımızda çıtırdayan şöminenin yakınındaki iki berjer koltuğu işaret etti. "Oturabilir miyiz?"

Caroline'den onay almak için ona baktım. Fakat Charles'ın arkadaşıyla o kadar sohbete dalmıştı ki beni fark etmedi bile. "Tabii," dedim tedirgin bir şekilde. Daha önce sadece işçi sınıfından erkeklerle arkadaşlık etmiştim. Bu adamın takım elbisesi ve nasırsız elleri ise bana tamamen farklı bir kesime ait olduğunu söylüyordu. Daha yakından baktığında, beni bayağı bulacağından endişe ediyordum. Bulunduğumuz salon loşça aydınlatıldığı için içimden şükrediyordum. Böylece elbisemin pejmürdeliği ve ayakkabılarımın üzerindeki çizikler kolay kolay görülmüyordu.

"Güzel parti," diyerek salona göz gezdirdi Charles.

"Evet, öyle," dedim, çantamı sıkıca kavrayarak.

Charles, rahatsız edici bir tavırla uzun süre gözlerini üzerimden ayırmadı. "Biliyor musun?" dedi. "Seni daha önce buralarda gördüğümü sanmıyorum. Geçen ayki sanat müzesi etkinliğinde yoktun, değil mi?"

"Hayır," dedim gergin bir şekilde.

Charles, halinden memnun görünüyordu. "Öyleyse çok fazla şey kaçırmadın. Oldukça sıkıcıydı." Bana doğru yaklaştı. "Sır saklayabilir misin?"

Biraz tereddütle evet dercesine başımı salladım.

"Bu tarz törenlerden nefret ederim. Katılmam için arkadaşım ısrar etti."

"*Benim* de katılmam için arkadaşım ısrar etti," dedim gülümseyerek.

Charles, çenesini eline yaslayarak gülümsedi. "Pekâlâ, öyleyse seninle iyi bir çift olmadık mı?"

Yanaklarımın kızardığını hissettim.

Charles alnına düşen bir perçemi kenara itti. "Gerçek şu ki, şu an burası dışında her yerde olmayı tercih ederdim." Uzaktaki bir masayı silmekte olan, kendi yaşlarında bir adamı işaret etti. "Onu kıskanıyorum."

İnanmayan gözlerle ona baktım. "Neden?"

"Çünkü o özgür," diye yanıtladı Charles.

"Sen değil misin?"

Charles, ütülü gömleğinin yakasını sanki bir kelepçeymiş gibi çekiştirdi. "Pek sayılmaz. Benden bir rol oynamam bekleniyor."

"Pekâlâ," dedim, "kusura bakma ama birçok insan senin yerinde olmak için canını bile verirdi."

"Ve çok geçmeden bunun sandıkları kadar iyi bir şey olmadığını fark ederlerdi," diye bir iç geçirdi Charles. "Bir çiftçi olmayı yeğlerdim."

"Sen mi? Çiftçi mi?"

Gözleri parladı. "Mısır yetiştirirdim, böylece onların arasında kaybolabilirdim. California'da benim boyumda mısırlarla, göz alabildiğince uzanan mısır tarlası labirentleri yaptıklarını biliyor muydun?"

Hayır dercesine başımı salladım.

"Her neyse, işte ben de aynısından yapardım," dedi Charles. "Eğer başka bir hayat seçebilseydim, tabii. Peki, ya sen?" Gözleri samimiyetle ışıldıyordu. "Sen mutlu musun?"

İçime kapanık bir halde elbisemi düzelttim. *Aklımdan geçenleri okuyabiliyor mu? Buraya ait olmadığımı biliyor mu?* "Neden olmayayım ki?" diye karşılık verdim, abartılı bir tavırla kendimi savunmuştum.

Orkestranın sakin bir müzik çalmaya başlamasıyla birlikte, birkaç çift masalarından kalkarak dans pistine doğru yürümeye başladı. Charles çekingen bir ifadeyle bana bakıyordu. "Haydi, dans edelim."

Kalbim hızla çarpmaya başladı. *Dans mı? Ben mi?* Başımı iki yana salladım. "Affedersin, korkarım hayır."

"Ah," diyen Charles, incinmiş görünüyordu. "Söz veriyorum ısırmayacağım."

Bir bahane bulmaya çalışarak bakışlarımı kaçırdım. "Hayır, hayır, sadece, şey..."

"Anlat bana," dedi Charles nazikçe. "Korktuğun şey nedir? Hayır, dur tahmin edeyim. Nişanlısın, değil mi?" Sanki aşk tanrısı Eros okunu fırlatmışçasına, elini dramatik bir şekilde kalbinin üzerine koydu.

"Hayır," dedim, tüm gerginliğime karşın gülümseyerek. "Sadece, ben..."

"Sen ne?"

"*Dans* edemiyorum," diye fısıldadım.

Charles eğlenmişe benziyordu. "Ah, bu muydu?" Elimi tuttu. "Haydi. Ben sana öğretirim."

Charles beni yeni cilalanmış parke zeminli dans pistine götürürken, kalbim deli gibi çarpıyordu. Etrafımızda zarifçe ve nazikçe hareket eten çiftlere göz gezdirdim. Swing* dansı yapabilirdim, ama bu da neydi böyle? Hiç bana göre değildi.

Charles, sol elimi omzuna yerleştirip sağ elimi avucunun içine alarak beni kendisine doğru çekti. Bedenlerimiz birbirine öyle yakındı ki ceketinin altından yayılan sıcaklığını hissedebiliyordum. "Bu, vals," dedi. "Çok kolaydır. Sadece beni takip et."

Çok geçmeden hareketleri kavramış ve Charles'ın izinden gider olmuştum. Beni son derece güzel yönlendiriyor, dans konusundaki yeteneksizliğimi telafi ediyordu.

"Doğuştan yeteneklisin," dedi Charles, sıcak, yeşil gözleriyle bana gülümsüyordu.

Ben de gülümseyerek bakışlarımı kaçırdım. "Pekâlâ, bunun için sana teşekkür borçluyum."

---

* Swing 1930'lu yıllarda ortaya çıkan caz akımı. 20. yüzyılın en popüler caz hareketlerinden biri. (Çev. N.)

Sohbete devam etmeye kararlı bir şekilde, merakla bana baktı. "Bayan Ray, anlat bakalım, ailen kimdir? Ray ismini tanımıyorum. Baban gayrimenkul işinde mi?"

Elimi elinden çekerek, aniden dans etmeyi bıraktım. "Gerçekten gitmem gerek."

"Affedersin," dedi Charles. "Yanlış bir şey mi söyledim?"

Caroline'in olduğu tarafa göz attım, fakat loş ve dumanlı ortamda onu göremiyordum. *Burada ne işim var benim? Burası bana göre bir yer değil.* "Çok üzgünüm," dedim kapıya doğru dönerek. "İyi geceler."

İnsan kalabalığının arasından kendime yol açarak büyük salona girdim ve telaşla Caroline'i aramaya başladım. Muhtemelen hiç tereddüt etmeden zenginlerin arasına karışmıştı, ama ben rol yapamazdım. Bu benim doğamda yoktu.

"Affedersiniz," diye mırıldandım, purolarını tüttüren bir grup erkeğin arasından geçerek. Bir adım daha atmamla birlikte, otel hizmetçilerinden biriyle çarpıştım. Onu görür görmez tanımıştım. "Gwen?"

Gwen şaşkın şaşkın bana baktı. "Vera? Burada ne arıyorsun *sen*?"

Başımı iki yana salladım. "Caroline kapı görevlisini bizi içeri almaya ikna etti."

Gwen tek kaşını havaya kaldırdı. "O bir vizonu sırtındaki kürkünden vazgeçmeye bile ikna edebilir."

Bir iç çektim. "Bütün bunlar çok güzel, ama... ben" –arkamı dönerek partiye göz attım– "onlardan biriymişim gibi davranamam. Ben buraya ait değilim."

"Belki değilsin," dedi Gwen, "ama bir hayranın var gibi görünüyor."

Arkamı döndüğümde, bana doğru yaklaşan Charles'ı gördüm. "Çabuk," dedim Gwen'e, "saklanmama yardım et."

Gwen omzunu silkerek ben bir koridora yönlendirdi. Birlikte küçük bir hizmetli odasına daldık. Biraz daha yer açmak için bir paspası kenara ittim. "Pekâlâ," dedi Gwen, kapı arkamızdan güvenle kapandıktan sonra. "Seattle'ın en seçkin bekârından saklanmanın sebebi nedir?"

"Charles mı?"

"Evet, aptal şey," diyerek bir iç çekti. "Seattle'ın yarısı, onun babasının. Bu otel de dahil."

"Güzel," dedim, "öyleyse ben de onu sosyetik bir kız olmadığımı öğrendiğinde uğrayacağı hayal kırıklığından kurtarıyorum."

"Tatlım," dedi Gwen bir kahkaha atarak, "açık konuştuğum için üzgünüm, ama zaten bir sosyete kızı olmadığını bildiğinden eminim."

Hizmetli odasının acımasız ışığı, sağ ayakkabımın ucunda oluşmaya başlayan deliği gizlemek için hiçbir şey yapmıyordu. "Oh."

"Belli ki önemsemiyor," diye devam etti Gwen. "Belki de senden... Sen olduğun için hoşlanmıştır."

"Gwen," dedim, "çok tatlısın, ama sanırım aklını kaçırmışsın." Elini tutarak sıktım. "Ben eve gidiyorum. Buradan çıkabileceğim bir arka kapı var mı?"

"Evet," diye yanıt verdi Gwen, kapıyı açıp koridorun sonunu işaret ederek. "Tam şurada."

"Teşekkürler. Caroline'i görürsen ona haber verebilir misin? Gizlice, tabii."

"Veririm," dedi Gwen. "Ona havyarın içinde bir not iletirim," diye ekleyerek kıs kıs güldü.

Koridoru geçip, dar bir ara sokağa açılan kapıdan çıktım. İki adım atmıştım ki arkamdan gelen bir ayak sesiyle irkilerek sıçradım. Arkamı döndüğümde, mahcup bir gülümsemeyle otelin duvarına yaslanmış olan Charles'ı gördüm.

"Demek buradasın," dedi. "Ben de benden kaçtığını düşünmüştüm."

"Kaçıyordum," dedim dürüstçe.

Charles, bir adım atarak bana yaklaştı. "Bilmem gerek," dedi. "Bu kadar ürkmeni gerektirecek ne söyledim? Seni üzecek bir şey mi yaptım?"

"Dinle," dedim, "benim hakkımda yanılıyorsun. Ben sosyetik bir kız değilim. Kızlara özgü görgü okullarına da gitmedim. Hatta bu açılışa davetli bile değildim."

Charles omzunu silkti. "Bütün bunlar umurumda mı sanıyorsun?"

Duraksayarak yüzüne baktım. Dürüst, güvenilir ve samimiydi. "Değil mi?"

"O tür kızlara katlanamıyorum," diye devam etti Charles, başıyla içerideki partiyi işaret ederek. "Hepsi birbirinin aynısı. Eğer izin verirsen, *seni* tanımayı çok isterim. Baştan başlayabilir miyiz?"

Gülümseyerek elimi uzattım. "Ben Vera Ray, tanıştığımıza çok sevindim."

Sekizinci Bölüm

CLAIRE

Apartmanın önüne yanaşan taksi, kulak tırmalayan bir sesle durmadan önce buzlu zeminde bir süre kaydı. Sokak lambaları, elbisemdeki pulları ışıl ışıl parlatıyordu. Bir an önce bir eşofman ve tişört giymeyi arzulayarak bir iç çektim.

"Şanslı bir adam," diye şakalaştı taksi şoförü, elbiseme göz gezdirerek.

"Efendim?"

"Bu gece randevulaştığınız adam," diye devam etti.

"Ah," dedim. Herhalde kızarmış gözlerimi ve gözyaşlarıyla ıslanmış yanaklarımı fark etmemişti. "Evet." Omzumu silkerek şoföre yirmi dolar uzattıktan sonra kaldırıma adımımı attım. "Artık varlığımdan bile haberdar değil," diye fısıldadım kendi kendime, taksi uzaklaştıktan sonra.

Gene, kapıyı benim için açarken, menteşeye takılmaması için eteğimi topladım. "Erken döndün. Sanıyordum ki bu gece Ethan ve sen–"

"Öyle ışıltılı ortamlardan hoşlanmadığımı biliyorsun," dedim, daha fazla sıkıştırmasına fırsat vermeyerek. "Ayrıca bu elbise çok kaşındırıyor."

Gene, uzunca bir süre bana baktı. "Claire, nasıl gidiyor?" diye sordu nihayet. Gözleri iri, bakışları şefkat ve iyilikle doluydu. "O kazadan beri," diye ekledi titrek bir sesle, "bir daha eskisi gibi olmadın."

Başımı sallayarak onu onayladım. "Haklısın," dedim, "olmadım."

Gene, güçlü kolunu omzuma doladı. O an uzun zamandır içimde biriken ve onları herkesten gizli tutmak, hissetmemek için elimden geleni yaptığım duygularla karşı karşıya kaldım. "Bugün yıldönümü değil mi?"

"Ah, Gene," diyerek ağlamaya başladım. "Bazen yüreğim patlayacakmış gibi hissediyorum."

"Öyleyse bırak patlasın," dedi, babamın ben küçük bir kızken yaptığı gibi saçlarımı okşayarak. "Bu yükü çok uzun zamandır taşıyorsun. Dök içini. Hepsini boşalt, tatlım."

Gözlerimi kapattım. Anıların bir sel gibi yükselerek, kendim için kurduğum küçük, sağlam dünyamı ve beni geçmişin acılarından koruyan zırhımı yıkmasına izin verdim. Gözlerimi kapattım. Ve hatırladım.

Bir yıl önce

"Pembe mi, yoksa mavi mi?" diye sordu Ethan, arkamdan yaklaşıp burnunu boynuma bastırarak.

Arkamı dönerek ona baktım. İki elinde de minicik giysiler vardı. Birinde uçuk mavi bir hırkayla açık mavi, küçük bir pantolon, diğerinde ise beyaz bir tayt ve altında fırfırları olan pembe bir elbise tutuyordu. Kalbimin eridiğini hissettim. "Hangisi olursa olsun, bu bebek çok şık olacak," dedim.

Ethan pembe elbiseye göz gezdirerek gülümsedi. "Bence o bir kız olacak."

Hayır dercesine başımı salladım. "Erkek."

Beni kendine doğru çekerek, elini artık iyice büyümüş olan karnımın üzerinde gezdirdi. Ailelerimizin, bilhassa Ethan'ın ailesinin hatırı sayılır ölçüdeki itirazlarına rağmen, bebeğin cinsiyetinin bizim için sürpriz olmasına karar vermiştik. "Seni ne kadar çok sevdiğimi biliyor musun?" diye fısıldadı Ethan kulağıma.

Gülümseyerek yanağına bir öpücük kondururken, kapının önündeki spor ayakkabılarımı fark ettim. "Akşam yemeğinden önce biraz koşacağım."

Ethan suratını astı. "Claire, bunu yapmasan çok sevinirim. Kendini fazla zorluyorsun."

Sekiz aylık hamile halimle Seattle caddelerinde koşuyor olmamın, şaşkın bakışlara neden olduğunu kabul etmeliydim. Gelgelelim, hamilelik süresince koşu yapmak hakkında birçok araştırma yapmıştım ve konuyla ilgili okuduğum her yazı, bunun genellikle güvenli olduğunu belirtiyordu. Doktorum hamileliğimin son üç ayında koşmaya devam edecek olma fikrimi coşkuyla karşılamasa bile bunu yasaklamamıştı. Koşmaktan nefesim kesilince duruyor, yeterince de sıvı tüketiyordum. Ayrıca kendimi bildim bileli bir koşucu olduğumdan, benim için koşmayı bırakmak, nefes almayı bırakmak gibi bir şeydi.

"Ethan," diye karşı çıktım, "Doktor Jensen'in hamilelik boyunca koşmanın son derece sağlıklı olduğunu söylediğini biliyorsun."

"Evet, belki hamileliğin ilk aylarında öyledir," dedi Ethan. "Ama şu an için bu iyi bir fikir değil."

"Korkma, bebek dışarı *fırlamaz*," diyerek güldüm. "Tatlım, her şey yolunda olacak," dedim omzunu okşayarak.

iPod'umu aldım ve kulaklığı kulağıma geçirdim. "Yarım saat içinde dönerim," dedim, Ethan'ın tek bir kelime daha etmesine müsaade etmemiştim.

Gene'e el sallayarak apartmandan dışarı çıktım. Mayıs güneşi pırıl pırıl parlıyordu. Müziğin sesini açıp tempomu arttırırken, yüzüme ılık bir rüzgâr çarptı. James Sokağı'nı koşarak geçerken, bebeğin tekme attığını hissederek bir bebek arabasıyla birlikte koşmanın nasıl bir şey olacağını merak ettim. Her şey gibi ona da alışacağımı biliyordum. Yanımda bebeğimle uyanacağım sabahları hayal etmeye başladım. Onu bebek arabasına oturtacaktım ve birlikte koşuya çıkacaktık.

Oğlum.

Benim küçük oğlum. Belki de Ethan'ın tahmin ettiği gibi küçük bir kız. Kalbim artık fazlasıyla hızlı atmaya başladığından tempomu düşürdüm ve derin bir nefes alarak Elliott Körfezi'nden esen serin, tuzlu havayı içime çektim. Ardından müziğin sesini biraz daha açıp, adımlarımı yeniden hızlandırdım. Tam o sırada yan taraftan yaklaşan bir şey gördüm. Bir araba. Kırmızı bir araba. Yaklaşıyordu. Çok yaklaşmıştı. Kulağımda son ses çalan müzikle birlikte sola doğru bir hamle yaptığım sırada, sol ayağım kaldırımdaki büyük bir yarığa takıldı. Bir an için havada uçtuğumu, bir tüy gibi süzüldüğümü hissettim. Aslında tampon bedenime çarptığında, aldığım darbeyi pek hissetmemiştim. Yaşadığım şok, acıyı köreltmişti. Sadece bir basınç ve derinlerimde bir yerde, patlamaya benzer bir his vardı. Ve sonrasında her yer karardı.

Gözlerimi açar açmaz kıstım. Tepemdeki ışıklar gözleri kör edecek kadar parlaktı ve halsiz gözkapaklarımın kırpışmasına neden oluyordu. Ethan solumda, annem ise sağımdaydı. İkisinin de üzerinde mavi birer ameliyat önlüğü ve başlarında da mavi başlıklar vardı. Oda bulanık görünüyordu. Gözlerimi sıkıca kapatıp bir süre bekledikten sonra, daha fazla odaklanarak açtım. *Bacaklarımı neden hissedemiyorum?*

"Ethan," diye fısıldadım, "ne oldu? Bacaklarım –bacaklarım uyuşmuş. Neler oluyor? Koşuyordum..." Hafızam önce yavaş, sonra da arabanın çarpma anı kadar hızlı ve canlı bir şekilde yerine geldi. "Bir –bir araba," diye kekeledim. "Bana bir araba çarptı. Ethan... Bebeğim!" Karnıma baktım. Küçülmüş görünüyordu. Paniğe kapılmış bir halde ellerimi karnımın üzerine koydum. Hamur gibi, yumuşak ve boştu. Bir çığlık attım. "Bebeğim nerede? Bebeğim nerede? Bebeğimi nereye götürdüler? Onu bana getirin!" Cansız ve uyuşmuş bacaklarıma rağmen yerimden doğruldum ve ayağa kalkıp bebeğimi bulmaya kararlı bir şekilde yatağın kenarına atıldım.

Ethan öne doğru fırlayarak beni nazikçe yatağa yatırdı. "Hayır, Claire," dedi usulca. Sesindeki hüsran ve acıyı anında fark etmiştim. "Bebek–"

"Sus!" diye bağırdı annem. Annemden yana dönerek ona baktım, ama o yalnızca Ethan'a bakıyordu. "Henüz buna hazır değil. Ona biraz daha zaman ver."

Ethan başını olumsuzca salladı. "Bilmesi gerek." Ardından tekrar bana doğru dönerek, yüreğimi parçalayan bir yüz ifadesiyle bana baktı. Hiçbir şey söylemesine gerek yoktu. Zaten biliyordum. Hayatımı sonsuza dek değiştirecek olan kelimeler dudaklarından dökülürken, gözlerimi duvara dikerek öylece baktım. "Bebek kurtulamadı."

Oda bir anda dönmeye başladı.

Ethan yatağımın yanındaki bir sandalyeye oturdu. "Onu kucağıma–"

"Hayır!" diye bağırdım. "Yapma. Bana anlatma."

Ethan gözyaşları içinde bana baktı. "Neden? Bir oğlumuz mu, yoksa kızımız mı olduğunu bilmek istemiyor musun? Çocuğumuzu kaybetmeden önce kısacık bir süreliğine de olsa kucağıma aldığımı bilmek–"

"Anlatma," dedim, yüzümü sağımdaki yastığa gömüp hıçkıra hıçkıra ağlayarak.

"Bebeği sana getirdiler," dedi Ethan yanağından süzülen bir gözyaşını silerken. "Kendinde değildin, ama–"

"Sus," diye bağırdım. "Dayanamıyorum."

Göğsümdeki bir kan lekesine bakarak, oldukça şiddetli bir şekilde titremeye başladım. Hızla odaya giren bir hemşire, koluma bir iğne enjekte ederek, şırınganın içindeki soğuk sıvıyı damarıma bıraktı. Bedenim gittikçe gevşese de zihnimin içinde tutsak kalıyor, asla tanıyamayacağım bir bebek ve bu yüzden beni suçlayacağından korktuğum bir kocaya ait düşüncelerden kaçamıyordum.

Dokuzuncu Bölüm

Vera

Oğlum kaybolduğundan beri, gökyüzü şehri beyaz bir örtüyle örtüp, hayatımı sonsuza dek değiştirdiğinden beri altı gün geçmişti. Her gün sokak sokak gezip onu arıyor, geceleri ise Caroline'in küçücük dairesinde nöbet tutarak dua ediyor, umut ediyordum.

"Eva!" diye bağırdı Caroline, sabahın yedisine doğru kapıdan girerken. Yorgun ve solgun görünüyordu. Fabrikada tek bir mola bile vermeksizin, on iki saatlik gece mesaisine kalmıştı. "Git annene buzdolabından bir kalıp peynir getir," dedi, çantasını bırakıp şöminenin önüne çökerek. Kanepede ona da yer açmak için yavaşça bacaklarımı topladım, fakat ya fark etmedi ya da tekrar ayağa kalkamayacak kadar bitkindi.

"Ama anne." Eva telaşlı bir şekilde önce bana, sonra da annesine baktı.

"Eva, ne dedim ben? Peyniri getir." Caroline bana doğru dönerek sağ elini uzattı. Eli öyle şiddetli titriyordu ki irkildim. "Yarına kadar maaş yok. Dünden beri bir şey yemedim," diyerek pencereyi işaret etti. "Şu kahrolası kar artık bir dursa."

"Ama anne," dedi Eva tiz bir sesle. "Vera Teyze... peyniri *yedi.*"

"Çok özür dilerim," dedim Caroline'in yanıt vermesine fırsat vermeden. "Başka hiçbir şey kalmamıştı. Çoğunu Eva'ya verdim. Sadece bir lokma kalmıştı ve ben de..."

Caroline dizlerini göğsüne çekerek yüzünü ellerinin arasına gömdü. "Sorun değil, sorun değil." Parmaklarının arasından kuru, yalnız bir hıçkırık süzüldü. "Bu şekilde daha ne kadar devam edebiliriz, bilmiyorum. Kira. Yiyecek. Yine Bayan Harris'in kapısını çalmak zorunda kalacağım. Geçen hafta birkaç dilim ekmek ödünç istediğimde bana nasıl baktığını görmeliydin. Aylardır süt alamıyorum. Eva, süt içmeyi hak ediyor." Aniden bana bakarak, kazağının koluyla gözyaşlarını sildi. "Şu halime bak. Sen çocuğunu kaybetmişken, oturmuş zırıl zırıl ağlıyorum..."

Eski dostumun yanına diz çöktüm. Çökmüş yanakları ve soğuk bakışlarıyla, bir deri bir kemikti. Bundan yalnızca dört yıl önceki tanıdığım, dünyayı parmağında oynatan kadınla tam bir tezat oluşturuyordu. Hayır, daha fazla kalamazdım. Caroline'in ihtiyacı olan en son şey, doyurulacak bir başka boğazdı.

"Gitme vaktim geldi," dedim, duvardaki paslı bir çiviye asılı olan hırkamı alarak.

"Hayır!" diye bağırdı Caroline, çabucak ayağa kalkarak. Kolumu yakalayarak beni tekrar kanepeye oturmaya zorladı. "Buna asla izin vermem. Gidecek başka hiçbir yerin yok. Otur oturduğun yerde."

Başımı olumsuzca salladım. "Bak, beni bir yana bırak, Eva'yı bile zor doyuruyorsun. Ayrıca eve dönmem gerek."

"Ya ev sahibin ne olacak?"

"Bir çaresine bakacağım," dedim belli belirsiz. "Daniel eve döndüğünde orada olmalıyım." Kelimeler ağzımdan çıkarken yüreğimin ferahladığını hissettim. *Elbette eve gelecek.* Küçük oğlumun kapıdan içeri girdiğini, yanağındaki minicik gamzesiyle gülümsediğini hayal ettim. Bana doğru koşacaktı ve burnumu alnına bastırıp kokusunu içime çekecektim. Yumuşacık, sarı bukleleri gözyaşlarımla sırılsıklam olacaktı. Büyük bir karışıklık oldu, diye açıklama yapacaktı. Yağan karı gördüğünü, sonra da kaybolduğunu söyleyecekti. Merhametli bir aile, onu fırtına dininceye dek evine almıştı. Ona iyi davranmış, sıcak bir yatak, hatta sıcak çikolata vermişlerdi. Kendi kendime gülümsedim.

"Ah, tatlım," diye haykırdı Caroline. "Daniel'ın eve döneceğine inanmayı ne kadar istediğimi Tanrı biliyor. Ama bir yerden sonra–"

"Hayır!" diye çıkıştım, gözlerimi sımsıkı yumarak. Derin, yatıştırıcı bir nefes aldım. "Daniel eve dönecek. *Biliyorum.*"

Kapıya doğru yürüyüp kapı tokmağını tuttum. Tam dışarı adım atacağım sırada, birinin eteğimi hafifçe çekiştirdiğini hissettim.

"Vera Teyze?" diye fısıldadı Eva, gözleri iri ve tedirgindi.

Dizlerimin üzerine çökerek ona baktım. "Efendim, tatlım?"

Bana bir kâğıt parçası uzattı. "Bunu senin için yaptım."

İri bir gözyaşı yanağımdan süzülerek dudağımın kenarına yerleşti. Tuzlu ve acıydı. "Ah, bu çok... güzel, hayatım," dedim, Eva'nın benim için çizdiği resme bakarak.

"Şuradaki Daniel," dedi, elinde oyuncak ayı olan bir çöp adamı gösteriyordu. "Şu da benim," diye ekledi.

Kabaca çizilmiş çocukların arkasında üçüncü bir kişi göze çarpıyordu. Herhalde bir kadındı. Özenle çizilmiş şapkası, bir tavus kuşunu andırıyordu. "Bu kim, Eva?"

Eva yüzünü buruşturdu. "Hiç kimse."

"Ama *biri* olmalı," dedim. "Onu hemen arka tarafa çizmişsin. Kim o, tatlım?"

"Sadece bir kadın, hepsi o."

Anladığımı belirtircesine başımı salladım. "Pekâlâ," dedim, tekrar ayağa kalkarak. "Bu resmi çok sevdim. Teşekkür ederim. Onu daima saklayacağım."

"Tekrar gelebileceğini biliyorsun," dedi Caroline, ben kapıdan çıkmadan önce. "Her zaman beklerim."

Daha fazla bastıramadığım bir kararlılıkla cevap verdim. "Her şey için teşekkür ederim, canım arkadaşım."

Eve giden aşina olduğum güzergâhı yürürken, ayaklarımın yere değdiğini hissetmiyordum. Sanki havada süzülüyordum. Kederi içinde kaybolmuş, gözle görülmeyen bir hayalet gibiydim. İnsanlar yanımdan geçiyor, fakat hiçbiri bana bakmıyordu. *Beni görüyorlar mı?*

Tavernanın önünde oyalanan öfkeli adam kalabalığını iterek kendime yol açtım. Etrafa leş gibi bira, tütün ve bir önceki geceden kalma terli vücutların kokusu hâkimdi. "Affedersiniz," dedim, kapı eşiğinde duran iyi görünüşlü bir adama. "Bay Ivanoff'u gördünüz mü acaba?" Bay Ivanoff, fırtına sabahı tavernada çalışıyordu. O gün dikkat çeken bir şey ya da birini görmüş olabilirdi.

Adamın tebessümü alaycı bir gülümsemeye dönüştü.

Sorduğum sorudan anında pişman olmuştum. "Duvar ustası Ivanoff mu?"

"Evet," dedim, yavaşça merdivenlere doğru sokularak.

Adam çenesindeki kirli sakalı sıvazlayarak bir adım yaklaştı. "Ne yapacaksın onu?

"Onunla konuşmak istiyorum," dedim.

"Pekâlâ, öyleyse hapse girmen gerekecek," dedi adam, eğlenen bir ifadeyle. "Dün gece tutuklandı o."

"Tutuklandı mı?"

"Doğru duydun," dedi adam. "Karısını dövmüş. Onu epey kötü yaralamış. Doktor, kadına dikiş atmak zorunda kalmış."

Kalp atışlarım bir anda hızlandı. Bay Ivanoff'un Daniel'a ne kadar nazik davrandığını, onunla nasıl yumuşak bir şekilde konuştuğunu hatırladım. Tıpkı bir baba gibiydi. Tüylerimin ürperdiğini hissettim. *Onun zorba tarafını nasıl göremedim?*

Adam biraz daha yakınıma sokuldu. "Eğer sana hoşça vakit geçirtecek başka birini ararsan, ben–"

"İyi günler," dedim onu iterek.

Eteğimi toplayıp merdivenlerden yukarı koşmaya başladım. İkinci kata çıkarken, az kalsın merdiven sahanlığında kendinden geçmiş yaşlı, sakallı bir adama takılıp düşüyordum. Cebimden çıkardığım anahtarı yuvasına yerleştirirken, nabzımın atışını elimdeki bir damarda hissediyordum.

Kalbim adeta yerinden çıkacaktı. *Belki Daniel evdedir. Kiraz ağacına tırmanıp küçük pencereyi açmıştır. Belki de içeridedir.*

Anahtarı döndürdüğümde kımıldamadığını fark ettim. Sağa sola döndürerek tekrar denesem de bir işe yaramıyordu. *Tanrım. Bay Garrison. Kilidi değiştirmiş olmalı.*

"Hayır!" diye bağırdım, yanağımı kapıya dayayarak. İçeride bazı ayak sesleri duydum. "Merhaba?" diyerek kapıyı yumrukladım. "Merhaba? Kim var orada?"

Kapı tokmağı dönmeye başladığında ürkerek geri çekildim. Kapıda on bir yaşından büyük olmayan, şaşkın bir kız belirdi. "Yardımcı olabilir miyim?" diye sordu.

Onu iterek içeri girdim. "Burada, benim evimde ne işin var? Daniel nerede?" Merdivenlere koştum. "Daniel! Anne geldi. Annen eve geldi."

Mutfaktan beyaz, kırışık gömlekli bir adam çıktı. Gömleğinin yakası lekeli ve sararmıştı. Pantolon askıları, pantolonundan aşağı sarkıyordu. "Bu kim, Jane?"

Kız omzunu silkti. "Bilmiyorum, baba. Bu evin ona ait olduğunu söylüyor."

"Bu... bu benim *evim*," diye kekeledim. "Neden buradasınız? Oğlum nerede? Daniel!"

"Bir yanlışlık olmalı," dedi adam. "Buraya üç gün önce taşındık. Ev sahibi, bir önceki kiracının öldüğünü söyledi. Ölen kiracının hiç akrabası yokmuş, o yüzden eşyalarını da beş dolara bize sattı."

"Ölmüş mü?"

Adam omuzlarını silkti.

"Size ölmüş gibi mi görünüyorum?"

Evimden ve hayatımdan geriye kalanlara baktım; babamın ölmeden önce yaptığı, kenarlarında oyma çiçekler bulunan küçük sehpa, eski püskü ama gayet rahat olan iki sandalye ve Dördüncü Cadde'ye yaptığımız yürüyüşlerde Daniel'ın benim için topladığı kır çiçeklerini doldurduğum beyaz vazo... Benim eşyalarım. Benim hayatım. *Elimden alınmıştı.*

Kız, umursamaz bir şekilde kanepenin üzerindeki oyuncak bebeğini alıp üst kata çıktı. "Burada bekleyin," dedi adam, sinirlendiği her halinden belliydi. "Ocaktaki yemek taşıyor."

Adam odadan çıkar çıkmaz, merdivenlere doğru birkaç adım attım. Duvara küçük, çekmeceli bir dolap dayalıydı. Gizli bölmeye ulaşana dek, bütün gücümle dolabı itmeye başladım. Sonrasında da bölmeyi açarak bir iç çektim. Daniel'ın kuş tüyleri, deniz kabukları... Oda, bir anda anılarla dolmuştu ve her ne kadar o anıların arasında kalmak istesem de fazla vaktim olmadığını biliyordum. Çantamı açıp Max'i çıkardım. Küçük ayıcığın mavi papyonunu düzelterek, onu gizli bölmenin içine yerleştirdim. O, buraya aitti. Ve Daniel onu yeniden bulacaktı. Kalbim öyle söylüyordu.

Ayak seslerini duyar duymaz, bölmenin küçük kapağını kapattım. O esnada yere düşen çantamı hızla yerden aldım.

"Ne yaptığınızı sanıyorsunuz, bayan?" diye sordu adam, şüpheyle bana bakarak.

"Ben sadece–"

Adam kaşlarını çattı. "Sizden derhal bu evi terk etmenizi isteyeceğim."

"Lütfen," dedim, "eğer küçük bir erkek çocuğu görürseniz–"

"Eğer *sizi* tekrar görürsem, polise ihbar edeceğim."

Kız, yeniden odaya girdi ve babası beni kapının önüne atıp kapıyı gürültüyle çarpmadan önce anlayışlı gözlerle bana baktı.

Sokağa çıktığımda çantamın içindekileri gözden geçirdim. İçi bomboş da olsa, cüzdanım yerinde durduğu için bir nebze sevinmiştim. Ancak Eva'nın küçük resmi onun kadar şanslı değildi. *Düşmüş olmalı*, diye geçirdim içimden.

Uyuşmuş bir halde kaldırımda yürümeye başladım. Sıcacık kabanlarla sarmalanmış çocuklar sokakta seksek oynuyor, anneleriyse onları seyrediyordu. "Daniel!" diye haykırdım, boş yere. Yukarıda dönüp duran martılar, alay edercesine üzerime çullanıp çığlık atıyorlardı. Dünyayla içindeki tüm canlılar, zalim ve umursamaz görünüyorlardı.

"Vera, sen misin?" diye seslendi karşı kaldırımdaki tanıdık bir ses.

"Gwen?"

"Ah, tatlım," dedi Gwen yanıma gelerek. "Senin için o kadar endişelendim ki. Az önce Caroline'i gördüm. Bana neler olduğunu anlattı. Çok üzüldüm."

"O gitti," dedim. Dudaklarımdan dökülen kelimeler, kulağıma sanki bir başkasının ağzından çıkmışçasına yabancı geliyordu.

"*Gitti* de ne demek?"

"İşten döndüğümde evde değildi," dedim, gözlerimin yaşlar yüzünden yandığını hissedebiliyordum. "Polis hiçbir şey yapmıyor, çünkü onun kaçtığını düşünüyor. Ama Gwen, o asla evden kaçmazdı."

Gwen kolunu omzuma atarak beni kendine çekti. "Şu haline bir bak," dedi. "İskelete dönmüşsün. Bir şeyler yedin mi?"

Hayır dercesine başımı salladım.

Gwen, hafifçe koluma vurdu. "Bu soğukta burada dikilip ağlamanın bir manası yok. Ayrıca günlerdir bir şey yememiş gibi görünüyorsun. İzin ver de sana sıcak bir yemek alayım."

Karnım guruldiyordu. Böyle bir zamanda karnımı doyurmak için vakit kaybetmekten nefret ediyordum, fakat halsizlikten bayılacak olursam, Daniel için bir şeyler yapamayacağımı da biliyordum. Bu yüzden, Gwen'in teklifini kabul etmek zorunda kaldım. "Tamam," dedim usulca.

Mutlu zamanlarımızda akşam yemeği yediğimiz küçük bir kafe olan Lindgren's'e girdik. "İki jambonlu, soslu sandviç," dedi Gwen, tezgâhın arkasındaki garsona.

Yemeklerimiz geldikten sonra, dalgın bir şekilde yemeye başladım. Yediğimden hiçbir tat almıyordum. Bir şeylerden keyif almak, her nedense yanlış bir şeymiş gibi geliyordu. Onun yerine, uyuşukluk hissiyle avunuyordum.

"İşe geri dönecek misin?" diye sordu Gwen.

Bir iç çektim. "Sanırım dönmek zorundayım. Tabii, hâlâ beni bekleyen bir işim varsa. O günden beri yarım düzine mesai kaçırmış olmalıyım."

"Estella anlayışla karşılayacaktır."

Başımı iki yana sallayarak, "Gerçekten öyle mi düşünüyorsun?" diye sordum.

"Senin için onunla konuşurum," dedi Gwen, cüzdanından az miktarda bozuk para çıkarıp hesabın üzerine bıraktı. "Benimle otele gel. Açıklamayı ben yaparım."

Otelin hizmetli odasındaki radyatör, eskisi gibi çatırdayarak ıslığa benzer sesler çıkarıyordu. Kocaman yığınlar halindeki çarşaflar ütülenmeyi bekliyordu. Estella, her zamanki gibi eski masasında otuyordu. Buna rağmen her şey farklı görünüyordu. Daniel'ın kayboluşundan bu yana, dünyanın ekseni kaymış ve her şeyi sonsuza dek değiştirmişti.

"Nihayet geldin," diye karşıladı beni Estella, alay edercesine.

Gwen, beni savunmak için atıldı. "Başından neler geçtiğine inanmayacaksın, Estella,"dedi. "Oğlu kaçırıldı. Gece gündüz sokaklarda oğlunu arıyordu."

Estella'nın kısılan gözlerinde, bir an için bir merhamet ışığı yakaladım. "Pekâlâ," dedi önündeki bir kâğıda dikkati dağılmış bir şekilde göz gezdirerek, "*bu* çok üzücü."

"Yani tekrar işine dönmesine izin verecek misin?" diye sordu Gwen.

Estella bir iç çekerek kâğıdı katladı ve onu bir zarfın içine sokuşturdu. "Keşke verebilseydim," dedi. "Ama çoktan bir başka kızı işe aldım."

"Ne yaptın?" diye sordu Gwen öfkeyle. "Bunu nasıl yapabildin? Bak, bu zavallı kadının işe her zamankinden çok ihtiyacı var. Oğlunun kaybolmasına rağmen burada, işinin başında. Muhakkak ona verecek bir işin vardır."

Estella başını olumsuz anlamda salladı. "Ne yazık ki yok. İşe gelmedi, ben de onun yerine bir başkasını tutmak zorunda kaldım. Gücenmek yok," diyerek burnunun üzerindeki gözlüklerini düzeltti. "Tartışma sona ermiştir. Gwen, altıncı kattaki odanın temizlenmesi gerekiyor. Elini çabuk tut."

"Peki, efendim," diye homurdandı Gwen.

Birlikte koridora çıktık. Başımın ağırlaştığını hissediyordum. "Gwen, sen elinden geleni yaptın. Beni merak etme."

"Topladığım bütün bahşişleri sana vereceğim," dedi Gwen, "yeniden ayaklarının üzerinde durana kadar öyle yapacağım."

"Katiyen olmaz," diye karşı çıktım. "Yine de çok naziksin."

Gwen, benimle lobiye kadar geldi. "Peki, nasıl geçineceksin?"

"Bir yolunu bulacağım," dedim. "Daima bir yolunu buldum. Şimdi, Estella seni bulmadan önce altıncı kata çıksan iyi olur."

Gwen başıyla sözlerimi onayladı. "Pekâlâ. Kendine dikkat et, Vera."

"Edeceğim."

Gwen, hizmetli asansörünün bulunduğu koridora yönelerek gözden kayboldu. Ne yapacağımı ya da nereye gideceğimi bilemez bir halde, bir süreliğine öylece kalakaldım. Birkaç adım attıktan sonra, lobideki fazlaca kabarık olan beyaz çizgili, mavi bir koltuğa oturdum. Otelin zengin müşterileri için tasarlanmış bir koltukta dinlenmek, kendimi iyi hissettirmişti. Bacaklarım ağrıyordu ve ayakkabımdaki delik yüzünden, ayağımda büyük bir kabarcık oluşmuştu. Gözlerimi kapattım.

"Affedersin," diyen bir ses, beni daldığım hülyalardan çekip çıkardı. "Senden burayı terk etmeni rica edeceğim."

Gözlerimi açtığımda, karşımda Martha adındaki yaşlı bir kadın olan resepsiyon görevlisini gördüm. "Bu lobinin yalnızca Olympic Otel'in müşterileri için olduğunu herkes kadar iyi biliyorsun."

Başımı olumlu anlamda sallayarak ayağa kalktım. "Affedersin," dedim, kapıya doğru topallayarak.

O sırada tam arkamdan, "O da bir misafir," diyen kalın bir erkek sesi duydum.

Sesten yana döndüğümde, bir önceki hafta çatı katı süitinde tanıştığım Lon Edwards ile karşılaştım. Bugün tamamen giyinikti.

"Benım misafirim," dedi Martha'ya, otoriter bir şekilde.

Martha, yüzümdeki şaşkın ifadeyi görmezlikten gelerek

bakışlarını yere indirdi. "Ah, evet, Bay Edwards," dedi tatlı bir gülümsemeyle. "Elbette."

Martha hızla resepsiyona döndükten sonra, Lon bana bakarak gülümsedi. "Vera'ydı, değil mi?"

"Evet," dedim. "Benim için bunu yapmanız çok hoştu, ama gerçekten yardıma ihtiyacım yoktu, Bay Edwards."

"Yine de," dedi, "sizi akşam yemeğine çıkarmak isterim."

Başımı sertçe iki yana salladım. "Yapamam."

"Ah, haydi ama, Bayan Ray, sadece bir akşam yemeği," dedi Lon, şakacı bir şekilde. "Eminim sizi ikna etmenin bir yolunu bulabilirim." Parmaklarını şıklatmasıyla birlikte, kendi yaşının ve boyunun yarısı bir adam yanımıza yaklaştı.

"Buyurun, efendim?" dedi adam.

"Andrew, bu Bayan Ray. Onu kuaföre ve en seçkin mağazalara götür. İstediği her şeyin yapıldığından emin ol."

Adam, anladığını belirtircesine başını salladı. "Bayan, hazır olduğunuzda araba dışarıda sizi bekliyor olacak."

"Hayır," dedim bir anda. "Hayır. Yapamam. Demek istediğim, benimle ilgilenmeniz büyük incelik, Lon, -yani, Bay Edwards- fakat anlamıyorsunuz. Oğlum. Oğlum kayboldu. Onu kaçırdılar. Sizinle akşam yemeği yiyemem çünkü *onu* bulmak zorundayım." Lon'un gözlerinde beliren şefkat ve anlayışı görür görmez, anlayışa ne kadar aç olduğumu fark ettim. Biraz anlayış için adeta ölüyordum. Dizlerimin bağının çözüldüğünü hissettim.

"Seni zavallı şey," dedi Lon. "Polise başvurdun mu?"

"Evet," dedim. "Ama hiçbir şey yapmıyorlar. Onun kaçtığını düşünüyorlar."

"Birkaç telefon görüşmesi yapacağım. Emniyet müdürünü tanıyorum."

Yüreğim bir anda ferahladı. "Gerçekten mi?"

Lon'un yüzü güvenilir ve emin görünüyordu. "Kesinlikle," dedi. "Okula birlikte gitmiştik." Duraklayarak göz kırptı. "Belki detayları akşam yemeğinde konuşabiliriz?"

Derin bir nefes aldım. Bir an için yeni bir umut bulmuştum. Lon, ne yapacağını bilirdi. O güçlü bir adamdı. Daniel'ı bulmam için bana yardım edebilirdi.

"Hazır mısınız, Bayan Ray?" diye sordu Lon'un yardımcısı.

Bir işim, evim, oğlum olmadan, başka nereye gideceğim ki? Bilhassa Daniel'ı bulmama yardım edebilecekse, neden Lon Edwards'ın arabasına binmeyeyim?

"Evet," dedim, mağlup olmuş bir şekilde iç çekerek. "Hazırım."

Onuncu Bölüm

CLAIRE

Ethan gala gecesi eve gelmemiş, hatta beni aramamıştı bile. Ertesi sabah, tavaya kırdığım yumurtanın sarısının dağılmamasına dikkat edip beyazının pişmesini seyrederken, onu özlüyor olmamdan nefret ediyordum. Yumurtayı –onun sevdiği gibi her iki tarafını da pişirerek– bir dilim tam buğday ekmeğinin üzerine koymak ve üzerine biraz deniz tuzu, çok az da biber serperek ona getirmek istiyordum. Eski sabahlarımızın gelgitlerini özlüyordum. Hepsinden çok, onu tekrar gülümserken görmeyi özlüyordum. Geçmişle ya da geleceğin belirsizliğiyle gölgelenmemiş olan bir gülümsemeyle...

Tavada cızırdayan yumurtaya baktım. *Muhtemelen anne babasının evinde kalmıştır, hepsi bu.* Ethan kavga ettiğimiz bazı zamanlar ya da geç saate kadar çalışacağı ve dikkatinin dağılmayacağı bir ortama ihtiyaç duyduğunda, orada kalırdı. Bebeğimizi kaybettikten sonra ise şehrin birkaç kilometre uzağındaki evlerinde oldukça fazla zaman geçirmişti. Tavayı tabağıma doğru eğdiğim sırada, yumurta kayarak yere yapıştı. Sulu yumurta sarısının yarattığı karışıklığa gözlerimi dikmiş öylece bakarken, bir önceki geceye ait anılar, yüzüme çarpan bir tokat gibi zihnimde canlandı.

Cassandra. Düşünceleri aklımdan kovmadan önce ağzımda acı bir tat hissettim. *Hayır, Ethan öyle bir şey yapmaz.* Fakat duvardaki saat işlemeye devam ediyordu. Öğleden önce on birdi ve kocamın nerede olduğuna dair hiçbir fikrim yoktu.

Telefonun çalmasıyla kalbim daha da hızlı atmaya başladı. İşte, şüphesiz özür dilemek içi arıyordu. "Ethan?" Her ne kadar onun sesini duymayı ümit etsem de ses tonum öfkeli ve isteksizdi.

Fakat hattın diğer ucundaki, benim kocam değildi. Tanıdık bir erkek sesiydi, ama Ethan değildi. "Claire, ben Dominic."

"Dominic?"

"Kafeden," dedi biraz çekinerek. Arka planda Kafe Lavanto'daki kalabalığın koşuşturmasını, bir espresso makinesi uğultusunu, sohbet eden insanların vızıltısını ve uzaktaki bir yazarkasanın açılıp kapanmasını duyabiliyordum. "Rahatsız ettiğim için ve şey, evini aradığım için özür dilerim. Numaran telefon rehberinde kayıtlıydı ve..." Sesi telaşlı geliyordu. "Dinle, telefon sapığı falan olduğumu düşünmeni istemem. Sadece bir şey buldum, makalen için. Bunu görmek isteyeceksin."

"Gerçekten mi?" Bir an için penceredeki yansımamı görerek yüzümü buruşturdum. Dün geceden kalan ve gözyaşlarımla akarak yanaklarımda çizgiler oluşturan göz makyajım korkunç görünüyordu.

"Kapatmak zorundayım," dedi Dominic. "Bugün burası inanılmaz kalabalık ve çalışanlardan biri, hasta olduğu için gelemeyeceğini söyledi. Bu sabah kafeye uğrayabilir misin acaba?"

"Evet," dedim, dışarıda bu haftaki kar fırtınasından geriye kalanlara göz atarak. Kar nihayet biraz erimişti ve çamurla kaplı kaldırımlar, cıvık cıvık, gri bir renge bulanmıştı. "Yarım saat içinde orada olabilirim."

O sabah Kafe Lavanto'ya yeni bir bakış açısıyla, Vera ve Daniel'ın bir zamanlar orada –yani bir üst katta– yaşadığını bilerek girdim. Dizüstü bilgisayarlarıyla oturan üniversite öğrencilerinin ve köpüklü fincanlarının üzerinden uykulu gözlerle birbirine bakan mutlu çiftlerin olduğu kafeye göz gezdirdim. *Vera ve Daniel da burada mutlular mıydı?*

Dominic, tezgâhın arkasından bana el salladı. Beyaz gömleğinin cebi, kahve lekesi olmuştu. "Gelmişsin," dedi gülümseyerek. Yanıma gelmeden önce, çalışanlardan birine espresso makinesinin başına geçmesini işaret etti.

"Aradığın için teşekkür ederim," dedim.

"Gala nasıl geçti?"

Omzumu silktim. "İyi değil."

"Üzüldüm," dedi, önlüğünü çözüp duvardaki bir askıya asarak. "Konuşmak ister misin?"

Başımı iki yana sallayarak önümdeki pasta vitrinine göz gezdirdim. "Aslında sadece şu frambuazlı çöreklerden birini silip süpürmek istiyorum."

Dominic sırıttı. "Öyleyse sana bir tane getirelim." Ardından tezgâhın üzerindeki maşayı alarak, vitrinden kocaman bir çörek çıkarmak için barın arkasına geçti. "Sil süpür," diyerek tabağı bana uzattı.

Ağzımdan dökülen kırıntılara aldırmayarak bir ısırık aldım. Yemek yemek, dişlerimi kabarık, yağlı çöreğe geçirmek, kendimi iyi hissettirmişti. "Ee, bulduğun şey nedir?"

Dominic başını olumlu anlamda salladı. "Benimle gel."

Arka odaya geçtiğimizde, duvara dayalı bir dosya dolabını işaret etti. "Dün gece bazı evrakları gözden geçiriyordum ve bunu buldum." Sonra da ucu yırtık, sararmış ve kırışık bir zarf çıkardı.

Ağzıma bir parça daha çörek tıkarak tabağı bir kenara bıraktım. "Nedir o?"

Dominic duvara yaslandı. "Neden kendin bakmıyorsun?"

Zarfın kapağını dikkatle açarak içine göz attım ve katlanmış bir kâğıt parçasıyla, siyah beyaz bir fotoğraf çıkardım. Her an yırtılabilecek gibi görünen kâğıdı bir kenara bırakıp, fotoğrafı ışığa doğru tuttum. Yıpranmış ve süslü kenarları parçalanmış fotoğrafta, birbirlerine romantik bir şekilde sarılmış bir kadın ve adam görülüyordu. Kadın güzeldi ve biraz utangaç bir hali vardı. Kısacık saçlarının uçları dalgalıydı ve üzerinde, beli kemerli, sade bir elbise vardı. Şık bir takım elbise içindeki adama sevgiyle bakıyordu. Adam da ona hayranlıkla gülümsüyordu. Bu çift, düpedüz birbirine âşıktı. Onlara bakan herkes bunu görebilirdi. *Bunlar Vera ve kocası olabilir mi*, diye geçirdim içimden. *Daniel'ın babası bu adam mı?* Arkasında herhangi bir yazı var mı diye bakmak için fotoğrafı ters çevirdim. 'Vera ve Charles, Mart 1929, Seattle Dans Maratonu.'

Güldüm. "Dans Maratonu mu?" Kelimeler dilime yabancı gelmişti. "Bunun ne olduğuna dair bir fikrin var mı?"

Dominic başını kaşıdı. "Dur bir dakika, Şahane Hayat filmindeki sahneyi hatırlıyor musun? Hani dans ediyorlardı ve–" Favorilerimden biri olan o filmi bildiği için anında takdirimi kazanmıştı. "Evet!" dedim. "Dans pistinin altındaki havuza düşüyorlardı."

"Evet," dedi Dominic. "Sanırım o bir dans maratonuydu. Bir romanda da okumuştum. İnsanlar yorgunluktan devam edemeyecekleri duruma gelene dek dans etmeye çalışırlarmış. Para, bedava hizmetler ve benzeri ödüller için dans ederlermiş. Bazen günlerce devam ettikleri bile olurmuş."

"Günlerce mi?"

"Evet, okuduğum kitaptaki karakterin en sonunda ayaklarının kanadığını hatırlıyorum."

Tekrar fotoğraftaki genç çifte baktım ve dans maratonu gecesinde neler olduğunu merak ettim. Fotoğraf, Daniel'ın doğumundan önce çekilmişti. *Vera o zamanlar mutlu muydu? Peki, bu adam, yani Charles kimdi? Nasıl oldu da bu fotoğraf burada kaldı?*

Parmağımı fotoğrafın süslü kenarında gezdirirken, büyükannem huzurevine taşınmadan önce onun evinden kurtardığım aile fotoğraflarıyla dolu kutuyu hatırladım. Beth teyzem onları çöp tenekesinin yanına bırakmıştı. "Sadece eski, siyah-beyaz fotoğraflar," demişti, önemsiz postaları çöpe atan biri gibi elinin tersiyle iterek. "Kimsenin hatırlamadığı akrabalar."

"Hayır," diyerek kutuya koşmuştum. "Çöpe atma. Ben onları saklarım." Fotoğraflardakilerin büyük çoğunluğunun isimlerini bilmiyor olabilirdim, fakat onların hatıralarını çöp kutusuna göndermek, onlara ihanet etmekmiş gibi hissettiriyordu. Bu düşünceye katlanamamıştım.

Fotoğrafı zarfın içine koyup, sararmış kâğıdı tekrar elime aldım ve yırtılmamasına dikkat ederek açtım.

"Bak," dedim Dominic'e. "Bu bir resim." Kâğıttaki çöp adamın, bir çocuğun kaleminden çıktığına şüphe yoktu. Dolmakalemle çizilmiş resmi daha net görebilmek için gözlerimi kıstım. "Sanırım bu," dedim daha yakından bakarak, "iki çocuk ve bir kadın resmi. Görüyor musun? Şu şapkaya bak. O zamanlar bütün kadınlar büyük, güzel şapkalar takarmış. Sanırım bunlar tüy. Belki bir fiyonk da olabilir. Bilemiyorum."

"Bu konuda çok iyisin," dedi Dominic.

Gülümsedim. "Çizdiği resimleri her hafta bana e-postayla gönderen üç yaşında bir kız yeğenim var. Bu konuda biraz profesyonel sayılırım."

Dominic biraz daha yaklaşarak elimdeki kâğıdı inceledi. "Peki, sence bunu o küçük çocuk mu çizdi? Bu, onun çizdiği bir resim olabilir mi?" Dominic'in kolu, hafifçe elime dokundu. Cildim kuru, gergin ve yorgundu. O an, saçlarımı tarayıp bir beyzbol şapkası takmak yerine, duş almaya vakit ayırmış olmayı diledim.

"Affedersin," dedi Dominic.

Başımı iki yana sallayarak, oluşan tuhaf havayı dağıttım. "Hayır, bu resmin ona ait olduğunu sanmıyorum."

"Neden?"

Resmin sağ köşesini işaret ettim. "Şu kalbi görüyor musun?"

Dominic, evet dercesine başını salladı.

"Erkek çocuklar kalp çizmez."

"Aha," dedi Dominic. "Güzel noktaya parmak bastın. Ama bu çok kötü. Bunun Daniel'ın çizdiği bir resim olabileceğini düşünmüştüm. Makalen için bir ipucu olacağını ümit etmiştim."

Kâğıdı ters çevirdiğimde, arkasına karalanmış iki kelime olduğunu fark ettim. Acemice yazılmış harfleri dikkatle inceledim. "Ah, işte bir ipucu," dedim. "Şunu görüyor musun? Bu bir isim. Sanırım..." diyerek durakladım. "Eva. Eva Morelandsteed yazıyor."

"Sence bu ismin kaçırılan çocukla herhangi bir ilgisi var mıdır?"

"Olabilir," dedim, kâğıdı tekrar katlayıp zarfın içine koyarak. "Bir süre bende kalmasının mahsuru var mı?"

"O senin," dedi Dominic.

"Teşekkürler." Kapıya doğru döndüğüm sırada, tekrar Dominic'e baktım. "Baksana, bugün ne yapacaksın?"

Dominic'in yüzünde kocaman bir gülümseme belirdi. "Hiçbir şey, neden?"

"Eğer kaçabilirsen, bir yerlerde öğle yemeği yemek ister misin?" Ethan, Cassandra ile öğle yemeği yiyebiliyorsa, ben de Dominic ile yiyebilirdim.

"Çok isterim," dedi Dominic, ceketini alarak. "Çarşıdaki yeni açılan küçük İtalyan restoranına ne dersin?"

Kendi kendime gülümsedim. "Kuşkonmazlı risotto'sunun gerçekten iyi olduğunu duydum."

"Harika," dedi Dominic, ceketinin fermuarını çekerek. "Güneş açmış. Haydi, yürüyelim."

"Kulağa mükemmel geliyor," dedim. Tenime çarpan soğuk rüzgâr canımı acıtıyordu. Fakat o an, kalbim sıcacıktı.

Cassandra'nın Giancarlo's hakkındaki övgü dolu yazısı, içeride boş bir masa bulmayı imkânsız hale getirmişti. Restoranın önündeki sıra, bize başka planlar yapmamızı söylüyordu.

"Aşağıda, çarşının altında küçük bir yer biliyorum," diye öneride bulundu Dominic. "Çok uzun yıllardır orada. Lüks bir yer değil, sadece küçük bir restoran. Ama jambonlu sandviçlerini tadana dek yaşamış sayılmazsın."

"Bana uyar."

Merdivenleri inerek çarşının biraz daha derinlerine girdik. Rutubetli havaya, köri ve yenibahar kokuları karışıyordu.

"Burayı seviyorum," dedi Dominic usulca, "yukarısı turistler için. Ama çarşının asıl *ruhu* burada."

Hayranlıkla etrafıma bakındım. "Bunca zamandır Seattle'da olup da buraya inmediğime inanamıyorum," dedim. "Bir alt katı olduğunu bile bilmiyordum. Gerçekten utandım."

Dominic, sağımızdaki bir dükkânı işaret etti. "İşte, şurada dünyanın en egzotik baharatlarını bulabilirsin."

"Kokularını alabiliyorum," diyerek baharatların hoş kokusunu içime çektim.

"Ayrıca Al'in pudra şekerli çöreklerini de mutlaka denemelisin," dedi Dominic, seyyar bir tezgâhın arkasındaki adamı başıyla selamlayarak. "Bize dört çörek, pudra şekeri bol olsun," dedi adama. Etrafı kızarmış hamur kokusu sarmıştı. Dominic adama beş dolar uzattıktan sonra, çöreklerle dolu sıcacık kesekâğıdını elime tutuşturdu. "Tatlı için."

Birkaç adım sonra restorana varmıştık. Tıpkı Dominic'in söylediği gibi hiç de gösterişli bir yer değildi. Sadece duvar boyunca dizili birkaç oturma bölümü ve ortaya saçılmış masa sandalyeler vardı. Masaların üzerinde birer peçetelik ve temizlenmeye ihtiyacı olan ketçap şişelerinden başka hiçbir şey yoktu. Barın önündeki gıcırdayan, üstleri yarı kırık taburelerde birkaç adam oturuyordu. Kapının üzerinde ise LINDGREN'S yazılı sade, yeşil bir tabela asılıydı.

Bir bayan garson, sakızını şaklatarak yanımıza yanaştı ve bana üzerinde yağ lekeleri olan bir mönü uzattı. "Görüşmeyeli nasılsın, şekerim?" diye sordu, bir tane de Dominic'e uzatarak.

"Çok iyiyim, teşekkürler," diyen Dominic, ardından bana doğru döndü. "Claire, bu Donna. Donna, Claire."

"Tanıştığımıza memnun oldum, tatlım," dedi yaşlı kadın boğuk bir sesle. Sonra yeniden Dominic'e döndü. "Ne zamandır ortalarda görünmüyordun. İlginçtir, daha bu sabah buradaki takım elbiseli birkaç adam senin hakkında–"

"Ah, evet, bir süredir meşguldüm," diyerek kadının sözünü kesti Dominic, rahatsız olmuşa benziyordu. Ardından gergin ve özür dileyen bir ifadeyle bana gülümsedi.

Donna omzunu silkti. "Pekâlâ, haydi sizi bir masaya oturtalım."

Dominic, restoranın uzak köşesindeki bir masayı işaret etti. "Şu pencere kenarındaki masaya oturmamızın sakıncası var mı?"

"Elbette yok, tatlım," diyerek göz kırptı kadın. "Üzerinde sizin adınız yazıyor."

Sallanıp duran sandalyeye otururken merakım uyanmıştı. "Takım elbiseli adamlar mı? Onlar da nereden çıktı?"

Dominic, metal peçetelikten bir peçete çekip, küçük kareler halinde katlamaya başladı. "Ah, kim bilir?" dedi, hiç de inandırıcı olmayan bir şekilde aldırmıyor numarası yaparak. "Belki de kafedeki servisin yavaşlığından yakınıyorlardır. Bazı işadamları, iyi bir kapuçino yapmanın vakit isteyen bir iş olduğunu hiç anlamıyorlar." Bir an için dalgın görünse de yeniden eski neşeli haline dönüverdi. "Affedersin, şikâyet etmek istememiştim. Belki de bu, sürekli sözünü edip durduğum şu tatile çıkmam gerektiğine dair bir işarettir."

Dışarıdaki bir martı, konduğu yerden çığlıklar atıyordu. Eskimiş pencereden dışarı göz attım. Soğuğun içeri girmesine izin veren tek camlı pencereler, Elliott Körfezi'ne girip çıkan vapurlardan bir manzara sunuyordu. Dominic'in bana her şeyi tümüyle anlatmadığına ve konuyu değiştirmek için çabaladığına dair bir hisse kapılmıştım. Ama bunu gerçekten önemsemiyordum. "Nereye gideceksin?" diye sordum, dirseğimi masaya dayayıp, elimi çeneme yaslayarak. "Yani, tatil için."

Dominic'in gözleri bir anda parladı. "Ah, şey, önce Avustralya'ya," dedi, sanki önünde bir dünya haritası açıkmış gibi parmağıyla masadaki bir noktayı işaret etti. "Mercan resiflerini hep görmek istemişimdir. Sonra Yeni Zelanda'ya ve belki bir de Fiji'ye."

Onu, esmer teni güneş yüzünden daha da kararmış bir halde ve masmavi sularda şnorkelle yüzerken hayal ettim. "Kulağa harika geliyor," dedim. "Peki, neden şimdiye kadar gitmedin?"

"Şey, ben–"

Donna siparişlerimizi almak için yanımıza geldi. "Ne alırsınız? Her zamankinden mi?"

Dominic bana baktı. "Ben her seferinde jambonlu ve şoslu sandviç yerim."

"O sandviçi Büyük Buhran'dan beri satıyoruz," diye araya girdi Donna. "O zamanlar kahveli sos, yoksulların başlıca yiyeceğiydi. Şimdiyse yüksek sınıfa hitap ediyor. Şu gurmelerden biri, geçtiğimiz yıl onu dergisinde yazdı. Fotoğraf çekmesi için New York'tan bir de fotoğrafçı göndermişlerdi," diyerek duvardaki bir çerçeveyi gösterdi.

"Affedersiniz," dedim, biraz şaşkın bir şekilde. "*Kahveli* sos mu dediniz?"

Donna evet dercesine başını salladı. "Jambonu tavada kavurur ve yağını bıraktığında, üzerine biraz kahve dökerek hoş, koyu bir sos haline gelmesini sağlarız. O zamanlar insanlar, paralarını bu şekilde idareli kullanıyorlarmış."

"Pekâlâ, çok kahve içen biri değilim," dedim, "ama yine de deneyeceğim, sanırım."

"Güzel," dedi Donna. "Hayal kırıklığına uğramayacaksın. İnsanlar bu yemeği neredeyse bir yüzyıldır yiyorlar. Bu bir klasik. Yanına patates püresi de ister misiniz?"

İkimiz de evet anlamında başımızı salladık.

"Ee, makalen nasıl gidiyor?"

"Bir yerlere gidip gitmediğinden gerçekten emin değilim. Editörüm yarına bir kopyasını bekliyor ve daha tek bir kelime bile yazmış değilim," diyerek suratımı astım. "O küçük çocuğu düşünmeden duramıyorum."

"Umudunu yitirme," dedi Dominic. "En zorlu zamanların sonunda en güzel mükâfatlar bekler daima."

Dominic'in söyledikleri, kulağa mantıklı geliyordu. Ethan ile evlendikten kısa bir süre sonra katıldığım ilk ve tek maratonu düşündüm. Dokuz ay boyunca antrenman yapmış, bitiş çizgisini kanayan bir parmak ve kramp girmiş kaslarla geçmiştim. Fakat kendimle hiç bu kadar gurur duymamış, hiç bu kadar kendime güvenmemiştim. Ethan beni kollarına alıp, yüzünü terli ve kızarmış yüzüme bastırdığında ise daha önce hiç hissetmediğim bir huzur hissetmiştim.

Gözlerimi kısarak pencereden dışarıya, uzaklara baktım.

"Nereye bakıyorsun?" diye sordu Dominic.

"Bainbridge Adası'na," dedim, ardından yine ondan yana döndüm. "Yarın eski bir arkadaşı ziyaret etmek için vapurla oraya geçeceğim."

Dominic, anladığını belirtircesine başını salladı. "Ah," dedi, sanki eski günleri yâd ediyormuş gibi. "Çok güzel bir yer. Günün birinde orada yaşamayı çok isterim."

"Neden yaşamıyorsun? İşe oradan gidip gelebilirsin. Vapurla sadece yarım saat."

Dominic, kucağında birleştirdiği ellerine baktı. "Yapamam," dedi. "En azından şimdilik. Adadaki evler ateş pahası ve fazladan kazandığım her doları eve gönderiyorum."

"Eve mi?"

"Annem hasta," dedi Dominic. "Sağlık sigortası yok. Kullandığı ilaç çok pahalı, ama onu hayatta tutuyor."

"Ah. Çok üzüldüm. Yani ona destek oluyorsun, öyle mi?"

Dominic başını sallayarak onayladı. "Onu tanısan çok seversin."

Yanaklarımın kızardığını hissettim.

Çantamdaki telefonumun çaldığını duysam da duymazlıktan geldim. "Seni gerçekten çok seviyor olmalı," dedim Dominic'e. "Bir anneyle oğlu arasında gerçekten özel bir bağ oluyor." Kucağımdaki peçeteyi katlayarak, çenemi elime yasladım. "Vera ve Daniel'ı düşünmeden edemiyorum. Sırf o kafenin bir zamanlar onların evi olduğunu bilmek bile," diyerek bir iç çektim, "Büyüleyici bir şey."

Dominic sırıttı. "Orada hep hayaletlerimiz olduğunu düşünmüşümdür."

Birkaç dakika sonra Donna elinde iki tabakla birlikte döndü. Tıpkı tarif ettiği gibi jambonlu sandviçin içi koyu kahverengi bir sosla doluydu. Dişlerimi iştahla sandviçime geçirdim.

"Ne düşünüyorsun?" diye sordu Dominic.

"Vay canına," dedim. "Bu çok *iyi*."

Dominic gururla gülümsedi. "Seveceğini biliyordum."

Telefonumun tekrar çaldığını duydum. Bu defa elimi isteksizce çantama daldırarak telefonu çıkardım ve ekranda Ethan'ın numarasını gördüm.

"Affedersin," dedim Dominic'e. "Bana bir dakika izin verir misin?"

"Tabii, sorun değil."

"Alo," dedim, çabucak restoranın önüne çıkarak.

"Claire, sabahtan beri sana ulaşmaya çalışıyorum."

Zorla gülümsedim. "Dün gece neden eve gelmediğini açıklamak için mi?"

"Claire, bütün gece hastanedeydim."

Aniden irkildim. "Sen iyi misin?"

"Evet, iyiyim. Büyükbabam. Dünkü gala gecesinde ödülünü aldıktan hemen sonra kalp krizi geçirdi. Ameliyattan çıktıktan sonra, geceyi onun başucunda geçirdim."

"Ah, hayır," dedim. "İyi olacak mı?"

"Henüz bilmiyoruz," dedi Ethan. "Bunu zaman söyleyecek. Dün gece seni aramayı denedim, ama cep telefonunu kapatmıştın. Bu sabah evi aradığımda da cevap vermedin." Etrafındaki sesleri fark ederek durakladı. Yoksul bir adam, birkaç adım ötede banço* çalmaya başlamıştı. "Neredesin sen?"

---

* Telli bir çalgı. (Çev. N.)

Restoranın içine, Dominic'e bakıp kendimi suçlu hissettim. "Çarşıda yemek yiyorum. Bir arkadaşımla beraber."

Warren, benim hiç sahip olamadığım bir büyükbabaydı. Benimkilerin ikisi de ben doğmadan önce vefat etmişlerdi ve Kensington Ailesi'nin gelini olduğumda, Büyükbaba Warren beni çok sıcak bir şekilde karşılamıştı. Doğrusu onunla tanışır tanışmaz ona bağlanmıştım. Bir gün bana bir iskambil oyununda meydan okumuş ve yenilmişti. "İşte evlenilecek bir kadın," dedi Ethan'a. "İskambil oyununda bir erkeği yenebilen bir kadın, birlikte bir ömür geçirebileceğin kadındır." Benim hakkımda konuşmadığını biliyordum. Eşi, yani Ethan'ın büyükannesi, ben ailelerine katılmadan yıllar önce ölmüştü. Fakat o ve Warren'ın büyük bir aşkı paylaştıklarını anlamak için onunla tanışmış olmama gerek yoktu. Bunu birlikte geçirdikleri hayata ait fotoğraflara, ama en çok da Warren'ın gözlerine bakarak görebilirdiniz. Ölümünün üzerinden on beş yıldan fazla zaman geçmiş olsa da Warren ondan söz ederken hâlâ gözleri doluyordu.

"Hemen geliyorum," dedim. "Ona yolda olduğumu söyle."

Masaya koşup sandalyenin üzerindeki çantamı aldım. "Çok özür dilerim, Dominic, ama acil bir durum söz konusu. Eşimin büyükbabası hastanede. Kalp krizi geçirmiş. Gitmem gerek."

"Ah, çok üzüldüm," dedi Dominic ayağa kalkarak. "Yardımcı olabileceğim bir şey var mı?"

"Hayır, hayır," diye kekeledim, az önce bastırdığım suçluluk duygusuna tekrar kapılarak. "Şuradan bir taksi çeviririm. Seni... Seni ararım." Yarım kalmış öğle yemeğime baktıktan sonra koşarak kapıdan çıktım.

Hastane odasına girdiğimde, Warren halsiz bir şekilde gülümsedi. Gri hastane karyolasında, kolları iki yanına uzanmış bir halde yatıyordu. "Şu haline bak," diye fısıldadım. "Benden habersiz gidip kalp krizi geçiremeyeceğini biliyorsun." Ethan'ın odaya girdiğini duysam da selamlaşmak için arkamı dönmedim.

Warren göz kırptı. "Affedersin, tatlım, sanırım bu yaşlı kalp kendi kafasına göre takılıyor."

"Pekâlâ," dedim gözyaşlarımı tutarak, "daha önünde uzun ve güzel yıllar var. Seni iyileştirmemiz gerek."

Yaşlı adam başını olumlu anlamda salladı. "Sen öyle diyorsan öyledir, tatlım. Ama eğer sizin için de uygunsa, artık gidip sevgilimi görmeyi tercih ederim. Onu çok özledim."

"Özlediğini biliyorum, Warren," dedim. "Ama *biz* de seni seviyoruz, bunu unutma."

Ethan'ın bedeninin sıcaklığını yanımda hissettim. "Dinlenmesi gerek," diye fısıldadı bana. "Haydi, gidip oturalım."

Sesindeki ukala tondan hoşlanmamıştım, ama Warren'ın yorgun göründüğü doğruydu. Ethan'ın peşinden odadan çıktım ve birlikte, koridordaki bir banka oturduk. Etrafımızda hemşireler koşuşturuyordu. Havada etli yemek ve dezenfektan kokusu vardı.

"Doktorlar iyileşeceğini düşünüyor," dedi Ethan. "Şimdilik."

"Bu çok rahatlatıcı," diye karşılık verdim, ellerimi gergin bir şekilde ovuşturarak.

Ethan'ın anne ve babasının, Glenda ve Edward'ın bize doğru geldiğini gördüm.

"Bugün nasıl?" diye sordu Glenda, Ethan'a. Benim varlığımı görmezlikten gelmişti.

Ethan omzunu silkti. "Aynı. Doktor kalbinin zayıf olduğunu söylüyor. Bundan böyle eski düzenine devam edemeyecek. Stresle başa çıkmasına yardım etmek zorundayız. Artık yavaşlamasının zamanı geldi."

Glenda önce Edward'a, ardından bana bakarak, "Claire, hayatım," dedi.

Yutkundum. Yalnızca bir iyilik isteyeceği ya da bir emir vereceği vakitler bana *hayatım* diye hitap ederdi.

Glenda, Ethan'a bilmiş bir bakış attı. "Claire, Warren'a yaptığın haftalık ziyaretleri şu an için azaltman gerektiğini düşünüyoruz."

"Efendim?" dedim, afallamış bir halde. "Ne demek istiyorsunuz?" Son iki yıldır, Warren'ı haftada bir evinde ziyaret ediyordum. İskambil oyunları oynuyor, eski filmleri seyrediyor ya da sadece birlikte kitap okuyorduk. O savaş romanlarını okuyordu, bense aşk romanlarımı.

"Sorun kalbi, hayatım," diye devam etti Glenda. "Ethan'ı duydun. Doktor, kalbinin zayıfladığını söylüyor. Senin... Pekâlâ, mesele şu ki Warren'ın daha fazla... drama ihtiyacı yok."

"Daha fazla *dram* mı?" Yanaklarımın yandığını hissedebiliyordum. "Yani onu ziyaret etmemin, sağlığı için kötü olduğunu mu düşünüyorsunuz?" Destek bulmak için Ethan'a baktım.

"Tabii ki *onu* kastetmiyoruz, hayatım," dedi Glenda, soğuk bir şekilde sırtımı sıvazlayarak. Sesindeki patronluk taslayan tondan nefret ediyordum. "Biz sadece onun iyiliğini düşünüyoruz. İyileşme sürecinde–"

"Anne," dedi Ethan, karşı çıkıyormuşçasına elini kaldırarak. "Büyükbabam Claire'i *seviyor*. Claire, onu mutlu eden birkaç kişiden biri." Bana destek olduğunu göstermek için elimi sıktı, ancak aynı şekilde karşılık veremeyecek kadar şoktaydım.

Ethan'dan yana döndüğümde, Glenda'nın buz gibi bakışlarını yüzümde hissedebiliyordum. Gözlerim yaşlarla dolmuştu, fakat anne ve babasının gözlerimden yaşlar boşandığını görmelerine katlanamazdım. Yine de gözyaşlarımı tutamayacağımı biliyordum. "Teşekkür ederim," diye fısıldadım kocama. Ardından elini bırakıp, asansöre yöneldim.

"Claire, lütfen," dedi Ethan, anne ve babası koridorun biraz daha ilerisine yürüdükten sonra. Beni kendine doğru çekip, alnıma hafifçe bir öpücük kondurdu. "Annemi dinleme."

Asansörün kapısı açıldığı sırada, başımı olumlu anlamda salladım. Mavi önlüklü bir hemşire ilerideki levhaya bakarak, "Ah, yanlış kat," dedi. Yanındaki tekerlekli sandalyede, hastane önlüğü giymiş bir kadın oturuyordu. Kadın, sıkıca kundaklanmış, kırmızı suratlı bir bebeği bağrına basmıştı. Yanında gururlu kocasıyla birlikte, yorgun ve mutlu bir şekilde gülümsedi. İkisi de etrafa aşk saçıyorlardı. Asansörün kapısı kapandı.

"Üzgünüm, Ethan," dedim titreyen bir sesle. "Burada kalamam. Gitmeliyim."

Kapının yeniden açılmasını bekledikten sonra asansöre bindim. Kapı kapandığında ise yüzümü ellerime gömerek ağlamaya başladım.

On Birinci Bölüm

VERA

Mağaza sahibi tombul kadın, beni hoşnutsuz bakışlarla süzdükten sonra Lon'un yardımcısına bakarak öfkeli bir iç çekti. "Bir tane daha mı?"

Andrew, ileride sıra sıra dizilmiş olan gece elbiselerini işaret etti. "Bir dizi gece elbisesine ihtiyacı olacak," dedi. "Bay Edwards kırmızıyı tercih eder, ama çeşit olması açısından diğer renklerden de ekleyin. Ayrıca *başka* giysilere de ihtiyacı olacak." Kadına bilmiş bir bakış attıktan sonra saatine baktı. "Her zamanki gibi Bay Edwards'ın hesabına yazın."

"Pekâlâ," dedi kadın, tek kaşını kaldırarak. "Yapacak çok işimiz var."

"Güzel," dedi Andrew. "Saat dörtte kuaförde olacağından emin olun, lütfen. Bay Edwards, onunla saat beşte yemekte buluşacak. Bir dakika bile gecikmemeli." Kendimi sevkiyat kamyonundaki bir mal gibi hissediyordum.

Kadının peşinden soyunma kabinine girdim ve giysilerim çıkarılırken, aynanın karşısında uyuşmuş bir halde bekledim. Yere düşen elbisem, gözden düşmüş buruşuk, mavi ve yıpranmış bir kumaş halini aldı.

İçeriye daha genç, başka bir kadın girdi.

"Melinda!" diye bağırdı yaşlı olanı. "Şu elbiseden kurtul. Artık ona ihtiyacı olmayacak."

Tezgâhtar kız yerdeki elbiseyi alıp götürürken derin bir üzüntü duydum. Elbisenin cepleri yırtılmış, eteği yıpranmıştı. Ama Daniel'ı son kez kollarıma aldığımda, üzerimde o vardı. Şimdi ondan kurtulmak, sanki Daniel'ın bir parçasını da beraberinde çöpe atıyor olmak gibi hissettiriyordu. Bizim bir parçamızı...

"Lütfen," dedim yalvarırcasına. "O bende kalabilir mi?"

Kadın kuru bir kahkaha patlattı. "O eski paçavra mı?"

Tüm gücümle gözyaşlarımı tutmaya çalışarak çıplak ayaklarıma baktım.

"Şanslısın ki Bay Edwards seni beğeniyor," diye devam etti kadın. "Artık daha güzel şeyler giyebilirsin."

Kadın iç çamaşırlarımı çıkarırken gözlerimi sımsıkı kapattım. Göğüslerimin ölçüsünü aldığı sırada, söylediklerini yarı kulağımla dinliyordum. "Genellikle daha yuvarlak hatları tercih ediyor," dedi göğüslerime dikkatle bakarak. "Biraz daha fazla yesen iyi olur."

Kadın korsemin kopçasını açıp, vücudumu tamamen ortaya çıkardığında yüzümü buruşturdum. Soğuğu, olanca acımasızlığıyla çıplak tenimde hissediyordum. Aynadaki yansımamda üç yıl önce Daniel'ı taşıyan yerlerinden sarkmış bir karın görülüyordu. Onu evde, tek başına dünyaya getirmiştim. Caroline nihayet gelerek soğuk bir bezle alnımı silmiş ve bana şarkılar söylemişti. Doğum uzun ve sancılı olmuştu. Fakat Daniel'ı kollarıma aldığımda, bunların hiçbirinin önemi kalmamıştı. Onun için hepsini yeni baştan yaşamaya razıydım. *Benim Daniel'ım.* Gözlerimin yeniden dolduğunu hissettim. *Ağlamayacağım. Bu kadının beni ağlarken görmesine izin vermeyeceğim.*

"Görüyorum ki çocukların var," dedi kadın, tasvip etmeyen bir ses tonuyla. Giydirdiği bej rengi bir korsenin bağcıklarını bağlamaya başladı.

Başımı olumlu anlamda salladım. "Evet," dedim usulca. "Sadece bir tane. Küçük, harika bir oğlum var. Onu–"

"Onu bıraktığın iyi olmuş," dedi kadın. "Piç bir çocuğu büyütmenin manası yok."

"Bu ne cüret?" diyerek bir adım geriledim.

Kadın omzunu silkerek, "Seni rencide etmek istememiştim," dedi. Muhtemelen beni incitmekten çok Lon'un hesabından alacağı komisyonu kaybetmekten endişe ediyordu. "Ben sadece, bugünlerde evlilik dışı olması şöyle dursun, her koşulda çocuk büyütmenin zor olduğunu söylemek istemiştim."

Bir adım yaklaştı ve ipek bir kombinezonu başımdan geçirerek üzerime oturttu. Sonra da kollarını göğsünde kavuşturarak beni tepeden tırnağa süzdü. "En sonuncusuna ne olduğunu biliyorsun, değil mi?"

Hayır dercesine başımı salladım. "En sonuncusu da ne?"

"Bay Edward'ın son sevgilisi."

Eski hizmetçi Susie'yi hatırlayarak başımı iki yana salladım.

"Hamile kaldı," dedi kadın. "Küçük aptal. Bay Edward, onu bırakmak zorunda kaldı."

Ne Lon'un yatağını ne de onunla aynı yemek masasını paylaşmak istiyordum. Fakat oğlumu bulmak için her şeyi yapardım. Lon'un çevresi oldukça genişti. Gwen, onu bir senatörle öğle yemeği yerken gördüğünü söylemişti. Eğer polisin Daniel'ı aramasını sağlayabilecek biri varsa, o da Lon'du.

"Karnını içine çek," dedi kadın. "Eğer seni bu gece o elbiselerden birinin içine sokacaksak, bu korseyi iyice sıkmamız gerek. Bay Edward, dans pistinde baş döndürücü görünmeni isteyecektir."

Derin bir nefes alarak karnımı içime çektim. Sonra da gözlerimi kapatıp, son gittiğim dansı düşündüm. Charles ile... Kendimi, beni sıcak bir battaniye gibi saran anıların kollarına bıraktım.

Dört Yıl Önce

Dışarıdan bir korna sesi duyuldu. Caroline tiz bir sesle ciyakladı. "*Charles* geldi!"

Saçlarımı düzelttikten sonra, üç arkadaş paylaştığımız dairenin penceresine koşarak sokağa baktım. Charles parlak, gri, Buick marka arabasının şoför koltuğunda bekliyordu. Koyu renk saçlarını arkaya doğru taramıştı ve yüzünde sakin bir tebessüm vardı. Son derece şık görünüyordu. Otelde tanıştığımız geceden bu yana bir buçuk ay geçmişti. O gece beni yürüyerek evime bırakmış ve Avrupa tatilinden döner dönmez arayacağına söz vermişti. Her ne kadar ona ait anıları aklımdan –ve kalbimden– çıkarmaya çalışsam da sık sık onu düşünüp durmuştum. O harika biriydi, fakat o gece otelde gördüğüm zarif, mücevherler içindeki kadınlara aitti. Ayakkabısında delik olan, beş parasız birine değil. Yine de bir önceki hafta beni aradığında, Olympic Otel'de söylediği şeylere rağmen, ayrıcalıklı bir adamın yoksul bir kadını gerçekten sevip sevemeyeceğini merak etmiştim.

Georgia kollarını göğsünde kavuşturarak, "Bu haksızlık," diye sızlandı. "Erkek kardeşi var mı?"

"Kızın dikkatini dağıtma, Georgia," diye çıkıştı Caroline. "Bir an önce hazırlanması gerek!"

Eteğini daha o sabah onardığım, pek de şık sayılmayan sade elbiseme baktım. Kobalt mavisi ipliğin –elimdeki tek iplik oydu– açık mavi elbise üzerinde çok fazla göze çarpmayacağını umuyordum. "İyi görünüyor muyum?"

Caroline kaşlarını çattı. "Tatlım, onu kendine hayran bırakmak istiyorsun, değil mi?"

Evet dercesine başımı salladım.

Caroline elbisemin düğmelerini çözmeye başladı. "Elbette istiyorsun, o yüzden hemen kırmızı elbisemi giyiyorsun."

"Caroline, onu giyemem," dedim. "O çok..."

"Dekolte mi?"

Başımı sallayarak onayladım.

"Evet, zaten önemli olan da bu. Seni bu patates çuvalının içinden çıkaracağız."

Son düğme de açıldıktan sonra, elbisem üzerimden düşerek ayak bileklerime indi. Caroline, dolabına gidip kırmızı elbisesini getirerek gururla gösterdi. "Seni bunun içinde görünce bayılacak." Pioneer Meydanı'ndaki bir butiğin vitrininde gördüğü bu elbiseye bir aylık maaşını vermişti. "İşte," dedi, elbiseyi yavaşça başımdan geçirerek. Utangaç bir şekilde, vücuduma sıkı bir bandaj gibi yapışan elbisenin eteğini çekiştirdim.

Caroline, "Tamam," diyerek bana bakmak için bir adım geriledi. "Baş döndürücü."

"Bilmiyorum, Caroline," dedim tereddütle. "Sence bu *gerçekten* ben miyim?"

"Bu gecelik sensin," dedi, boynuma boncuklu bir kolye geçirerek. "Bunlar gerçek inci değil, ama kimse anlamayacaktır." Caroline enseme değen kolyenin kopçasını kapatırken ürperdim.

"Mükemmel," dedi, ardından tekrar bir adım gerileyip son bir kez bana baktı. "Haydi, geç kalacaksın." Beni kapıya doğru itekledi. "Çok güzel görünüyorsun."

Arkamı dönerek ona baktım. "Teşekkürler, Caroline. Bunun en sevdiğin elbisen olduğunu biliyorum. Ona dikkat edeceğim."

"İstersen üzerine şarap dök," dedi Caroline. "Nasıl olsa bir daha hiç giymeyeceğim," diyerek hafifçe karnına vurdu. Biraz şişmiş karnı, hamileliğin ilk aylarında olduğunu belli ediyordu. "Ben onun tadını yeterince çıkardım."

Olympic Otel'deki etkinlikten bir hafta sonra, Caroline aniden Joe adında bir balıkçıyla evlenmişti. Bir yıllık beraberlikleri bir küs, bir barışık geçmişti. Fakat Joe elinde büyükannesinin nişan yüzüğüyle çıkageldiğinde, Caroline ona evet demişti. Evliliklerinin hemen sonrasında ise, Joe bir trafik kazasında ölmüş ve Caroline, karnında onun çocuğunu taşıdığını öğrenmişti. Ardından tek bir valize sığdırdığı eşyalarıyla kapımıza gelmişti. Üç kadın, tek yatak odalı dairemizde zaten tıkış tıkış yaşıyor olsak da onu aramıza almıştık. Caroline'in anne ve babası onu evden kovmuştu.

"Ah, Caroline," diyerek kolumu beline doladım. "Bu elbiseyi yeniden giyeceksin. Göreceksin."

"Pekâlâ," dedi bir iç çekerek, "bu senin gecen. Eğlenmene bak, tatlım."

Başımı olumlu anlamda salladım. "Denerim."

Charles kaldırımda beni bekliyordu. Dışarı çıktığımda, arabasına yaslanarak beni seyretmeye başladı.

"Hey, bebek," diye seslendi sarhoş olduğu her halinden belli olan bir adam. "Sevecek birini mi arıyorsun?"

"Terbiyeni takın!" diye bağırdı Charles adama. "Bir hanımefendiyle böyle konuşmaya nasıl cüret edersin?"

Adam ara sokaklardan birine sıvışırken, Charles'a minnettar bir şekilde gülümsedim. "Mahalleye hoş geldin," dedim.

"Bunlara her gün katlanmak zorunda mı kalıyorsun?"

Evet anlamında başımı salladım. "Bir süre sonra alışıyorsun. Çoğu kendi halinde ve zararsızdır."

Charles, sokağa göz gezdirerek başını iki yana salladı. Evsiz bir adam, yol kenarındaki bir konserve kutusunu tekmeleyerek kendi kendine söyleniyordu. Yaşlı bir kadın, oturduğu banktan kalkarak Charles'a yaklaştı. Böyle parlak bir araba, kasabamızın bu kesiminde çok nadir görülen bir şeydi ve tıpkı sinekleri kendine çeken sulu bir erik gibi kalabalığın dikkatini çekmişti.

"Affedersiniz, bayım," dedi kadın, neredeyse fısıldayarak. Avucunu açarak elini Charles'a uzattı, tırnaklarının içi kir doluydu. "Bu aç ve yaşlı kadına birkaç sent verebilir misiniz, acaba?"

"Bu gerçek bir Buick mi?" diye sordu genç bir çocuk, elini arabanın kaportasında gezdirerek. Charles, yüzünde çaresiz bir ifadeyle bana baktı.

Boğazımı temizledim. "Affedersiniz," dedim sert bir sesle. "Gitmemiz gerek."

Kadın başını olumlu anlamda sallayarak geri çekildi. Çocuk omzunu silkti. Diğerleriyse kaldıkları yerden devam ettiler.

"Kusura bakma," dedim arabaya bindiğimizde. "Buralarda zengin insanlar biraz tuhaf karşılanır."

Charles şaşkın görünüyordu. "Anlıyorum," dedi, arabayı yavaşça hareket ettirerek.

Bir süre hiç konuşmadan yol aldıktan sonra benden yana döndü. "Keşke o kadına bir şeyler verseydim."

"Kime?"

"Oradaki kadına," dedi. "Ona biraz para verebilirdim. Neden yapmadım, bilmiyorum."

Başımı iki yana salladım. "Onun problemlerini çözmek için birkaç dolardan fazlası gerekir."

Charles, beni doğrularcasına başını salladı. "Benim gibi insanlardan nefret mi ediyorlar?"

"Tabii ki hayır," dedim, trafik ışıklarının altın kol düğmelerini nasıl ışıldattığını fark ederek. "Sen sadece başka bir dünyadansın, hepsi bu. Onların anlayamayacağı bir dünyadan."

Charles, sanki aramızdaki farkları anlamaya çalışıyormuşçasına başını iki yana salladı. "Utandım," dedi nihayet, "bu insanların hayatlarından bu kadar bihaber olduğum için."

Charles'ın koluna dokundum. "Sen farklısın," dedim, ona hayranlıkla bakarak. Charles'ın içinde, onun gibilerde olmayan bir iyilik vardı. Zengin sınıf, yoksul kesimi sadece görmezlikten gelmekle yetinirken, Charles'ın yüreği onların acısını hissediyor gibi görünüyordu.

Charles, arabayı bir restoranın önüne çekti. Bir kadın, restoranın kapısının önünde sigara içiyordu. Sigara dumanını kıpkırmızı dudaklarının arasından zarifçe üfledikten sonra, kaldırıma attığı izmariti ayakkabısının kalın, siyah, parlak topuğuyla ezdi. "Blue Palms'ta bir akşam yemeği yeriz diye düşünmüştüm," dedi Charles. "Eğer karnın açsa, tabii." Şefkatle bakan gözlerinin içi umutla gülümsüyordu.

"Evet," dedim. "Evet, çok hoş olur."

Charles anahtarı valeye uzattıktan sonra, kapımı açmak için arabanın diğer tarafına geçti. Arabadan inip onun koluna girerken, kendimi bir hanımefendi gibi hissediyordum. Karşı kaldırımdaki kadınlar, gözlerini üzerimizden alamıyorlardı. Önce Charles'a, ardından bana bakarak beni baştan aşağı süzüyor, sonra da kendi aralarında fısıldaşıyorlardı. Onların bakışlarını okuyabiliyordum. *Sahtekâr*. Buraya ait olmadığımı biliyorlardı. Doğruca ileriye bakarak, Charles'ın peşinden kulübe girdim.

İçeri giren kadının gerçekten ben olduğumdan emin olmak için solumdaki duvarda asılı olan aynaya bakmak istedim. Daha önce Caroline ile binlerce kez Blue Palms'ta akşam yemeği yemenin hayalini kurmuştuk. Hafta sonları burada çalışan bir kokteyl garsonunu tanıyorduk. Bize, buraya akın eden sosyetik ve ünlü simaları anlatıp duruyordu. Birbirinden şık çiftler, içeri girmeden önce paltolarını kapıdaki görevliye bırakıyorlardı. Charles ve ben de kulübün loş salonuna girdik.

Charles, görevlinin kulağına bir şey fısıldayınca, adam heyecanlı bir gülümsemeyle yerinden sıçradı. "Evet, sizi tekrar görmek çok güzel. Her zamanki masanız hazır."

Charles'ın buraya benden önce getirdiği kadınları düşünmemeye çalıştım. Herhalde sıraya dizilecek olsalar, uzun ve şık bir kuyruk oluştururlardı. Onun yerine, doğruca ileriye bakarak yürümeye devam ettim. Bize yol gösteren görevlinin peşinden karanlık bir koridora girdik. Koridor boyunca yerden yükselen ışıklar, bana çocukken gizlice girdiğim sinema salonlarını anımsatmıştı. Çok sayıda meraklı göz, oturdukları masalardan bize bakıyordu. Sahnedeki orkestra bir şarkı çalıyor, bense adımlarımı trombona uydurarak son derece dikkatli yürüyordum. *Ya ayağım takılır da düşersem? Ya Charles'ı utandırırsam?*

O sırada belimi tutan nazik bir el ve kulağımda sıcak bir nefes hissettim. "Bu şarkı çalıyorken oturmaya tahammül edemiyorum, ya sen?"

Tüylerim diken diken olmuştu. Tabii ki çalan şarkıyı biliyordum. 'Stardust'. Caroline ve ben, onu bir müzik mağazasında düzinelerce kez dinlemiştik. Ta ki mağaza görevlisi bize iki seçeneğimiz olduğunu söyleyene kadar; alın ya da gidin. Satın alacak paramız olmadığından suratımızı asarak kapının yolunu tutmuştuk.

Charles elini bana uzattı. "Dans edelim mi?"

"Çok isterim," dedim, peşi sıra dans pistine yürüyerek. Etraftaki bakışların beni delip geçtiğini hissedebiliyordum. Ama Charles kolunu belime dolayıp beni kendine doğru çektiğinde, duyduğum güvensizlik hissi de anında uçup gitmişti.

"Bana dans edemediğini söylemiştin," diye fısıldadı Charles kulağıma.

"Edemiyorum," dedim. "Sadece sen beni edebiliyormuş gibi gösteriyorsun."

Charles başını iki yana salladı. "Biliyor musun," dedi, yüzünde ciddi bir ifadeyle, "beni gerçekten kendine hayran bırakıyorsun, Vera Ray."

Dans etmeye başladık. Beni sıkıca kavrayışı ve kendinden emin adımları, kendimi kuş gibi hafif hissetmemi sağlıyordu. Şarkı bitip de beni biraz daha kendine çektiğinde, yanaklarımın kızardığını hissettim. Bir süre öylece birbirimizin gözlerinin içine baktık.

"Haydi, yemek yiyelim," dedi Charles, orkestra yeni bir şarkı çalmaya başladığı sırada.

Sahneyi tamamen gören özel bir bölmeye geçtik. Koltuğun yumuşacık döşemesi, sanki bir bulutun üzerinde oturuyormuşum hissi veriyordu. Bir de yanımda Charles olunca, sanki başka bir dünyadaymışım gibi hissediyordum. En azından bana yabancı olan bir dünyada.

Charles, kolunda beyaz bir havlu taşıyan garsona şarap ve mönüden seçtiği birkaç yemek siparişi verdi.

"İstiridye denemiş miydin?" diye sordu bana. "Ya havyar?"

Hayır anlamında başımı salladım. *Tatmadığımı bildiği halde neden lüks lezzetler tatmış gibi yapayım ki?*

"İyi, öyleyse," dedi yeniden garsona dönerek. "İkisinden de istiyoruz."

Çok geçmeden garson elinde bir kâseyle geri geldi. Kâse, parlak böğürtlenlere benzeyen bir şeyle doluydu.

"Havyar," dedi Charles gülümseyerek.

Yüzümü buruşturdum.

Garson bu kez buz üzerinde servis edilen tuhaf yumuşakçalarla dolu bir tabak getirdi. İkinci bir tabağa ise limon dilimleri ve çeşit çeşit soslar, ustaca dizilmişti. Yutkundum.

"Şimdi," diye anlatmaya başladı Charles, "üzerine biraz limon sıkıyorsun, sonra aynen bu şekilde kabuğundan tutup alıyorsun. Sonra da istiridyeyi ağzına kaydırıyorsun."

"Bu mudur yani?"

"Budur."

Bütün bu lüks yemekler bana oldukça saçma görünmüştü. Güzel bir jambonlu sandviç yemek varken, bu zahmeti çekmeye ne gerek vardı ki? Ama Charles'ı hayal kırıklığına uğratmak istemiyordum. "Pekâlâ," dedim tereddüt ederek, "madem öyle diyorsun."

Tabağa uzanıp istiridyelerden birini alarak, pürüzlü dokusuna ve keskin kenarlarına göz gezdirdim. Küçük bir kızken, balıkçı olan babam eve bir istiridye kabuğu getirmişti. Kabuğun keskin kenarları parmağımı kesmişti. O sırada annem fabrikada gece mesaisindeydi. O yüzden mutfak bezinin bir parçasını yırtmış, sonra da parmağıma sarıp kanamayı durdurmaya yetecek kadar sıkmıştım. Annem, Seattle'ın zengin çocuklarına bakıcılık yaptıktan sonra gittiği ikinci işinden eve döndüğünde, yaralı parmağımı uzatarak ona göstermiştim. "Senin suçun!" diye bağırmıştı yüzüme bakmaksızın. "Beş yaşındasın, bazı şeyleri daha iyi bilmen gerekir." Yorgunluktan, gözlerinin altında koyu halkalar oluşmuştu. Annem öyle demek istememişti. Çalışarak geçirdiği uzun bir günün sonrasında söylediği hiçbir şeyi isteyerek söylemezdi. Her zaman yaptığım gibi onu affetmiştim. Ve oturduğu küçük koltukta iş kıyafetleriyle uyuyakaldığında, üzerine bir battaniye örtmüştüm.

İstiridye kabuğunun keskinliğini tenimde hissedip irkildim ve onu yeniden tabağa bıraktım. İşaret parmağımı ovalayarak, beni geçmişe götüren pürüzlü yara izini inceledim.

"Herkes ilk istiridyesini yerken biraz çekinir," dedi Charles. "Dur sana yardım edeyim."

Charles'ın gözlerine baktım. Bakışları o kadar sıcak ve samimiydi ki. *Artık o küçük kız değilim.* İstiridye kabuğunu dudaklarıma yaklaştırınca ağzımı açtım. İstiridyenin soğuk, yumuşacık eti, dilimin üzerine kaydı. Denizin tuzunu, istiridyenin keskin tadını ve hemen ardından limonun mayhoşluğunu tattım. Tüm duyularım uyanmış bir şekilde gözlerimi açtım.

"Bu hiç beklemediğim kadar iyiydi," dedim, bir tane daha almak için istiridyelere uzanarak.

Yedik, içtik ve *dans ettik*. Charles'ın kollarında dans pistindeyken, ayaklarım beni daha önce varlığından bile haberdar olmadığım bir çeviklikle taşıyordu.

Şarkı sona erip orkestra alkışlanırken, bir çift yanımıza yanaştı. Sarıya boyalı saçları kusursuzca şekillendirilmiş bir kadın, Charles'a el sallayarak onu selamladı. Parmağında bozuk para büyüklüğünde, elmas bir nişan yüzüğü göze çarpıyordu. Elini bana uzattığında, yüzüğü sahne ışıklarının altında parıldadı. Muhtemelen nişanlısı olan yanındaki adam, merakla bana bakıyordu.

"Ben, Delores," dedikten sonra, incinmiş bir ifadeyle Charles'a baktı. "Charles, bize yeni bir kız arkadaşın olduğunu söylememiştin. Hâlâ Yvonne ile çıktığını sanıyordum. Sen ve Yvonne çok–"

"Evet," diyerek onun sözünü kesti Charles. "Bu, Vera. Vera Ray."

Delores eğlenmiş görünüyordu. "Ah, tabii," diyerek beni tepeden tırnağa süzdü. "Bayan Ray. Seninle tanışmak bir zevk."

"Sizinle de öyle," dedim, göğsümün sıkıştığını hissediyordum.

"Siz ikiniz, nasıl tanıştınız?" diye sordu Delores. "Golf kulübünde mi?" Elbiseme göz gezdirdi. İçimden bir ses, golf kulübünün bir üyesi olmadığımı bildiğini söylüyordu.

"Hayır," diye yanıtladı Charles. "Vera ve ben–"

"Olympic Otel'de tanıştık," diyerek araya girdim. "Bir arkadaşımla birlikte açılış için oradaydım."

Delores tek kaşını havaya kaldırarak bana baktı. "Öyle mi?" dedi, sanki Olympic Otel'de ne aradığımı anlamaya çalışıyormuş gibi. "Hayatım, söylesene," diyerek koluma dokundu. "*Sen* nasıl oldu da o partiye davetiye alabildin? Oraya davet edilmeyen en az bir düzine kişi tanıyorum ve onlar, bu şehrin en seçkin insanları."

Charles elini belime attı ve beni korurcasına kendine doğru çekti. "O *benim* misafirimdi," dedi. Kendinden emin ses tonu, oteldeki varlığım hakkında daha fazla konuşulmasına bir son vermişti.

"Pekâlâ," dedi Delores, sevgilisinin koluna girerek, "artık sizi baş başa bırakalım." Ardından kıkırdadı. "İkinizin dansına bakan, sizi Altıncı Cadde'deki dans maratonunda sanırdı."

Charles şaşırmış görünüyordu. "Dans maratonu mu?"

"Ah, haberinin olmaması çok doğal," dedi Delores. "Orası senin ayarında bir yer değil." Cümlesini bitirir bitirmez bana baktı.

"Belki *benim* ayarımda bir yerdir," dedim bir anlık cesaretle. Yanaklarımın yandığını hissedebiliyordum. Delores'in neyi kastettiğini biliyordum: Charles için yeterince iyi değildim. Bütün bunlar, adi elbisemden, ikinci el ayakkabılarımdan ve manikürsüz ellerimden okunuyordu.

Charles, "İyi geceler, Delores," dedikten sonra, Delores'in kavalyesini başıyla selamladı. "Haydi, gidelim buradan," diye fısıldadı, masamıza döndüğümüz sırada.

Başımı olumlu anlamda salladım. "Nereye?"

"Vera," dedi, sanki aklına birdenbire bir fikir gelmişti. "Neden şu dans maratonuna gitmiyoruz?"

Başımı iki yana salladım. "Ciddi olamazsın."

"Biz inanılmaz bir dans çiftiyiz," dedi sırıtarak. "Bahse girerim kazanabiliriz. Ayrıca, bu havasız ve kendini beğenmiş yerden sıkıldım."

"Dans maratonunun ne olduğunu biliyorsun, değil mi?"

Charles, saf bakışlarla bana baktı. Karşımda vals yapabilen bir adam duruyordu. Peki, ama ya swing? "Sanırım biliyorum."

"Çiftler saatlerce, bazen bütün gece boyunca dans ediyorlar," diye açıkladım. "En son hangi çift ayakta kalırsa, o kazanıyor."

"Senin yanında kalan son erkek olmak isterim," dedi Charles, elimi tutarak.

Altıncı Cadde'deki kapalı spor salonundan dışarı yayılan müziği duyabiliyordum. Charles ile birlikte kaldırımda durmuş, salonun çift kanatlı kapılarına bakıyorduk. Genç erkeklerden oluşan bir kalabalık, kapının önünde sigara içiyordu. Hepsi, üzerine ya çok küçük ya da çok büyük gelen eski püskü takım elbiseler giymişti.

Charles, gergin bir şekilde alnını ovuşturdu. *Ne akla hizmet onu buraya getirdim ben?* Şüphesiz Charles'ın golf arkadaşlarından hiçbiri, cuma geceleri bu derme çatma dans salonuna gelmiyordu. Girişe doğru yürüdüğümüz sırada, diğer erkekler Charles'ı kuşkuyla süzdüler.

"Hey, bebek surat," dedi içlerinden biri bana. "Bir dans partneri mi arıyorsun?"

Charles elini uzattı. "Bir partneri var, teşekkürler," diyerek adamı susturdu.

"Güzel kız bulmuşsun," dediğini duydum adamın, içeri girdiğimiz sırada. Sesi, yükselen müziğe karışıp kaybolmuştu. Fakat bizim dikkatimizi asıl çeken şey, karşımızdaki manzaraydı. Her yer, büyük bir enerjiyle ve tutkuyla dans eden çiftlerle doluydu. Bir adamın partnerini havaya kaldırıp indirişini, sonra da onu bir top gibi soldan sağa çevirişini izledim.

Charles'ın ağzı açık kalmıştı. "Vay canına," diye mırıldandı. "Hiç *böyle* bir şey görmemiştim."

"İstiyorsan gidebiliriz," dedim, kapıya doğru bakarak.

"Hayır, hayır," dedi Charles, bir başka adamın partnerini arkaya doğru yatırışını seyrederken. Kadın o kadar alçalmıştı ki saçları yere değiyordu. "Sadece, daha önce hiç böyle dans eden insanlar görmemiştim. Bu... bu harika. Ben de denemek istiyorum. Böyle dans edebiliyor musun?"

"Swing mi? Evet," dedim. "Yani, biraz." Charles'ın elinden tutarak dans pistine yöneldim. Fakat daha piste adım atmadan, yaşlıca bir kadın Charles'ın omzuna dokundu.

"Kayıt yaptırdınız mı?" diye sordu kadın.

"Kayıt mı?" diye karşılık verdim.

"Kişi başı beş sent," dedi. "Giriş ücreti, fotoğraf ücreti ve bir kâse acılı Meksika yemeği de dahil."

Charles eğlenmişe benziyordu. "Bir kase acılı Meksika yemeği."

Kadın ilerideki masayı işaret etti. "Ödemeyi oraya yapabilirsiniz."

Charles, cüzdanından bir dolarlık banknot çıkararak, masadaki adama uzattı.

"Buyurun, paranızın üstü–"

"Kalsın," dedi Charles.

"Teşekkürler, bayım," diyerek hayretle Charles'a baktı adam. "Alice size kuralları anlattı mı?"

Charles hayır dercesine başını salladı.

"Başvurular beş dakika sonra sona eriyor, o yüzden tam zamanında geldiniz. Kurallar şöyle: Oturmak yok. Yemek yok. İçmek yok. Çiftler dans etmeyi bırakamaz ya da bir yerde üç saniyeden fazla duramazlar, yoksa elenirler. Kalan son çift, buradaki parayı kazanır." Adam, içi beş sentlik paralarla dolu olan cam kavanozu işaret etti. "Fotoğraflar ise tam solunuzda."

Charles ile birkaç adım ilerleyip, beyaz bir perdenin önünde yan yana durduk.

"Gülümseyin," diye seslendi fotoğrafçı, kocaman bir flaşı olan fotoğraf makinesinin ardından. Yanımda Charles varken gülümsemek kolaydı.

"Tamam," dedi fotoğrafçı. "Önümüzdeki cuma gelirseniz, fotoğrafınızı alabilirsiniz."

Ürkekçe dans pistine çıktık. Charles, ellerini belime yerleştirerek ayaklarını acemice hareket ettirmeye başladı. Gülümseyerek ellerini tuttum ve ona başlıca hareketleri gösterdim.

"İşte böyle," dedim, ayaklarımla müziğin ritmine uyarak. Biraz ilerideki eski okul arkadaşım Lola'ya el salladım. Beni Charles'ın kollarında gördüğü için şok olmuşa benziyordu. Şok olmuş ve belki de kıskanmıştı.

"Bu, göründüğünden daha zormuş," dedi Charles. Bir hareketi yeniden denerken sağ ayağıma bastı. "Affedersin."

"İyi gidiyorsun," dedim. *Ona* bir şey öğretiyor olmak güzeldi.

Charles çok geçmeden dansın püf noktalarını kavramıştı. Eski bir profesyonel gibi kendinden emin bir şekilde, beni dans pistinin etrafında döndürüyordu.

"Neden bu dansı valstan daha çok sevdiğini anlayabiliyorum," dedi sırıtarak. "Bu çok daha eğlenceli."

Alnımda bir ter damlası hissettim. "Peki, senin gibi insanlar eğlenmek için neler yaparlar?"

Charles hafifçe gülümsedi. "Ben farklı bir gezegenden geliyormuşum gibi davranıyorsun."

"Pekâlâ," dedim alnımı silerek, "bir bakıma öylesin." Dans pistindeki sıradan insanlara göz gezdirdim – fabrika işçilerinin oğulları, terzilerin kızları. Ve Caroline'in tahminine göre şehrin, hatta belki de ülkenin en zengin ailelerinden birinin oğlu, Charles.

"Ah, yapma," dedi Charles. "Sence de bu biraz dramatik olmuyor mu?"

O esnada salona giren ufak tefek kızı görür görmez tanıdım: Eski bir arkadaşım olan Ginger Clayton. Ginger'ın kız kardeşi, ailesi ilaç masraflarını karşılayamadığı için altı ay önce ölmüştü. Aniden daha fazla dans etmek istemediğimi fark ettim. Küçük Emma Clayton gibi insanlar hayatlarını kaybediyorken, ben nasıl istiridye ve havyar yiyebilirdim ki?

Charles'ın elini bıraktım. "Görmüyor musun?"

Charles, yeniden elimi tuttu. "Dikkat et," dedi. "Eğer durursak diskalifiye olacağız. Neydi o? Üç saniye kuralı mıydı?"

Bakışlarımı kaçırdım.

"Yanlış bir şey mi söyledim?"

"Hayır," dedim. "Şey, evet. Ben sadece yoksul insanların bu kadar acı çekmemelerini dilerdim."

Orkestra müziğin temposunu düşürünce biraz olsun sevindim. Böyle ciddi bir konuyu, bu kadar çılgınca dans ederken konuşmak tuhaf hissettiriyordu.

"Dinle," dedim, Charles'ın gözlerindeki endişe rahatlıkla okunuyordu, "bu insanları önemsediğine inanıyorum. Senin durumundaki çoğu insandan farklı olduğunu da biliyorum. Ben sadece yoksulların çektiği sıkıntıların, o seçkin çevrendeki çok daha fazla insanın umurunda olmasını isterdim. Çok zor bir zamanda yaşıyoruz. Alt katımda oturan dul kadın, işteyken çocuklarını bütün gün yalnız bırakmak zorunda, çünkü onlara göz kulak olacak kimsesi yok. Dürüst ve namuslu insanlar sokaklarda sadaka dileniyorlar. Bütün bunlar olurken, zenginler..."

"Zenginler bu konuda hiçbir şey yapmıyorlar, değil mi?" dedi Charles.

"Evet," dedim, başımı olumlu anlamda sallayarak.

"Pekâlâ, haklısın," diye onayladı Charles, suçlu bir ifadeyle. "Bizler aşağılık insanlarız. Bunu itiraf edecek ilk kişi benim. Annem ve babam, çalışanlarına onların geçimine yetecek bir maaş bile vermiyor. Çoğu, ailesini doyurmak için ikinci bir işte çalışıyor. Bu doğru değil. Babamla bu konuda konuşmayı denedim, ama beni dinlemiyor. Kendisi de yoksulluktan gelen biri. Doğu Washington'daki bir çiftçi kasabasından buralara gelmiş. O kendi kendini yetiştirmiş bir adam. Çok çalışmanın ve disiplinin, yoksulluktan kurtulmanın bileti olduğuna inanıyor. Ona göre herkes kendi servetini yaratabilir."

Başımı iki yana salladım. "Ama bu her zaman doğru değil."

"Biliyorum."

"Babanın farkında olmadığı şey, dürüst ve çalışkan insanların talihsizliği," diye devam ettim. "Herkese yetecek kadar iş yok. Çalışmak isteyen insanlar çalışamıyorlar."

Charles, bakışlarını kaçırdı. "Sana ne söyleyeceğimi bilemiyorum, Vera. Bu durumdan ben de en az senin kadar hoşlanmıyorum."

"Seni ya da babanı suçluyormuş gibi görünmek istemem," dedim, çizgiyi aştığımdan endişe ederek. "Sadece bana elimde iki şey varsa, birini başkalarıyla paylaşmam öğretildi. Neden ayrıcalıklı insanlar, muhtaçlara yardımcı olmak için daha fazla şey yapmıyorlar?"

Charles, başını olumlu anlamda salladı. "Şu bahsettiğin dul kadın, onun adı ne?"

"Laura," dedim. "Onun adı Laura."

"Nerede çalışıyor?"

"Sanayi bölgesindeki bir giyim fabrikasında."

"Kaç çocuğu var?"

Orkestra daha hızlı bir şarkı çalmaya başladığından, tempomuzu arttırdık. "En az beş tane," dedim. "En büyüğü hemen hemen dokuz yaşında. Korkunç durumdalar. Geçen hafta ona bir somun ekmek götürdüm. Evin hali içler acısıydı. Resmen sefalet içinde yaşıyorlar."

Charles şefkatle bana baktı. "Ona yardım etmek istiyorum."

"Nasıl?"

"İlk iş olarak onu o sefil fabrikadan çıkaralım ki ailesiyle ilgilenebilsin," dedi Charles.

"Bunun için–"

"Paraya ihtiyacı olacak, evet. Orasını ben hallederim."

Derinden gelen bir gülümsemeyle Charles'a baktım. "Yapar mısın?"

"Evet," dedi Charles. "Ama bu işin içinde benim olduğumdan haberi olmamalı."

"Yardım edebilirim," diye öneride bulundum.

"Güzel."

Başımı, ceketinin yakasına yasladım. "Bu yaptığın çok onurlu bir davranış."

"Hayır," diyerek saçlarımı okşadı Charles, "doğru olan bu ve daha fazlasını yapmadığım için utanıyorum."

Charles beni hızla döndürdükten sonra kendimi yeniden onun kollarında buldum. Gözlerinin içine bakarken, müzik bir anlığına durdu. Bakışları, beni baştan aşağı heyecanlandırıyordu. Ve bana doğru eğildiğinde, dudaklarımın dudaklarıyla buluşmasına izin verdim.

"Demek buradasın!" diye bağırdı tiz bir kadın sesi, dans pistinin diğer tarafından. Charles'tan bir adım uzaklaşarak, bize doğru yürüyen kadına baktım. Ten rengi, ipek bir elbise giymiş ve beyaz tüylerle süslü bir şapka takmıştı. Bu haliyle, Georgia'nın ara sıra temizliğe gittiği evden getirdiği *Vogue* dergisinin bir sayfasından fırlamış gibiydi. Ayak takımıyla dolu bu spor salonunda, bu kadın, kömür madenindeki bir kuğuyu andırıyordu.

"Her yerde seni aradım, Charles," diye devam etti, azarlayan bir ses tonuyla.

Charles'ın dikkati önce kadına, sonra da parmağıyla bizi işaret ederek bir anda yanımızda beliren adama kaydı. "Korkarım çok uzun süre durdunuz," dedi adam. "Lütfen dans pistinden çıkın. Diskalifiye oldunuz."

"Üzgünüm, Vera," dedi Charles. "Benim yüzümden."

Charles ile birlikte, kalabalığı yararak ilerleyen kadını takip ettik. "*Kız kardeşim* neden burada?" dedi Charles fısıldarcasına.

Dans eden çiftlerden uzaklaştığımızda, Charles kollarını göğsünde kavuşturdu. "Josie?" Ses tonu, onu hiç de hoş karşılamadığını gösteriyordu.

"Vay canına, seni *burada* bulacağımı gerçekten düşünmemiştim," dedi kadın öfkeyle. Kahverengi bir saç buklesini şapkasının altına soktuktan sonra, elbisesindeki gözle görülmeyen bir kırışıklığı düzeltti. "Seni bulmak için Blue Palms'a gittim ve Delores dedi ki" -kınayan bakışlarla bana bakarak, sinirli bir şekilde iç çekti- "her neyse, fazla vaktimiz yok. Annem. Hastalandı."

Charles elimi bıraktı. "Ah, hayır," dedi. "Ne oldu?"

"Doktor şu an yanında," dedi Josie. "Ama hemen gelmen gerek."

Charles bana baktı. "Üzgünüm, Vera, gitmek zorundayım. Seni... seni sonra ararım."

"Beni merak etme," dedim, hayal kırıklığımı gizlemeye çalışarak. "Sen git."

Charles ve Josie'nin hızla spor salonundan çıkışını seyrettim. Onlar gecenin karanlığında kaybolduktan sonra, pistte dans etmeye devam eden diğer çiftlere döndüm. Sadece birkaç düzine kalmıştı. Her birinin alnından ter damlaları süzülüyordu. Charles ve ben, kazanabilirdik. Şafak sökene dek dans edebilirdik.

"Tanrım, rüya gibisin, Vera!" diye bağırdı Lon, lobide beni gördüğünde. Onun sesinden duyduğum ismimi güçlükle ta-

nımıştım. Solumdaki altın varaklı aynaya göz attığımda, bir sosyete kızının bana baktığını gördüm. Mavi, ipek elbisenin altında, süslü iç çamaşırları arasındaki belim, normalden kat kat ince görünüyordu. Göğüslerim dışarı öylesine taşmıştı ki, kendimi tabaktaki bir hindi rosto gibi hissediyordum. Yağlanmış, kızarmış ve silinip süpürülmeye hazırdım. Utangaç bir halde elimle göğsümü kapattım.

"Güzelliğin baş döndürüyor," dedi Lon, kolunu sahiplenici bir şekilde belime dolayarak.

Lon'un elinin belimde ya da herhangi bir yerimde olmasından hoşlanmıyordum. Güçlükle yutkundum. *Bunu yapabilirim. Daniel için.* Eğer kartlarımı iyi oynarsam, Lon, oğlumu bulmama yardım etmek için imkânlarını kullanabilirdi. Akşam yemeğinde onun misafiri olacaktım. Gülümseyecek ve güzel görünecektim. Daniel'ı geri getirecek her ne varsa, onu gerçekten yapacaktım.

On İkinci Bölüm

CLAIRE

Ofisin asansöründen inerken başımı öne eğdim ve odama gitmek için küçük, gri odacıkların arasından geçen uzun, dolambaçlı yolu seçtim. Kocamdan kaçınmak için bu kadar büyük önlemler almak saçmaydı, fakat dün geceki konuşmadan sonra onunla yüz yüze gelecek cesaretim ya da gücüm yoktu. Ayrıca yine boş bir yatakta uyumuştum. Muhtemelen Warren ile birlikte hastanede kaldığını biliyordum, ama bana haber vermek için bile aramamıştı. Ne zamandan beri eve gelmeyi zorunlu olmayan bir seçenek olarak görüyordu?

Güneş, Seattle'a geri dönmüştü ve ısınan hava, Frank'i oldukça telaşlandırıyordu. "Makale nasıl gidiyor?" diye sordu, popomu sandalyeye koyduktan sadece on saniye sonra kapımda belirerek.

Sandalyemi döndürerek ona baktım. "Sana da günaydın."

"Farkında mısın, bilmiyorum," diyerek pencereyi gösterdi Frank, "ama karlar eridi. İnsanlar fırtınayı tamamen unutmadan önce hikâyenin basılmasını umuyordum. Bana bugün bir kopyasını vereceğini söylemiştin, ama belli ki böyle bir şey olmayacak. O yüzden belki, bilmiyorum, Şükran Günü'nden önce elimde olabilir, ne dersin?" Gömleğinin cebinden çıkardığı çiğnenmiş bir kalemi ağzına aldı. Frank, bana kızdığı zamanlarda bile sevimli bulduğum tek patrondu.

"Dinle, Frank," dedim, düşünceli bir şekilde kollarımı göğsümde kavuşturarak. "Daha en başında bu makalenin bir boşa kürek çekiş olacağını biliyordun."

Frank, kalemini tekrar gömleğinin cebine soktu. "Haklısın," dedi. "Ama bu kadar *büyük* bir boşa kürek çekiş olacağını düşünmemiştim."

Not defterime göz atarken, yaptığım araştırmalardan daha fazla sonuç elde edebilmiş olmayı diliyordum. "Frank, sanki biri bu küçük çocuğu tarihten silmiş."

"Yani elinde tek bir ipucu bile olmadığını mı söylüyorsun?" diyerek bir iç çekti Frank.

"Pekâlâ," diye devam ettim, "bir çocuk tarafından çizilmiş ve arkasında Eva Morelandsteed isminin yazılı olduğu bir resim buldum."

"Bir çocuk resmi mi?" Yüzündeki ifadeden, bunun Frank'i heyecanlandırmadığını anlayabiliyordum.

"Bu ismin kayıp çocukla bir şekilde ilgisinin olabileceğini düşünüyorum. Belki kız kardeşi ya da bir arkadaşıdır."

"Pekâlâ," dedi Frank, "seni bu makaleden alıyorum."

"Ne?"

"Claire, sen benim en iyi muhabirimsin. Seni sonu bir yere varmayacak hikâyelerle oyalayamam." Masama bir dosya bıraktı. "Elimizde bu ayki açığı kapatacak bir sürü malzeme var."

Yeşil dosyaya isteksizce baktım. "Nedir bu?"

Frank, gözlerini masadan ayırmadan konuştu. "Seattle Kültür Günleri için bir basın kiti. Senden reklam yazılarını yazmanı istiyorum."

"Şaka yapıyor olmalısın, Frank," dedim. "*Reklam* mı?" Frank, kendine saygısı olan her muhabirin, reklam yazısı yazmaktansa gözlerini oymayı tercih edeceğini çok iyi biliyordu.

"Evet," dedi ifadesizce. "Reklam bölümünden yeni haber aldım. İki sayfalık bir reklam olacak. Önümüzdeki haftaya kadar hazır olmalı."

Başımı olumsuzca salladım. "Buna inanamıyorum."

Frank bir adım daha yaklaştı. "Senin için endişeleniyorum, Claire. Uzun zamandır kendinde değilsin."

Başımı iki yana salladım. "Neden öyle dedin?"

"Pekâlâ," dedi Frank, kelimelerini dikkatle seçerek, "sadece daha önce bir işi zamanında bitiremediğin hiç olmamıştı."

Parmaklarımı saçlarımın arasından geçirdim. Haklıydı. Korkarım gazetecilik ruhumu, becerilerimi kaybetmiştim ve Frank bunu fark etmişti. *Neler oluyor bana?*

Yeşil dosyayı elime alarak açtım. "Merak etme," dedim, bilgisayarıma doğru dönerek. "Bu işi halledeceğim. Bana sadece hafta sonunu ver, pazartesi elinde olacağına söz veriyorum."

"Claire, dinle," dedi Frank, "seni incitmek istememiştim, ben sadece–"

"Sorun değil," dedim sertçe, masanın altında yumruklarımı sıkarak. "Seni hayal kırıklığına uğrattığım için üzgünüm. O makaleyi yazabileceğimi sanmıştım. O küçük çocuğu bulabilirim sanmıştım."

Frank, başını olumlu anlamda sallayarak odadan çıktı.

Birkaç dakika sonra, yaklaşan ayak sesleri duydum. *Tık, tık.* Kapıya doğru döndüğümde, kucağında büyük bir kutuyla bana bakan Abby'yi gördüm. "Günaydın."

"Günaydın," dedim, abartılı bir şekilde iç çekerek.

"Ah," dedi Abby. "Ne oldu?"

"Sanırım kariyerim sona erebilir ve Ethan dün gece eve gelmedi," diye yanıtladım, gözlerimi yeşil dosyadan alamıyordum.

"Kariyerin sona *ermez*," dedi Abby. "Sen bu ekibin belki de *en iyi* muhabirisin. Ve kocana gelince, anlat bana."

Bir iç çektim. "Teşekkür ederim, ama bu konuyu şu an konuşmasak daha iyi. Sinirlerime hâkim olamayabilirim. İşyerinde ağlamama kuralımızı hatırlıyorsun."

Abby gülümseyerek kutuyu bana uzattı. "Al bakalım."

"Nedir bu?"

Omuzlarını silkti. "Bilmiyorum, ama üzerinde senin adın yazıyor. Jenna onu yanlışlıkla benim odama getirmiş."

Kutuyu masama bıraktım ve bir makas almak için çekmeceme uzandım. O sırada, kutunun üzerindeki gönderenin adresini fark ettim. "Abby, bu kutu hastaneden gönderilmiş." Kalp atışlarımın aniden hızlandığını hissettim. "Bana ne göndermiş olabilirler ki?"

Bir posta etiketinin üzerindeki hastane logosu kadar basit bir şeyin, bende böylesi bir etki yaratabiliyor oluşundan nefret ediyordum. Kolumdaki tansiyon aletinin sesini duyabiliyor, acil servis odasının mavi perdelerini görebiliyor ve yanaklarımdan süzülen gözyaşlarının tuzunu tadabiliyordum. Bir anda, kazanın tüm dehşetini sil baştan yaşadım. Gözlerimi kapatarak anıların önünü kesmeye ve onları bıraktığım hastane odasına geri göndermeye çalıştım. Ancak gözlerimi tekrar açtığımda hâlâ önümdeydiler ve onlarla yüzleşmemi bekliyorlardı.

"Claire," dedi Abby sessizce, "neymiş o?"

Karton kutunun kapağını hızla açarken içimde büyük bir öfke yükselmişti. *Bana ne gönderiyorlar?* Randevular için defalarca aramışlardı, fakat hiçbir mesajlarına cevap vermemiştim. *Yaptıkları her aramanın, gönderdikleri her faturanın bana kaybımı hatırlattığını bilmiyorlar mı? Ve şimdi de bu. Beni sadece rahat bıraksalar olmaz mı?* Kutunun kapağının içine bir zarf yapıştırılmıştı. Zarfı yırtarak açtım.

Sayın Bayan Aldridge,

Hastanemizde bırakmış olduğunuz kişisel eşyalarınızı almanız için size defalarca ulaşmaya çalıştık. Kayıtlarımızda bulunan tek adres, işvereninizin adresiydi. Eşyalarını hastalarımıza iade etmek, hastanemizin prensibidir.

En iyi dileklerimizle,
Katie Morelandsteed

Kutuya ürkekçe göz attım ve içinden gri, çizgili, uzun kollu bir tişört çıkardım. Tişört darmadağın olmuştu, bir kenarı ambulans şoförü tarafından yırtılmıştı –yine hayal meyal hatırladığım bir anı, tamamen gözümde canlanmıştı– ve kolunda da bir kan lekesi vardı. Bu tişörtü aldığım anı hatırladım. Ethan ile birlikte, hamile kıyafetleri satan bir mağazaya girmiştik. İçi doldurulmuş, protez bir karnı belime bağlamış ve soyunma kabininden o şekilde çıkarak, ona hayatının şokunu yaşatmıştım.

"Karnın!" diye bağırmıştı Ethan. "O..."

"Büyümüş mü?" diye sırıtarak tişörtümü kaldırmış ve protez karnı göstermiştim. "Seni kandırdım mı?"

"Kandırdın," demişti biraz rahatlayarak. "Bir an için ikizlerimiz olacağını sandım."

O gün üç farklı renk tişört, beli kalın ve esnek lastikli birkaç pantolon ve Şık Hamilelik dergisinin anne adaylarını son derece şık göstereceğini iddia ettiği siyah bir elbise almıştım. Anılar karşısında yüzümü buruşturarak tişörtü bir kenara bıraktım ve kutudan dizi yırtık, siyah bir tayt çıkardım. Onun altında düzenli bir şekilde katlanmış iç çamaşırım ve spor sutyenim duruyordu. *Neden bu eşyaları gönderme zahmetine girmişler ki? Neden onları sadece... yakmamışlar?* Kutunun en dibinde ise spor ayakkabılarım vardı. Dolabımda birçok spor ayakkabı olsa da bunlar benim en sevdiklerimdi. Bu çamurlu ve yırtılmış ayakkabılar, benimle Seattle'ın yağmurlu caddelerinde kilometrelerce yol almış, birçok zorlu yarışın bitiş çizgisinden geçmişti. Ama artık onlara bakamıyordum. Çünkü bana ihanet etmişlerdi.

Ayakkabıları ve yırtık giysileri kutunun içine fırlatıp Abby'ye baktım. "Dışarıda bir yerlerde bir çöp konteyneri var mı?"

Abby yanıma gelerek dizlerinin üzerine çöktü. "Claire," diye fısıldadı, "belki de bütün bunları çöpe atmakta bu kadar aceleci davranmamalısın."

Yanan gözlerimden süzülen bir damla gözyaşını hızla ve öfkeyle sildim.

"Ah, tatlım," dedi Abby. "Gel buraya." Kolunu omzuma atıp bana sarıldı. Abby'ye yaslanarak, lavanta kokulu parfümünü içime çektim. "Sen koşmayı severdin," diye devam etti Abby. "Neden tekrar denemiyorsun?"

"Yapamam," diyerek başımı iki yana salladım. "Yapmayacağım."

Abby, kutuya uzanarak eski spor ayakkabılarımı çıkardı. "Yine de," dedi, "bunları saklayalım. İstiyorsan o giysileri at, ama bunların kalması gerek." Ayakkabıları masamın altına bıraktı. "Hazır olduğunda, giy onları."

"Asla hazır olmayacağım."

"Olacaksın," diyerek karşı çıktı Abby. "Babam öldükten sonra, annem onun bütün kıyafetlerini, o nasıl bıraktıysa öyle sakladı. Yeniden onlarla karşı karşıya gelecek gücü buluncaya dek kıyafetler üç yıl boyunca o dolapta toz tuttu. Sadece on üç yaşındaydım, ama annemin o eski dolabı açıp askıdaki bir gömleği çıkardığı anı hatırlayabiliyorum. Gömleği yatağa serip, uzunca bir süre onun yanında yattı. Ağladı, hatırladı... Bunu yapmak fazlasıyla güç gerektiriyordu. Güç ve *zaman*. Demek istediğim, annemin bunu yapmaya ihtiyacı vardı ve Pam teyzemin önerdiği gibi, babamın ölümünden bir hafta sonra onun kıyafetlerini kutulara doldurup atmış olsaydı, kederiyle yüzleşmeye ve ona kendi içinde bir son vermeye asla fırsatı olmayacaktı. Herkes kendi hayat yolunda acılar çekip iyileşir. Kendine zaman tanı."

Masamın altındaki ayakkabılara boş boş bakarken, tıpkı kazadan sonraki her gün yaptığım gibi o gün o kahrolası koşuya gitmek yerine evde kalmış olmayı diliyordum. "Bilmiyorum, Abby," dedim, bakışlarımı ayakkabılardan çevirerek.

"Güven bana," dedi Abby, ardından kutunun kapağını kapatıp onu dışarı çıkardı. "Ee, kayıp çocuğu buldun mu?"

"Hayır. Frank beni makaleden çıkardı." Frank'in verdiği, içinde reklam bilgilerinin bulunduğu dosyayı işaret ettim. "Şimdi önümüzdeki hafta için reklam bölümünü yazıyorum."

Abby kaşlarını çattı. "Hayır, yapmamıştır." Reklam yazmakla görevlendirilmenin, cezalandırılmakla eşdeğer olduğunu Abby de benim kadar iyi biliyordu.

"Evet, yaptı."

"Belki onunla konuşabilirim," diye öneride bulundu Abby.

"Ben olsam zahmet etmezdim," dedim. "Suratında yine o *ifade* vardı."

Abby kollarını göğsünde kavuşturdu. "Pekâlâ, bence yine de araştırmana devam etmelisin. Bir taslakla şaşırt onu. Bu hikâyeyi bırakman gerektiğini düşünmüyorum, Claire."

"Ama Frank istemiyor," dedim omzumu silkerek. "Hem artık bir şey hazırlasam bile çok geç. Karlar eridi. Herkes yaşamına devam ediyor. Sanırım bu seferkini elden kaçırdım."

"Hayır," dedi Abby. "Kaçırmadın. Sadece derinlerine inmedin, hepsi bu." Gözlerini kısarak devam etti. "Dinle, tatlım, şimdiye kadar seni yüzlerce makale üzerinde çalışırken gördüm ve hiçbiri, seni bu küçük çocuğun hikâyesi kadar derinden etkilemedi. Yaz bunu. Sadece kendin için bile olsa, yaz. Ayrıca, o çocuğa ne olduğunu bilmek istiyorum."

"Ben de," diyerek çantamdan not defterimi çıkardım ve onu, yeşil dosyanın üzerine koydum. "Evet," dedim, kendine güvenen bir sesle. "Bu hikâyeyi bitireceğim."

"Aferin sana," dedi Abby.

Masamın altındaki spor ayakkabılara göz attıktan sonra, yeniden Abby'e baktım. "Tuhaf olan ne, biliyor musun?" Hastaneden gelen mektubu elime aldım. "Şu isim, Morelandsteed. Bulduğum bir çocuk resminin arkasında yazan isimle aynı."

Abby gülümsedi. "Sence aralarında bir bağ var mıdır?"

Omzumu silktim. "Bu çok çılgınca bir rastlantı olurdu," dedim. Gazeteci tarafımın merakı uyanmıştı. "Ama bu alışılmadık bir isim. Kim bilir?"

"Peşini bırakma," dedi Abby, başını olumlu anlamda sallayıp kapıya doğru dönerek. "Bana ihtiyacın olursa, altıya kadar buradayım."

"Teşekkürler," diyerek bilgisayarıma döndüm. Arama çubuğuna hastanenin internet adresini girdim ve telefon numarasını bulduktan sonra, telefonu elime aldım.

"Şey, merhaba," dedim santral memuruna. "Katie Morelandsteed adında bir çalışanınıza ulaşmaya çalışıyorum."

"Bir dakika lütfen," dedi kadın.

Birkaç saniye sonra telefonda, "Ben Katie," diyen bir ses cıvıldadı.

"Ah, merhaba, Katie, ben *Seattle Herald*'dan Claire. Şey için aramıştım. Bana bir paket göndermişsiniz. Bir kutu–"

"Evet, Claire," dedi Katie. "Umarım kutuyu işyerine yollamamızın bir sakıncası olmamıştır. Nedense dosyada ev adresin yoktu ve bir süredir sana ulaşmaya çalışıyorduk. Kazadan kalma bütün o giysileri sana göndermemizi yadırgamış olabilirsin, ama yaşanan trajediden geriye kalanları kabullenmek, hastaların iyileşmesine yardımcı oluyor ve onlara–"

"Evet," diyerek sözünü kestim, "sorun değil. Aslında ben başka bir şey için aramıştım. Sormamın bir sakıncası olmayacaksa, Eva Morelandsteed adındaki kadınla bir bağın olabilir mi acaba? Şu an tamamen şansımı deniyorum, gerçekten, ben–"

"Şey, aslında, evet," dedi Katie. "Eva adında bir büyük yengem var."

Ağzım bir karış açık kalmıştı. "Gerçekten mi?"

"Evet, Seattle'da, Pike Place'in hemen yanında yaşıyor. Seksenli yaşlarında olduğunu asla anlayamazsın. Hafızası son derece yerindedir. Dur bir dakika, sen onu nereden tanıyorsun?"

"Biraz uzun bir hikâye," dedim. "Bir makale üzerinde çalışıyorum ve üzerinde onun adının yazdığı, uzun zaman öncesinden kalma bir şey buldum. Onunla konuşmayı umuyordum."

"Tabii," dedi Katie. "Cep telefonumda numarası var. Sana numarasını vereyim. Yıllarca kütüphanecilik yaptı, o yüzden her türlü araştırmayı destekler. Onun için bir mahsuru olmayacağından eminim."

Çok geçmeden telefon numarasını bir kâğıt parçasına not almıştım. "Teşekkür ederim, Katie."

"Rica ederim."

Telefonu kapatır kapatmaz, kâğıtta yazan numarayı hızla çevirdim. Telefon, üçüncü kez çaldığı sırada açıldı.

"Alo?"

"Bayan Morelandsteed? Eva Morelandsteed?"

"Benim."

"Merhaba," dedim boğazımı temizleyerek. "Ben Claire Aldridge. *Seattle Herald* gazetesinin muhabiriyim. Rahatsız ettiğim için özür dilerim, fakat telefon numaranızı bana yeğeniniz Katie verdi. Şey, 1933 yılının mayıs ayında Seattle'ı vuran kar fırtınasıyla ilgili bir makale üzerinde çalışıyorum ve Daniel Ray adında küçük bir çocukla ilgili bazı bilgilere rastladım." Eva'nın tepkisini bekleyerek durakladım, ancak hattın diğer ucunda ses yoktu. "Bayan Morelandsteed? Orada mısınız?"

"Evet," dedi Eva. "Beni bağışlayın. Bu ismi çok uzun bir zamandır duymamıştım."

Sandalyemde doğruldum. "Yani onu tanıyor musunuz? Daha doğrusu, *tanıyor* muydunuz?"

"Tanırdım," dedi Eva. "Çok uzun zaman önceydi."

Kalp atışlarım hızlanmıştı.

"Adımı nereden buldum demiştiniz?" diye sordu kuşkuyla.

"Bir resimden," dedim. "Kafe Lavanto'da bulduğum bir çocuk resminden."

"Pekâlâ," dedi, "size nasıl yardımcı olabileceğimden emin değilim. O kaybolduğunda, ben küçücük bir çocuktum."

"Yüz yüze görüşebilir miyiz?" Bir muhabir olarak, insanların yüz yüze geldiklerinde telefondakinden çok daha fazla şey anlattıklarını öğreneli uzun zaman olmuştu. Hatta bir keresinde, Canlis Restoran'da yediğimiz bir öğle yemeği sırasında yaptığımız röportajda, bir senatör bana evlilik dışı ilişkisini itiraf etmişti. Adam bana metresinin gözlerinin rengini anlatırken, salatamdan aldığım bir marulu kütür kütür yediğimi hatırlıyordum. "Belki konuşurken bir şeyler hatırlarsınız. Küçük bir ayrıntı bile işime yarayabilir."

"Pekâlâ," dedi Eva, sesi biraz yumuşamıştı, "sanırım olabilir. Yarın sabah uğrayabilir misiniz?"

"Çok isterim."

"Güzel," dedi. "Çarşının yanındaki huzurevinde, Brighton Binası'nda kalıyorum."

"Öyleyse yarın görüşürüz."

"Biliyor musunuz," diye ekledi, anılara dalıp giden sesi canlılığını yitirmişti, "geçen hafta yeğenim beni Nordstrom'a götürürken, o eski apartmanın önünden geçtik."

"Daniel ve Vera'nın evini mi kastediyorsunuz?"

"Evet," dedi Eva. "O eski binanın yerle bir edilmemiş olduğunu görmek beni mutlu etti. Şu an orası bir kafe, değil mi?"

"Evet, Kafe Lavanto."

"Eski yapılara, zararlı otlarmış gibi davranıyorlar," dedi Eva. "Onları yıkıp yerlerine çok katlı, lüks binalarını dikmek için sabırsızlanıyorlar. Gülleleriyle tarihi ve insanların hatıralarını yıktıklarını bilmiyorlar. O binanın sahibi her kimse, ona elini sürmediği için çok iyi bir insanmış."

Kendi kendime gülümsedim. "Sahibini tanıyorum," dedim. "Ve harika bir adamdır."

"Pekâlâ, tatlım," dedi Eva. "Yarın görüşürüz."

"Hoşça kalın."

Birkaç dakika sonra gelen kutumda yeni bir e-posta belirdi. Konu satırında, 'Seni görmek için sabırsızlanıyorum!' yazıyordu. Üzerinde mürekkepli kalemle 'Emily'yi ziyaret et' yazan masa takvimime baktım. Eski arkadaşım Emily Wilson'ı bu öğleden sonra ziyaret edeceğime söz vermiştim. Birkaç yıl önce Bainbridge Adası'na taşınmıştı ve kocası Jack ile birlikte, hasta olan büyük teyzesinin eski evinde yaşıyorlardı. E-postayı açtım.

Eğer 12:00 vapuruna binmek istersen, 12:45'te seni iskeleden alabilirim. İkizlerin ne kadar büyüdüğüne inanamayacaksın. Öptüm.

Emily'nin bebeklerini sadece bir kez, henüz iki haftalıklarken görmüştüm. Yeni hamile olduğum zamanlar, Ethan ile birlikte onları ziyarete gitmiş ve güzel haberi onlarla paylaşmıştık. İkizlerden birini kucağıma alışımı ve yakında kendi bebeğimi nasıl kucaklayacağıma hayret edişimi asla unutamıyordum. O kadar minik ve hafifti ki. Ağladığında nasıl da korktuğumu ve anneliğe hazır olup olmadığımı merak ettiğimi hatırladım. Emily'ye ise her şey çok doğal geliyordu. Bebeği kucağımdan kolaylıkla almış ve sanki daha önce binlerce kez yapmış gibi bağrına basmıştı. Bense içinde bir bebeğin büyüdüğü karnıma bakarak, Emily'nin göründüğü kadar iyi bir anne olup olmayacağımı merak etmiştim. Gözlerimi sıkıca kapattım ve anıları aklımın derinliklerine iterek, saklandıkları karanlık köşelere dönmeye zorladım. Masamdaki saate baktım. Çoktan on bir buçuk olmuştu. Bir taksi çevirip iskeleye gitmek için acele etmeliydim.

Bir koltuğa oturup arkama yaslandım ve pencereden bakarak, vapurun tuzlu suda bıraktığı V şeklindeki izi seyretmeye başladım. Martılar yaşlı vapurun yanı sıra kanat çırpıyor, sanki onu yarışa davet edercesine çığlıklar atıyordu. Nihayet bu oyundan sıkılıp, kanat çırparak uzaklaştılar.

Ethan adayı seviyordu. Düzenli aralıklarla adaya, Ethan'ın anne ve babasına ait sahil kulübesine giderdik. Gerçi Eagle Limanı'na bakan bu dört yatak odalı eve, normal şartlarda kulübe demek hayli zordu. Evin lüks bir banyosu, bir yatak odası balkonu ve Ethan'ın sabahları bana krep pişirdiği bir şef mutfağı vardı. Fakat son zamanlarda Ethan oraya yalnız gider olmuştu. Kazadan sonra annem benimle ilgilenmek için yanımda kalırken, Ethan altı gününü o evde geçirmişti. Bu yüzden annem Ethan'ı hiç affetmemişti. Bense Ethan'ın yokluğundan dolayı ne kadar incinmiş olsam da bir şekilde onu anlıyordum. Acısını kendince yaşamaya ihtiyacı vardı. Eve tıraşsız bir yüz ve boş bakan, ifadesiz gözlerle dönmüştü.

Siyah, deri çantasındaki dizüstü bilgisayarımı çıkardım ve fişini, koltuğun altındaki bir prize taktım. Daha önce 'Daniel-Ray-Makalesi' olarak kaydettiğim Word belgesi, sadece bir başlıktan oluşuyordu. 'Böğürtlen Kışı: 1933'ün Kar Fırtınasında Kaybolan Bir Çocuğun Öyküsü.' Yanıp sönen imlece bir süre boş boş baktıktan sonra birkaç cümle yazdım. Ardından birkaç cümle daha ekledim. Vapurun adaya yaklaştığımızı haber veren düdüğü ötünceye kadar, gurur duyacağım bir giriş paragrafı yazmıştım. *Hikâyenin kalanını da bitirebilecek miyim? Daniel Ray'e ne olduğunu öğrenebilecek miyim?*

İskeleden aşağı doğru yaptığım kısa bir yürüyüş sonrası, teyzesinin 1963 model, yeşil Volkswagen Beetle'ının içinden bana kol sallayan Emily'yi gördüm. "Vapura yetişmişsin!" diye seslendi, motorun gürültüsünün bastırdığı bir sesle.

Arabanın kapısını açıp çantamı ve dizüstü bilgisayarımı içeri koyduktan sonra, bebek koltuğunda oturan ikizleri görmeyi umarak arka koltuğa baktım.

"Jack ile birlikte evdeler," dedi Emily, sanki aklımı okumuş gibi. Al yanakları ve atkuyruğu yaptığı bir tutam sarı saçıyla, mutlu görünüyordu. Parmağındaki yakutlarla süslü, armut biçimindeki elmas, pencereden içeri süzülen güneşle parlıyordu. Emily, bir keresinde bana bu yüzüğün hikâyesini anlatmıştı. Yüzük, Jack'in büyükbabasının uzun zaman önce sevdiği bir kadına aitti. Hikâyenin ayrıntılarını tamamıyla hatırlamıyordum, fakat bu yüzük, yıllar öncesinden kalma bir aşkla doluydu. Bunu, ona baktığınızda hissedebiliyordunuz. "Dün yirmi aylık oldular," dedi Emily. "Buna inanabiliyor musun?" Mutluluğu, sanki çıkmayan bir kalemle yazılmışçasına üzerinden okunuyordu.

"Onları görmek için sabırsızlanıyorum!" dedim. Bu doğruydu. Ama kendime karşı dürüst olacaksam, aynı zamanda endişelendiğimi de kabul etmeliydim. Çünkü onların yaşamındaki her dönüm noktası, benim kaybımın bir hatırlatıcısı olacaktı.

"Affedersin, Claire," dedi Emily aniden. "Bu yıl çok fazla şey yaşadığını biliyorum. Onların etrafında olmak senin için çok zor oluyor mu..."

"Bebeklerin mi?"

"Evet," dedi temkinli bir şekilde. "Nasıl bu kadar iyi dayandığını bilmiyorum. Ben olsam, paramparça olurdum."

Eski bir dosta yalan söylemenin manası yoktu. "*Paramparçayım.*"

"Ah, Claire," dedi Emily, kısılan gözlerinde, acımın yansımasını görebiliyordum. "Çok üzgünüm. Senin için çok üzülüyorum. Dinle, eğer bebekleri görmek senin için çok zor olacaksa, sadece söyle. Onları yeni doyurdum, o yüzden birlikte bir yerlere gidip öğle yemeği yiyebiliriz. Eve gitmek zorunda değiliz."

Elimi Emily'nin koluna koyarak sıkıca sıktım. "Onları görmek *istiyorum*. Asıl görmemek beni üzer."

"Biliyor musun? Sen harikasın," dedi Emily, arabayı vapur terminalinden çıkarırken. "Dostluk denen şey, sende gerçekten *var.*"

"Ne demek istiyorsun?"

"Bee yengem her zaman der ki, çoğu insanın sandığının aksine gerçek arkadaş, sen zor bir dönemden geçerken yanında koşan değildir," diyerek başını iki yana salladı. "Bunu herkes yapar. Yengeme göre gerçek arkadaş, kendisi mutlu değilken senin mutlu olmana sevinen –hatta mutluluğunu *kutlayan*– kişidir." Emily, minnettar bakışlarla bana baktı. "İşte o sensin, Claire."

"Teşekkürler, Em," dedim gözlerim parlayarak.

Emily, bir an için bakışlarını yoldan çevirdi. "Söylediklerimde samimiyim."

"Bahse varım ikizler kocaman olmuşlardır," diyerek pencereden bakmak için durakladım. Adanın yaprak dökmeyen yemyeşil ağaçları, hızla gelip geçiyorlardı. "Anne olmak nasıl bir şey?"

Emily, direksiyonu biraz daha sıkı kavrayarak bir iç çekti. "Aynı anda hem korkunç hem de harika bir şey. Ve yorucu. Dürüst olmam gerekirse, doğumdan yaklaşık bir ay sonra, onları içten içe geri göndermek istiyordum."

Kıkırdadım.

"Yalan söylemiyorum, Claire," dedi Emily. "Jack'in odaya kucağında ağlayan bir bebekle girdiği ve diğerinin de beşiğinde ağladığı o geceyi asla unutamıyorum. Saat neredeyse sabahın ikisiydi. Ölesiye yorgundum. Yerimden doğrulup ayaklarımı yataktan sarkıttığımda tek düşünebildiğim, *hayatımın en büyük hatasını* yapmış olduğumdu." Başını iki yana salladı. "Ama o günleri atlattım. Alışma dönemini kastediyorum. Şimdi, başka türlü bir hayat hayal edemiyorum." Yengesinin evine giden dolambaçlı yola girerek bana gülümsedi.

"Jack'in harika bir baba olduğuna bahse girerim," dedim.

"Bebeklerle arası harika," diyerek onayladı Emily. "Onlarla kumsalda yürüyüşe çıkıyor. Kocaman tekerlekleri olan şu ikili bebek arabalarından aldık."

"Bee yengen nasıl?" diye sordum. Kaç yaşında olduğundan emin değildim –seksenlerin sonu, hatta belki de doksanlı yaşlarındaydı– fakat kesinlikle yaşlı kadın kalıbına uymuyordu. Emily'yi adada ilk ziyaret edişimde, bana birer kadeh viski fondip yapmayı teklif etmişti.

Emily bir iç çekti. "İyi değil," dedi. "Doktorlar kalbinin iyi durumda olmadığını söylüyor. Ona envai çeşit ilaç veriyorlar. Vaktinin çoğunu yatakta geçiriyor. Gün boyunca onunla ben ilgileniyorum, geceleri de onunla ilgilenen bir hemşiremiz var." Başını iki yana salladı. "Bee evde tıkılıp kalmaktan nefret ediyor. Dün öğleden sonra, onu gizlice kumsala kaçmaya çalışırken yakaladım. Zavallı şey, o kadar çelimsiz ki az kalsın verandadan düşecekti."

"Bunu duyduğuma üzüldüm," dedim. "Onun günden güne kötüye gittiğini görmek çok zor olmalı."

"Öyle," dedi Emily. "Kulağa tuhaf gelebilir, ama onun kontrolünde olmayan bir ev, çok farklı hissettiriyor. Bir şeyler değişti. Bunu hissedebiliyorum. Bu sana mantıklı geliyor mu?"

"Ne demek istediğini anlıyorum. Yıllar önce büyükannem hastalandığında, o eski ev de farklı bir hale bürünmüştü," dedim. "Sanki evin ruhu, duvarlarından emilip yok olmuştu."

"Aynen öyle," diyerek bana katıldı Emily. "Jack ve ben, evlendikten hemen sonra onun yanına taşınmıştık. Bee çok ısrar etmişti. Önceleri bu düzenin yürümeyeceğinden endişe etsem de sonradan çok sevdik. Komik, ama sanırım Bee'nin bize olduğu kadar, bizim de ona ihtiyacımız vardı. Fakat Bee'nin sağlığı hızla kötüleşmeye başladı ve şimdi, bu değişim beni korkutuyor. Artık sabahın altısında ortalıkta dolaşmıyor ya da pencereden bakıp, deniz hakkında yorumlar yapmıyor. Verandada bir yığın gazete birikmiş, çünkü artık okumuyor. Geçen gün buzdolabından ev yapımı son reçel kavanozunu çıkarırken ağladım. Onun belki de tattığım son ev yapımı reçel olabileceğini fark ettim. Bee hâlâ burada, evet, ama onu şimdiden özlemeye başladım."

Emily için üzülmüştüm, çünkü anlattıklarının nasıl bir üzüntü olduğunu biliyordum. "Hangisi daha zor, bilmiyorum," dedim. "Birini aniden kaybetmek mi, yoksa onu yavaş yavaş, günden güne kaybetmek mi?"

Emily, elinin tersiyle yanağından süzülen bir damla gözyaşını sildi. "Bee seni gördüğüne sevinecek. Misafirleri çok sever."

Eve yaklaştığımız sırada araba yavaşladı. Yol boyunca koyu kırmızı, açık mor, beyaz ve mercan rengi çiçekler açmış olan orman güllerine baktım. Yol, eski, beyaz evin bulunduğu deniz kıyısına doğru kıvrıldı. Ev, siyah panjurları ve görkemli sütunlarıyla oldukça görmüş geçirmişe benziyordu. Görmüş geçirmiş ve biraz da mahzun.

"İşte geldik," dedi Emily, arabanın kapısını açarak. Arabadan inip, ön kapıya uzanan patikayı yürüdük. Kapıda çift kişilik, boş bir bebek arabası duruyordu.

"Anne eve geldi," diye seslendi Emily neşeyle. İçeriden duyulan kıkırdamaların hemen ardından, Jack, kucağında pembe elbiseli iki melek yüzlüyle beliriverdi.

"Merhaba, Jack," dedim gülümseyerek. "Şu haline bir bak. Sen doğuştan babasın."

Emily, sevgiyle Jack'in sırtını sıvazladı. "Rahat yazabileyim diye her sabah bebeklerle birlikte kalkıyor."

"Sana söyledi mi?" diye sordu Jack, bana bakarak.

Hayır dercesine başımı salladım. "Neyi?"

"İkinci romanını yazdı. Bu kış yayımlanacak."

Gülümsedim. "Bu harika, Emily!"

"Evet," dedi Emily, pencereden denize bakarak, "bunu bu yere borçluyum. Bu ada sihirli. Kendimi hiç bu kadar yaratıcı hissetmemiştim. Her neyse, içeri gel! Fazla vaktin olmadığını biliyorum, o yüzden her saniyenin tadını çıkaralım."

Oturma odasına geçtiğimizde, Jack, ikizleri üzerine oyuncaklar saçılmış bir battaniyeye oturttu. "Çok güzeller," dedim.

"Nora, tam bir fişek," dedi Emily, ikizlerden daha iri olanını işaret ederek. Nora, kardeşinin elindeki çıngırağı çekiştiriyordu. "Daha şimdiden benimle tartışıyor."

Güldüm. "Senin küçük modelin, öyle mi?"

Emily başını olumlu anlamda salladı. "Ondan çekeceğim var. Ama Evelyn –ona Evie diyoruz– bizim küçük arabulucumuz. Hâlâ aynı beşiği paylaşıyorlar ve Nora ağlayarak uyandığında, Evie onun başını okşuyor. O dünyanın en tatlı şeyi."

"Çok sevimli," diyerek Evie'ye başka bir oyuncak uzattım.

Jack, başıyla koridoru işaret etti. "Neden onu Bee'nin yanına götürmüyorsun?" dedi Emily'ye. "Genellikle bu saatlerde öğle uykusundan uyanmış oluyor."

"Evet," dedi Emily, "Bee seni gördüğüne çok sevinecektir."

Başımı olumlu anlamda sallayarak ayağa kalktım ve Emily'nin peşinden, koridorun sonundaki kapalı bir kapıya yürüdüm. Emily kapıyı hafifçe tıklatınca, içeriden zayıf, fakat cana yakın bir ses duyuldu. "Girin."

Bee, beyaz bir gecelik giymişti. Yastıklarla desteklenmiş yatağında yatıyordu. Sağındaki bir masada, bir yığın el sürülmemiş kitap ve dergi göze çarpıyordu. Dalgın bir şekilde açık pencereden dışarı bakıyor, usulca sahile vuran dalgaları seyrediyordu.

"Merhaba, tatlım," dedi Bee, yatağında doğrularak.

Rüzgârda dalgalanan perdeleri gören Emily, koşarak pencereyi kapattı. "Bee, donmuş olmalısın," diye azarladı onu. Sandalyenin üzerinden bir battaniye daha alıp onun üzerini örttü.

"Deniz havasını özledim," dedi Bee. "Onsuz yaşamaktansa donarak ölmeyi tercih ederim."

"Pekâlâ," dedi Emily termostatın ayarıyla oynayarak, "öyle olsun. Ama hiç değilse şu sıcaklığı biraz arttıralım."

Bee, komodinin üzerindeki gözlüğüne uzandı. "Ah, misafirin varmış."

"Evet," dedi Emily. "Eski dostum Claire'i hatırlıyorsun, değil mi Bee?"

"Tabii ki, Claire," dedi, eliyle beni yanına çağırarak. "Nasılsın, tatlım?"

"Olabildiğince iyiyim," dedim. "Ya sen?"

"Eh," diye yanıt verdi Bee muzip bir tavırla, "bütün gün bu kahrolası yataktan çıkmayan birinin olabildiğince iyiyim."

Sesi kulağa zayıf ve halsiz geliyor olabilirdi, ama neşesinin hâlâ yerinde olduğunu görmek beni sevindirmişti.

"Sen de Emily gibi yazarsın, değil mi, tatlım?"

Başımı sallayarak onayladım. "Evet, öyleyim. Emily ve ben, üniversitede tanıştık. O romanların büyülü dünyasını seçerken, ben de haber odasının pürüzlü yollarına koyuldum."

Bee gülümsedi. "Ah, hatırladım. Bir gazetede yazıyordun."

"Evet," dedim. "*Seattle Herald.*"

"Şu an ne üzerinde çalışıyorsun, hayatım? Gazeteleri her gün baştan sona okurum." Kapının önünde gördüğüm birikmiş gazeteleri hatırladım.

"Şu an oldukça ilginç bir hikâye üzerinde çalışıyorum," dedim. "1933'te kaybolan küçük bir çocuk hakkında. Mayıs fırtınasının koptuğu gün."

Bee şaşırmış görünüyordu. "Uzun zamandır o fırtınayı düşünmemiştim," dedi.

"Onu hatırlıyor musun?"

Anılara dalmış bir halde gülümsedi. "Küçük bir kızdım. O zamanlar Batı Seattle'da yaşıyorduk. Annem bütün sabah karda oynamamıza izin vermişti. Sabahki aritmetik dersinden kaçmayı uman bir öğrenci için gerçekleşen bir rüyaydı. Hepimiz nasıl da şaşırmıştık. Mayıs ayında kar yağıyordu. Bu haftaki fırtına, bana onu anımsattı. Küçük çocuğun adı neydi demiştin?"

"Daniel," dedim. "Daniel Ray. Herhalde onu hatırlamazsın, değil mi?"

"Üzgünüm," dedi Bee. "Keşke hatırlasaydım." Düşünceli bir şekilde ellerini birbirine kenetledi. "Ama eski bir arkadaşımla konuşmayı deneyebilirsin. Lillian Sharpe. Seattle'da birlikte okula gittiğimiz zamanlar, adı Lillian Winchester'dı. Ailelerimiz eski dosttu. Babası, Seattle'ın en tanınmış avukatlarından biriydi ve pek çok ünlü davayı almıştı. Gençken, Lill'in babasının işini çok sıkıcı bulduğunu hatırlıyorum. Bir yetişkin olduğunda ise, babasının ona bıraktığı miras karşısında ağzı açık kalmıştı. Lill, babasının ölümünden sonra onun bütün dosyalarını topladı ve çoğunu Seattle'daki bir müzeye bağışladı. O zamana kadar babası olay yaratan birçok dava almıştı. Tabii, çoğu unutulup gitti ama..." Sanki hafızasını zorluyormuş gibi bir süre durakladı. "Evet, kocasını vuran bir kadını temsil etmişti. O dava, tüm Seattle'ın dilindeydi. Lillian ile konuşmalısın. Ufak bir ihtimal, ama belki o kayıp çocuk hakkında bir şeyler biliyordur."

"Onunla konuşmak isterim," dedim. "Seattle'a döndüğümde onunla iletişime geçeceğim."

"Onu daha dün gördüm," dedi Bee. "Kafede gördüm. Esther'dan pek hoşlanmaz, ama Evelyn..."

Emily bana bir bakış atarak yengesinin kolunu şefkatle okşadı. "Bee, geçmişten bir şeyler hatırlıyor olmalısın. Biz dün kafeye falan gitmedik."

Bee önce şaşırmış, sonra da utanmış görünüyordu. "Ah, evet," dedi. "Tabii. Günler bazen birbirine karışıyor."

"Ben geçen yılı hatırlayabilirsem kendimi şanslı sayıyorum," diye araya girdim.

Bee bana gülümseyerek elimi tuttu. "Bu yaptığın çok hoş."

"Affedersin," dedim. "Hangi yaptığım?"

"Geçmişte kalmış bir hikâyeye böyle önem vermen çok hoş," dedi Bee. "Gençlerin çoğu, bugüne ait olmayan hiçbir şeyle ilgilenmiyor."

"Bu hikâye, onu öğrenir öğrenmez beni etkisi atına aldı," dedim. "Bir anne ve küçük oğlu, birbirlerinden ayrılıyorlar.

Bunun peşini kovalamadan yapamazdım." Editörümün bu hikâyeyi öldürdüğünü söylemeye dilim varmamıştı. Ayrıca benim için hâlâ gayet canlıydı.

Bee, başını olumlu anlamda salladı. "Küçük çocuğu bulacaksın," dedi kendinden emin bir şekilde.

"Umarım," diyerek ayağa kalktım.

"İlacını aldın mı?" diye sordu Emily, anaç bir tavırla Bee'nin başına dikilerek.

Bee sırıtarak bana baktı. "İlaçlar yüzünden başımın etini yiyor."

Emily gülümsedi. "Birinin o kalbi çalışır vaziyette tutması gerek."

Bee bana, "Başının etini yiyen birinin olması güzel şey," diye fısıldadı. "Onsuz ne yapardım, bilmiyorum doğrusu."

"Pekâlâ," dedi Emily güneşlikleri indirerek. "Dinlenme vakti. Ayrıca bir daha pencereleri açmak yok. Zatürree olacaksın."

"Hoşça kal, Claire," dedi Bee, ardından yatağın diğer tarafına döndü. "Umarım yine ziyarete gelirsin. Hikâyeni bekliyor olacağım."

"Sana bir kopyasını gönderirim," diyerek koridora çıktım.

Saat altı vapurunu yakalayarak eve döndüm. Taksinin bıraktığı yerde, beni Gene karşıladı. "Ethan'ı az önce kaçırdın," dedi.

"Öyle mi?" Bütün gün ondan haber almamıştım, zaten almayı da beklemiyordum. Birbirimize kin besliyorduk. Eğer evliliğimiz bir felaketle sonuçlanacaksa, sebebi kesinlikle bu olacaktı.

"Evet," dedi Gene. "İki dirhem bir çekirdekti. Smokin giymişti. On dakika önce taksiye binip gitti."

Kocam smokinle nereye gidiyor olabilir? Hem de bensiz? Parmaklarımın arasından kayan kumlar gibi Ethan'ın ellerimden kayıp gittiğini fark ettim. *Buna bir son verebilirim. Onu bulup kollarıma alabilirim. Onu sevdiğimi söylerim. Bu saçmalığı sona erdirebiliriz.* Geçmişin acı veren hatıraları zihnime sızmaya çalışsa da onları kovaladım. Uzlaşmak. Terapistimin en başından beri ısrarla söylediği şey, buydu. Birimizin ilk adımı atması gerektiğini söylemişti. Birimiz, diğerinin yakasından tutacak ve 'Bize bir bak! Ölüyoruz! Bunu düzeltebiliriz! Biz birbirimizi seviyoruz!' diye bağıracaktı. Aylardır bu ilk adımı atmayı düşünüyordum. Fakat ne zaman bir adım atmayı denesem, iki, bazen de üç adım geri gidiyorduk. Bu defa öyle olmayacaktı. Kendi kendime başımı sallayarak taksi şoförüne işaret ettim. "Bir dakika bekleyin, lütfen!" diye bağırdıktan sonra, başımı hızla Gene'e çevirdim. "Nereye gittiğini söyledi mi?"

"Evet, Olympic Otel'deki büyük bir etkinliğe." Gene, sanki yuva yıkacak bir sırrı ifşa etmiş gibi gergin görünüyordu. "Ben, şey, senin de ona katılacağını sanmıştım."

"Teşekkürler, Gene," dedim, tekrar taksiye atlayarak. Ardından şoföre döndüm. "Beni Olympic Otel'e götürebilir misiniz?"

Taksi eski binaya yaklaşırken, ellerimi gergin bir şekilde birbirine kenetledim. Binanın gösterişli cephesine ve süslü sütunlarına hayretle göz gezdirdim. Valeler birer arı gibi koşuşturuyor, anahtarları kaparak gelen arabaları hızla çok katlı otoparka çekiyorlardı. Birkaç adım ileride siyah, parlak bir Mercedes-Benz durdu. Zarif bir kadın, on santimetrelik topuklarıyla arabadan inerek sevgilisinin elini tuttu. Pullu elbisesi, ışıklar altında parıldıyordu. Ayağımdaki yıpranmış, gri, düz tabanlı ayakkabılarıma göz attım. Sağ ayakkabımın ucundaki siyah lekeyi silme zahmetinde bile bulunmamıştım. Nafile bir çabayla, gömleğimin kırışıklıklarını düzeltmeye çalıştım. Çantamda bir ruj bulamayınca, gergin bir şekilde parmaklarımla saçlarımı taradım. Seattle'a dönüş yolunda vapurun dış kısmında oturduğum için pişman olmuştum. Tuzlu rüzgâr, saçlarımı arapsaçına çevirmişti. Dağınık buklelerimi toplayarak, bileğimdeki lastikle sıkıca tutturdum. Şoföre on dolar uzattıktan sonra taksiden indim.

Kapıdaki siyah yağmurluklu görevlinin yanına yaklaştım. "Bu gece burada düzenlenen bir etkinlik var mı acaba?" diye sordum, altın yaldızlı kapılardan içeriyi görmeye çalışarak.

Adam beni kuşkuyla süzdü. "Evet. Sadece davetliler girebilir," diyerek birkaç adım ilerideki genç bir kızı işaret etti. Kız, yirmi beş yaşından daha büyük değildi ve elinde, sıkıca tuttuğu bir liste vardı. "Lisa ile konuşun," dedi görevli. "Listede adınız olabilir."

"Merhaba," dedim Lisa'nın yanına giderek. "Ben Claire Aldridge."

Lisa, listeye hızla göz gezdirdikten sonra yapmacık bir gülümsemeyle bana baktı. "Üzgünüm," dedi. "Listede adınızı göremedim."

Başımı iki yana salladım. "Hayır, hayır," dedim. "Etkinlik için gelmedim. Eşim içeride."

Lisa, kuşkulanmışa benziyordu. İçeri girmek için yaratıcı bir hikâye uyduruyor olma ihtimalimi de hesaba katmış gibiydi. "Listede yoksanız, listede yoksunuz demektir."

"Bakın," dedim, "eşim şu an–" Tam da o sırada Ethan'ı gördüm. Cam kapının ardındaki görüntü net olmasa da, yakışıklı göründüğü gayet açıktı. Smokinler adeta Ethan için yapılmıştı. Tuttuğu şampanya kadehini dudaklarına götürdükten sonra, başıyla salonun diğer tarafındaki birini selamlayarak el salladı. Ethan, bir kalabalığı nasıl idare edeceğini biliyordu. Düğünümüzde, masaların arasında nasıl rahat ve hevesli bir şekilde dolandığını hatırladım. Bense sonu gelmeyen iyi dileklerden ve mecburi kucaklaşmalardan yılmış bir halde, ayaklarımı sürüyerek beceriksizce onu takip ediyordum. Sosyal endişe, demişti terapistim. Çoğu insanda görülüyordu. Ama Ethan'da yoktu. Yukarıda asılı devasa kristal avize ve kadınların boynunu süsleyen mücevherlerle, içerisi ışıl ışıldı.

Ethan'ı işaret ettim. Ama kendimi Bayan Ethan Kensington gibi hissetmiyordum. Onun yerine, yeniden on üç yaşına dönmüştüm. Leylek gibi uzun ve zayıftım. Üzerimde yırtık kot şortum ve renk değiştiren tişörtümle, ortaokulumun arkasındaki paslı tel örgüye tek başıma burnumu dayamış, basketbol oynayan popüler kızları izliyordum. Bu defa suskunluğumu bozdum. "Gördünüz mü?" dedim. "İşte, eşim orada. Ethan *Kensington.*"

Lisa beni dikkatle inceledi. Sanki tek isteğimin bedava şampanya içmek ve açık büfe mantar dolması yemek olması büyük bir ihtimaldi. "Bakın," dedi, "davetiyeniz yoksa içeri girmenize izin veremem."

Ethan'ın kapıya doğru döndüğünü görünce yüreğim ferahladı. Beni görür görmez kapıya fırlayacak, ben de ona koşacaktım. Yüzünü ellerimin arasına alacak ve ona, bu savaşı bitirmeye hazır olduğumu, yeniden denemek istediğimi söyleyecektim. Ethan boş şampanya kadehini bir garsonun tepsisine bırakarak, iki yeni kadeh aldı. Giriş salonuna doğru yürürken gülümsüyordu. El salladım. Fakat kadının birinin Ethan'a doğru yürüyüp, onu yanağından öpmesiyle birlikte, kalbim bir anda paramparça oldu. Ethan, ikinci şampanya kadehini kadına uzattı. O kadar yakındım ki kadehteki baloncukları görebiliyordum. Kadının kim olduğunu fark etmem birkaç saniyemi almıştı. İşte o an, kalbime bir okun saplandığını hissettim.

Cassandra.

Onları birlikte görmek tüylerimi ürpertmişti. Gülümsüyorlardı. Kahkaha atıyorlardı. Cassandra, cilveli bir şekilde Ethan'ın koluna dokundu. Bir yanım, hızla kapıdan içeri dalmak ve kocamın koluna dokunan elini koparıp atmak istedi. Onun yerine, elimi çantama atarak cep telefonumu çıkardım. Ethan'ın numarasını çevirip telefonu kulağıma dayadım. Telefonunu cebinden çıkarırken, cam kapıların ardından onu izliyordum. Ekrana baktıktan sonra Cassandra'ya bir şeyler söyleyip kapıya doğru birkaç adım yürüdü. Beni görmesinden endişe ederek geriledim.

"Claire?" Sadece birkaç adım ileride duruyor olmasına rağmen, sesi uzak ve yabancı geliyordu. "Her şey yolunda mı?"

Cevap veremeyecek kadar uyuşmuştum. Sevdiğim adama söylemek istediklerimi, takside gelirken prova ettiğim bütün o cümleleri düşündüm. Ama fırsat verildiğinde, tek yapabildiğim eskimiş ayakkabılarıma öylece bakakalmak olmuştu.

"Claire, orada mısın?"

"Buradayım," dedim titrek bir sesle. Dudağımı ısırdım.

"Sesin iyi gelmiyor, hayatım," dedi Ethan. "Dinle, neden eve gelmiyorsun? Ben bir iş toplantısındayım. Erken ayrılabilirim."

Pencereden içeri göz atarak, Cassandra'nın ağzına bir ordövr atışını izledim. Ethan'a gülümsedikten sonra, yakındaki bir tepsiden bir tane daha aldı.

"Affedersin," dedi Ethan. "Bu gece dışarıda yiyorum."

"Tamam," dedim kendimi toparlayarak. "Boş ver. Bölmek istememiştim. Kapatmak zorundayım."

Ethan'ın yeniden Cassandra'nın yanına gidişini seyrettim. Cassandra, neşe dolu bir ifadeyle bir şeyler anlattı. Ethan güldü. Sonra da kalabalığın arasına karışıp kayboldular.

"Affedersiniz," dedi görevli kız, hem tatlı hem de son derece sinirli bir sesle. "Davetli misafirler için bu girişi boş tutmalıyız."

"Tabii," dedim, sesimdeki hayal kırıklığını gizlemeye çalışmaksızın. "Zaten ben de gidiyordum."

On Üçüncü Bölüm

VERA

Lon ile aynı masada oturmak acı vericiydi. Acı verici olan şey, belimi sıkan korse ya da Lon'un göğsümden alamadığı ateşli bakışları değildi. Hayır, bir zamanlar birlikte çalıştığım insanların yüzlerindeki hayal kırıklığını görmekti. Benim için bir baba figürü olan yaşlı ve neşeli kapı görevlisi Lou, Lon'un kolunda içeri girdiğimde bakışlarını başka yöne çevirmişti. Arkadaş olarak gördüğüm iki hizmetçi Jenny ve Vivien ise, şamdanların tozunu almaya devam etmeden önce, lobide bana ters ters bakmışlardı. İhanete uğramış hissettikleri için onları suçlamıyordum. Bana ait olmayan bu süslü elbiselerin içinde, hepimizin tiksindiği o zengin kesimi ve onların istediğini elde etme gücünü temsil ediyordum. Ama şu an bunlar için endişelenemezdim. Boğazımın düğümlendiğini hissederek gözlerimi kapattım. Daniel'ın yüzünü, yumuşacık yanaklarını ve mavi gözlerine düşen sarı, ipeksi saçlarını görüyordum. O her zaman orada, zihnimin sessiz karanlığında bekliyordu.

"Bu üzgün surat da ne, bebeğim?" diye sordu Lon, bir yengeç bacağını dişiyle açmadan önce. Çenesinden bir damla yağ süzüldü. "Neden yemiyorsun?" dedi masadakileri işaret ederek.

Gözlerim doluyordu. Artık gözyaşlarımı tutamazdım. "Özür dilerim, Bay –yani, Lon," dedim. "Oğlum... Onu çok özledim."

"Tamam, tamam," dedi Lon. "Eminim o gayet iyidir."

Gayet iyi mi? Tırnaklarımı sandalyenin döşemesine batırdım. *Kayıp bir çocuğa karşı herkes nasıl bu kadar ilgisiz olabilir? Üç yaşında bir çocuk kayıp ve kimsenin umurunda değil.* Yüzümü ellerimin arasına gömdüm. Çok geçmeden, Lon'un sıcak, nemli elini omzumda hissettim.

"Sabah birkaç telefon görüşmesi yapacağım," dedi beni avutmaya çalışarak.

"Sabah mı?" diye sordum ağlayarak. "Özür dilerim, ama bu gece yapamaz mısın?"

Lon, başını iki yana salladı. "Bütün devlet daireleri kapalı, hayatım," dedi. "Yarın."

Başımı olumlu anlamda salladım.

"Şimdi," dedi, "haydi, seni yukarı çıkaralım. Orada rahatlayabilirsin."

Ağırdan alarak ayağa kalktım. Bez peçeteyi hafifçe yanağıma dokundurarak, gözümü dolduran bir yaşı sildim. Ardından gönülsüzce Lon'un uzattığı elini tuttum. Restorandan çıkıp lobiye girerken, Lon elimi boğucu bir şekilde sıktı. İlerideki asansöre baktım. Süslü kapısı ve parlak, pirinç düğmeleri olan misafir asansörünü hizmetçilerin kullanması yasaktı. Ama o asansöre daha önce de binmiştim. Bu otele misafir olarak girdiğim ilk gün. Charles ile birlikte. Ve soluğu kuştüyü bir yatakta almıştım. Daniel'a hamile kaldığım yatakta.

Dört Yıl Önce

Charles saat yedide beni evden aldı. Huysuz kardeşi tarafından dans salonundan aceleyle götürülmesinin üzerinden bir hafta geçmişti. Sonrasında her gün, bilhassa akşamları, restorandaki mesaim bittikten sonra evin sessiz olduğu anlarda onu düşünüp durmuştum. O gece, Buick marka arabasının ön koltuğuna oturdum. Lüksün kokusunu –deri, hoş kokulu tütün ve parfüm- içime çektim. "Merhaba," diyerek gülümsedi Charles. Gözlerimiz buluştuğunda, kalp atışlarımın hızlandığını hissettim.

"Seni özledim," dedi, bir bukle saçımı kulağımın arkasına yerleştirerek. Parmakları, tüm bedenimin baştan aşağı ürpermesine neden olmuştu. *Tatlı* bir ürperti.

"Ben de seni özledim," dedim. "Annen nasıl?"

"Çok daha iyi," dedi Charles. "Zatürree. Doktor tam vaktinde müdahale etmiş." Başını sağa yatırarak gözlerimin tam içine baktı. "Seni dans salonunda o şekilde bıraktığım için kendimi çok kötü hissettim."

"Unut gitsin," dedim. "Ailenin sana ihtiyacı vardı."

Charles omzunu silkti. "Pekâlâ, kız kardeşim biraz daha nazik olsaydı ölmezdi. Yine de ona gücenme. Josie böyledir işte. Çıktığım hiçbir kızı beğenmez."

"Ah," dedim kucağıma bakarak.

Charles yavaşça bana doğru yaklaştı. "Yanlış anlama," dedi. "*Seni* beğenmediğini ima etmek istemedim, Claire. O sadece biraz, şey..."

"Kendini beğenmiş?"

Neşeyle gülümsedi. "Ah, evet."

"Sorun değil," dedim.

Charles gaz pedalına basarak arabayı hareket ettirdi. Tanıdığım kimsenin arabası yoktu. Motorun sesi ve radyoda çalan caz müzik hoşuma gidiyordu. "Neden Cabaña Kulüp'e gitmiyoruz? Akşam yemeği yer, belki sonra da tekrar dans etmek için şansımızı deneriz."

"Çok isterim," dedim, yanağımı omzuna dayayarak.

Seattle, Buick'in içinden muhteşem görünüyordu. Arabanın ön camı, dünyayı daha güzel gösteren pembe gözlükler gibiydi. Rahat koltuğumda otururken, tanıdığım düzinelerce yoksul ailenin, akşam yemeğinde bayat ekmek yedikleri karanlık apartman binalarını görmüyordum. Ya da anneleri benim annem gibi geç saatlere kadar çalışan çocukların başıboş bir şekilde beştaş oynadıkları çöp dolu ara sokakları fark etmiyordum. Onun yerine, Charles'ın dünyasında, hayatın önünüze bir tabakta sunulduğu o dünyada yaşamanın nasıl bir şey olduğunu hayal ediyordum.

Charles arabayı yol kenarına çekerek, benim tarafımdaki pencereden dışarı bakmak için üzerime doğru eğildi. Bana bu kadar yaklaşmasına aldırış etmedim.

Kulübün kapısında 'Kapalı' yazan bir levha asılıydı. "Hay aksi," dedi Charles. "Pekâlâ, bunun yerine doğruca otele gitmeye ne dersin? Bu gece hava çok güzel. Annemle babamın süitinin balkonunda akşam yemeği yiyebiliriz."

"Anne ve babanın *süiti* mi?"

"Evet," dedi Charles. "Misafirlerinin çoğunu orada ağırlarlar. Babam geç saatlere kadar çalışacağı ve sessizliğe ihtiyacı olduğu zamanlar, haftada birkaç gece orayı kullanır. Ya da annemle aralarındaki bir anlaşmazlığı çözüme kavuşturmak için oraya çekilirler ki bugünlerde bunu daha sık yapar oldular."

"Sanırım olabilir," dedim utangaç bir şekilde.

Charles arabayı sokağın yalnızca birkaç blok aşağısındaki otelin girişine sürdü. Anahtarları valeye uzatarak kapıdaki görevliyi başıyla selamladı. Ardından doğruca asansöre yöneldik. Charles, on yedi numaralı düğmeye bastı.

Yutkundum.

"Asansöre ilk binişin mi?"

"Evet," diye itiraf ettim, asansörün aniden yukarı çıkmaya başlamasıyla kendimi bir tuhaf hissetmiştim.

"Korkma," dedi Charles, iki eliyle belimden tutup, beni kendine çekerek.

Gözlerinin içine baktım. "Peki, ya... düşerse?"

"Düşmeyecek," diyerek bana sıkıca sarıldı. "Söz veriyorum."

Asansör durup kapılar açıldığında, beyaz takım elbiseli bir adam bizi bekliyordu. "İyi akşamlar, efendim," dedi Charles'a. Ardından başıyla beni selamladı. "Süitiniz hazır. Bu gece yemeğinizi içeride mi, yoksa dışarıda mı yemek istersiniz?"

Charles bana baktı. "Balkonda yesek olur mu?"

Evet dercesine başımı salladım. Anın büyüsüne ve ihtişamına öylesine kapılmıştım ki bir sesim olduğunu bile unutmuştum.

Otel görevlisi, anahtarı kilidine yerleştirdikten sonra kapıyı bizim için açtı. Charles'ın peşinden içeri girdiğimde, gördüğüm manzara karşısında nefesim kesildi. İpek kanepeler, şark halıları ve yakut rengi, kadife perdeleriyle, burası bir saraya benziyordu. En azından hayallerimdeki sarayların görüntüsü böyleydi.

Charles, çıkardığı ceketini rahat bir tavırla sağımızdaki bir kanepeye attı. Ardından pencerenin yanındaki bara doğru yürüyerek radyoyu açtı. Müziğin yatıştırıcı sesi, yavaşça etrafa yayılmaya başladı. Charles dolaptan iki martini bardağı seçti ve bir başka dolabı açarak içinden iki adet süslü, cam sürahi çıkardı. Parlak, gümüş bir karıştırıcıya iki sürahiden de biraz içki döktükten sonra, içine biraz da buz ekleyip kapağını kapattı ve ustalıkla sallamaya başladı.

Charles'ın bana uzattığı bardaktaki ince buz katmanına hayretle baktım. Bütün içkiyi üzerime dökmemek için ellerimi titretmemeye dikkat ediyordum. İçkiyi dudaklarıma götürürken, penceredeki yansımama bir göz attım. Sanki buraya aitmiş gibi şık görünüyordum. Buz gibi içkiden bir yudum aldım, ancak o kadar sertti ki bir anda öksürük nöbetine tutuldum.

"Affedersin," dedim, bardağı sehpaya bırakarak. "Sanırım bu kadar sert olmasını beklemiyordum." Yaptığım tecrübesizce yorum yüzünden kendi kendimi azarladım.

"İlk yudumu almak her zaman zordur," dedi Charles, ağzına bir yeşil zeytin atarak. "Ama sonra, boğazından yağ gibi kayıp geçer."

Bardağı yeniden elime aldım. İkinci ve üçüncü yudumdan sonra içki, tıpkı Charles'ın söylediği gibi sertliğini yitirmişti. Yanaklarımın kızardığını ve hafiflediğimi hissediyordum. Charles, boşalan bardağımı yeniden doldurdu. Pencerenin önünde durmuş, ışıl ışıl parlayan Seattle'ı seyrediyordum. Caddelerdeki kiraz ağaçları, baharla birlikte çiçeklere bürünmüştü ve on yedinci kattan bakınca, neşeli, pembe bulutlara benziyorlardı. Tıpkı o an hissettiğim gibi şehir umutla doluydu. Charles'ın çenesindeki kirli sakalının boynuma değdiğini hissettim. Manzarayı benimle paylaşmak için başını omzuma dayamıştı.

"Çok güzel görünüyor, değil mi?" diye fısıldadı kulağıma.

"Evet," dedim.

Hilal şeklindeki ay, sırf bizim için asılmış bir resim gibiydi.

"Şu an dünyanın herhangi bir yerinde olabilseydin," dedi Charles, "nerede olmak isterdin?"

Bir an için düşündüm. Caroline ile birlikte sürekli Paris hakkında konuşur dururduk. Tabii, bir de New York vardı. Ama o an, olduğum yerden başka hiçbir yerde olmak istemiyordum.

"Tam burada," diye fısıldadım, Charles'a doğru dönerek.

"Ben de," diyerek, yüzümü şefkatle ellerinin arasına aldı.

Charles bana biraz daha sokulduğu sırada, otel görevlisi boğazını temizledi. "Rahatsız ettiğim için özür dilerim, efendim, ama akşam yemeğiniz hazır. Hâlâ balkonda mı yemek istiyordunuz acaba?"

"Evet," dedi Charles, parmaklarını benimkilerin arasından geçirerek. Bir masa, iki sandalye ve bakımlı çiçeklerle dolu yarım düzine büyük, taş vazonun bulunduğu balkona çıktık. Otel görevlisi, tıpkı bir sihirbaz gibi arkamızdaki bir servis arabasından iki tabak çıkardı. Çatalımı önümdeki balığın yumuşak etine batırdım. Dumanı tüten bir lokmayı, bir yudum kırmızı şarapla birlikte yuttum. Sonra da gözlerimi kısarak, şarap şişesinin etiketindeki Fransızca kelimelere baktım. Sadece şarabın tarihini anlayabilmiştim, 1916. O tarihte ben, ev dediğimiz harabenin tozlu sokaklarında kız ve erkek kardeşini kovalayan küçük, cılız bir kızdım. Bu şarabın o tarihte şişelendiğini düşünmek hayret vericiydi.

"Apartmanındaki komşu kadını unutmadım," dedi Charles.

Kalbim heyecanla doldu. "Öyle mi?"

"Evet," diyerek cebinden bir zarf çıkardı. "Babamla konuştum. Batı Seattle'da yeni bir site satın aldı. Her evin bir bahçesi ve içinde yeni beyaz eşyaları var. Bence o kadın ve çocukları için harika bir yer olacak."

"Ah, Charles!" diye bağırdım. "Baban kabul etti, öyle mi?"

Charles başını olumsuzca salladı. "Hayır, reddetti. O sadaka vermeye inanmıyor."

"Ah," dedim, kafam karışmış bir halde.

"Ben bu meseleyle kendim ilgileneceğim," diye devam etti Charles. "Yardım etmek için babamın iznine ihtiyacım yok. Kendi param var. İsterse önümüzdeki hafta yeni evine taşınabilir."

İnanamayarak başımı iki yana salladım. "Bu yaptığın çok cömertçe."

Charles, zarfı bana uzattı. Zarfın kapağını açıp içine göz attığımda, bir balya parayla karşılaştım. "Charles!" Zarfı kadına vermek için sabırsızlanıyordum. Bir önceki gece merdivenlerde ona rastlamıştım. O kadar yorgun ve zayıf görünüyordu ki oracıkta bayılıp kalacağından korkmuştum.

"Bana o yoksul kadından bahsettikten sonra, ne onu ne de söylediğin kelimeleri aklımdan çıkarabildim. Düşünüyorum da Vera, birlikte insanlar için birçok iyilik yapabiliriz."

Yüzüm sevinçle ışıldıyordu. Radyodan yayılan yavaş melodiyle birlikte hafifçe sallanmadan edemiyordum.

"Dans et benimle," dedi Charles, ayağa kalkıp ellerimden tutarak.

Charles ayağa kalkmama yardım etti. Yanağımı göğsüne dayadım ve müzikle birlikte hareket etmeye başladık. "Her günü böyle, seninle geçirmek istiyorum," dedi Charles. "Sonsuza kadar." Dudaklarımız buluştuğunda, tüm bedenimin bir elektriğe kapıldığını hissettim. Beni kollarına alarak yatak odasına taşıdı ve kremşanti gibi yumuşak olan kuştüyü yorganın üzerine yatırdı. Kendimi yatağa isteyerek bıraktım ve Charles'ın bedeninin yanıma sokulmasına karşı koymadım. Beni defalarca öptü. Gözlerimi kapatarak, sevilme hissini hafızama kazımaya çalıştım. Gerçekten sevilme hissini...

Lon'un üst kattaki süitinde, pencereye yürüyerek aşağıdaki caddeye baktım. Sanki pencerenin önünde parmaklıklar var gibiydi. Kendimi kafese tıkılmış, hapsedilmiş hissediyordum. Lon'un seri ve sıcak nefesini boynumda hissettim. "Oğlumu çok özlüyorum," dedim ağlayarak.

"Tamam, tamam," dedi Lon, beni kendine doğru döndürerek. "Yarın oğlunu bulacağız. Ama bu gece" –duraklayarak, elbisemin düğmelerinden birini açtı– "birbirimizi bulacağız."

Dokunuşu midemi bulandırıyor olsa da elini itmedim. Lon'un parasıyla şehri afişlerle donatabilir, sokaklara el ilanları dağıtabilir, bir arama ekibi tutabilirdik. "Daniel'ı bulmaya yardım edeceğine söz veriyor musun?" diyerek gözlerinin içine baktım. "Sen benim tek umudumsun."

"Sözüm söz," dedi, kendinden emin bir şekilde parmağını elbisemin kuşağında gezdirerek.

Lon ışığı kapatıp beni yatağa doğru çekerken, nefesimi tutmuştum.

On Dördüncü Bölüm

CLAIRE

Gözlerimi otele dikip Ethan'ın ellerimden kayıp gittiği anı tekrar tekrar hatırlayarak, takside bir süre öylece oturdum.

Taksi şoförü, duygusal çöküntümü benimle paylaşıyormuş gibi görünmüyordu. "Nereye gidiyoruz, bayan?" diye sordu, parmaklarıyla sabırsızca direksiyona vurarak. "Bütün gece sizi bekleyemem."

Bu geceden sonra eve gitmek istemiyordum. "Kafe Lavanto'ya," dedim.

Kafeye vardığımızda içerisi karanlık görünüyordu, fakat kapıyı hâlâ açık bulduğuma sevinmiştim. Sarı saçları kısacık kesilmiş üniversiteli bir kız, tezgâhın arkasından başını iki yana salladı. "Affedersiniz," dedi. "Kapalıyız. Kapıyı kilitlemeyi unutmuş olmalıyım."

"Ah, ben–"

"Sorun yok, Britanny," dedi Dominic, elinde bir yığın kâğıtla arka odadan çıkarak. Ardından bana doğru döndü. "Seni görmek güzel, Claire. Bir şey içmek ister misin?"

Islak bir bezle espresso makinesini temizleyen Britanny, gözle görülür bir şekilde benden rahatsız olmuştu. Başımı iki yana salladım. "Hayır," dedim. "Sadece..." Başımı öne eğerek ayaklarıma baktım. "Bir dakika konuşabilir miyiz?"

Dominic başını olumlu anlamda sallayarak kâğıtları yanındaki bir masaya bıraktı. "Seni dinliyorum."

Pencere kenarındaki iki sandalyeye oturarak dışarıya baktık. Pug cinsi köpeğini gezdiren bir çift, tasma kayışının üzerinden el ele tutuşmuşlardı. Britanny, dışarı çıkmadan önce kapıda durarak, "Yarın görüşürüz," dedi.

Dominic ona el salladıktan sonra tekrar benden yana döndü. "Sorun ne?"

Bir iç çektim. "Başından kötü bir ayrılık geçmişti, değil mi?"

"Hem de en kötüsü."

"Peki, nasıl anladın..." diyerek durakladım. "Bittiğini?"

"İlişkimiz uzun zamandır sallantıdaydı," dedi Dominic. "Artık gülmüyorduk. Geç saatlere kadar çalışıyor ve beni aramıyordu. Bense arkadaşlarımla daha fazla vakit geçirmeye başlamıştım. Tüm bunlar bir çığ gibi artarak büyüdü. Ve bunlara ek olarak –bunu kibarca nasıl söyleyebilirim bilmiyorum– çıldırmış olduğu gerçeği vardı."

Dominic'in gülüşüne tebessümle karşılık versem de gülümsemem çabucak soldu. Az sonra söyleyeceklerimin komik bir tarafı yoktu. "Korkarım evliliğim sona erebilir."

"Claire, çok üzüldüm."

Ellerimi birbirine kenetleyerek uzaklara baktım. Kalbim acıyordu ve bu acıyı bastırmak için tek bir yol bile bulamıyordum. "İhaneti atlatabileceğimi sanmıyorum."

"Biliyorum," dedi Dominic. "O yollardan ben de geçtim. İnsanın canı yanıyor. Keşke daha iyi hissetmeni sağlayacak bir şey söyleyebilseydim."

"Sırf burada olmak bile iyi geliyor," dedim. "Bu yer bana huzur veriyor."

Dominic, sanki rahatsızlık veren bir anıyı hatırlamış gibi alnını ovaladı. Ardından saatine baktı. "Hey, neye ihtiyacın var, biliyor musun?"

Omzumu silktim. "Neye?"

"Bir biraya," dedi Dominic. "Seni Kells'e götüreceğim. Bir arkadaşım, bu gece orada çıkacak grupta çalıyor. U2 şarkılarını yorumluyorlar. Seveceğine eminim. Sarhoş olana kadar içebilir, avazın çıktığı kadar bağırarak şarkı söyleyebilirsin. Sonra da seni eve bırakır ve güvende olduğundan emin olurum."

"Bilmiyorum," dedim tereddüt ederek.

"Haydi ama," dedi Dominic. "Bir biranın düzeltemeyeceği hiçbir şey yoktur."

"Pekâlâ," diyerek sırıttım. "U2'yu severim."

Dominic memnuniyetle gülümsedi. "Güzel. Gidip diğer kaskı getireyim."

Barda beklerken, Dominic'in sağımdaki masada bıraktığı evraklara göz attım. Düzensizce saçılmış kâğıtlar, bana Ethan'ın evdeki ofisini hatırlamıştı. Kendimi bildim bileli onun dağınıklığını topluyordum. Dosya klasörlerine zaafı vardı. Kâğıtları toplayıp üst üste koyarken, kalbimde ani bir acı hissettim.

"Ah," dedi Dominic, gergin bir şekilde. Kaskı bir kenara bırakıp, elimdeki kâğıtları almak için koştu. "Onları ben alırım. Affedersin, burayı biraz dağıttım."

Dominic, kâğıtları barın altındaki bir çekmeceye tıkıştırırken, aramızda tuhaf bir sessizlik oluşmuştu. Gülümseyerek ortamdaki gergin havayı dağıttı ve kaskı bana uzattı. "Hazır mısın?"

"Evet," diyerek, Dominic ile birlikte dışarıda bekleyen motosiklete yöneldim.

Dominic, bardaki terli ve içkili üniversite öğrencilerinin oluşturduğu kalabalığı yararak bize yol açtı. Tam geldiğimize pişman olduğum sırada, sahneden U2'nun nerede duysam tanıyacağım sesi duyuldu. Mikrofonda Bono'nun* kendisinin olduğunu görmeyi umarak sahneye baktım. Fakat onun yerinde göbekli ve saçları dökülmüş bir adamın olmasına da aldırış etmedim. Dominic'in uzattığı açık kahverengi, bol köpüklü biradan bir yudum aldım. Birlikte barın boş bulduğumuz bir köşesine yaslandık. Dans pistinde biraz yer açılınca, Dominic elimi tuttu. "Dans etmek ister misin?"

İkinci biramı çoktan bitirmiştim, o yüzden hiç düşünmeden evet dedim. Grup 'With or Without You**' adlı parçayı çalmaya başladığında, yorgun başımı Dominic'in göğsüne yasladım. Kocamı deliler gibi özlemiştim, ama Dominic'in bana güven veren dokunuşunu seviyordum. Biten şarkının ardından, grup bir yenisini çalmaya başladığında, Dominic'in belimden biraz daha aşağı kayan ellerine karşı çıkmadım.

"Claire?"

Evet, adımı duymuştum. Tanıdık bir kadın sesiydi bu. Ama kimin? Dominic'in omzunun üzerinden etrafa bakınırken, birinin hafifçe sırtıma vurduğunu hissettim. Arkamı dönmemle birlikte ağzım açık kaldı. Tanrım, Ethan'ın kız kardeşi, Leslie. Tanıştığımız günden beri birbirimizle çekişip durmuştuk, ama şimdi, az sonra çıkacak Üçüncü Dünya Savaşı'nı görebiliyordum.

---

* U2 adlı rock grubunun solisti. (Çev. N.)

** *İng.* Ne Seninle Ne de Sensiz (Çev. N.)

Leslie, Dominic'e uzun bir bakış attıktan sonra, kuşkuyla bana baktı. "Burada ne yapıyorsun, Claire?"

"Ah, selam, Leslie," dedim, gayet sakin ve rahatmışım gibi davranarak. "Bu, arkadaşım, Dominic."

"Arkadaş mı?"

"Leslie," dedim, "ne ima ettiğini bilmiyorum, ama şu andan itibaren sana hiçbir açıklama borçlu olmadığımı söyleyebilirim."

"Bunu Ethan'a anlat," diyerek cep telefonunu çıkardı Leslie.

"Durma, ara," dedim. "Telefonunu açma zahmetinde bulunmayacaktır. Şu an Cassandra ile birlikte Olympic Otel'de."

Leslie ağzı açık bir halde bakakaldı.

"İyi geceler, Leslie," dedim, Dominic'i kolundan sürükleyerek.

"Affedersin," dedi Dominic. "Sıkıntı yaratmak istemezdim."

Bir iç çektim. "O eski sevgilisiyle şampanya içebiliyorsa, ben de seninle bira içebilirim." Barmene el salladım. "Bir tane daha, lütfen."

Abby'nin evine nasıl gittiğimi ya da apartmandaki merdivenleri nasıl çıktığımı hatırlamıyordum. Sonra Dominic'in cep telefonumdan Abby'nin numarasını bulduğunu ve ondan adresini aldığını anladım. Uyandığımda, başıma baltayla vurulmuş gibi hissediyordum. "Neredeyim ben?" diye inledim.

Abby bana bir bardak kahve uzattı. Yeşil, kulplu bardaktan yükselen dumanın havaya karışarak kayboluşunu izledim. "Ben kahve içmem," dedim nankörce.

"Bu sabah içeceksin," dedi Abby. "İç şunu."

Bir yudum aldım. "Dün gece neler oldu?"

"Birileri eğlenceyi *biraz* fazla kaçırdı," dedi Abby.

"Ah, Tanrım," dedim. "Peki, bilmek ister miyim?"

Birden Kells'i, Dominic'in sıcak kucaklayışını ve Leslie'yi hatırladım. Ellerimle yüzümü kapadım. "Bu hiç iyi değil, Abs."

"Evet, değil," diyerek bana katıldı Abby.

"Onu öptüm mü?"

"Sanmam," dedi Abby. "O efendi bir adam. Seni öpmek istemiş olsa bile, senin onu öpmene izin vermemiştir diye düşünüyorum."

Başımı sallayarak onu onayladım.

"Seni yedinci kata kadar taşıdı," dedi Abby. "Ve yukarı çıkana kadar şarkı söyledin."

"Hayır."

"Evet," dedi Abby. "Ve dördüncü kattaki çılgın bayanı uyandırdın."

Yüzümü, iyice ellerimin arasına gömdüm. Sonra aniden paniğe kapılarak saatime baktım.

"Merak etme," dedi Abby. "Bugün cumartesi."

"İş için endişelenmiyorum," dedim. "Eva."

"Eva mı?"

El yordamıyla aradığım çantamı, kanepenin hemen yanında bulduğum için sevinmiştim. "Daniel Ray'i tanıyormuş. Bugün onunla buluşacaktım." Ajandamı çıkararak o haftaki sayfayı çevirdim. "Güzel. Bir saatim var."

"Git duş al," dedi Abby. "Havlular dolapta. Neye ihtiyacın olursa kullan."

Kahvemden büyük bir yudum daha aldım. Ethan görse

benimle gurur duyardı, ama bunu Ethan için içmiyordum.

"Teşekkürler, Abs," dedim. "Sen dünyanın en harika arkadaşısın."

"Biliyorum," dedi, gece üzerime örttüğü battaniyeyi katlarken. "Ama en sevdiğim yastıklarıma salyalarını akıttığını da belirtmek isterim."

"Sana yenilerini alırım."

"Saçmalık," dedi Abby. "Salyasız arkadaşlığa arkadaşlık denir mi hiç?"

Ona minnettar bir şekilde gülümsedim ve bunun, yastıklarla hiçbir ilgisi yoktu. "Seni seviyorum."

Abby, beni banyoya kışkışladı. "Git dişlerini fırçala."

Pike Place Pazarı'nın çiçek rafları yeni çiçeklerle dolmuştu. Gözüme bir kova dolusu yeni kesilmiş, çivit mavisi ortanca çarptı. Fakat onların neşe dolu yaprakları bile yüzümde bir tebessüm oluşturamamıştı. Tek düşünebildiğim, Ethan, Cassandra ve nasıl büyük bir pisliğin içine düştüğümüzdü. Çantamdan bir kutu ağrı kesici çıkararak, ağzıma attığım iki hapı Abby'nin verdiği suyla yuttum. Su şişesini tekrar çantama koyarken, telefonumun titrediğini hissettim. Ekranda bir cevapsız arama görünüyordu. Telefonumun tuşuna bastığımda, arayanın Ethan olduğunu gördüm. Demek Leslie ile konuşmuştu. Ya da dün gece için özür dilemek istiyordu. Hangisi olursa olsun, onunla konuşmak istemiyordum. Ona söyleyecek hiçbir şeyim yoktu.

Ajandamdaki adresi kontrol ettim ve kaldırım boyunca yürüyerek Eva'nın kaldığı binanın girişine vardım. Lobideki yuvarlak masanın üzerinde güneş yüzünden rengi solmuş ve yaprakları tozla kaplı yapma çiçekler görülüyordu. Duvar kâğıdı kabarmış ve kenarlardan soyulmuştu. Havada haşlanmış sebze kokusu vardı. Asansörle on birinci kata çıktım ve 1105 numaralı odayı bularak kapıyı hafifçe tıklattım.

Çok geçmeden kapının tokmağı döndü ve karşımda yaşlı bir kadın belirdi. Beyaz saçları topuz yapılmıştı. İnce bir yüzü ve nazikçe bakan kahverengi gözleri vardı. Gülümsedi. "Sen Claire olmalısın."

"Evet," diyerek elimi uzattım. Onun yaşlı bir kadın olduğunu biliyordum, ama yine de onu saçları ikiye örülmüş, renkli kazaklı, küçük bir kız çocuğu olarak hayal etmiştim. "Beni davet ettiğiniz için çok teşekkür ederim."

"İçeri gel," dedi Eva, odayı işaret ederek. Pencere kenarındaki mavi bir televizyon koltuğuna oturdum ve küçük, kanaviçe bir yastığı kenara iterek çantama yer açtım. Sade ve derli toplu olan oda, limon ve bebek pudrası kokuyordu. Bana büyükannemin San Diego'daki küçük dairesini hatırlatmıştı. Onu özlediğimi fark ettim.

"Sana bir fincan çay yapayım mı, tatlım?"

"Hayır, teşekkür ederim," dedim. "Böyle iyiyim."

Eva, yanımdaki bir sandalyeye oturarak ellerini kucağında kenetledi. "Şimdi," dedi, "sana ne anlatabilirim?"

"Evet," diyerek çantamdan defterimi ve kalemimi çıkardım. "Telefonda da bahsettiğim gibi 1933'ün mayıs ayındaki kar fırtınasında kaybolan küçük çocuk hakkında bir makale yazıyorum. Sanırım tanışıyordunuz, öyle değil mi?"

"Evet," dedi Eva, gözleri anılarla bulutlanmıştı. "Evet, tanışıyorduk." Gözlerini kısa bir an için kapattıktan sonra yeniden açtı. "Daniel, annemin en yakın arkadaşı olan Vera Ray'in oğluydu. O ve ben, kardeş gibiydik."

"Yani birlikte yaşıyordunuz, öyle mi?"

"Bebekken kısa bir süreliğine beraber yaşadık. İkimizin de annesi bekârdı. Babam ben doğmadan önce ölmüştü, Daniel'ın babası ise hiç görünmezdi. Vera, Olympic'te işe girdikten hemen sonra kendi dairelerine taşındılar."

Bir gece önceki manzarayı hatırlayarak irkildim. "Otel mi?"

"Evet," dedi Eva. "Vera orada hizmetçiydi."

"Anneniz de mi öyleydi?"

"Hayır," dedi. "Annem sanayi bölgesindeki bir fabrikada çalışıyordu."

Defterimin sayfasını çevirdim. "Peki, Daniel'ın kayboluşuyla ilgili ne hatırlıyorsunuz?"

Eva, derin bir nefes alarak gözlerini pencereye dikti. Pencerenin ardında Pike Place Pazarı'nın kırmızı harfli tabelası ve yavaşça körfeze giren bir vapur görünüyordu. Dar gelirlilerin kaldığı bir bina için bu olağanüstü bir manzaraydı. "Hafızam biraz zayıfladı," dedi Eva, sağ elini ovuşturarak. "Ama Vera teyzeyi hatırlıyorum. Ona teyzeciğim derdim. Daniel'ın kayboluşundan sonra bizimle kaldığını hatırlıyorum. Bir zamanlar son derece güler yüzlüyken, artık gülümsemez olmuştu. O hıçkıra hıçkıra ağlarken, koridordan onu izlediğimi hatırlıyorum. Çektiği acı yüzünden bütün bedeni titriyordu. Elbette o zamanlar bunu anlayamıyordum. Ama şimdi anlıyorum." Duvardaki bir çerçevede, içinde üç çocuğun olduğu fotoğrafı gösterdi. Üzerlerindeki kıyafetlerden, fotoğrafın 1960'lı yıllarda çekildiği anlaşılıyordu. "Şu," dedi Eva, "en büyük oğlum. Yirmi yıl önce bir trafik kazasında öldü. Ters yönde ilerleyen sarhoş bir sürücüyle kafa kafaya çarpışmışlar. Elbette genç bir anne olarak, Vera'yı pek çok kez düşündüğüm olmuştu. Bebeğini kaybetme düşüncesi dehşet vericiydi. Fakat ekipler Eddie'nin öldüğünü haber vermek için aradıklarında, Vera'ya karşı bir yakınlık hissettim. Onun neler yaşadığını sonunda anlamıştım."

"Çok üzüldüm," dedim.

Eva başını olumlu anlamda salladı. "Bu durumu kabullenebilmem için yıllar geçti. Ama hâlâ acı çekiyorum."

"Sizce Daniel...?" Aklımdan geçenleri kelimelere dökemedim.

"Öldürüldü mü?"

Başımla sözlerini onayladım.

Eva ellerini iki yana açarak, "Bilmiyorum, hayatım," dedi. "Yıllarca bunu düşünüp durdum. Annem ve ben, her zaman onun dolaşırken kaybolduğuna ve iyi bir ailenin onu yanlarına aldığına inanmak istedik. Ama bu çok düşük bir ihtimaldi. Annem bunun farkındaydı. Fakat Vera değildi. O, en kötüsüne inanmayı hep reddetti. Son ana kadar da umudunu korumaya devam etti."

"Son ana kadar mı?"

Eva kaşlarını çattı. "Elbette annem ayrıntıları öğrenmeme izin vermemişti," dedi. "Sadece küçük bir kızdım, anlayamayacak kadar küçüktüm. Ama sonunda tüm hikâyeyi duydum."

"Ne oldu?"

"Vera'nın cesedi Washington Gölü'nde yüzerken bulundu," dedi Eva.

İrkilerek nefesimi tuttum.

Eva, başını üzüntüyle iki yana salladı. "Onu bulduklarında o kadar çok şişmiş ve su emmişti ki adli tabip hakkında bir rapor yazamadı."

"Tanrım," dedim, elimle ağzımı kapatarak.

"Polis bunun bir intihar olduğuna karar verdi," diye devam etti Eva. "Ama onu tanıyan hiç kimse buna inanmadı. Vera, oğlunun güvende olduğunu bilmeden, kendi isteğiyle bu dünyadan asla ayrılmazdı." Duraklayarak evlilik yüzüğüme göz attı.

"Anne olduğunda bunu anlayacaksın, hayatım."

Zaten anlıyorum. Güçlükle yutkunarak defterime baktım. "Yani onu birinin öldürdüğünü mü düşünüyorsunuz?"

"Şüphelerim var," diye yanıtladı Eva. "Ama neler olduğunu kimse gerçekten bilemez. O zamanlar bugünkü gibi bir adalet anlayışımız yoktu. Şayet seçkin bir ailenin kızı gölde ölü bulunsaydı, anında soruşturma başlatılacağından emin olabilirdin. Peki, ya bir balıkçının kızı olan Vera Ray? Acı gerçek şu ki kimse gerçekten umursamadı. Daniel kaybolduğunda polisin kılını bile kıpırdatmamış olmasının da sebebi buydu. Neden polisin gücünü yoksullar için harcayacaklardı ki? İşte o zamanların düşünce biçimi buydu."

"Çok üzücü," dedim başımı iki yana sallayarak. "Yani bir soruşturma bile açılmadı, öyle mi?"

"Bir adamı sorguya çektiler," dedi Eva. "Bir duvar ustasıydı sanırım. Birinin ihbarı üzerine adamı tutukladılar. Ama şüpheli, hapishanede kalp krizi geçirerek öldü. Sonrasında da dava düştü. Hiçbir sonuç alınamamış olması, annemi çok üzmüştü. O daima arkadaşı için adaletin sağlanacağına inanmıştı."

Polis arşivlerini karıştırdığımı ve hiçbir şey bulamadığımı hatırladım. "Polisin elinde o sorguyla ilgili bir belge olup olmadığını biliyor musunuz?"

"Aynı şeyi ben de merak etmiştim," dedi Eva. "1950'li

yıllarda o belgelere ulaşmayı denedim, ama bana o yıla ait tüm kayıtların bir yangında yok olduğu söylendi."

O sırada çaydanlık, ıslığa benzer bir ses çıkarmaya başlamıştı. "Bir fincan çay istemediğine emin misin?"

"Aslında," dedim, "kulağa hoş geliyor."

Eva, elinde iki fincan çayla birlikte döndü. Uzattığı fincanı alıp yüzüme yaklaştırarak buharının yüzümü ısıtmasına izin verdim. Bir yudum aldıktan sonra, fincanı yanımdaki sehpaya bıraktım. "Daniel'ın babası hakkında bir şeyler biliyor musunuz?"

Eva bir iç çekti. "Sadece çok zengin olduğunu biliyorum," dedi. "Vera gururlu bir kadındı. Birbirlerine pek uymuyorlardı."

"Hiç evlenmediler mi?"

"Hayır. Ama Vera, ona hediye ettiği bileziği kolundan hiç çıkarmazdı. O yüzden onu hâlâ sevdiğini düşünürdüm."

Kolumdaki bileziği düşündüm. Ethan'ın hediyesiydi. *Onu çıkarmalı mıyım? Evlilik yüzüğümü de çıkarmalı mıyım?*

"Annem için karanlık ve zor zamanlardı," diye devam etti Eva. "En iyi arkadaşını bu kadar trajik bir şekilde kaybetmek, onu çok etkilemişti."

"Ne korkunç," dedim. Çantamdan bir zarf çıkararak Eva'ya uzattım. "Bunlar, bulduğum bazı şeyler."

Eva zarfın içindekileri çıkararak kucağına bıraktı. Fotoğrafı ışığa doğru tuttu. "Evet, bu Vera," dedi. "Çok güzel bir kadındı."

Onu onaylarcasına başımı salladım. "Peki, ya adam? Daniel'ın babası mı?"

"Evet," dedi Eva. "En azından, öyle sanıyorum. Onu hiç

tanımadım. Ama bak," diyerek parmağıyla fotoğrafı işaret etti. "Tıpkı Daniel'ın çenesi."

Daniel'ın *Seattle Post-Intelligencer* gazetesinden bulduğum fotoğrafını çıkararak, anne ve babasının fotoğrafının yanına tuttum. "Haklısınız," dedim. "Benzerliği görebiliyorum." Daniel'ın kalp şeklinde bir yüzü ve çenesinde küçük bir gamzesi vardı. Fotoğraftaki adamla neredeyse aynıydı.

"Ah, evet," diyerek bir iç çekti Eva. "Daniel da tıpkı babası gibi yakışıklı bir adam olacaktı."

"Charles'ın soyadını biliyor musunuz?" diye sordum, fotoğrafı ters çevirip arkasındaki yazıyı tekrar okuyarak: "Vera ve Charles."

Eva hayır dercesine başını salladı. "Annem ondan hiç bahsetmezdi. Hiç öğrenemedim."

"Teşekkür ederim," dedim defterimi kapatarak. "Yeterince vaktinizi aldım."

"Bir dakika," dedi Eva. Küçük bir kızken çizdiği resmi eline alıp, sararmış sayfaya hayretle baktı. "*Bir şey* daha var."

"Nedir?"

Resmi bana uzatarak, çocukların arkasına çizilmiş kadını gösterdi. "Bir kadın vardı," dedi.

"Nerede?"

"Net hatırlayamıyorum," dedi Eva. "Önemsiz bir şey de olabilir."

"Hatırlamaya çalışın. Önemli olabilir."

"Pekâlâ," dedi kırışmış yanağını tutarak. Hatırlamak için kendini zorluyor gibiydi. "Daniel ve ben, Altıncı Cadde'deki bir parkta oyun oynardık. Orada annelerimizin işten çıkmasını beklerdik. Bazen yabancı bir kadın gelip bizi izlerdi. Şehrin işçi sınıfına ait bir semtin tam ortasında, üzerindeki güzel kıyafetler ve şapkalarla oldukça tuhaf görünürdü. Oldukça cana yakındı ve çoğunlukla Daniel ile konuşurdu, ama ben ondan hiç hoşlanmazdım. Annem bana yabancılarla konuşmamam gerektiğini öğretmişti ve o kadında beni korkutan bir şey vardı."

"Sizce sizi korkutan şey neydi?"

"Emin değilim," dedi Eva. "Ayrıca kadın yalnızca bize acıyor da olabilirdi, bilmiyorum. Ama bunca yıldan sonra bile onu ya da şapkasını asla unutamadım."

"Şapkası mı?"

Eva, başını olumlu anlamda sallayarak çizdiği kadının başını işaret etti. "Sanırım şunlar kuş tüyleri," dedi. "Şapkasına tüyler çizmiş olmalıyım."

Eva'nın anlattıklarını not aldıktan sonra sayfanın üzerine büyük bir soru işareti çizdim. *Bunları nasıl araştıracağım ben?*

Eva'nın bakışları yorgun görünüyordu. Ayağa kalkıp eşyalarımı topladım. "Anılarınızı benimle paylaştığınız için çok ama çok teşekkür ederim."

"Her zaman, hayatım," dedi Eva. "Umarım bütün anneler adına bu sırrı çözersin." Başını sağa yatırarak bana baktı. "Çocuğun yok sanıyorum. Yoksa sen de mi bir annesin, tatlım?"

Bu soruyu kazadan beri ilk kez duyuyordum. Dudağımı ısırdım. Hiç düşünmeksizin, tüm kalbimle cevap verdim. "Evet," dedim. "Anneyim."

Hafta sonları nadiren çalışırdım. Fakat rahatsız edilmeden biraz yazı yazmak umuduyla, cumartesi günü ofisin yolunu tuttum. Ethan'ın kapısındaki bir yazıda, GÖREVDE yazıyordu. Cep telefonumu kontrol ettiğimde, beni tekrar aramayı denediğini gördüm. Telefonu çantama atıp bilgisayarımı açtım ve bir önceki gün vapurda yazmaya başladığım belgeyi açtım. Kendimi Daniel ve Vera'nın hikâyesine kaptırmak, kendi problemlerimi çözmekten çok daha kolaydı.

Arkama yaslandım. *Eva'nın sözünü ettiği parktaki kadın kimdi? Ya duvar ustası?* Önceki hafta Kafe Lavanto'da not aldığım ismi hatırlayarak, onu bulana dek defterimin sayfalarını karıştırdım: Ivanoff. İnternetteki gazete arşivlerine girip, Ivanoff ismini araştırdım. Karşıma çıkan iki veri de *Seattle Herald* gazetesindendi. Bir polis merkezi kaydının parçasıymış gibi görünen ilk gazete başlığına tıkladım: AİLE İÇİ ŞİDDET SUÇUNDAN HAPSE ATILDI.

Duvar ustası Sven Ivanoff, karısı Arianna Ivanoff'a şiddet uyguladığı gerekçesiyle tutuklanarak cezaevine gönderildi. Arianna Ivanoff'un başından ve boynundan zarar gördüğü bildirildi.

Demek duvar ustasının şiddet yanlısı bir karakteri vardı, diye geçirdim içimden. Diğer haber başlığına tıkladım. IVANOFF DAVASINDA CİNAYETTEN ŞÜPHELENİLİYOR. Ürperdim. "Polis, Sven Ivanoff'u, cesedi geçtiğimiz hafta Washington Gölü'nde bulunan kadını öldürmekle suçluyor. Duvar ustası olan Ivanoff, bir fahişe olduğu sanılan kadınla görülen son kişiydi."

Fahişe mi? Tüylerim ürpermişti. Eğer bu gerçekten Vera ise hayatı çok talihsiz bir yöne sapmıştı. Okuduklarıma inanamayarak başımı iki yana salladım. *Bu hikâyeyle ilgili daha fazla şey olmalı.* Emily'nin yengesi Bee'nin, arkadaşı Lillian ile konuşmamı tavsiye ettiğini hatırladım. Belki de Lillian, can alıcı şeyler biliyordu. İnternette Lillian'ın adını aratarak, bulduğum bir telefon numarasını çevirdim. Kalın, pürüzlü bir erkek sesi, hiç bekletmeden telefonu açtı. "Alo?"

"Ah, yanlış aramış olmalıyım," dedim. "Lillian Sharpe adında birini aramıştım."

"Evet," dedi adam. "Kendisi karım olur. Burada. Kim arıyor diyeyim?"

"Ben Claire Aldridge, *Seattle Herald* gazetesinden."

"Alo, ben Lillian."

"Bayan Sharpe."

"Evet," dedi Lillian.

"Rahatsız etmek istemem, ama 1933 yılında kaybolan küçük bir çocuk hakkında bir makale üzerinde çalışıyorum. Kar fırtınası sırasında kaybolmuş."

"Evet," dedi Lillian.

"Hatırlıyor musunuz?"

"Şey, hayır, bahsettiğiniz çocuğu değil, ama fırtınayı hatırlıyorum. O fırtınayı herkes hatırlar. Şehri neredeyse felce uğratmıştı. Ve yaz mevsiminden hemen önceydi. Tıpkı bu hafta kopan fırtına gibi. Ne tuhaf bir tesadüf."

"Biliyorum," dedim.

"Size nasıl yardımcı olabilirim, Bayan Aldridge?"

"Eski dostlarınızdan Bee Larson ile konuştum," dedim.

"Bee! O nasıl?"

"Korkarım iyi değil. Artık yatağa bağımlı bir halde. Kalbinde sorun var."

"Tanrı onu korusun," dedi Lillian. "Onu ziyaret etmeliyim. Peki, hâlâ adada mı?"

"Evet," dedim. "Dün yeğenini ziyaret ediyordum. Bee, bana babanızın 1930'lu yıllarda tanınmış bir avukat olduğundan söz etti."

"Doğrusunu söylemek gerekirse, öyleydi," dedi Lillian. "Zamanının en ünlü davalarından bazılarını almıştı."

"O davalardan biri de Vera Ray cinayeti olabilir mi?"

Lillian bir iç çekti. "Keşke hatırlayabilseydim. İsim kulağıma tanıdık gelmiyor, ama olabilir."

"Bee, babanızın dava dosyaları ve arşivlerle ilgili bir şeylerden bahsetti," dedim. "Acaba hâlâ sizdeler mi?"

"Evet. Torunum Lisa, geçen yaz vaktinin çoğunu onları benim için yeniden düzenleyerek harcadı. O da tıpkı sizin gibi gazeteci."

"Onlara göz atabilmem mümkün mü acaba?" diye sordum. "Yani, sizin için bir sakıncası yoksa."

"Elbette sakıncası yok, tatlım," dedi Lillian. "Babam onları sizinle seve seve paylaşırdı. O gerçek bir araştırmacıydı. Siz de öyle görünüyorsunuz. Dosyalar, Windermere'daki eski evimizdeler."

Windermere'ı gayet iyi biliyordum. Orası, tarihi Seattle'ın en güzel yerlerinden biriydi. Ethan'ın bir kuzeni, göl kıyısındaki muazzam bir evde yaşıyordu.

"Ben o evde büyüdüm, ama şu an boş. Kocam ve ben, bir huzurevindeyiz," diye devam etti Lillian. "O eski evi satmaya dayanamıyorum. Oraya oğullarımdan birinin taşınmasını umuyordum, ama hepsinin başka planları vardı. Onları suçladığımı söyleyemem. Ev harap durumda." Bir iç çekti. "Ah, konuyu dağıtıp duruyorum. İsterseniz sizinle orada buluşabiliriz. Biraz toz ve örümcek ağının sizin için bir mahsuru olmazsa, tabii. Uzun zamandır evi temizletmedik."

"Çok minnettar kalırım," dedim.

"Arşivlerin bir kısmını elden çıkarmak zorunda kaldım. Fakat Lisa'nın saklamayı düşündüğü her şey, yatak odasındaki kutularda duruyor. Umarım aradığınız şeyi orada bulursunuz."

"Çok teşekkür ederim," dedim. "Yarın sabah saat dokuz buçuk gibi gelebilir miyim?"

"Saate sen karar ver," dedi Lillian. "Kocam ve ben sabah kuşuyuz, güneşin doğuşuyla birlikte kalkmış oluruz. Adresimiz, 5985 Windermere Bulvarı. Önünde büyük bir mavi ladin ağacı olan eski, beyaz bir bina."

"Harika," dedim adresi defterime yazarak. "Öyleyse görüşürüz."

Çantamdaki telefonumun vızıldadığını duydum. *Yine mi?* Telefonu çıkararak gelen mesajı açtım. Mesaj Dominic'tendi. 'Öğle yemeği için çarşıda buluşalım mı?' Gülümsedim ve çabucak cevap yazdım. 'İlk çiçekçinin önünde olacağım. Ağrı kesici de getir.'

Dominic, elinde kahverengi kâğıda sarılmış bir buket ortancayla, çarşının girişinde bekliyordu. "Senin için," diyerek, kocaman demeti kolumun arasına sokuşturdu.

"Çok güzeller," dedim, özellikle dün geceden sonra çiçekleri kabul ettiğim için kendimi biraz tuhaf hissetmiştim.

"Başın nasıl?"

"Zonkluyor," diye yanıtladım.

Dominic, cebinden bir ilaç şişesi çıkardı. "İşte," dedi, iki beyaz hapı bana uzatarak.

Çantamdaki su şişesinden bir yudum alarak hapları yuttum. "Açlıktan ölüyorum. Aklında ne var?"

Dominic, caddenin karşısındaki bir krepçiyi işaret etti. Hamileyken krep aşerdiğimde, Ethan ile birlikte orada yemek yemiştik. "La Bouche'ye ne dersin?"

Omzumu silktim. "Tamam."

Arnavut kaldırımlı yolun karşısına geçtik. Topuklarım, taşların arasındaki büyük boşluklara giriyordu. Seattle'ın bu tarafındaki tuğla duvarları seviyordum. Yıllar önce Vera ve Daniel çarşıda yürürken de şehir böyle görünüyor olmalıydı.

Dominic ile birlikte, sokağa bakan iki tabureye oturduk. Garson, krep siparişlerimizi aldı. Dominic mantarlı, bense keçi peynirli ve közlenmiş kırmızıbiberli istemiştim. Hamileliğim boyunca Ethan'ı krep almaya gönderdiğim zamanlar da hep aynısından isterdim.

"Dinle," dedim, "dün geceki davranışım için gerçekten özür dilerim."

"Özür dilemene gerek yok," dedi Dominic. "Sen utanılacak hiçbir şey yapmadın."

"Sanırım yaptım," dedim. "Ben evli bir kadınım ve dün geceki davranışım–"

"Sen sadece incinmiş bir kadın gibi davrandın," dedi Dominic. "Ve kayıtlara geçsin diye söylüyorum, beni öpmedin."

"Öpmedim mi?" diye sordum kaşlarımı havaya kaldırarak.

"Denedin," diyerek sırıttı Dominic. "Ve ben de sana izin vermeyi düşündüm, ama yapmadım."

Derin bir oh çektim.

"Görümcenin seninle derdi ne?"

Olanları çok net hatırlamasam da, Leslie'nin beni suçlayan bakışlarını anımsadım. "Benden hiçbir zaman hoşlanmadı."

"Tam bir gammazcıya benziyor."

Bir yudum su içtim. "Aynen öyle. Muhtemelen şimdiye kadar Ethan'a ve anne babasına her şeyi en ince ayrıntılarıyla anlatmıştır. Ama onun anlattığı hikâyede, dilimin senin ağzının içinde olduğundan eminim."

"Şüphesiz," diyerek gülümsedi Dominic.

Çok geçmeden, garson kreplerimizle birlikte döndü. Tabağımdaki krepten bir ısırık aldım. Közlenmiş kırmızıbiber ve sıcak keçi peynirinin karışımı, tıpkı hatırladığım gibi enfesti.

Dominic, peçetesini hafifçe dudağına dokundurdu. "Şaka bir yana, nasılsın?"

Omzumu silktim. "Çok tuhaf. Sanki bir fırtına yaklaşıyormuş gibi hissediyorum; hazır olmadığım büyük bir fırtına. Evimi, hayatımı, bunca yıldır sıkıca tutunduğum her şeyi yerle bir edecekmiş gibi. Kendimi buna hazırlıyorum. Canımın yanacağını biliyorum." Bir iç çektim. "Ve bu yıl yaşadıklarımdan sonra, bunun üstesinden gelecek gücü bulabileceğimden emin değilim."

Dominic şaşkın bir ifadeyle bana baktı.

Ona henüz kazadan bahsetmemiştim. Ellerimi birbirine kenetleyerek derin bir nefes aldım. "Bir bebek kaybettik," dedim. "Bundan bir yıl önce." Ben daha düşünmeden kelimeler dudaklarımdan dökülüvermişti.

"Ah, Claire," dedi Dominic hüzün dolu bakışlarla. "Ne diyeceğimi bilmiyorum."

Pencerenin diğer tarafından koşarak bir kadın geçti. Güçlü bacaklarıyla bir grup turistin arasından sıyrılırken, atkuyruğu şeklinde topladığı saçları sağa sola sallanıyordu. Köşeyi dönüp kaybolana kadar onu gözlerimle takip ettim. Ayağa kalkıp peşinden koşmak ve ona bağırmak istedim. "Dikkatli ol! Göz açıp kapayıncaya dek, sevdiğin her şey elinden alınabilir!"

Dominic bir şeyler söylemek için ağzını açtığı sırada, telefonu ondan önce davranarak gürültüyle çalmaya başladı. Telefonunun ekranına bakıp, özür dilercesine gülümsedi. "Bunu cevaplamak zorundayım. Hemen dönerim."

"Sorun değil," diyerek, ihmal ettiğim yemeğimle ilgilenmeye başladım.

Dominic dışarı çıktıktan sonra telefonu kulağına dayayıp, gergin bir şekilde volta atmaya başladı. *Kiminle konuşuyor?* Kafedeki kalabalık oldukça gürültülüydü. Fakat tek taraflı konuşmadan bölük pörçük kelimeler, aralık pencereden içeri sızıyordu.

"Ne diyeceğimi bilmiyorum... Şey, şu an biraz nutkum tutuldu, sanırım... Anlıyorum, ama ben bunu planlamamıştım... Pekâlâ, düşüneceğim... Seni ararım... Evet."

Dominic masaya dönerken, lokmamı gergin bir şekilde ağzıma tıkıştırdım.

"Affedersin," dedi.

Merakım uyanmıştı. "Önemli bir şey miydi?"

"Sadece... kız kardeşim. İşle ilgili birkaç tavsiyeye ihtiyacı varmış."

"Ah," dedim. Söylediği pek inandırıcı gelmemişti, ama onu sıkıştırmamaya karar verdim. Eğer bir sırrı varsa, bunu zamanla açıklardı.

Yemek sonrası çarşıda biraz yürüyerek körfeze bakan bir parkta durduk. Yakınlardaki bir restorandan gelen ızgara somon balığı kokusunu alabiliyordum. Tuzlu havada devriye gezen martılar, turistlerin attığı ekmek parçalarını kapmak için hızla inişe geçiyordu. Dominic korkuluklara yaslandı. "Bir şey konuşabilir miyiz?"

"Tabii," diyerek Dominic'in yanına yaslandım. O an kollarımız birbirine değdi.

"Orada söylediklerin," dedi Dominic. "Bebek hakkında."

Gözlerinin içine baktım.

"Öyle görünüyor ki" –elini saçlarının arasından geçirerek uygun kelimeleri bulmaya çalıştı– "yaşadığın bu acıdan sonra kocanın yanında olmaması doğru değil."

Dominic, hiç değilse bir bakıma haklıydı. Ethan'ın yaptığı alçakça bir davranıştı. Karısı bir bebek kaybetmiş, ardından orta yaş bunalımına girmiş ve onun ardından, kocası eski sevgilisiyle barışmıştı. Dahası kendi içimde en az onun kadar suçlu olduğumu biliyordum. Ben de ondan uzaklaşmıştım. Kendi kederime saplanıp kalmış ve onu dışarıda bırakmıştım. Kalbimin buzu çözülmeye başladığında ise artık çok geçti.

"Demek istediğim," diye devam etti Dominic, "senin yanında olmalıydı." Duraklayarak, bana doğru döndü. "*Ben*, senin yanında olurdum."

Dominic kolunu omzuma doladığında, geri çekilmedim.

On Beşinci Bölüm

VERA

Gözlerimi açtığımda sabah güneşi pencereden içeri süzülüyordu. Çıplak tenime değen ipek çarşaflardan nefret ediyordum. Lon'un, bacağımın üzerindeki bacağından daha da çok nefret ediyordum. Bedenimi, onun sıcak ve nemli teninden uzaklaştırarak doğruldum ve bir çarşafa sarındım. Öyle gürültülü horluyordu ki göğsünün her inip kalkışında yastık kılıfı titreşiyordu.

Elbisem ve iç çamaşırlarım yatağın yanında, yerdeydi. Lon'un üzerimden çıkardığı her giysi parçasıyla birlikte biraz daha ölmüştüm. Ellerinin ağırlığını hatırlayarak irkildim. Düğmelerden birini beceriksizce açmaya çalışmış, sonra da onu arzulu bir öfkeyle koparıp atmıştı. Bense acımı şampanyayla hafifletmiştim. Çok fazla şampanya içmiştim. Ve şimdi başım dönüyordu. Banyo kapısını kapattım ve midemdeki her şeyi, dün geceye ait bütün anıları klozete boşalttım. Aniden banyo yapmak isteği duydum. Bedenimdeki Lon'a ait her nefesi, her parmak izini söküp atmak istiyordum. Musluğu açtım ve duş başlığından yağmur damlaları gibi dökülerek mermer fayanslara seken suyu seyrettim. Otelin süit odalarındaki yüzlerce banyoyu, belki bunu bile temizlemiştim. Duş başlıklarını özenle ovalayıp parlatırdım. Estella, duş başlıkları konusunda çok titizdi.

Bütün bedenimi sabunlamaya başladım. Baştan aşağı köpüklerle kaplanmış olmama rağmen, kendimi hâlâ kirli hissediyordum. Lekelenmiş. Daha sert ovalamaya başladım. Elim kasılıp, sabun kalıbını yere düşürene dek vücudumu ovalamaya devam ettim. Gözlerim doluyor, dudaklarım titriyordu. Gözyaşlarımı tutamıyordum. Lon'un hıçkırıklarımı duymaması için dua ediyordum. Bir süre sonra üzerimden hızla akıp giden suyla gözyaşlarımı ayırt edemez olmuştum.

Gözlerimi kapattığımda, yeniden Daniel'ın yüzünü gördüm. Bana sesleniyor, beni avutuyordu. Birden neden orada olduğumu hatırladım. Musluğu kapattım ve askıda bekleyen yumuşak, pamuk bir havluyla kurulandım. Dolaptaki elbiselerden birini seçip giydim. Pencere kenarında oturup Lon'un uyanmasını beklerken, Daniel'ı ve onun babasını düşünüyordum.

Dört Yıl Önce

Charles boynumu öpünce, gülümseyerek ondan yana döndüm. "Günaydın, güzellik," dedi parmağını yüzümde gezdirerek.

Utanarak yüzümü yana çevirdim. *Dün gece bir rüya mıydı?* Birinin kapıyı tıklattığını duyunca, ikimiz de dönerek kapıya baktık.

"Kahvaltı hazır, efendim." Boğuk erkek sesi, dün geceki otel görevlisinin sesine benziyordu.

"Teşekkürler," diyerek yerinden doğruldu Charles. Ardından banyoya gidip elinde yumuşak, beyaz bir bornozla geri döndü. "Bununla rahat eder misin?"

Evet dercesine başımı salladım. "Kahvaltıda misafirlerimiz olmadığı sürece."

"Sadece sen ve ben," dedi Charles.

Gülümseyerek bornozu giydim ve Charles'ın peşinden ön odaya geçtim.

"Kahvaltınızı terasta mı alırsınız, efendim?"

Hizmetliyle göz göze gelmemek için başımı öne eğdim. *Benim hakkımda ne düşünüyordur?*

"Hayır," dedi Charles. "Bu sabah rüzgâr var. Masada yesek daha iyi."

Otel görevlisi, "Nasıl isterseniz," diyerek, kahvaltılıkları masadaki iki gümüş tabağa paylaştırmaya başladı. Bardaktaki portakal suyuna baktım. Seattle'da portakal alabiliyor olsak da, greyfurt tatmak çok daha zordu. Geçtiğimiz yıl, bütün hafta boyunca aldığım bahşişleri biriktirmiş ve tek bir greyfurt almıştım. Benim için tam bir servete mal olmuştu. Kalın kabuğunu soyarken türlü hayaller kurmuş, sonrasında ise içinin çürük olduğunu fark etmiştim.

Otel görevlisi başıyla selam vererek odadan çıktığında, biraz olsun rahatladım.

"Bunu her gün yapmak istiyorum," dedi Charles, masanın karşısından bana gülümseyerek.

"Ben de," dedim.

Portakal suyumdan bir yudum alıp mayhoş tatlılığının tadını çıkardım. Keşke Caroline ve diğerleriyle de paylaşabilseydim, diye geçirdim içimden. Georgia için cebime bir kruvasan sokuşturmayı düşündüm. Her zaman bir tane denemek isterdi.

"Merak ettim de," dedi Charles, omletinden bir lokma aldıktan sonra. "Bu gece ne yapıyorsun?"

"Korkarım çalışmak zorundayım," diye yanıtladım.

"Çalışmak mı?"

"Evet. İnsanların geçimlerini sağlamak için yaptıkları küçük bir şey," dedim şakacı bir şekilde.

"Çok komik," dedi Charles neşeyle. Sonra uzunca bir süre bana baktı. "Peki, ya bir daha çalışmak zorunda olmasaydın?"

"Ne demek istiyorsun?"

Charles elini elimin üzerine koydu. "Ya–"

Tam o sırada kapı menteşesinin gıcırdadığı duyuldu. Biri içeri giriyordu. Gelenin kim olduğunu gördüğümde, başımı sabahlığımın içine gömüp masanın altına saklanmak istedim: Charles'ın kız kardeşi Josie. Hemen arkasındaki bir hizmetçi, kucağında bir düzine alışveriş torbasıyla onu takip ediyordu.

"Charles?" dedi Josie, kaşlarını kaldırarak. "Burada ne işin var?"

"Asıl *senin* ne işin var?" diye karşılık verdi Charles. "Annemle alışveriş için Vancouver'da olduğunuzu sanıyordum."

"Dün eve döndük," dedi Josie, bize doğru yürüyerek. "Kasabadan birkaç şey alıyordum ve buraya bir uğrayıp..." Beni tanır tanımaz durakladı. Bakışlarındaki şaşkınlığı görebiliyordum.

"Josie, Vera'yı hatırlıyorsundur," dedi Charles. Sanki ben bir *bornoza* sarılı haldeyken, kız kardeşi ile beni yeniden tanıştırmasının hiçbir tuhaf yanı yokmuş gibiydi. "Vera Ray."

"Tabii," dedi Josie, küçümser bir edayla dudağını bükerek. Rahatsız edecek kadar uzun bir süre bana baktı. Sabahın ışığında, Josie'de dans maratonu esnasında gözden kaçırdığım bir aşinalık fark ettim. Onu daha önce nerede görmüştüm? "Evet, Vera, dans salonundan."

"Merhaba," diyebildim güçlükle. Keşke kahvaltıdan önce üzerime bir şeyler giymiş olsaydım, diye geçirdim içimden. Bu bornozu giymekle korkunç bir hata yapmıştım.

"Pekâlâ," dedi Josie, burnundan soluyarak. "Belli ki *uygunsuz* bir zamanda geldim. O yüzden ben gideyim." Ardından sehpanın üzerindeki, Charles'ın dün gece dul komşum için verdiği para dolu zarfa göz attı. *Kim bilir ne düşünmüştür?* Charles'ın bir açıklama yapması için içimden dua ediyordum. Fakat o, kız kardeşinin yüzündeki şok olmuş ifadeyi görmezlikten gelerek yemeğine devam etti.

"Görüşürüz," dedi Charles, Josie'ye. Hizmetçi, paketlerle birlikte Josie'yi takip etti. Kapı çarparak kapandı.

Peri masalı aniden sona ermeden önce, Charles ile rüya gibi sekiz hafta geçirmiştim. Hediyeler –yemek yediğimiz bir gece, bileğime safir bir bileklik takmıştı– çiçekler, geziler, telefon konuşmaları... Bütün bunlar oda arkadaşlarımı kıskançlıktan çatlatmaya yetiyordu.

Buna rağmen ona bebekten bahsetmek için bekliyordum. Neredeyse iki haftadır hamile olduğumdan haberdardım ve emin olmak için kendime biraz daha süre vermek istiyordum. Charles'ın mutluluktan havalara uçacağını biliyordum. Bir çocuğumuz oluyordu, aşkla dünyaya getirilmiş bir çocuk. Yine de endişelenmeden edemiyordum. Her şey son derece mükemmeldi ve bu haberin, her şeyi değiştireceğinden korkuyordum.

Ve sonra, bir gece otelin süitindeyken, Charles dizlerinin üzerine çöküp bana evlenme teklif etti. Tabii ki ona evet dedim. Charles fabrikada çalışan bir işçi olsaydı bile onunla evlenirdim. Ben onun parasına değil, iyiliğine ve kalbinin güzelliğine âşıktım. Ve gözlerimin içine baktığında, ona az kalsın bebeği söyleyecektim. Fakat mide bulantılarım azalmıştı ve bebeği düşürdüğümden endişe ediyordum. Charles'a onun çocuğunu kaybettiğimi söylemeye dayanamazdım. O yüzden bekledim.

"Nihayet ailemle tanışmanın vakti geldi," dedi Charles. "Neden bu akşam bize yemeğe gelmiyorsun?"

"Bilemiyorum," dedim. Josie ile daha önceki karşılaşmalarımız yüzünden kendimi tedirgin hissediyordum.

"Seni seveceklerdir."

Yüzümü buruşturdum. "Bundan emin değilim."

"Josie yüzünden endişeleniyorsun, değil mi?"

Evet dercesine başımı salladım.

"Endişelenme," dedi Charles. "Sen benim sevdiğim kadınsın, işte o kadar."

Başımı Charles'ın omzuna yaslayarak pipo tütününün ve parfümünün huzur veren kokusunu içime çektim.

"Beni çok mutlu ediyorsun, Vera."

Gülümsemeden edemedim. "Öyle mi?"

"Evet. Gücünü seviyorum," diyerek parmağının ucuyla burnuma dokundu. "Sen çok güçlüsün. Şu gözlerinle bana bir kez bakıp, dünyada inandığım ne varsa sorgulatabilirsin." Elini kalbimin üzerine koydu. "Ama tam burası, burası sevgiyle dolu. Bu gözlerinden okunuyor."

Şakacı bir şekilde gülümsedim. "Ailenin sosyetik bir kızla evlenmeni tercih etmeyeceğinden emin misin?"

"Seni temin ederim, aşkım," dedi Charles, yüzünü yüzüme yaklaştırarak. "Bir sosyete kızıyla evlenmektense, Alaska'nın en uzak köşesine sürülmeyi yeğlerim."

"Pekâlâ," diyerek kabullendim. "Ailenle tanışacağım. Ama bunun iyi bir fikir olduğuna inanıyorsan," diyerek elini tuttum. Charles, avucumun içini öptü. "Onlara söylemiş miydin? Nişanlandığımızdan haberleri var mı?"

"Henüz değil," dedi Charles. "Sanırım bu gece onlara sürpriz yapacağım."

O akşam, Charles beni almaya gelmeden saatler önce ne giyeceğimin telaşına düşmüştüm bile. Caroline'in kırmızı elbisesi, müstakbel kayınpederim ve kayınvalidemin evindeki bir akşam yemeği için fazla cafcaflı görünüyordu. Ayrıca üzerime fazla dar geliyordu. Karnım çok büyümüş olmasa da, Caroline ve diğer kızlar aldığım birkaç kiloyla ilgili şüpheli yorumlar yapıp duruyorlardı. Eleştiren gözlerle mavi elbiseme baktım. Çok sönük. Olmadığım biri gibi davranmak istemiyordum, ama aynı zamanda beni kabul etmelerini istiyordum. Bu oldukça hassas bir dengeydi. Nihayet, Charles'ın haftalar önce bana aldığı sarı elbisede karar kıldım. Buluştuğumuz çoğu gün bu elbiseyi giydiğimden, artık ondan bıkmamış olmasını umuyordum.

Yolda giderken elbisemin kuşağını defalarca yeniden bağladım. Ne kadar denersem deneyim, doğru düzgün bir fiyonk yapamıyordum.

Tedirginliğimi hisseden Charles, "İyi görünüyorsun," dedi.

"Sadece bu gecenin güzel geçmesini istiyorum," dedim ona bakarak.

"Güzel *geçecek*," diyerek beni rahatlattı Charles. Sonra da buklelerimden birini parmağına doladı.

Geriye doğru çekildim. "Dikkat et," dedim. "Saçlarımı bozacaksın."

Charles muzip bir tavırla elini saçlarıma daldırdı.

"Sen iflah olmazsın," diyerek çıkıştım.

Elbisem, saçım ve endişelerim yüzünden öylesine dikkatim dağılmıştı ki nerede olduğumuza dikkat etmemiştim. Ama kilometrelerce yol gittiğimize göre şehir merkezinden uzaklaşmış olmalıydık. Araba, iki taş sütunun arasından geçti. Tabelada yazana göre, burası Windermere'ın girişiydi.

Elbette daha önce burada yaşayan seçkin cemiyeti duymuştum. Annem ölmeden önce, bu muhitteki zenginlerin çocuklarına bakardı. Georgia da burada yaşayan zengin bir ailenin çocuklarına bakıcılık yapıyordu. Her sabah saat beşte buradan geçen bir süt kamyonuna biniyor, çocuklar uyanmadan hemen önce evde oluyordu. İşvereni, her gün öğlene kadar uyuyan sert bir kadındı ve süt kamyonunun, Georgia'nın kıyafetlerini kokuttuğundan şikâyet edip duruyordu. Georgia'yı eve almadan önce onu hizmetçi odasına gönderiyor ve üzerini değiştirerek bir üniforma giymesini söylüyordu.

"Sen burada mı büyüdün yani?" diye sordum Charles'a, etraftaki muhteşem evlere, sağımızdaki bir malikâneye ve solumuzdaki Victoria tarzı köşke hayranlıkla bakarken. Onları daha ayrıntılı inceleyebilmek için Charles'ın biraz yavaşlamasını diliyordum. Daha önce hiç bu kadar gösterişli evler görmemiştim.

"Korkarım doğma büyüme buralıyım," dedi Charles, sanki bu itibarını lekeleyen bir şeymiş gibi. Yolun iki tarafındaki özenle bakılmış bahçeleri hayranlıkla seyrediyordum. Görünürde tek bir yabani ot bile yoktu. Kıpkırmızı çiçekler açmış bir dizi açelya, adeta fark edilmek için yalvarıyordu. Onların güzelliğinden bihaber olan Charles ise gözlerini yoldan ayırmıyordu. "On sekizime bastığımda, buradan kaçmak için sabırsızlanıyordum," diye devam etti.

"Neden?" diye sordum, etrafın güzelliğinden sarhoş olmuş bir halde.

"Sanırım bütün bunlardan nefret ediyordum," dedi. "Herkes o kadar mükemmelmiş gibi davranıyordu ki." Bir anlığına bana baktıktan sonra yeniden yola döndü. "Seni temin ederim, şu gördüğün evlerde yaşananlar mükemmellikten çok uzaktır."

Charles'ın söylemesine gerek yoktu, bunu zaten biliyordum. Annem yıllar önce burada bakıcılığını yaptığı, küçük, rahatsız bir kızın hikâyesini anlatmıştı. Çocuk, eline aldığı bir şamdanı annesinin giyinme odasının perdelerine tutmuş ve neredeyse bütün evi ateşe vermişti.

Charles, direksiyonu evlerin çok daha gösterişli olduğu bir ara sokağa çevirdi. Ardından uzun bir araba yoluna saptı. Yolun sonundaki giriş kapısında, siyah takım elbiseli bir adam bekliyordu. "İyi akşamlar, Bay Charles," dedi adam, bizi selamlayıp kapıyı açarak. Charles, çakıltaşlarıyla kaplı çember yola girip arabayı park ettikten sonra inerek kapımı açtı.

"Seni İhtiyar Joe ile tanıştırmak istiyorum," dedi bana. Sonra da "Joseph!" diye bağırdı kapıdaki adama. "Beni özledin mi?"

Kır saçlı yaşlı adam, içtenlikle gülümsedi. "Eve hoş geldiniz, Bay Charles," diyerek, bozulan çakıltaşlarını düzeltmek için bir tırmık aldı. Bense Charles'ın dünyasına hayretle bakıyordum. Bu yabancı dünyada her köşeden hizmetçiler çıkıyor, her çakıltaşının doğru yerde durduğundan emin oluyorlardı.

Başımı kaldırarak eve baktım. O kadar güzel, o kadar mükemmeldi ki beni korkutmuştu. "Bu bir...*saraya* benziyor," dedim, evin ihtişamından büyülenmiş bir şekilde fısıldayarak.

"Annem Fransa'da bir şato görüp beğenmiş, babam da mimarına aynısını yaptırmış," dedi Charles. Ailesinin pahalı kaprisleri yüzünden biraz utanmışa benziyordu.

Giriş yolunu çevreleyen servi ağaçları, kocaman bir bacanın yükseldiği arduaz çatıya değiyordu. Evin kalın duvarlarını oluşturan taşlara ve süslü saçaklara göz gezdirdim. Ön kapıda bir çift büyük, ayaklı vazo göze çarpıyordu. İkisinin de içinde, kusursuz bir helezon şeklinde kırpılmış, zümrüt yeşili birer şimşir ağacı vardı.

"Charles!" Bir kadın, kollarını iki yana açarak ön kapıdan dışarı çıktı. Yürüdükçe fildişi rengi elbisesi hışırdıyordu. Mavi bir kemerle ön plana çıkardığı incecik beli gözümden kaçmamıştı. Tepede toplanmış saçları, asil görüntüsünü tamamlıyordu.

"Anne," dedi Charles, annesine doğru eğilerek. Kadın, Charles'ın ellerinden tutup onu iki yanağından öptü. Ardından beklediğim gibi bakışlarını bana çevirdi.

"Ah, Charles," dedi, "bu da kim?"

"Bu, Vera," diye yanıtladı Charles, yüzü gururla parlıyordu. "Vera Ray."

Elimi uzattım. Restorandaki lavaboda çatlayıp soyulmuş ve küçük meyve bıçakları yüzünden sıyrılmış kırmızı parmaklarımı fark etmemesi için dua ediyordum. "Sizinle tanışmak bir zevk, efendim."

Tenime değen teni, soğuk, beyaz bir kadife gibiydi. Keşke Caroline'in tavsiye ettiği gibi ellerimi domuz yağına batırsaydım, diye geçirdim içimden. Şimdi bunun bedelini ödemiştim işte.

"Bana Opal diyebilirsin," dedi, ayakkabılarıma şöyle bir göz atarak. Charles sayesinde elbisem şık ve modaya uygun olsa da ayakkabılarımın eski püskü olduğu inkâr edilemezdi. Alnım terlemeye başlamıştı. *Sağ ayakkabım mı, yoksa sol ayakkabım mı delikti?* Tahminde bulunarak sağ ayakkabımın ucunu, sol ayağımın arkasına sakladım. Onlara bakmaya cesaret edememiştim, çünkü kırılmak üzere olan topuklarıma daha fazla dikkat çekmekten başka bir işe yaramayacağını biliyordum. Taksitle bir çift siyah, deri ayakkabı alabilmek için neredeyse üç aylık maaşımı biriktirmem gerekiyordu. Tabii, Charles benim için onları anında alabilirdi. Fakat ondan böyle bir şey istemezdim. Bu, doğru değildi.

"Vera'yı sizlerle tanıştırmak için sabırsızlanıyordum," dedi Charles, elime hafif bir öpücük kondurarak.

"Ne kadar... hoş" dedi Opal. *Hoş* kelimesini, sesini biraz yükselterek söylemişti. Gülümsemesi anında kaybolmuş, gözleri kısılmıştı. Bakışları karşısında elim ayağım birbirine dolanıyordu. "Eminim Josephine ile çoktan tanışmışsınızdır."

Charles'ın kız kardeşi Josie ile karşılaştığımız gergin anları hatırladım. Hem de iki kez. "Evet," dedim, yanaklarımın kiraz gibi kıpkırmızı olduğundan emindim.

"Pekâlâ," dedi Opal, "uğradığına sevindim, oğlum. Akşam yemeğine kalacak mısınız?"

"Evet, tabii," dedi Charles. "Babam evde mi?"

"Çalışma odasında," dedi Opal. "Greta'ya onu aratırım."

Onu aratırım. Birbirlerine karşı ne kadar resmi olduklarına hayret etmiştim. *Doğruca çalışma odasına koşup onu çağıramıyor mu yani?*

Opal'ın peşinden içeri girdik. Bir hizmetçi anında fırlayarak Charles'ın çıkardığı ceketini aldı.

"Greta üzerinizdekileri alır, Bayan Ray," dedi Opal. Benimle bir çocukla konuşuyormuş gibi yavaşça konuşuyordu.

Başımı olumlu anlamda sallayarak, yeşil şalımın omuzlarımdan kaymasına izin verdim. Bu şalı, Caroline'in fabrikadan getirdiği keten kumaş artıklarından yapmıştım. O zamanlar, vitrinlerde gördüğüm şallarla yarışabilecek kadar güzel olduğunu düşünüyordum. Fakat Charles'ın evinde, bir toz bezi olmaya daha uygun görünüyordu. Şalı gergin bir şekilde, bana merakla bakan hizmetçiye uzattım. "Teşekkür ederim," dedim, evin içine hayretle göz gezdirerek. Yağlıboya tabloların sıralandığı, uzun bir koridordan geçtik. Tabloların her birinde konforlu bir hayat resmedilmişti; bir kanepeye uzanmış bakımlı av köpekleri, yeşil tepelerin arasındaki yazlık evler ve güneş şemsiyelerinin altında sohbet eden kadınlar... Koridor büyük bir odaya açılıyordu. İçeride bir kuyruklu piyano ve göle uzanan geniş, çimenlik bir alana bakan pencereler vardı.

Yeşil, kadife bir kanepeye, Charles'ın hemen yanına oturdum. Olympic Otel'in lobisindeki gri, kadife berjer koltuklar gibi yumuşacıktı. Gözlerimi bir türlü gölün sularından alamıyordum.

"Daha önce hiç su görmemiş gibisiniz, Bayan Ray."

"Şey, Washington Gölü'nü ilk kez görüyorum, efendim," dedim, ne ima ettiğini düşünmeksizin.

Opal eliyle ağzını kapatsa da kahkahasına engel olamamıştı. "Ah, bu hiç dolunay görmediğinizi söylemek gibi bir şey."

"Anne," diye araya girdi Charles koruyucu bir şekilde, "Vera şehirde yaşıyor."

"Ah, elbette, hayatım," dedi Opal çabucak. Ardından bana bir fincan çay ikram etti. Opal'in uzattığı fincanı almak isterken, kol ve bacaklarımın kurşun gibi ağırlaştığını hissettim. *Neden bu evde kendimi bu kadar gergin ve beceriksiz hissediyorum?*

Opal fincanını tabağına yerleştirerek parmağını havaya kaldırdı. "Buldum," dedi. "Onu bir kayık gezintisine çıkarabilirsin, Charles."

Charles kararsız görünüyordu. "Bilmiyorum, anne. Bugün çok rüzgârlı. Bunun için uygun bir zaman–"

"Saçma," diyerek karşı çıktı Opal. "Genç bayan, gölü hiç görmediğini söylüyor. Ona *göstermelisin.*"

"Ama neredeyse yemek vakti gelmedi mi?"

"Aşçıya yarım saat beklemesini söylerim," dedi Opal. "Bu, ona etrafı gezdirmene yeter."

Charles benden yana döndü. "Ne dersin?"

Gölün üzeri gri bulutlarla kaplıydı ve rüzgâr, ağaç dallarını öyle kuvvetli sallıyordu ki saçlarıma neler yapabileceğini tahmin bile edemiyordum. Ama Opal'i hayal kırıklığına uğratmamak için mecburen kabul ettim. "Kulağa harika geliyor," dedim, endişelerimi gizlemeye çalışarak.

"Öyleyse karar verilmiştir," diyerek ayağa kalktı Charles.

Birlikte arka verandaya çıkıp, merdivenlerden çimenlerle kaplı bahçeye indik. Kendimi gölün manzarasına öylesine kaptırmıştım ki evin aşağısındaki muhteşem görüntüyü fark etmem biraz uzun sürdü. Çitlerin arasında koşturan hayvanlarıyla, burası tam bir hayvanat bahçesi gibiydi. Tavşanlar, köpekler, bir kaplumbağa, bir kısrak ve yavrusu... Kusursuz bir fil şeklinde kırpılmış olan şimşir ağacına bakmak için durakladım.

"Bunlar olağanüstü," dedim, elimi filin pürüzlü hortumunda gezdirerek. "Bu benzerlik, inanılmaz."

"Joseph, şimşir ağaçları konusunda doğuştan yetenekli," dedi Charles. "Babama kalsa, hepsini söküp atmayı tercih ederdi. Ama annem onları seviyor. Burada oldukça fazla zaman geçiriyor. Bu ağaçlar onu rahatlatıyor."

Opal'in, sağımdaki zürafa şeklinde kırpılmış ağacı okşadığını hayal ettim. "Annenin benden pek hoşlandığını sanmıyorum," dedim. O sırada gölden soğuk bir rüzgâr esti. Keşke şalımı evde bırakmasaydım, diye geçirdim içimden.

"Tabii ki senden *hoşlandı*," dedi Charles beni kendine çekerek. "Nasıl hoşlanmasın ki? Sen her bakımdan güzelsin. Sadece kendin ol, o zaman sevdiğim kadını göreceklerdir." Yanağıma hafif bir öpücük kondurdu. "Ve bu gece onlara müjdemizi verdiğimde, annem seni daha da çok sevecek."

Gerildim. "Sence gerçekten bu gece söylemeli miyiz?"

Charles evet dercesine başını salladı. "Bunu daha fazla saklamaya dayanamam."

"Ama," dedim beceriksizce, "bunun çok ani olduğunu düşünmelerinden endişe ediyorum. Demek istediğim, benimle tanışalı çok kısa bir süre olmuşken, evleneceğimizi duymaları onlara tuhaf gelmez mi?"

Charles omzunu silkti. "Vera, görmüyor musun?" diyerek evi işaret etti. "Bu benim geçmişim ve sen de" -bir bukle saçımı kulağımın arkasına yerleştirdi- "benim geleceğimsin. Onlara söylemenin bir önemi yok. Korkacak hiçbir şey yok."

Derin bir iç çektim. "Pekâlâ," diyerek kabullendim.

Ters çevrilmiş iki kayığın bulunduğu iskeleye geldik. "Şimdi," dedi Charles, iki kayığı da inceleyerek, "hangisi delikti bunların?"

Gözlerimi iri iri açtım. "Delik mi?"

"Buraya son gelişimde, Joseph bunlardan birinin tamire ihtiyacı olduğundan bahsetmişti." Elini kayıklardan birinin gövdesinde gezdirdi. "Aha, işte burada. Deliği buldum."

"Güzel," dedim. "Çünkü yüzme bilmiyorum."

"Ben ikimiz için de yüzebilirim," diyerek gülümsedi Charles. İskelenin parçalanmış ve güneş yüzünden beyazlamış tahtalarının üzerine diz çökerek, küçük kayığı paslı bir demire bağlayan ipi çözdü. Opal bir kayık gezintisinden bahsettiğinde, daha büyük bir şeyler hayal etmiştim. Bu küçük şeye kayık demek zordu ve çocukken babamın beni Puget Boğazı'nda gezintiye çıkardığı sandallardan farklı değildi. Hatta bir keresinde sandalımız alabora olmuştu, o zaman neredeyse boğuluyordum. Zaten o günden beri de sandala falan binmemiştim.

"Tamam," dedi Charles elini bana uzatarak.

"Bilemiyorum," dedim, aniden tereddüt etmiştim.

"Haydi, korkma. Gölde gezmek hoşuna gidecek. Bundan daha huzur verici bir şey olamaz."

"Pekâlâ," diyerek elini tuttum. Charles, kayığa bindiğim sırada dengemi korumama yardım etti. Bir kuş pisliğinin üzerine oturmaktan kıl payı kurtularak tahta oturağa yerleştim. Charles karşıma geçip iki küreği de yerlerine oturttu.

"Endişelenme," dedi, kürekleri uygun pozisyona getirerek. "Üniversite boyunca her yaz kulüpte cankurtaranlık yaptım."

Charles kürek çekerken, kayığın gölde yol alışını hayranlıkla seyrediyordum. Kürekler, tıpkı yağı kesen bir bıçak gibi suyu yarıyordu. Bizden ürken bir balıkçıl, hoşnutsuz bir çığlık attı. Sonra da uçuk yeşil nilüfer yapraklarının oluşturduğu bir kümeyi ayağıyla dağıtarak havalandı.

"Burası çok güzel," dedim. "Arka bahçende *böyle* güzelliklerle büyüdüğün için çok şanslıymışsın."

"Ben bundan hiç de memnun değilim," dedi Charles.

Başımı olumsuzca salladım. "Ne demek istiyorsun?"

"İnsanlar paranın mutluluğu satın aldığını sanıyorlar," diyerek arkamızda kalan çimenlerle kaplı bahçeyi işaret etti. "O evde bir gece geçirirsen, öyle olmadığını görürsün."

Şaşkın bir şekilde Charles'a baktım.

"Annem daima aksi ve keyifsizdir," diye açıkladı Charles. "Babam kendini çalışma odasına kapatır, orada olmadığı zamanlarda ise oteldedir. Josie'ye gelince, Josie işte. Her zaman bir sıkıntısı vardır. Beş yaşındayken neredeyse evi yakıp kül ediyordu."

Kalbim hızla çarpamaya başladı. *Josie annemin bakıcılı-*

ğını yaptığı kız olabilir mi? Oturduğum yerden doğruldum. "Evi neredeyse yakıyordu da ne demek?"

"Ben o sırada okuldaydım," dedi Charles, anılardan rahatsız olmuşçasına başını iki yana salladı. "Josie ile bir dadı ilgileniyordu. Annemin kasabada olduğu bir gün, Josie bir şamdanla perdeleri tutuşturmuş. Evi neredeyse küle çeviriyormuş. Tabii annem kadını derhal kovmuştu. Ama bu, o kadının suçu değildi. Josie her zaman böyle yaramazdı."

"Ah," dedim sersemlemiş bir halde. *Demek annem Josephine'e bakıcılık yapmış!* Annemin Windermere'daki küçük bir kızdan yakındığını hatırlayarak başımı iki yana salladım. Annemin vaktini ve ilgisini çalan o kıza içten içe sinirleniyordum. Annem işinden olduğunda ise bunun aç kalacağımız anlamına gelmesine rağmen sevinmiştim.

"Ne oldu, Vera?" diye sordu Charles dalgın bakışlarımı fark ederek.

"Ah, yok bir şey," dedim anıları silmeye çalışarak. *Josephine benim kim olduğumu biliyor mudur?*

"Her neyse," diye devam etti Charles, "neden burada mümkün olduğunca çok vakit geçirmek istediğimi görebiliyorsundur. Küçükken sürekli göle açılır ya da Josephine'in peşine düşerdim. Babamın işleri onu fazlasıyla meşgul ederdi."

Charles kürek çekmeyi bırakınca, bir süre suda yavaşça süzüldük. Elimi sarkıtarak suyun üzerinde gezdirdim. Avucumun içini gıdıklayan beyaz bir nilüferi tutup hafifçe yukarı kaldırdım.

"Bak," dedim, baş döndürücü güzellikteki çiçeği Charles'a göstererek.

"Dikkat et," diyerek elimi nazikçe geri çekti Charles. "Bunlar çok hassas çiçeklerdir."

Charles'a ilgiyle bakarak gülümsedim. "Sen tanıdığım ilk çiçek seven erkeksin."

Charles omzunu silkti. "Sanırım bunda Joseph'in etkisi var," diyerek bakışlarını yeniden göle çevirdi. "Nilüferler özeldir. Buralarda pek görünmezler, bilirsin. İlk nilüfer çiçeğine küçük bir çocukken tam şurada rastlamıştım. Sadece bir taneydi. Bana Joseph göstermişti. Her yıl daha da artıyorlardı. Şimdiyse..." Elimin büyüklüğünde çok sayıda beyaz çiçeğin yüzdüğü, ilerideki bir noktayı işaret etti. "Şunlara bir baksana."

"Nefes kesiyorlar," dedim gördüğüm manzara karşısında gülümseyerek.

"Nerede büyüyecekleri konusunda oldukça seçicilerdir," dedi Charles. "Çok fazla ya da çok az güneş olursa, bir bakmışsın, *puf*, çürümüşler. Nilüferler utangaçtır. Utangaç ve gururlu."

Gülümsedim.

"Aynı zamanda narin," diye ekledi. "Onları toplarsan dayanamazlar. Josie arkadaşlarıyla birlikte buraya gelir ve sırf eğlence olsun diye onları kucak dolusu toplardı. Bir saat sonra hepsi iskelede kuruyup büzüşmüş olurdu," diyerek durakladı. Bu anının onu rahatsız ettiği belliydi. "Onların o şekilde öldüğünü görmekten nefret ederdim. Bir hiç uğruna."

Tekrar göle baktım. Minik dalgalar, nilüferleri suda oynayan küçük çocuklar gibi ileri geri hareket ettiriyordu.

"Onlar orada mutlular," dedi Charles. "Onları evlerinden ayırırsan boğulurlar."

Hızını arttıran rüzgâr saçlarımı darmadağın ediyordu. Yerinden çıkan bir tokayı tekrar tutturduğum sırada, yanağıma bir yağmur damlası düştü. "Ah, hayır," dedim, koluma bir başka damlanın çarptığını hissederek.

Charles küreklere asıldı. "Eve dönsek iyi olacak."

İskeleye vardığımızda, gökyüzü ikiye ayrılmış ve tüm hiddetini serbest bırakmıştı. Saçlarımı rüzgârdan koruma çabalarım hiçbir işe yaramıyordu. Yine de bozulmuş buklelerime hâlâ bir şekil vermeye çalışıyordum. Islanan elbisem vücuduma yapışmıştı. Benden başka kimse fark etmese de şişkinliği artan karnımın belli olmaması için elbisemin kumaşını çekiştirip duruyordum.

"Şu halimize bak," dedi Charles, kayığı ters çevirmeye çalışırken. "Sırılsıklam iki göl sıçanına döndük."

Charles elimden tuttu ve birlikte eve doğru koşmaya başladık. Nasıl göründüğümü düşünmek bile istemiyordum. Altın varaklı aynaya attığım bir bakış, bu endişemi doğrular cinstendi. Allığım uçuk pembe bir suluboya gibi yanaklarımdan süzülmüştü. Sırılsıklam olan saçlarım ise yüzüme yapışmıştı.

"Ah, hayatım," dedi Opal. "Greta!" diye bağırdı. "Misafir odasından Bayan Ray için kuru bir elbise bul."

"Benimle gelin, Bayan Ray," dedi hizmetçi. Koridorda Greta'yı takip ederken, cilalı ahşap döşemelere elbisemden sular damlıyordu. "Burada fazladan bir elbise olmalı," dedi Greta. "Hafta sonları ailenin sık sık misafirleri olur. O yüzden gardıropta daima kıyafet bulundururlar."

İnsanların yanına kıyafetlerini almadan misafirliğe gelmeleri bana tuhaf gelmişti. Belki de zenginler için bu gayet normal bir şeydi. Nereye giderlerse gitsinler, bütün ihtiyaçları kolayca sağlanıyordu.

Greta dolaptan krem rengi, düşük yakalı bir elbise çıkardı.

"Bu sizin bedeninize uygun görünüyor" dedi, elbiseyi üzerime tutarak. "Umarım üzerinize olur."

Keşke daha şık bir kıyafet olsaydı, diye geçirdim içimden. Elbisenin bel kısmı bol ve yumru yumru görünüyordu. Charles'ın babasıyla tanıştığımda nasıl görüneceğimden endişe ediyordum. Greta üzerimdeki ıslak kıyafetleri çıkarmaya başladı. Korsemi çözdüğünde, gözlerimi ondan kaçırdım. Korse sol kolumun altından yırtılmış ve defalarca yıkanmaktan rengi atmıştı. Çamaşır deterjanı, oda arkadaşlarım ve benim için bir lüks olsa da, onsuz yapamadığımız için tüm imkânlarımızı birleştiriyorduk. *Evin hanımlarına Fransız ipeğinden iç çamaşırları giydirdikten sonra, benim paçavralarımı görünce ne düşünmüştür acaba?*

Greta düşüncelerini kendine saklayarak bana kabarık, beyaz bir havlu uzattı. Havlunun kalın, yumuşacık dokusu soğuğu kesip, titremelerimi dindirmişti. Greta yanındaki bir şifoniyerden yeni iç çamaşırları çıkardı. "Bunları kurumaları için dışarı asacağım," dedi, yerdeki ıslak paçavraları almak için eğilerek. "Tabii, onları saklamak istiyorsanız?"

Utangaç ve süklüm püklüm bir şekilde, evet dercesine başımı salladım. Greta çamaşırları asmak için balkona çıktığında yatağa oturdum. *Charles ne tuhaf bir dünyada yaşıyor.* Kendimi göldeki nilüferler gibi hissediyordum –ait olmadığım bir dünyada, korkmuş ve nefes almaya çalışıyordum.

Greta yanıma dönerek yeni bir korsenin içine girmeme yardım etti. Korse o kadar dardı ki göğüslerim rahatsız edici bir şekilde birbirine yapışmıştı. Sık sık Beşinci Cadde'deki tavernaya giden fahişelerden biri gibi göründüğümden endişe ediyordum.

"Çekmecede başka korse olmadığından emin misin?"

Greta hayır dercesine başını salladı. "Bir tek bu var."

Elbiseyi giydim ve Greta düğmelerini ilikledikten sonra, yatağın yanındaki boy aynasında uzun uzun kendime baktım. Göğüslerim, elbisenin derin dekoltesinden dışarı taşıyordu. Gelirken giydiğim sarı elbisem gibi üzerime oturmuyor, aksine üzerimde bir kesekâğıdı gibi duruyordu. *Bu şekilde nasıl yanlarına gidebilirim?*

Greta endişelerimi hissetmiş gibi durmuyordu. Hissetse bile bunu belli etmiyordu. "Buyurun," dedi bana bir saç fırçası ve küçük bir havlu uzatarak.

"Teşekkür ederim," diyerek, karmakarışık olan buklelerimi taramaya başladım. Saç tokalarını elimden geldiğince doğru yerlere takmaya çalışıyordum. Tekrar aynaya bakarak derin bir iç çektim.

Greta ile göz göze geldiğimizde, ilk kez gözlerinde benim için üzüldüğüne dair bir pırıltı yakaladım. "Geldiğiniz yerden utanmayın, Bayan Ray," dedi yumuşak bir sesle.

Başımı olumlu anlamda salladım. Ne demek istediğini anlamıştım ve kelimeleri içimi ısıtmıştı.

"Şimdi," dedi Greta, "sizi geri götüreyim mi?"

Hayır, beni tekrar oraya götürme! Bu şekilde onların karşısına çıkamam! diye bağırmak istiyordum. Ama tamam dercesine başımı salladım. Sona da başımı dik tutarak Greta'nın peşinden odadan çıktım. Koridorda, kimsenin görmediğinden emin olduğum bir ara, elbisemi göğsümün yukarısına çekmeye çalışsam da başaramadım.

"Nihayet geldin!" diye seslendi Charles piyanonun başından. "Haydi, gelip bize eşlik et." Charles'ın yanında oturan Josie'nin, beni gördüğünde ağzı açık kalmıştı. Benim hakkında bir şeyler bilsin ya da bilmesin, bunu umursamamaya karar vermiştim. Onun yerine Greta'nın bana söylediğini hatırlayıp, soğukkanlılığımı korudum.

"Merhaba, Josie," dedim elimden geldiğince nazik bir şekilde. Üzerinde leylak rengi, şık bir elbise vardı ve kulağından elmas küpeler sarkıyordu.

"Merhaba," dedi Josie buz gibi bir sesle. "Charles ve ben de okul şarkımızı söylüyorduk. Bize katılmak ister misin? Düşündüm de, belki de seninkini söylemeliyiz. Liseyi nerede okumuştun?"

Herkes bir cevap bekleyerek bana bakarken, başımı önüme eğdim. "Ben, ben..."

Sırtımda Charles'ın beni avutan elini hissettim.

"Ben okumadım," dedim süklüm püklüm bir şekilde. Greta'nın kelimeleri kulaklarımda çınlıyordu. *Geldiğiniz yerden utanmayın.* "Çalışmak için okulu bırakmak zorunda kaldım. Önce babam, çok geçmeden de annem öldü."

Josie üzülmüş gibi yaptı. "Ah, *ikisini* de mi kaybettin?"

"Şimdilik bu kadar müzik yeter," diyerek ortamdaki havayı dağıttı Charles. "Açlıktan ölüyorum."

"Babanız birazdan burada olur, canlarım," dedi Opal, yüzünde eğlenir bir ifadeyle bana bakarak. Kadehinden son bir yudum aldıktan sonra, onu yeniden doldurmak için bara yöneldi. Kristal bir içki sürahisinden kadehe dökülen bal rengi sıvıyı seyrettim. "Haydi, yemek odasına geçelim."

Beyaz bir örtüyle kaplı masa, üzerindeki gümüş ve kristallerle ışıldıyordu. Charles'ın yanındaki bir sandalyeye oturdum. Charles, masanın altından hafifçe bacağımı sıktı. "Burada olduğun için mutluyum," diye fısıldadı.

Charles'ın babası odaya girdiğinde, kayık gezintisi yüzünden hâlâ ıslak olan saçlarımı düzelttim. "Opal!" diye bağırdı babası. "Bütün dünya akşam yemeğini saat altıda yiyorken, neden her akşam yedi buçukta yememiz için ısrar ettiğini bilmiyorum." Arkamdaki bir hizmetçi tabağıma nane yeşili bir çorba doldururken, göze çarpmamaya çalışarak doğruca ileri bakıyordum.

"William, bu Charles'ın arkadaşı, Bayan Ray," dedi Opal beni göstererek.

Charles'ın babası masanın başındaki sandalyeye oturarak yakasına bir peçete sokuşturdu. "Yemeğe bir misafir getireceğini söylememiştin, evlat," dedi Charles'a. Fakat bana bakmak için başını kaldırdığında, gülümsedi. "Hem de böyle güzel bir misafir."

"Çok naziksiniz," dedim. Kucağımdaki peçeteyle göğüslerimi kapatmak istiyordum.

"Bir süredir sizi tanıştırmak istiyordum," dedi Charles elimi tutarak. "Ben–"

"Anne," diyerek araya girdi Josie, "sence aşçı çorbaya biraz fazla mı tuz koymuş?"

Opal evet dercesine başını salladı. "Onu kovsam iyi olacak. O mutfaktan gelen her şeyin tadı salamura gibi."

"Ah, anne," dedi Charles. "O kadar da kötü değil. Aksine benim hoşuma gidiyor. Hem Bayan Meriwether, ailesinin geçimi sağlayan tek kişi değil mi? Eminim Joseph onun dul bir kadın olduğunu söylemiştir."

William boğazını temizledi. "Son zamanlarda dul kadınlara fazla kanın ısındı, oğlum," diyerek Opal'den yana döndü. "Daha geçen hafta benden şehirdeki bir kadınla beş çocuğuna bedava yiyecek ve yatacak yer sağlamamı istedi."

Apartman komşum Laura'yı hatırlayarak gözucuyla Charles'a baktım.

"Herhalde bir dahaki sefere, çocuklarının Yale Üniversitesi'nde okuması için harç parası vermemi isteyeceksin."

Josie bir kahkaha attı.

"Oğlunun altın gibi bir kalbi var," diye devam etti William. "Böyle giderse bütün şehre sadaka dağıtacak."

Ardından bakışlarını bana çevirdi. "Bayan Ray," dedi, "adınız tanıdık gelmedi. Anne babanız kimler?"

Josie dik dik bana baksa da onunla göz teması kurmadım.

"İkisi de hayatlarını kaybettiler, efendim," diye yanıtladım.

"Bunu duyduğuma üzüldüm," dedi William.

Opal'in parmaklarını şaklatmasıyla birlikte, beyaz elbiseli, siyah önlüklü genç bir kız, hızla mutfaktan yemek odasına geldi. Opal ona tabakları toplamasını söyledi. Genç kız önüne eğdiği başını kaldırmaksızın, "Peki, efendim," dedi.

Kız çorba kâselerini toplayarak tepsisine yerleştirmeye başladı. Masanın karşısından göz göze geldiğimiz sırada aniden durdu. "Vera?"

Onu bir hizmetçi üniforması içindeyken tanımak biraz vaktimi alsa da, karşımda çocukluk arkadaşımın tanıdık yüzü duruyordu.

"Sylvie," dedim utanarak. Charles'ın ailesinin bu durumda ne düşüneceğini merak ediyordum.

"Burada ne işin var?" diye sordu Sylvie.

"Ben..." Odadaki tüm bakışların beni delip geçtiğini, yanaklarımın yandığını hissediyordum.

"O benimle beraber," dedi Charles, rahatsız edici sessizliği bozarak.

"Şu işe bakar mısınız," dedi Josie alaycı bir şekilde gülümseyerek. "İki arkadaş yeniden bir araya geldi. Söylesene, Vera, bu arkadaş dans salonundan mı?"

Charles'ın anne ve babası hoşnutsuz bakışlarla bana bakarken, peçetemi tabağıma bırakarak ayağa kalktım. *Bu dünyaya uyum sağlayabileceğimi nasıl düşünebildim?* Gözyaşları yüzünden etrafı bulanık görüyordum. Hayır, ağladığımı görmelerine izin vermeyecektim. Elbisemin eteğini tutarak koridora, oradan da antreye koşup kendimi ön kapıdan dışarı attım. Verandadaki taş bir banka oturup ne yapacağımı düşünmeye başladım. Çok geçmeden arkamda bir menteşe gıcırtısı duydum. Charles'ı görmeyi umarak arkamı döndüm. Fakat yüzünde tatmin olmuş bir gülümsemeyle yanıma gelen Josie'yi gördüğümde, iyice umutsuzluğa kapıldım.

"Charles içeride, annemlere sana evlenme teklif ettiğini açıklıyor," dedi Josie. Bu fikri oldukça gülünç bulduğunu belirtircesine başını iki yana salladı. "Annemi görmelisin. Resmen mahvoldu." Eve bir bakış atarak pis pis sırıttı. "Kim olduğunu biliyorum, Vera Ray," diye devam etti. "Anneni de tanıyordum. Sanırım sen de onun gibi bir hırsızsın. Anasına bak, kızını al, değil mi?"

Başımı olumsuzca salladım. "Ne demek istediğini anlamıyorum."

"Demek annen sana ailemizden çaldığı hiçbir şeyden bahsetmedi? Mücevherler? Babamın çalışma odasındaki bozuk paralar?"

"Josie," diye kekeledim, "sen... sen yanılıyor olmalısın. Benim annem asla–"

"Onu annemin mücevher kutusundan elmas bir bilezik alırken seyrettim," dedi Josie.

"Buna inanmıyorum!" diye bağırdım. "Annem hakkında bu şekilde konuşmaya nasıl cüret edersin? O iyi bir kadındı. Sana göz kulak olmak için elinden geleni yaptı, Josie. Ama sen ona eziyet edip durdun."

Josie'nin soğuk bakışları beni korkutuyordu. "Amacını biliyorum," dedi. "Tıpkı annen gibi, sen de ailemi bir geçim kaynağı olarak görüyorsun."

Yanağımdan süzülen bir gözyaşını silerek başımı iki yana salladım. "Her şeyi yanlış anlamışsın."

"Pekâlâ," dedi Josie, "eğer ağabeyim bir fahişe tarafından kafeslenirken öylece durup seyretmemi bekliyorsan, yanılıyorsun demektir, hayatım."

Kelimeleri canımı yakıyordu. "Bir... ne?"

Kullandığı o terbiyesiz kelimeyi söylemeye dilim varmamıştı. "Sana benim öyle biri olduğumu düşündüren nedir?" Derken otel odasındaki zarfı, Charles'ın yoksul ve dul kadın için verdiği parayı hatırladım. Josie onu görmüştü. O paranın *benim* için olduğunu düşünüyordu.

"Yo, hayır," dedim hemen. "Her şeyi yanlış anladın. O para–"

Josie başını olumsuzca salladı. "Ve şimdi de onun çocuğuna hamilesin."

Elimi karnımın üzerine koydum.

"*Bunu* ne kadar süre saklamayı düşünüyordun?"

İrkildim. *Nereden biliyor?* Kimseye söylememiştim, Charles'a bile.

"Anlamam için söylemene gerek yoktu," dedi Josie. "Zaten gün gibi ortada."

"Ama ben–"

"Ne kadar?" dedi Josie.

Josie'nin yüzüne baktım. "Anlamadım."

"Hayatımızdan, Charles'ın hayatından çıkman için sana ne kadar ödemem gerekiyor?"

Başımı iki yana salladım. "Bunu neden yapasın ki?"

"Çünkü senin gibi bir kadınla evlenmesine izin vermezler," dedi Josie. "Annem mahvolur. Babam ise," diyerek evi ve bahçeleri işaret etti, "onu bütün bu mirasından mahrum eder. O zaman Charles'ın seni seveceğini mi sanıyorsun? Pekâlâ, Bayan Ray, kardeşimi senden daha iyi tanıyorum ve sana cevabın hayır olduğunu söyleyebilirim."

Charles'ı tüm kalbimle seviyordum. Ama alışkın olduğu bu ayrıcalıklı hayat olmaksızın, aşkım onu mutlu etmeye yeter miydi?

Artık anlamıştım. Benim Charles'ın dünyasına ayak uyduramayacağım gibi, o da benim dünyama ayak uyduramazdı.

"Ee, sana ne kadar vermem gerekiyor?" diye sordu Josie tekrar. "Buradan çıkıp gitmen için ne kadar?"

Elimi kaldırarak onu susturdum. "Hiçbir şey," dedim ayağa kalkarak. "Anladım."

Çakıltaşlı yolu yürüyerek anayola çıktım. Uzakta Charles'ın sesi çınlıyordu. Kaybolmuş bir gemiyi çağıran deniz feneri gibi bana sesleniyordu. Yürümeye devam ettim. Bu saçmalık sona ermek zorundaydı. Josie acımasız olabilirdi, ama haklıydı. Charles ve ben, bu asla yürümezdi.

"Vera!" diye bağırdı Charles bana yetişerek. Elini omzumda hissettim. "Lütfen bekle. Sana öyle davrandıkları için çok üzgünüm. Gidelim. Beraber gidelim buradan."

Gözyaşlarıma hâkim olmaya çalışıyordum. "Yapamam, Charles," dedim. "Başından beri bundan korkuyordum, bugünse sadece emin oldum. Seni seviyorum. Çok seviyorum. Ama seninle evlenemem."

Kelimelerimin onu bu kadar derinden yaraladığını görmekten nefret ediyordum.

"Neden?"

"Görmüyor musun?" dedim yüzünü okşayarak. "Asla yürütemeyiz. Biz iki farklı dünyanın insanıyız."

"Ama bunun bir önemi yok," diye atıldı Charles. "Olmamalı."

"Ama var," dedim. "Üzgünüm, Charles. Ben sana göre bir kadın değilim." Charles benim için her şeyden vazgeçerdi, ama onu buna izin vermeyecek kadar çok seviyordum.

Sık çalılardan oluşan çitleri aşıp demir kapıyı açarken, Charles şaşkınlıktan dili tutulmuş bir halde kalakalmıştı. Kilometrelerce uzaktaki evime nasıl döneceğimi bilmeksizin, yol boyunca yürümeye başladım. Charles'ın yaklaşan arabasını ve camdan bana bağıran sesini duyduğumda, bir ağacın arkasına çömeldim. "Vera!" diye haykırıyordu. "Vera!" Sesindeki çaresizlik yüreğimi parçalıyordu. *Buradayım, Charles! Haydi, birlikte kaçalım buradan. Kendi tercihlerimize göre, yeni bir hayata başlayalım,* diye bağırmak istiyordum. Fakat yüreğimin derinliklerinde, Josie'nin haklı olduğunu biliyordum. Araba gözden kaybolana dek ağacın arkasında saklanmaya devam ettim.

Anayoldan hızla geçen arabalar, elbiseme çamur sıçratıyorlardı. *Ne önemi var ki?* Elimi kaldırarak arabalardan birini beceriksizce durdurmaya çalıştım. Ardından bir diğerini daha... Nihayet yoldan geçen beyaz bir kamyonet kenara çekti. Kaportası paslanmıştı ve arkasında bir yığın fayans vardı. Şoför koltuğundaki adam bana el salladı. "Ne tarafa, bayan?" diye sordu ağır, yabancı bir aksanla. Aksanı bana aynı apartmanda yaşadığım Rus aileleri anımsatmıştı.

"Şehre dönmeye çalışıyorum," dedim bir damla gözyaşını silerek. "Beni götürebilir misiniz?"

"Ben de oraya gidiyorum," diye cevap verdi adam.

Kamyonete binerek ağır kapısını olanca gücümle kapattım. İçerisi küf ve benzin kokuyordu. Adam gaza basıp yeniden trafiğe karışırken, arkama bakarak Windermere'ın girişine şöyle bir göz attım.

"Adım Ivanoff," dedi adam bana yandan göz atarak. "Sven Ivanoff."

On Altıncı Bölüm

CLAIRE

Ağzıma tıktığım bir parça pizzayı, bir yudum kırmızı şarapla birlikte yuttum. "O aradı," dedim Abby'ye. Benim evimdeydik. Televizyonun karşısında, yerde oturuyorduk. Sehpanın üzerinde açık bir pizza kutusu ve içilmeyi bekleyen bir de şarap şişesi vardı.

"Bekle," dedi Abby. "Hangisi?"

"Ethan."

"Ee?"

"İki sesli mesaj bırakmış. İlki: 'Claire, dün geceki partiden sonra otelde, annemlerin süitinde kaldım. Çok fazla içmiştim. Anlarsın.'"

"Ah, hayatım," dedi Abby. "Bu kulağa hiç iyi gelmiyor."

Suratımı astım. "Daha kötüsü de var. Bir saat önce aldığım diğer mesajda da şöyle diyor: 'Claire, bu gece bir konferans için Portland'a gidiyorum. Pazar günü döneceğim.'"

Abby başını iki yana salladı. "Hangi konferans?"

"Mesele de bu," dedim. "Biraz araştırdım. Bir tahmin et bakalım."

"Hayır," dedi Abby. "Sakın bana onunla gittiğini–"

"Cassandra mı? Doğru tahmin. Pekâlâ, yüzde yüz emin değilim, ama Portland'da bulabildiğim tek konferans, yemek eleştirmenleri adına düzenlenen bir toplantıydı. Artık hesabı sen yap."

"Bu hiç iyiye işaret değil," dedi Abby şarabından bir yudum alarak. "Tabii, *eğer* doğruysa."

Omzumu silktim. "Dün gece onları birlikte gördükten sonra, doğru olduğundan şüphem yok."

Ayağımı sehpanın kenarına yaslamamla birlikte, bir yığın fotoğraf albümü halının üzerine devrildi. İçlerinden birinin sayfaları, sanki benimle alay ediyormuş gibi önüme serildi. Albümü elime alarak sayfadaki fotoğrafa baktım. Ethan ve ben, düğünümüzdeydik. Beyaz, straplez gelinliğimin içindeydim. Ethan'ın annesi, Katolik kilisesinde straplez giymenin uygun olmayacağına dair sorun çıkarsa da Ethan benim tarafımı tutmuş ve meseleye son noktayı koymuştu. O günleri özlüyordum. Onu özlüyordum. Parmağımı fotoğrafın üzerinde gezdirerek Ethan'ın yanağına dokundum. Albümü düzenlerken, büyükannem ve büyükbabamın düğün günlerinde çekilmiş bir fotoğraflarını bizimkinin hemen yanına yerleştirmiştim. Siyah beyaz fotoğraf yıllar geçtikçe solmuştu. Küçük bir kızken bu fotoğrafa yüzlerce kez bakmış, ikisinin de yüzlerinden okunan aşkı hafızama kazımıştım. Fakat büyükannemin elindeki bir kâğıt parçasını daha şimdi fark ediyordum. Gözlerimi kısarak kâğıtta yazanları okumaya çalıştım.

"Abby, şuna baksana," diyerek fotoğrafı ona gösterdim. "Ne yazdığını okuyabiliyor musun?"

Abby masanın üzerindeki gözlüğüne uzanarak albümü eline aldı. "Evet," dedi, "sanırım 'Sone 43' yazıyor."

"O ne demek?"

"Edebiyatımız konusunda biraz paslanmışız, öyle mi?" dedi Abby alaycı bir sesle.

Gözlerimi devirdim. "Sen şiir okurken, ben kamburum çıkmış bir şekilde oturup gazete satırlarını düzenliyordum. Öyle boş işler için vaktim yoktu." Ben gazetecilik okurken, Abby de İngiliz Edebiyatı eğitimi almıştı. Bu, ikimiz arasında uzun zamandır süregelen bir kan davasıydı.

"Pek, peki," dedi Abby. "Ne olduğunu bilmek istiyor musun, istemiyor musun?"

"Söyle bakalım, Shakespeare."

Abby sırıttı. "Bu, Elizabeth Barrett Browning, sersem. 'Nasıl Severim Seni' adlı ünlü şiirini biliyorsun."

"Ah," dedim anında hatırlayarak. "O şiiri biliyorum."

"Elbette biliyorsun," dedi Abby. "Aşk şiirleri tarihindeki en önemli aşk şiiridir." Telefonundan bulduğu şiirin mısralarını yüksek sesle okumaya başladı.

Şarap kadehimi elime alarak kanepeye yaslandım. "Ne romantik," dedim tekrar fotoğrafa bakarak. "Bahse varım, düğün günü büyükbabama bu şiiri okumuştur."

Abby başını sallayarak onayladı. "Kelimelerin kulaklarında yankılandığını görebilirsin. Büyükbabanın yüzüne baksana. Büyükannenin gözlerinin içine bakıyor."

"Öyleydi," dedim. "Annemin sürekli bahsettiği şey de buydu. Sanırım bu yüzden iki evliliğinde de başarısız oldu. Annem asla büyükannem gibi beyaz atlı prensini bulamadı." Bir iç çekerek albümü kapattım.

Abby başını omzuma yasladı. "Ne düşünüyorsun?"

"Başarısız olmaktan korkuyorum, Abs. Evliliğimizin hiç olmamış gibi unutulmasından ve baskı altında soldurulmasından korkuyorum."

Abby albümü tekrar açıp siyah-beyaz fotoğrafı gösterdi. "Onların evliliğinin ne kadar mükemmel olduğunu söylemen umurumda değil, eminim onların da kendi problemleri vardı."

Abby'ye kuşkulu bir bakış attım.

"Dinle, seni tanıyorum, Claire ve Ethan'ı çok sevdiğini biliyorum. Öyleyse neden onun için savaşmayasın? Cassandra ona kancayı takmış durumda, ama bunun tek sebebi senin bir kenara çekilmiş olman."

Pizzanın kenarından bir ısırık aldım. Sonra Cassandra ve Ethan'ın konferansta tadını çıkardıkları güzel yemekleri düşünüp, pizzayı yeniden kutusuna bıraktım. "Peki, sence ne yapmalıyım? Oraya mı gideyim?"

"Hayır, ama ilk olarak Ethan'ı geri arayabilirsin," dedi Abby. "Seni iki kez arayıp, sesli mesajlar bırakmamış mıydı?"

"Evet."

Abby sırıttı. "Ara onu."

Cep telefonumu alıp Ethan'ın numarasını çevirdim. Telefon bağlanırken, kalbim sanki ilk kez buluştuğum birini arıyormuşum gibi çarpıyordu. Fakat telefonun üçüncü çalışından sonra, hayal kırıklığına uğramış bir şekilde iç çektim.

"Sesli mesaj," dedim Abby'ye dudaklarımı oynatarak.

"Ona bir mesaj bırak," diye fısıldadı Abby.

Olmaz dercesine başımı salladım.

"Yap şunu!"

"Ah, Ethan, ben Claire. Mesajlarını aldım. Dinle, şey, konferanstan döndüğünde konuşabilir miyiz? Seni özledim." Abby'nin kalçamdan dürtmesiyle birlikte ekledim. "Ve *seni seviyorum.*"

"İşte," dedim Abby'ye. "Bir aptal gibi göründüm. Mutlu musun?"

"Aferin sana," dedi Abby, şarap kadehimi yeniden doldurarak.

Az sonra telefonumun titrediğini fark ederek sıçradım. Telefona uzandığım sırada sehpaya biraz şarap döktüm. Abby pizza kutusunun yanındaki peçetelerle sehpayı silerken, telefonun ekranına baktım. "Abby, bu o."

Telefon titremeye devam ediyordu. "Pekâlâ, açmayacak mısın?"

Derin bir nefes alarak telefonu açtım. "Merhaba, Ethan." Ethan'ın sesini, beni ne kadar çok özlediğini ve mesajımın onu nasıl duygulandırdığını duymak için sabırsızlanıyordum. Ne de olsa en son ne zaman *seni seviyorum* dediğimi hatırlamıyordum.

Fakat Ethan'ın sesi yerine, sadece uzaklardan gelen bir koşuşturma duyuyordum. Araba anahtarlarının şıkırtısını, ardından da bir kapının çarparak kapandığını duydum. "Ethan?" dedim. "Beni duyabiliyor musun?" Keyfim kaçmış bir şekilde Abby'ye baktım. "Sanırım yanlışlıkla aradı." Belli belirsiz bir kadın sesi duyduğumu düşünene dek dinlemeye devam ettim.

Sonra da telefonu kapattım.

"Ne oldu? Ne dedi?"

Yanağımdan süzülen bir damla gözyaşını silerek, fotoğraf albümünü ayağımla ittim. "Sanırım *onunla* birlikte."

"Nereden biliyorsun?" dedi Abby.

Kederli bir şekilde kollarımı kavuşturarak gözlerimi boşluğa diktim. "Arkadan bir kadın sesi geliyordu."

"Herhangi biri olabilir, Claire. Belki de restorandaki bir garson kızdır."

Başımı iki yana salladım. "Hayır. Oydu. O olduğunu biliyorum."

Abby elini uzattı. "Daha değil," dedi. "Daha şimdiden evliliğinin yasını tutma. Ölüm ilanını yazma. Ethan, Portland'dan dönene kadar bekle. Onunla konuş. Sonra karar ver."

Omzumu silktim.

"Ama şimdi, pizza yiyip şarabımızı içeceğiz," diyerek uzaktan kumandaya uzandı. "Ve güzel bir film izleyeceğiz."

Bir iç çektim. Daha önce arkadaşıma hiç bu kadar minnettar olmamıştım.

Pazar sabahı Lillian Sharpe'ı ziyaret etmek için Windermere'a gitmeden önce, Ethan'ın büyükbabasının kaldığı tesise uğradım. Glenda ile hastanede yaptığımız kısa konuşma sonrası sınırlar çizilmişti ve belli ki Warren'ı rahat bırakmam gerekiyordu. Fakat Warren, hafta sonu boyunca beni arayıp durmuştu. Beni özlüyordu. Bu yüzden, Warren için kuralları çiğnemeye karar verdim.

"Nasılsın?" diye sordu Warren, içeri girdiğimde. Eliyle işaret ederek beni yatağının yanına çağırdı. Oda, birkaç fazladan eşyası bulunan bir hastaneye benziyordu. İçerideki mobilyalar, bir kanepe, mini bir buzdolabı, bir şifoniyer ve bir de elbise dolabından oluşuyordu.

"Daha iyi olduğum günler de olmuştu," dedim. "Hiçbir sonuca ulaşamayacağım bir hikâyeyi araştırıyorum."

"Öyle mi?"

Warren'a detayları anlatacak fırsat bulamadan, telefonum çalmaya başladı. Telefonu çantamdan çıkarıp baktım.

"Ethan," dedim Warren'a, aramayı reddedip onu yeniden çantama atarak.

"İkiniz için endişeleniyorum," dedi Warren. "Evliliğinizde bir sorun mu var?"

Bir iç çektim. "Evet, korkarım öyle."

"Sana karımdan bahsedeyim," dedi duvardaki bir noktaya bakıp gülümseyerek. Sanki sevgilisinin de oradan kendisine baktığını görebiliyor gibiydi. "Annie sana çok benziyordu. Hayat dolu. Azimli. Biraz sinirli."

Gülümsedim. "Tanısaydım onu severdim."

"Onu *severdin*, Claire. Bana karşı nasıl tutkuluysa, hayata karşı da öyle tutkuluydu."

Warren'ın yatağının yanındaki telefon çalmaya başladı. "Hayret, bu da kim?" dedi şaşkın bir şekilde telefona bakarak. Ardından ahizeyi kaldırdı. "Alo?" Uzunca bir süre durakladı, gözlerinde hayal kırıklığına uğradığına dair bir işaret vardı. "Bulamadığına inanamıyorum... O olduğunu sanıyordun... Tamam... Hayır, şimdi sırası değil... Seni sonra ararım."

Sehpanın üzerindeki bir dergiyle oyalanırken, Warren'ın ne hakkında konuştuğunu merak ediyordum.

Warren tekrar benden yana döndü. "Kusura bakma. Evet, nerede kalmıştık?"

"Karından bahsediyordun," dedim.

"Ah, evet, karım."

Warren'ın koluna hafifçe vurdum. "Bahse varım onu çok özlüyorsundur."

"Özlüyorum," dedi. "Gerçek aşkını kaybetmek, sağ elini kaybetmek gibi bir şey. Tam olarak böyle bir his. Her şey daha fazla çaba gerektiriyor. O yokken her şey daha farklı hissettiriyor."

"Hiç böyle düşünmemiştim."

Warren başını olumlu anlamda salladı. "Sana bir şey anlatmak istiyorum," diyerek ellerini birbirine kenetledi. "Evlendikten birkaç yıl sonra ayrılmıştık."

İnanamayarak başımı iki yana salladım. "Ne olmuştu?"

"Beni terk etti," dedi Warren. "Başka bir ilişkim yoktu, inan bana, ama bir kadınla uygunsuz bir arkadaşlığım oldu. Ofisteki bir sekreterdi."

Kaşlarımı kaldırdım. "Uygunsuz mu?"

"Kalın kafalının tekiydim. Otuz yaşındaki erkekleri bilirsin işte."

Ona katıldığımı belirtircesine başımı salladım.

"Her şey gayet masumca başlamıştı," diye anlatmaya devam etti Warren. "Geç saatlere kadar ofiste kalıyordum. Flört ediyorduk. Sonraları iş çıkışı birlikte bir şeyler içmeye başladık. Resmen ateşle oynuyordum. Annie'nin bunları öğrendiğinde öfkeden deliye döndüğünü tahmin edersin. Eşyalarını topladığı gibi annesinin yanına taşındı."

"Sence evden taşınmalı mıyım yani?"

"Hayır," dedi Warren. "Demek istediğim, Annie'yi kaybettiğim o kısa süre içinde, onun benim için ne kadar değerli olduğunu fark ettim. Aldığım bu dersi asla unutmadım. Evliliğimizde yaşadığımız bu problemden sonra birbirimizi daha da çok sevdik. Doğrusu, Annie bile bunun kıymetini bildi."

"Keşke ben de böyle mutlu bir son hayal edebilseydim," dedim. "Ethan'ın aklında farklı bir son var gibi görünüyor."

Bir hemşire içeri girerek saati gösterdi. "Böldüğüm için üzgünüm, Bay Kensington, ama fizik tedavi saatiniz geldi."

Warren, tamam dercesine başını sallayarak parmağını kaldırdı. "Sadece bir dakika." Sonra tekrar bana baktı. "Onu ara. Kendini kanıtlaması için ona bir şans daha ver. Beni ve Annie'yi düşün."

Ona sarıldım. "Haklısın. Teşekkürler, Warren."

Hemşire, Warren'ın yatağından kalkmasına yardım etti. "Biliyor musun, benim için boşa vakit harcıyorlar," dedi Warren şakacı bir şekilde. "Ben ihtiyar bir bunağım."

"Ama fizik tedaviye ihtiyacı olan bir ihtiyar," diye karşılık verdi hemşire, aynı şekilde.

Warren bana göz kırptı. "Senin makalen hakkında konuşma fırsatımız olmadı."

"Glenda buna sevinecek," dedim. "Seni kendi –ne demişti?- ah, evet, 'dram'larımla rahatsız etmemi yasakladı."

"Glenda'nın canı cehenneme," dedi Warren sözünü esirgemeksizin. Gelinini sevdiğini biliyordum, ama onun her şeye burnunu sokmasından hoşlanmıyordu. "İlk fırsatta tekrar gelip bana şu hikâyenden bahset."

Başımı olumlu anlamda salladım. "Geleceğim."

"Ama şimdi, kocanı ara," dedi, hemşire onu kapıdan çıkarırken. "Söz mü?"

"Söz."

Taksi beni Lillian Sharpe'ın Windermere'daki evinin önünde indirdi. Başımı kaldırarak oldukça büyük olan eve baktım. Lillian haklıydı, burası çok uzun zamandır ziyaret edilmemiş gibi görünüyordu. Boyası dökülmüştü. Çatıdaki yosun kaplı kiremitler son derece yorgun görünüyordu. Çimenleri biçilmiş ve yabani otları temizlenmiş olsa da bahçesi, komşu bahçeler kadar sevgi görmemişti. Boş araba yoluna gözlerimi dikerek saatime baktım. Beş dakika erken gelmiştim. Verandada oturup Lillian'ın gelmesini beklemeye başladım. Daniel Ray'in neden kaybolduğunu anlamaya bir adım daha yaklaşmış olabileceğimi düşündükçe, kalbim hızla çarpıyordu.

Çok geçmeden, gri bir Volvo hızla araba yoluna girdi. Direksiyonda kısacık beyaz saçları olan bir kadın oturuyordu. Arabadan indiğinde, beni sıcacık bir gülümsemeyle karşıladı. "Sen Claire olmalısın."

"Evet," dedim ona doğru yürüyüp elimi uzatarak. "Benimle burada buluştuğunuz için çok teşekkür ederim. Umarım size zahmet vermemişimdir."

"Asla, hayatım," dedi Lillian. Eski eve uzun uzun baktıktan sonra derin bir iç çekti. "Tanrım, burayı özlemişim."

"Çocuklarınızı burada mı büyütmüştünüz?"

"Evet," dedi Lillian. "İki oğlumu."

"Siz ve eşiniz, buradan ne zaman taşındınız?"

Lillian bir an için durakladı. "İlk eşim öldü," dedi. "Bir süre önce. Geçen yıl yeniden evlendim." Bir iç çekerek eve baktı. "Onu buraya getiremedim. Elbette, onunla her şeyi paylaşmak istediğim gibi burayı da paylaşmak isterim. Ama bu evi kendime saklamam gerektiğini düşünüyorum." Başını iki yana salladı. "Burada çok fazla anı var."

"Bunu anlayabiliyorum," dedim.

"Pekâlâ," dedi Lillian, "gevezelik edip duruyorum. Sen buraya bazı bilgiler bulmak için geldin ve ben de sana yardımcı olmak istiyorum. Babamın son derece ilginç bir kariyeri vardı. Kendisi Seattle'ın en büyük avukatlık ofisinin ortağıydı –Sharpe, Sanford ve O'Keefe- ama en yoksul insanlar için bile daima vakti vardı. Karşılığında para alamayacağını bildiği davaları bile üstlenirdi. O iyi bir adamdı." Lillian ön kapıya yürüyerek kilide bir anahtar yerleştirdi. "İşte geldik, evim, güzel evim." Sesi, kimsesiz duvarların arasında yankılanmıştı.

Kapı aralığındaki bir örümcek ağını temizleyerek, Lillian'ın peşinden içeri girdim. Ayaklarımın altındaki ahşap döşemeler gıcırdıyordu. Tüm mobilyalar beyaz bir örtüyle örtülmüştü. "Burası bir aile ile yaşamak için harika bir ev olmalı," dedim, küçük çocukların etrafa yayılan kahkaha seslerini hayal ederek.

"Evet," dedi Lillian anılarını yâd edercesine. "Burada çok mutlu günlerimiz oldu." İlerideki bir koridoru işaret etti. "Babamın kayıtları şu tarafta. Dosyaları konusunda çok titizdi. Aldığı her davaya ilişkin her belgenin bir kopyasını tutardı. O zamanlar bu kadar çok belgeyle uğraşma zahmetine pek az avukat girerdi. Ama babam detaylara önem verirdi. Ayrıca polis teşkilatında çok sayıda tuhaf olaylar yaşanıyordu. Babam görevin kötüye kullanıldığına ve yolsuzluklar yapıldığına inanırdı." Başını olumlu anlamda salladı. "Birinin belgelerin üzerinde oynaması ihtimaline karşı, daima hepsinin bir kopyasını bulundururdu."

Lillian evin doğuya bakan bir odasının önünde durdu. Tokmağı çevirip, çelimsiz koluyla kapıyı itti. Ama kapı açılmıyordu. "Tuhaf," dedi. "Sanki kapı ağzını kapatan bir şey var gibi."

"İzin verin, bir de ben deneyeyim." Kapı tokmağını tutarak sertçe ittim. Arkasında her ne varsa, ağır bir şeydi. Kapının arkasındaki şeyi yerinden kımıldatıp, ikimizin de içeri girmesine yetecek kadar bir boşluk açılana dek itmeye devam ettim.

Odaya girdiğimizde Lillian irkilerek nefesini tuttu. "Tanrım. Burada neler olmuş böyle?"

Her yer cam kırıkları içindeydi. "Dikkat edin," dedim, Lillian'ın ayağının hemen ucundaki sivri bir cam parçasını göstererek. Camlardan biri kırılmıştı, ama bu bir kaza gibi durmuyordu. Düzinelerce kutu ters çevrilerek yerlere atılmış, etrafa bir yığın evrak ve dosya saçılmıştı.

Lillian eliyle ağzını kapattı. "Bunu kim yapabilir?"

Ona yardım etmek için elimi uzattım. "Babanızdaki bilgileri isteyen biri."

Lillian inanamayarak başını iki yana salladı. "Bunca yıldır bu evi kimse karıştırmadı, bir kere bile. Şimdi nereden çıktı bu?"

Dizlerimin üzerine çöküp, bileklerime kadar gelen kâğıtları bir kenara ittim. Elime aldığım bir sayfayı Lillian'a uzattım. "Hükümet ile Edward Ainsburg arasındaki bir dava," diyerek iç çektim. "Bu resmen samanlıkta iğne aramak gibi bir şey."

Kâğıtları ayıklamaya çalışarak, tekrar ayağa kalktım. "Buraya gelen her kimse, bir şey arıyormuş. Belki de aradığını bulamamıştır." Lillian'a baktım. "Babanızın dosyaları evin başka bir yerinde saklamış olma ihtimali var mı?"

"Hayır," dedi Lillian. Bu dağınıklığın onu korkuttuğu çok belliydi.

Yeniden dizlerimin üzerine çöktüm. "Pekâlâ, en azından denemeye değer. Belki şansım yaver gider."

Lillian durakladı. "Bekle bir dakika... Evet, bakabileceğimiz bir yer var. Nasıl unutabildim? Benimle gel."

Bir dizi merdiveni çıkıp, kitaplarla dolu bir odaya girdik. Yüksek raflarda dizili, deri ciltli kitaplara hayranlıkla baktım. Eğer bu evde yaşasaydım vaktimin çoğunu bu odada geçirirdim.

"Burası babamın eski kütüphanesi," diyerek gülümsedi Lillian. "İlk eşim Bill ve ben, babamın ölümünden sonra buraya taşındığımızda, bu odayı olduğu gibi bıraktık. Onun buradan tek bir kitap almasına bile izin vermezdim." Gözlerini kapattı. "Babamın tek bir parçasını bile kaybetmek istemiyordum." Ardından elini kitaplık boyunca gezdirerek, parmak uçlarıyla her girintiyi incelemeye başladı.

"Ne arıyorsunuz?" diye sordum bir adım yaklaşarak.

Düşüncelere dalıp giden Lillian, cevap vermedi. Fakat az sonra, raflardan biri yerinden kımıldadı. "Buldum!" diye bağırdı Lillian.

Lillian'ın rafı itmesiyle birlikte, duvarın arkasında bir boşluk açıldı.

"Aileye ait değerli şeyleri burada saklardı," dedi Lillian. "Tuhaf, burayı neredeyse unutmuştum. Gel birlikte bakalım."

Lillian'ın peşinden eğilerek bir elbise dolabı büyüklüğündeki odaya girdim. İçeriye tatlı, küflü bir koku hâkimdi. Lillian yüksek bir rafın üzerindeki, dört köşe bir şeyi işaret etti. "Puroları," dedi kutuyu alıp burnuna tutarak.

Kapıya doğru dönüp araya bir takoz koymak istedim. Bir duvarın arkasında kilitli kalma riskini almak istemiyordum. Hem eve zorla girenler tekrar gelirlerse ne olacaktı? Ya onlar–

"Burası biraz ürkütücü olmalı," dedi Lillian.

"Şey, biraz."

"Küçük bir kızken bu odada saatlerimi harcardım," diye devam etti Lillian. "Babam çalışırken, arkadaşım Martha ve benim burada oyuncaklarımızla oynamamıza izin verirdi. Bizim için küçük bir gaz lambası yakardı. Çok eğlenirdik."

Karanlık odaya göz gezdirirken kalp atışlarım hızlanmıştı. Keşke arkamızdaki odadan içeri süzülen ışıktan fazlası olsaydı, diye geçirdim içimden. İçerideki her şeye göz atmak fazla uzun sürmemişti. Belli ki burası bir süre önce boşaltılıp temizlenmişti. Geriye geçmişten hatırlanmaya değer birkaç şey –çerçeveli bir kadın fotoğrafı, bir çift solmuş opera bileti ve bir çocuğun ahşap treni– kalmıştı.

"Üzgünüm," dedi Lillian. "Burada önemli bir şeyler bulabileceğini umuyordum." Lillian kapıya doğru döndüğü sırada, gözüme bir şey takıldı.

"Durun bir dakika," dedim. Karanlığın içinde koyu, dikdörtgen şeklinde bir şey dikkatimi çekmişti. Dizlerimin üzerine çöktüm ve parmaklarım deri bir şeye değene dek uzandım. Bir tokası ve bir de sapı vardı. "Bu eski bir evrak çantası olabilir mi?" diye sordum Lillian'a.

Lillian daha iyi görebilmek için gözlerini kıstı. "Ah, evet," dedi. "Babam onu her gün işe götürürdü."

Lillian'ın peşinden kütüphaneye çıkarak, sabırsız ellerle çantayı açtım. İçinde iple bağlanmış bir kâğıt demeti vardı ve ilk günkü gibi düzenli bir şekilde duruyordu. Düğümü çözmek için çekiştirsem de ipi gevşetemedim. Bu kez kâğıtları kenarlardan çekerek çıkarmaya çalıştım. Bir kâğıt işaret parmağımı kesti. "Ah," dedim elimi sallayarak.

Bu defa daha dikkatli olarak tekrar denedim ve başardım. En az beş santimetre kalınlığındaki kâğıt yığınına göz atarken, Lillian da yanıma gelmişti. İlk sayfadaki kelimeleri okur okumaz, hayretle başımı salladım: "Sven W. Ivanoff'un İfadesi."

"Tanrım," dedim heyecanla. "Onu bulduk."

Lillian kapının yanındaki bir banka oturdu. Bu, onun yaşındaki biri için fazla heyecan verici bir olaydı ve onun için endişelenmiştim.

"Bunlar aradığın dosyalar mı?"

"Evet," dedim. İlk sayfaya hızlıca göz gezdirerek başımı olumlu anlamda salladım. "Görünen o ki babanız 1933'te kaybolan küçük çocuğun annesi Vera Ray'in cinayet davasında, şüpheli tarafın avukatlığını yapmış."

Lillian'ın yüzü bembeyaz olmuştu. "Buna inanamıyorum," dedi. "Babamın onları neden buraya saklamaya karar verdiğini anlayamıyorum."

Başımı iki yana salladım. "Sanırım bu hikâye herkesin inandığı kadar basit değildi ve babanız bunu biliyordu. Belki de bunu ispatlamak istiyordu." Lillian'a baktım. "Babanızın herhangi bir davadan, diğer davalara nazaran daha çok bahsettiğini hatırlıyor musunuz?"

"Hayır," dedi Lillian. "Babamda bunama belirtileri başlamıştı. Altmışlı yaşlarındayken erkenden bunadı. Maalesef onunla birlikte pek çok güzel anımızı kaybettik. Üzerinde çalışmaya niyetlendiği davalar olsa da hiç başlayamadı. Emin değilim. Ama onun için büyük önem taşımayan bir şeyi bu duvarın arkasına saklamazdı."

Büyükbabamda da bunama vardı. Büyükannem bunu, büyükbabamın mısır gevreği kutularını sürekli buzdolabına koymaya başlamasıyla fark etmişti. Belki Lillian'ın babasının bu dosyaları buraya koymuş olmasının da bir sebebi yoktu. Ya da belki hafızasındaki sıkıntının farkındaydı ve birileri gerçeği yok etmeden önce, onu saklamaya çalışmıştı. Odada ağır ve esrarengiz bir hava hâkimdi. Kâğıtları tekrar çantaya koyarak ayağa kalktım. "Bunları yanıma alıp ofiste incelememin bir sakıncası var mı acaba? Mutlaka geri getireceğim. Ve onları güvende tutacağıma söz veriyorum."

"Tabii, hayatım," dedi Lillian. "Eğer gerçekleri *gün yüzüne* çıkarabileceğinizi hissediyorsanız sizde kalsınlar. Onların emin ellerde olduğunu bilmek, babamı mutlu edecektir."

Merdivenlere yöneldiğimizde omzumun üzerinden geriye baktım. Olanca hızımla koşmak ve bu evi mümkün olduğunca çabuk terk etmek için büyük bir istek duyuyordum. Yine de yavaş ve sakin adımlarla yürümeye devam ettim.

Dışarı çıktığımızda kuşların cıvıltısını dinleyip, yüzüme vuran güneşi hissederek rahat bir nefes aldım.

"Seni eve bırakayım mı, tatlım?" diye sordu Lillian arabaya doğru yürüyerek.

"Harika olur, teşekkür ederim," diyerek Volvo'nun kapısını açtım. Arkamı dönüp eve son bir kez bakarak, üst kattaki yatak odalarına göz gezdirdim. İzleniyor muyuz? Sersem, dedim kendi kendime. Lillian arabayı yola sürerken, kucağımdaki çantayı sıkıca kavradım. Elimde çok önemli şeyler olduğunu biliyordum. Neden bu kadar önemli olduğunu bulmaksa bana kalmıştı.

Ofisteki masama oturur oturmaz telefonum çalmaya başladı. Öfkeli bir şekilde telefonu çıkardım. Evrak çantasının içindekiler dışında hiçbir şeyle ilgilenmek istemiyordum.

"Claire?" Ethan'ın sesi çok uzaktan, bir dünya öteden geliyordu. "Tatlım."

Kalbim yumuşasa da sesimi çıkarmadım.

"Evi aramayı denedim. Seni pazar günü ofiste bulacağımı sanmıyordum. Seni özledim."

Mesajımı almış. "Bir makale üzerinde çalışıyorum. Ben de seni özledim," dedim pes ederek. İçimde yer eden öfke ve kıskançlığı bir kenara bırakmıştım. Ona Portland'da ne yaptığını ve Cassandra'nın da bunun bir parçası olup olmadığını sormak istesem de dilimi ısırdım.

"Dün bütün günü Gazeteciler Derneği Bursu adaylarıyla mülakat yaparak geçirdim," dedi Ethan. "Çok yorucuydu."

"Ah," dedim rahatlayarak. "Ben sanmıştım ki–"

"Bu geceki trenle eve dönüyorum. Birlikte bir akşam yemeği yiyebilirsek çok sevinirim."

Gözlerim parladı. "Gerçekten mi?"

"Evet," dedi Ethan. "Tabii, sen de istersen."

"İsterim."

"Öyleyse saat yedide Pink Door'da buluşalım mı?"

"Tamam," dedim. "Bekliyor olacağım."

Telefonu kapatıp dikkatimi yeniden evrakların bulunduğu çantaya yönelttim. Şüphesiz, Lillian'ın babası iş yaşamı boyunca bu çantayı yanında taşımıştı. Bu, eski bir doktorun çantasını karıştırmak gibiydi. Bir stetoskoba, onunla yüzlerce kalp dinlemiş olan doktoru düşünmeden dokunamazdınız. Evet, ben de Lillian'ın babasının varlığını hissedebiliyordum. Çatanın içinde beni bazı sırlar bekliyordu. Ve sanırım onları bulmamı istiyordu.

On Yedinci Bölüm

VERA

Lon öğlene kadar uyudu. Duvardaki saatin ilerleyişini seyrediyor, Lon'un bir an önce kalkması ve Daniel için söz verdiği görüşmeleri yapması için dua ediyordum. İnsanlar onu dinliyordu. O güçlü bir adamdı.

Lon gözlerini açarken oturduğum yerden doğruldum. Elini bana doğru uzatarak yanına gitmemi işaret etti. O eller, dün gece beni mahveden ellerdi. Midemin bulandığını hissettim.

"Gel buraya, bebek," dedi Lon gözlerini ovalayarak. "Gelip yanıma uzan."

"Lon," dedim elimden geldiğince tatlı bir sesle, "oğlumu bulmama yardım edeceğine söz vermiştin. Şimdiye kadar çok sabrettim."

"Elbette, güzellik," diyerek esnedi Lon. "Ama kahvaltım ve" -bana göz kırptı- "kadınım olmadan yataktan çıkmam."

Başımı iki yana salladım. "Hayır," dedim sertçe, "söz verdin."

Lon yerinden doğruldu. Şakacı bakışları aniden öfke saçar olmuştu. "Sen kim olduğunu sanıyorsun da bana böyle emir veriyorsun?"

Ellerim titremeye başlamıştı. "Ben. Ben–"

"O kahrolası oğlunun bir an için bile umurumda olduğunu mu sanıyorsun?" diyerek şeytanca bir kahkaha patlattı. "Tanrı aşkına, onun hâlâ hayatta olduğuna nasıl inanabiliyorsun? Üzerinden günler geçmiş." Komodinin üzerindeki yarısı boş şampanya şişesine uzanıp bir yudum aldı.

Sanki ruhum bedenimden ayrılmıştı ve otel odasında yaşananları bir yabancı gibi uzaktan seyrediyordu. Lon'un dudakları kımıldıyor, gülüyor, benimle alay ediyordu. Korkmuş ve taş kesmiş bir halde öylece oturuyor, ilk kez çaresizliği bu kadar derinden hissediyordum.

Lon yataktan çıktığında, bakışlarımı onun çıplak bedeninden kaçırdım. "Şimdi, sen en iyisi," dedi bana doğru bir adım atarak, "oğlunu bulmakla ilgili saçmalığa bir son ver ve benimle yatağa gel." *Tanrım, buradan çıkmam gerek.*

Kapıya göz attım. Eğer hızlı olursam kaçabilirdim. Beni yakalamadan önce oraya varabilirdim. Üzerinde kıyafetleri olmadan, koridorda beni kovalayamazdı. Kaçabilirdim.

"Bebek," dedi Lon tekrar, elbisemin süsüyle oynayarak.

Lon'un ellerinden hızla kurtulurken elbisem yırtıldı. Sarkan kumaş parçasının altından korsem görünüyordu. "Bana bebek deme!" diye bağırdım kapıya doğru koşarak.

Lon'un öfkesini arkamda hissedebiliyordum. Tıpkı şömineye atılmış kuru bir meşe odunu gibi çatırdayarak yanıyordu. *Buradan çıkmalıyım.* Halıya takılmamla birlikte ayakkabımın teki ayağımdan çıktı, ama onu alacak vaktim yoktu. Kapı tokmağına uzanıp kapıyı açtığım gibi koridora fırladım. O kadar hızlı koşuyordum ki kendim bile şaşırmıştım.

"Beni bırakma, fahişe!" diye bağırdı Lon. "Hemen buraya gel!"

Sesi koridorda yankılanıyordu. *Peşimde mi?* Arkama bakmadım. *Koşmaya devam et.* Oteli iyi tanıyor, her fare deliğine kadar biliyordum. Hemen ileride bir hizmetçi odası vardı. *Beni hayatta orada aramaz.* Rainier Süiti'nin yanındaki küçük kapıyı açarak kendimi içeri attım. Lon'un sesi kesilmişti. Sadece sessizlik ve göğsümden fırlayacakmış gibi çarpan kalbimin sesi vardı. Alnımdan düşen bir damla ter yanağımdan aşağı süzüldü. Tam o sırada, dışarıdan bazı ayak sesleri duyarak nefesimi tuttum. Çok geçmeden kapının tokmağı yavaşça döndü. Yanımdaki paspası sıkıca kavradım. Bana yaklaşırsa, ona vuracaktım.

Kapı gıcırtıyla açıldı. Gwen başını uzatarak içeri baktı. "Tanrım," dedi irkilerek. "Az kalsın bana kalp krizi geçirtecektin, Vera."

Daha önce bir arkadaşımın yüzünü gördüğüm için hiç bu kadar sevinmemiştim. Bir anda ağlamaya başladım, kendimi tutamıyordum.

"Ah, tatlım, haydi, seni buradan çıkaralım," diye fısıldadı Gwen.

Gwen yan taraftaki Rainier Süiti'nin kapısını açınca aceleyle içeri girdik. "Vera," dedi, normalde giydiklerimden çok daha süslü olan yırtık elbiseme ve gözyaşlarıyla ıslanmış yanaklarıma bakarak. "Sana ne oldu böyle?"

"Buraya onunla gelmekle korkunç bir hata yaptım," dedim.

"Lon'u mu kastediyorsun?"

Dudağımı ısırdım. "Biliyor muydun?"

Gwen, evet dercesine başını salladı. Yatağın yanındaki gümüş tepsiden yeni ütülenmiş beyaz bir mendil alarak bana uzattı. "Hizmetçilerin nasıl dedikodu yaptıklarını biliyorsun."

Burnumu çektim. "Benim hakkımda neler düşündüğünü hayal edemiyorum, Gwen."

"İyi bir anne olduğunu düşünüyorum, hepsi bu," diyerek dudağını büktü Gwen. "Ve kadınlara bu şekilde davrandığı için otelin o canavarı kapı dışarı etmesi gerektiğini düşünüyorum."

Derin bir nefes aldım. "Daniel'ı bulmama yardım edeceğine söz verdi. Ben de ona inandım."

"O herif sıçanın teki," dedi Gwen. "Onun çocuğuna hamile olduğu halde Susie'yi başından defetti. Tam bir alçak."

Başımı sallayarak onu onayladım. "Bilmem gerekirdi. Daniel'ı bulma umuduyla doğru düzgün düşünemedim."

"Ah, tatlım, bir an için bile kendini suçlama. Sen yapmak zorunda olduğun şeyi yaptın."

Bozguna uğramış bir şekilde iç çektim. "Ama başaramadım."

Gwen başını iki yana salladı. "Böyle konuşmana izin vermeyeceğim. Sen yapmak zorunda olduğun şeyi yaptın," diye tekrarladı üzerine basarak.

Büyük ve yumuşak yatağa oturarak, başımı yatak başlığına yasladım. "Şu halime bak," dedim, "odayı kirletip sana daha çok iş çıkartıyorum."

"Hiç de bile," diye karşı çıktı Gwen. "Hem bu oda bu gece boş. Estella da bugün izinli. O yüzden dilediğin kadar kal. Bruce ile sana bir tepsi yemek göndereceğim. Bir deri bir kemik kalmışsın."

Solgun, kemikli kollarıma ve sağ bileğimde oluşmaya başlayan bir morluğa baktım. "Sana fazla zorluk çıkarmayacaksam kalırım," dedim. "Kimseye yük olmak istemiyorum."

"Hiçbir şey için endişelenme," dedi Gwen. "Şimdi dinlen. Güvendesin. Seni burada bulamaz. Bir günlüğüne otel misafiriymişsin gibi davran. Hatta biraz uyu. Senin yerinde olsam öyle yapardım, tatlım."

Oldukça rahat ve sıcak olan yatağa göz gezdirdim. O canavar yanımda pinekliyorken, gece boyunca gözümü bile kırpmamıştım. "Teşekkür ederim, Gwen," dedim ağırlaşmış başımı yastığa koyarak. Gözkapaklarımın kapanmasına izin verdim. *Sadece birkaç dakika. Sonra gideceğim. Sonra buradan çıkıp oğlumu bulacağım.* Gözlerimi kapattığımda, her zaman olduğu gibi Daniel'ımı gördüm.

Gözlerimi açtığımda saat sekiz buçuktu. Nasıl olmuştu da onca saat uyuyakalmıştım? Hızlıca yerimde doğrulup elbisemi düzelttim. Lon'un odasından telaşla çıkarken yanıma bir hırka almamıştım. Duvardaki aynaya doğru yürüyüp, kendime uzun uzun baktım. Karşımda gördüğüm yarı çıplak kadından utanmıştım. Ama şimdi bunu dert edecek vaktim yoktu. Pencerenin ardına göz attım. Gökyüzünde kara bulutlar toplanıyordu. *Buradan çıkmalıyım.*

Temkinli ve sessiz bir şekilde koridora çıktım. Attığım her adımda çıkan gıcırtının farkındaydım. Lon'a rastlamamak için gözlerimi dört açıyordum. *Hâlâ beni arıyor mudur?* Asansörü çağırmak için düğmeye bastım ve çabucak gelmesi için dua etmeye başladım. Koridorun aşağısından gelen ağır ayak seslerini duyunca kalbim hızla çarpmaya başladı. Ama gelenlerin yaşlı bir çift olduğunu görerek rahatladım. Şapkasını çıkararak beni selamlayan adama, başımı sallayarak karşılık verdim. Asansör kapısı açıldığında hızla içeri girip, kapılar tekrar kapanana dek nefesimi tuttum. Şimdilik güvendeyim. Lobide asansörden indim ve mümkün olduğunca göze çarpmamak için başımı öne eğdim. O sırada tanıdık bir adam görerek başımı kaldırdım. Kısa bir süreliğine göz göze geldik. Önce kim olduğunu çıkaramasam da sonra hatırladım. Duvar ustası, Bay Ivanoff'tu bu. Elinde demir bir levye vardı ve lobideki bir şömineyi onarıyordu. Başıyla beni selamladı, ama durmadım. Özellikle de karısına yaptıklarını duyduktan sonra. Daniel'ıma ne kadar nazik davranmış olursa olsun, karısına el kaldırabilen bir adamla muhatap olamazdım. O yüzden doğruca ileri baktım.

Tam da sokağa açılan çift kanatlı kapıyı ittiği sırada, uzaktan bir adamın seslendiğini duydum. "Durun!"

Dönüp lobiye baktığımda, Lon'un yardımcısının ellerini sallayarak kapıya koştuğunu gördüm. "Geri gelin, Bayan Ray!" diye bağırdı. "Böyle kaçıp gidemezsiniz. Bay Edwards sizin gardırobunuza bir servet harcadı."

Ona kulak asmayarak dışarı çıktım. Caddeden aşağı koşarken kalbim hızla çarpıyordu. Bir süre koştuktan sonra, dört blok ötedeki bir ara sokağa daldım. Bir kereste yığınının arkasına saklanarak biraz soluklandım. Hızla yanımdan geçen iri bir fare, karanlığa dalarak kayboldu. *Tanrım, şimdi nereye gideceğim? Caroline'e mi? Hayır, bunu ona yapamam. Öyleyse nereye?* Hava gittikçe kararıyordu, burada kalamazdım. Eğer sokakta kalırsam tavernadaki adamlara yem olurdum. Yüzümü ellerimin arasına gömdüm. *Charles.* Evvela bu düşünceyi aklımdan uzaklaştırdım. Aradan yıllar geçmişti. Muhtemelen artık onun için uzak bir hatıraydım. *Daniel'dan haberi yok, oğlunu bunca zamandır ondan sakladığımı öğrendiğinde ne hisseder?*

Başımı iki yana salladım. *Charles bir zamanlar beni seviyordu. Şimdi beni geri çevirmez. Ama dönüştüğüm bu kadını tanır mı?* Saatlerce otelin temizlik kovalarına sokulmaktan çatlayıp kıpkırmızı olmuş ellerime baktım. Charles'ın yıllar önce tanıştığı, pırıl pırıl gözleri olan o genç kızla tam bir tezat oluşturuyordum.

Bir iç çekerek ayağa kalktım ve caddeye doğru yürüdüm. Yoldan geçen bir market kamyonuna el salladım. Şoför yavaşlayarak durdu. "Bu gece Windermere'ın içinden geçiyor musunuz acaba?"

Yaşlı ve sevecen bir adama benzeyen şoför, bana acımış gibi gülümsedi. "Hayır," dedi. "Ama yolumu uzatabilirim. Kuzeye bir teslimat götürüyorum. Seni yol üzerinde bırakırım."

Kutular ve kasalarla dolu olan ön koltuğa baktım. "Arkaya binmek zorunda kalacaksın," dedi adam.

Tamam dercesine başımı sallayıp arka tarafa yürüdüm. Kamyonun kasasına tırmanıp, bir kasayı kenara iterek kendime yer açtım. Kamyon yeniden yola koyulduğunda, Charles'ı düşünerek kendimi avutmaya başladım.

"İşte geldik," dedi şoför, Windermere'ın girişinde frene basarak. Şapkasını çıkararak beni selamladı. "Umarım aradığınızı bulursunuz, bayan."

"Umarım," dedim. "Ve teşekkür ederim."

Sokak lambaları oldukça seyrekti ve gözlerim çok yorulmuştu. Nihayet Kensington evi uzakta belirdi. Adımlarımı sıklaştırdım ve giriş kapısından içeri girip fıskiyeyi geçtim. Eve bakarken, Charles'ın beni buraya getirdiği ilk günü hatırladım. Benimle gurur duyuyordu. Beni seviyordu. *Eğer Josephine'in uyarılarına kulak asmayıp kalsaydım, her şey nasıl olurdu? Belki de Daniel...*

Yukarıdan gelen bir hışırtıyla irkildim. Bir kuş kanat çırparak göle doğru uzaklaştı. Korkularımı bir kenara bırakıp eve doğru yürümeye devam ettim. Girişteki büyük, taş saksılar, yeni dikilmiş menekşelerle doluydu. Ürkekçe kapıyı tıklatarak beklemeye başladım. Sonra tekrar, bu kez daha gürültülü bir şekilde çaldım. Çok geçmeden yaklaşan ayak seslerini duydum. Gıcırdayarak açılan kapının ardında, tıpkı hatırladığım haliyle Charles duruyordu. Sıcak gülüşü, nazik bakışları hiç değişmemişti.

"Vera?" diye bağırdı, şoka uğramış bakışlarla. "Ben... ben... Josephine demişti ki..."

"Merhaba, Charles," dedim sessizce. Elimi ona doğru uzatıp hafifçe yanağına dokundum. "Seni çok özledim."

Keşke saçlarımı taramaya vakit ayırsaydım, diye geçirdim içimden. Gwen'in rujunu da ödünç alabilirdim. Ama nasıl göründüğümün hiçbir önemi yoktu. Önemli olan tek şey, Daniel'dı.

"Charles," dedim, "buraya bu şekilde geldiğim için beni affet, ben-"

"Hayır," dedi Charles sıcak bir gülümsemeyle. "Lütfen özür dileme. Sana yardımcı olabilir miyim?" Ayakkabısız olan sol ayağıma baktı. Başparmağım çorabımdan dışarı fırlamıştı. "Başın dertte falan mı?"

"Evet," dedim. Sesimdeki çaresizlikten nefret etsem de

onu saklayamıyordum. "Bunun kulağa korkunç geleceğinin farkındayım. Sana çok uzun zaman önce söylemeliydim–"

O sırada Charles'ın arkasında kadın sesleri yankılandı. Kapıda, Josephine ile tanımadığım sarışın bir kadın belirdi. Kadın Charles'ın koluna girdi. Sol elinde elmas bir yüzük parlıyordu. "Charlie, tatlım, bu da kim?"

Bir adım geriledim.

"Demek geri döndün, öyle mi?" dedi Josephine. "Biliyordum." Ardından Charles'a döndü. "Sadaka istiyor, değil mi?"

"Josephine, kes şunu!" diye bağırdı Charles. "O burada, çünkü yardıma ihtiyacı var." Sonra yeniden bana baktı, gözleri fal taşı gibi açılmıştı. "Sorun ne, Vera?"

"Asıl istediğini almak için sana her şeyi söyleyecektir," diye devam etti Josephine. "Paranı."

Başımı iki yana salladım. "Hayır, lütfen. Korkunç bir şey olduğu için buradayım. Küçük oğlum kayboldu."

Charles'ın ağzı bir karış açıldı.

Josephine elini havaya kaldırdı. "Tek kelime daha dinleme," dedi. "O asla sana layık biri değildi. Annem geçen gece oteldeyken, onu Lon Edwards'ın kolunda görmüş."

Lon'un iyi bir itibarı yoktu ve onunla birlikte olduğumu inkâr edemezdim. Başımı önüme eğdim. "Evet," dedim, "ama–"

"Bu kadar yeter, Bayan Ray," diyerek kapıyı kapatmaya kalkıştı Josephine. Ama Charles araya girerek ona engel oldu.

"Josephine," dedi, "yeter!" Sonra diğer kadından yana dönerek sıcakkanlı bir biçimde gülümsedi. "Elaine, bana bir dakika izin verebilir misin? Bayan Ray ile yalnız konuşmak istiyorum."

Kadın sanki incinmiş gibi geri çekildi. "Pekâlâ, madem öyle," dedi. "Ama çok kalma, hayatım. Yemeği kaçıracaksın."

Charles dışarı çıkarak solumuzdaki taş bankı işaret etti. "Oturmaz mısın?"

Başımı olumlu anlamda salladım. Charles yanıma oturdu. Göz göze geldiğimizde, kucağındaki ellerini gergin bir şekilde kıpırdatmaya başladı. "Tanrım, Vera," dedi. "Seni bir daha göreceğimi sanmıyordum."

Bakışlarımı kaçırdım. Bir zamanlar sevdiğim, hâlâ sevmeye devam ettiğim gözlerin içine bakmaya dayanamıyordum.

"Kalbimi çok kırdın, bunu biliyorsun," dedi önce eve, sonra yeniden bana bakarak. "Ömrümün geri kalanını seninle geçirmek istiyordum."

Kelimeleri yüreğimi acıtmıştı. "Ah, Charles," dedim ona doğru dönerek. "O şekilde gitmekle çok yanlış yaptım. Ama sana seni sevdiğim için terk ettiğimi söylesem, bana inanır mıydın?"

Charles gözlerini kıstı. "Anlamadım."

"Josephine," diye devam ettim. "Anne ve babanın seni aile servetinden mahrum edeceklerini söyledi."

Charles başını iki yana salladı. "Etseler ne olacaktı ki?" Bir iç çekerek yüzünü ellerinin arasına gömdü. "Gerçekten parayı aşka tercih edeceğime inanabildin mi?"

"Hayır... hayır," dedim kekeleyerek. "Ben..." Duraklayarak pahalı eve, araziye ve ilerideki gösterişli fıskiyeye göz gezdirdim. "Bütün bunları kaybetme sebebin olmak istemedim."

Charles doğruca ileri bakıyordu. "Ben sadece bu kararı bana bırakmış olmanı dilerdim."

Koluna dokundum. Charles kaskatı kesilerek geri çekildi. "Ben artık evliyim, Vera," dedi. "Adı, Elaine. O iyi bir kadın. İlk çocuğumuzu bekliyoruz. Bir çocuğumuz olacağını daha yeni öğrendik."

Kelimeler, gecenin ağır havasında benimle alay edercesine yankılandı. "Evet," dedim. "Evet, tabii." Ayağa kalktım. "Buraya gelmekle aptallık ettim."

Charles da ayağa kalktı. "Vera, bekle. Tehlikede falan mısın? Eğer kalacak bir yere ihtiyacın varsa, Greta sana bir oda hazırlayabilir."

Başımı iki yana salladım. "Hayır." *Elaine ne düşünür? Charles, kendine yakışır bir eşle, gerçek bir yuva kurmak üzere. Artık ona Daniel'dan nasıl bahsedebilirim?* "Burada olmam sadece sana sıkıntı yaratır," dedim. "Beni merak etme."

Charles bana bir adım yaklaştı. "Emin misin?"

Gözlerindeki heyecanı ve özlemi görebiliyordum. Varlığı beni bir mıknatıs gibi kendine çekiyordu. Charles'ın kollarında avunmak, ona oğlumuzu anlatmak ve onu bulmama yardım etmesini sağlamaktan daha çok istediğim bir şey yoktu.

Tam ağzımı açacağım sırada kapı aralandı. Elaine, sabırsız bir ifadeyle kollarını kavuşturarak verandaya çıktı. "Charles, sevgilim, yemek hazır. Çorban soğuyor."

"Hoşça kal, Charles," diyerek merdivenlerden çakıltaşlı yola indim.

"Vera, bekle, ben–"

"Hoşça kal," dedim tekrar, karanlıkta gözden kaybolarak. Kalbim acıyarak, bir kez daha dönüp eve baktım. Elaine'in, Charles'ın koluna girmesini, Charles'ın onu yanağından öpmesini ve birlikte içeri girmelerini seyrettim.

Elbisemin koluyla gözyaşımı sildim. Gökyüzünde sessiz bir şahit gibi duran ay, şimdi daha da çok parlıyordu. Şimdi nereye gideceğim? Ne yapacağım? Göle uzanan yol boyunca sendeleyerek yürümeye başladım. Yumuşak dalgalar sazlıklarla kaplı kıyıya vururken, cırcırböceklerinin sesleri birbirine karışıyordu. Charles'ın nilüferler hakkında söylediklerini, onların ne kadar özel ve bu dünyadan ne kadar ayrı olduklarını hatırladım. Onları tekrar görmek, ay ışığında hareket edişlerini seyretmek istiyordum. Daniel da onları görmeyi çok isterdi. Tıpkı Charles'ın çocukluğu gibi onlara nazik davranır, elini suya daldırarak hafifçe yapraklarına dokunurdu. Tıpkı babası gibi, Daniel da onların güzelliğine hayran kalırdı.

Yüreğim buruk bir şekilde, göle doğru yürüdüm.

On Sekizinci Bölüm

CLAIRE

Kâğıtları evrak çantasından çıkardım. Üzerlerinde, Lillian'ın evindeki o gizli odanın kokusunu taşıyorlardı; puro dumanı, küf, biraz da eskimiş deri kokusu. İlk sayfa, Lillian'ın babası Edward Sharpe'ın, Vera Ray cinayeti davasında Sven W. Ivanoff'un avukatlığını yaptığını doğruluyordu. Sonraki birkaç sayfa ise anlamadığım teknik dille ve çeşitli dilekçelerle doluydu. Ancak kâğıt yığının diplerinde, tam da aradığım şey duruyordu. Bay Ivanoff'un yeminli ifadesinin bir kopyasıydı bu. Sararmış daktilo sayfalarında beni nelerin bekliyor olabileceğini düşünerek irkildim. Bir cinayet itirafı mı? Yoksa Vera'nın ölümünün dehşet verici ayrıntıları mı? Okumaya başladım:

E. R. Sharpe: Bay Ivanoff, kayıtlara geçmesi için adınızı ve adresinizi söyler misiniz, lütfen?

S. W. Ivanoff: Sven W. Ivanoff. 4395 Beşinci Cadde.

Sharpe: Savunmanızda Bayan Vera Ray'in cinayetinden sorumlu olmadığınızı ileri sürüyorsunuz. Bu doğru mu?

Ivanoff: Evet, efendim.

Sharpe: Bayan Ray ile nasıl tanıştığınızı anlatın, lütfen.

Ivanoff: Onu dört yıldır tanıyordum.

Sharpe: İlk ne zaman tanıştınız?

Ivanoff: Aynı apartmanda yaşıyorduk. Benim alt katımda oturuyordu. Ama ilk tanışmamız bu şekilde olmadı. Bir evin işlerini yapmak için Windermere'daydım. Onu yol kenarında yürürken gördüm. Yardıma ihtiyacı olan bir bayana benziyordu.

Sharpe: Peki, ne yaptınız?

Ivanoff: Kamyoneti kenara çekip durdurdum. Yardıma ihtiyacı olup olmadığını sordum. Onu Seattle'daki evine götürüp götüremeyeceğimi sordu. Aynı apartmanda yaşadığımızı da o gün fark ettim.

Sharpe: Bay Ivanoff, iddia makamı Bayan Ray'i ahlaki değerleri tartışılabilir biri -hatta bir fahişe olarak tasvir ediyor. Bunun doğru olduğuna inanmanızı gerektirecek bir sebebiniz oldu mu?

Ivanoff: Hayır, efendim. O namuslu bir kadındı. İyi bir kadındı. Sadece bizler gibi geçimini sağlamaya çalışıyordu.

Sharpe: Onu evine bıraktığınızda, aranızda uygunsuz herhangi bir şey, başka bir deyişle bir cinsel ilişki yaşandı mı?

Ivanoff: Hayır, efendim. Ben evli bir adamım, efendim.

Sharpe: Seattle'a dönüş yolu boyunca neler konuştunuz?

Ivanoff: Çok zor bir karar vermek zorunda olduğunu söyledi. Bana sorarsanız ilişkisiyle ilgili bir sıkıntısı vardı. Ona çok soru sormadım. Fazla konuşmak istemiyor gibiydi. Ama misafir olduğu evdeki bir bayanla ilgili bir şeyler söyledi. Bayanın ona hiç nazik davranmadığıyla ilgili şeyler. İkimiz de zengin insanların bazen şeytan kadar kötü olabildikleri konusunda hemfikir olduk.

Sharpe: Bayan Ray'in ziyarette bulunduğu Windermere'da, kendisine kaba davranılmış olduğu izlenimine kapıldınız mı?

Ivanoff: Evet, efendim. Çok sarsılmıştı. Neredeyse ağlamak üzereydi. Onun adına üzülmüştüm.

Sharpe: Pekâlâ. Yani onu evine bıraktınız ve hepsi bu, öyle mi?

Ivanoff: Evet, efendim. Sonrasında onu sadece ara sıra gördüm. Gördüğümde selam veriyordum. Bir keresinde şöminesinden düşen bir tuğlayı yerine yerleştirdim.

Sharpe: Ona neden yardım ettiniz?

Ivanoff: Ev sahibi tam bir zalimdi. Tamir masraflarını kiracılara ödetirdi. Bende mümkün olduğunca çok insana yardımcı olurdum. Fırtınadan sonra dışarıdaki kiraz ağacının dalı, yaşlı bir bayanın camını kırmıştı. Tamir ettirecek parası olmadığı için penceresiz oturmak zorundaydı. Kamyonetimde birkaç tahta parçası vardı, o yüzden penceresini tahtayla kapattım. O apartman bir buzdolabı gibi soğuktur.

Sharpe: Kulağa sanki apartmanın gayriresmi tamircisiymişsiniz gibi geliyor.

Ivanoff: Öyle de diyebilirsiniz. Birileri bu yoksul insanlara yardım etmeliydi. Ben de mümkün oldukça yardımlarına koşuyordum.

Sharpe: Peki, Bayan Ray'in şöminesini onardığınızda, size uygunsuz bir teklifte bulunmaya çalıştığı izlenimine kapıldınız mı?

Ivanoff: Kesinlikle hayır. Söylediğim gibi, o namuslu bir kadındı. Ayrıca şöminesini onarmak için evine gittiğimde, yeni doğmuş bir bebeği vardı. Önce çok şaşırdım. Bir bebek beklediğini bile bilmiyordum. O kadar genç ve ufak tefekti ki karnında bir çocuk taşımış olabileceğine inanmak zordu. Ayrıca hiç evine girip çıkan bir adam görmemiştim. Bir kere bile. Ama bu onu ilgilendirirdi. Hiçbir şey sormadım. O küçük bebeği seviyordu. Ben şömineyi onarırken, onu öpüp kokluyordu.

Sharpe: Size çocuğun adını söyledi mi?

Ivanoff: Ah, evet, efendim. Ona Daniel diyordu.

Sharpe: Yardımlarınız için aranızda bir para alışverişi gerçekleşti mi?

Ivanoff: Hayır, efendim. Bana cüzdanındaki son birkaç bozukluğu vermeye çalıştı, ama kabul etmedim. Onun yerine bana bir dilim ekmek verdi. Bu iyi olmuştu. Karım hastaydı ve haftalardır ekmek pişirmemişti.

Sharpe: Bu arada ifadenizle ilgili bir şeyi açıklığa kavuşturabilir miyiz? Daha önce sarhoş bir anınızda eşinize vurduğunuz iddiasıyla tutuklanmışsınız. Bize neler olduğunu anlatabilir misiniz?

Ivanoff: Biraz fazla içtiğim doğrudur. Fakat karıma ya da herhangi bir kadına asla el kaldırmam.

Sharpe: Öyleyse eşinizin yaralandığı gece neler yaşandı?

Ivanoff: Evimizin alt katındaki tavernadaydım. Uzun bir gün geçirmiştim. Payıma düşenden fazla bira içtim. Karım beni bulup eve götürmek için aşağı inmiş. İçeride bir kadın görmek, tavernadaki adamlardan birinin hoşuna gitmedi. Karıma çok kötü laflar söyledi.

Sharpe: Ona ne dedi?

Ivanoff: Çirkin bir Rus dedi. Karımın parmaklarını gösterip, dolma gibi kalın olduklarını söyledi. Onu ağlattı. Karımla bu şekilde konuşmasına izin veremezdim. Adama onun hakkında düşündüklerimi söylemek için ayağa kalktığımda, bana yumruğunu savurdu. O gece bir dişimi kaybettim.

Sharpe: Lütfen ayağa kalkıp, mahkemeye hangi dişinizi kaybettiğinizi gösterir misiniz?

Ivanoff: Tabii. İşte, tam şuradaki. Ağzımdan fırlayıp yere düştü. Onu bulamadım.

Sharpe: Bay Ivanoff, bana o gece eşinize ne olduğunu anlatabilir misiniz? Neden hastaneye kaldırıldı?

Ivanoff: Kavgayı ayırmaya çalıştı ve o serseri karıma vurdu. Gerçekten kötü yaralandı.

Sharpe: Yani eşinize siz vurmadınız, öyle mi?

Ivanoff: Hayır, efendim. Polisler tavernaya geldiğinde, biri onlara bunu yapanın ben olduğumu söylemiş. Sanırım bir göçmeni tutuklamanın daha iyi olacağını düşündüler ve beni polis merkezine götürdüler. Bu korkunç bir hataydı.

Sharpe: Ve eşiniz ertesi gün gelip sizi serbest bırakmaları için polise yalvardı. Onu neden dinlemediler?

Ivanoff: Bana soracak olursanız rüşvet aldılar. Masum bir adamı içeri attılar ve gerçekler şöyle dursun, nedenini bile dinlemediler. İtibarımı zedelediler. Bu ülkeyi anlamıyorum. Rusya'da insanlar dürüsttür.

Sharpe: Elimde bulunan Bayan Arianna Ivanoff'a ait imzalı beyanı göstermeme izin verin. Burada kocası Sven Ivanoff'un 7 Mayıs 1933 gecesi kendisini yaralamadığı yazıyor. Şimdi, Bay Ivanoff, Bayan Ray'in öldüğü gece olanlardan bahsedelim.

Ivanoff: Zor durumda olduğunu biliyordum. Kirasını ödemekte ve geçinmekte sıkıntı yaşıyordu. Oğlunun kaybolduğunu duymuştum. Çok üzülmüştüm. O, çok iyi bir çocuktu. Bana kendi oğlumu hatırlatıyordu.

Sharpe: Bay Ivanoff, Daniel Ray'in kaybolmasıyla herhangi bir ilginiz var mı?

Ivanoff: Hayır, efendim.

Sharpe: Bayan Ray ile öldüğü haftaya kadar olan karşılaşmalarınızdan bahsedin, lütfen.

Ivanoff: Kar fırtınasının koptuğu gün tavernada olduğumu hatırlıyorum, efendim. Her zamanki gibi işten eve döndüğünü gördüm. Geldikten kısa bir süre sonra çığlıklar atarak merdivenlerden aşağı koştu, küçük oğlunu arıyordu. O an, korkunç bir şeyler olduğunu anladım.

Sharpe: Ona yardım etmeye çalıştınız mı?

Ivanoff: Evet, efendim. Sokağa çıktım, ama çoktan uzaklaşıp kaybolmuştu.

Sharpe: Onu bir daha ne zaman gördünüz?

Ivanoff: Yaklaşık bir hafta sonra. Karlar erimişti diye hatırlıyorum. Olympic Otel'deki bir iş üzerinde çalışıyordum. Onu süslü püslü bir halde, zengin bir adamın kolunda gördüm. Evvela onu tanımadım. Beni gördü ve başını çevirdi. Sanırım utanmıştı.

Sharpe: Neden utandığını düşünüyorsunuz? Sizce orada ne işi vardı?

Ivanoff: Hepimiz sevdiklerimiz için bir şeyler yaparız. Eğer işe yarayacaksa, oğlunu bulmak amacıyla nüfuzlu bir adamdan yardım almaya çalıştığı için onu suçlamıyorum.

Sharpe: İddia makamı Bayan Ray'i, fahişelik yaparak para kazanmak için oğlunu ihmal eden ve ahlaki değerlerinden şüphe duyulabilir bir kadın olarak tanımlıyor. Aynı zamanda sizin de bu tür hizmetler karşılığında Bayan Ray'e para verdiğiniz ve onun ölümünden sorumlu olduğunuz ileri sürülüyor. Bütün bu iddialara ne cevap vereceksiniz?

Ivanoff: Hepsi uydurma. Tamamen yanlış. Bayan Ray, ne kötü bir anne ne de bir hayat kadınıydı. Tıpkı benim Arianna'mın oğlumuzu sevdiği gibi, o da çocuğunu seviyordu.

Bayan Ray'in çocuğuna bağlılığından şüphe bile duyulamazdı. Ve size onun bir fahişe olmadığını söyleyebilirim, efendim.

Sharpe: Bunu nereden biliyorsunuz?

Ivanoff: Sadece oteldeki o adamla birlikteyken gözlerinin içine baktım. Orada, onunla olmak istemiyordu. Bunu herkes görebilirdi. Çok üzgün ve dalgın görünüyordu. Yalnızca ona yardım edebilmeyi diledim.

Sharpe: Öyleyse Bayan Ray'in öldürüldüğü geceye gidelim.

Ivanoff: Oteldeki işimi bitirip aletlerimi kamyonete yüklediğim sırada, onun koşarak otelden çıktığını gördüm. İyi görünmüyordu. Elbisesi yırtılmıştı. Saçları her zamanki gibi toplu değildi. Ağlıyordu. Sanki birinden kaçıyor gibiydi. Dikkatini çekmeye çalıştım, ama çok hızlı koşuyordu. Son malzemeleri de kamyonete yükledikten sonra, Dördüncü Cadde'ye doğru yola koyuldum. Yolda giderken, onun bir kamyonun kasasına bindiğini fark ettim.

Meyve sebze kasalarının arasına oturmuştu. Kamyonu takip etmeye başladım. İyi olduğundan emin olmak istiyordum. Kamyon, onu yıllar önce ilk kez gördüğüm yerin yakınlarında, Windermere'ın lüks caddelerinden birinin girişinde indirdi. Her ne yapıyorsa burnumu sokmak istemediğimden, kamyonetimi yol kenarına çektim. Orada bir süre bekledim.

Sharpe: Ne kadar beklediniz?

Ivanoff: Ah, en az yirmi dakika. Geri geleceğini düşündüm. Gelseydi, onu evine bırakmayı teklif edecektim. Ona yardım edip edemeyeceğime bakacaktım. Karım ona sıcak bir yemek yapıp, kanepede uyuması için bir yer hazırlayabilirdi.

Sharpe: Yani onun güvende olduğundan endişe ediyordunuz, öyle mi?

Ivanoff: Evet, efendim. Ve söylediğim gibi yirmi dakika sonra dönmediğinde onun peşinden gitmeye karar verdim. İçime doğmuştu sanırım. Tehlikede olduğunu hissettim.

Sharpe: Kamyonetinizi yol kenarında bıraktınız ve Kensingtonların evine giden yolu yürümeye başladınız, öyle mi?

Gözlerimi kâğıtlardan kaldırıp irkildim. Tanrım. Kensington mı?

Ivanoff: Doğru, efendim. Çakıltaşlı yolu yürüyüp fıskiyeyi ve çitleri geçtikten sonra evin pencerelerinden içeri baktım. Hiçbir şey göremeyince yan taraftaki bahçeye ve evin arkasındaki çimenlik alana yürüdüm. Hayatımda gördüğüm en gösterişli evdi. Vera'nın orada ne aradığını anlayamamıştım.

Sharpe: Arka bahçeye vardığınızda ne gördünüz?

Ivanoff: Önce hiçbir şey görmedim. Sadece Washington Gölü'ne uzanan geniş, çimenlerle kaplı bir alandı. Güneş battığı için etraf fazla aydınlık değildi. Tam geri döneceğim sırada bir şey duydum.

Sharpe: Neydi?

Ivanoff: Önce bir hayvan sesi olduğunu sandım. Çok tiz ve keskin bir sesti. Ama sonra yeniden duydum ve anladım. Bu, bağırarak yardım isteyen bir kadının sesiydi. Çok korkmuş, belki de yaralanmıştı.

Sharpe: Sonra ne yaptınız?

Ivanoff: Sesin nereden geldiğini anlamaya çalıştım. O sırada iskelenin yanında kımıldayan bir şey gördüm. Bir ağacın arkasına saklandım. Sonra onu gördüm.

Sharpe: Vera'yı mı?

Ivanoff: Hayır, başka bir kadın. Gölden eve doğru koşuyordu.

Sharpe: Onu iyice gördünüz mü?

Ivanoff: Yüzünü görebilmek zordu, ama koyu renk saçları vardı. Uzun boyluydu diyebiliriz, sanırım.

Sharpe: Ve eve mi girdi?

Ivanoff: Evet, efendim. Buna bir anlam verememiştim. Orada birinin yardıma ihtiyacı olduğu çok açıktı. Göle doğru koşmaya başladım, ama sonra çığlıklar kesildi. Ben, ben...

Sharpe: Bay Ivanoff, iyi misiniz? Devam edelim mi?

Ivanoff: Elimden geleni yaparım, efendim.

Sharpe: Göle vardığınızda neyle karşılaştınız?

Ivanoff: Tanrım, çok korkunçtu.

İskeleye koştum ve onu orada, suyun yüzeyinde yatarken gördüm. Ayakkabılarından biri ayağında değildi…

Sharpe: Suda Bayan Ray'i mi gördünüz?

Ivanoff: Evet, efendim. Batmakta olan küçük bir kayığın yanında yüzüyordu. Kayık su almış olmalıydı. İskeleden ona uzanmaya çalıştım, ama çok uzaktaydı. Peşinden gidebilirdim, fakat yüzme bilmiyordum. Ayrıca sanırım artık çok geçti. Yüzü suyun altındaydı. Gözleri açıktı. Hayatım boyunca gördüğüm en korkunç manzaraydı.

Sharpe: Sonra ne yaptınız?

Ivanoff: Onu orada, o soğukta bir başına bırakma düşüncesine dayanamıyordum. Ama polisteki sabıkamdan sonra, beni suçlayacaklarını biliyordum. Rus bir göçmene asla inanmazlardı. Tıpkı geçen sefer yaptıkları gibi suçu bana atacaklardı. Bu riski alamazdım.

Sharpe: Yani oradan ayrıldınız, öyle mi?

Ivanoff: Evet. Orada nilüferlerin arasında yatarken son derece huzurlu görünüyordu. Ayrıca şurası gerçek ki, ruhu çok daha güzel bir yere gitmişti.

Sharpe: Peki, sonra ne yaptınız?

Ivanoff: Çimenlik alandan yukarı yürümeye başladım. Kimseye görünmek istemiyordum. Zenginler beni bir kez gördüler mi, bir iş çevirdiğimi düşünürlerdi. Ama sonra evden gelen bazı sesler duydum.

Sharpe: Ne duydunuz?

Ivanoff: Bir kadın çılgınca ağlıyor, bir adamsa ona bağırıyordu.

Sharpe: Neler söylediklerini anlayabildiniz mi?

Ivanoff: Hayır. Ama bir ağacın arkasına çömeldim ve adamın göle doğru koştuğunu gördüm.

Sharpe: Bay Ivanoff, gördüğünüz adamın adını biliyor musunuz?

Ivanoff: Hayır, efendim. Ama bana soracak olursanız, Bayan Ray'i seviyordu. İskelede dizlerinin üzerine çöküp ağlamaya başladı. Sonra gömleğini çıkardı ve onun yanına gitmeye kalkıştı. Ama kadın yanına koşarak onu geri çekti.

Sharpe: Ve siz de kamyonetinize döndünüz, öyle mi?

Ivanoff: Evet, efendim. Dönerken evin yanından geçtim. Sıcak bir akşamdı. Üst katın pencereleri açıktı. Evden bir çocuk sesi geldiğini duydum. Bir erkek çocuk. Ağlıyordu.

Sharpe: Onun Bayan Ray'in oğlu olabileceğini düşündünüz mü?

Ivanoff: Düşündüm. Ve şehre döndüğümde polisi aradım. Onlara Windermere'daki o evde bir suç işlendiğini ve Vera'nın oğlunun orada olabileceğini söyledim.

Sharpe: Bay Ivanoff, polis merkezindeki memur size ne söyledi?

Ivanoff: Bana, ihbarımı değerlendiremeyeceklerini söyledi.

Sharpe: Neden?

Ivanoff: Kensingtonların bu şehrin en asil sakinlerinden biri olduğunu söyledi.

Sharpe: Polis Teşkilatı'ndan alınan ve Bay Ivanoff'un ihbarda bulunmak için polis merkezini aradığının kanıtı olan bu belge kayıtlara geçsin, lütfen. Bay Ivanoff, sizce o gece Bayan Ray'e ne oldu?

Ivanoff: Bence Bayan Ray yardım istemek için o eve gitti ve ona saldırdılar. O kadın her kimse, delik olduğunu bile bile Bayan Ray'i o kayığa bindirdi. Onu kurtarabileceği halde ona yardım etmedi. Umarım yaptığının bedelini öder.

Sharpe: Teşekkürler, Bay Ivanoff. Başka sorum yok.

Buruk bir yürekle, gözlerimi son sayfadan kaldırdım. Hikâye şimdi anlaşılır olmuştu. Kocamın ailesi, Seattle tarihindeki en korkunç suçlardan birine ortak olmuş, hatta onu örtbas etmişti. Edward Sharpe bu belgeleri bunca zaman boşuna saklamamıştı. Bay Ivanoff her şeyi en acı verici detayına kadar açıklamıştı.

Kalan sayfaları şöyle bir gözden geçirirken, Vera'nın şahsi eşyalarının yazılı olduğu adli tabip raporuna takıldım:

Bayan Ray'in üzerine bulunanlar: Bir saç tokası, bir otel anahtarı ve altın bir bileklik. Hepsi 13 Haziran 1933 tarihinde Bay Charles Kensington'a teslim edilmiştir.

Daniel'ın babası bir... Kensington'mış.

Akşam yemeği için yarım saat içinde Ethan ile buluşmam gerekiyordu. *Ona anlatmalı mıyım?* Sonra Lillian'ın evine zorla girildiğini hatırladım ve kâğıtları hızlıca çantaya doldurup, masamın altına sakladım. Orada güvende olurlardı.

Restoranda Ethan ikimizin de sevdiği, 2001 tarihli bir şişe kırmızı şarap ısmarladı. "Bugünü özel yapan ne?" diye sordum, bunun evlilik yılımız olduğunu fark ederek.

"Sırf bugünlerde bir araya gelmemiz bile buna bir vesile," diyerek gülümsedi.

"Biliyorum," dedim şarabımdan bir yudum alarak.

"Hey," diyerek kadehini kaldırdı Ethan. "Kadeh tokuşturmayı unuttun. Bu uğursuzluk getirir."

Kadehimi onunkiyle tokuşturdum. "İşte. Biz de beş saniye kuralını uygularız."

Gülümsedi. "Nasılsın?"

Normalde, bir kocanın karısına böyle bir soru sorması tuhaftı. Ama birbirimizden o kadar uzaklaşmıştık ki bu soru anlamsız gelmiyordu.

"Pekâlâ, daha iyi olduğum günler de olmuştu," dedim, Ethan'ın gözlerinin içine bakmaktansa mönüye bakıyordum. Mönü daha güvenliydi.

Ona Cassandra'yı sormak istesem de buna cesaretim yoktu. "Buranın neyi meşhur?"

"Kuzu etleri harika," dedi Ethan. "Arpa şehriyeli. Üzerine biraz da–"

Elimdeki mönüyü hızla masaya çarptım. "Ne zamandan beri gurme oldun? Yemeklere hiç bu kadar ilgi duymazdın. *Anti*-gurme olduğun için kendinle gurur duyardın."

Ethan şaşkına dönmüş görünüyordu.

"Neden bahsettiğimi anlamıyormuş numarası yapma. *Onunla* çok fazla zaman geçiriyorsun. Seni kendine benzetiyor."

"Claire, Cassandra sadece bir arkadaşım. Hem ne zamandan beri yemeklerden tat almama kızar oldun?"

Bir iç çektim. "Affedersin," dedim başımı çevirerek. Restoran çiftlerle doluydu. Mutlu çiftlerle. *Neden biz de mutlu olamıyoruz?* "O şekilde saldırmak istememiştim."

"Baştan başlayabilir miyiz?" diye sordu Ethan, elindeki mönüyü bir kenara bırakarak.

"Evet," dedim. "Reset düğmesi."

"Şimdi, konuşabileceğimiz ve tehlikeli olmayan neler var? İş hakkında konuşmaya ne dersin?"

Endişeli bir şekilde başımı sallayarak onayladım.

Ethan şarabını yudumlayıp arkasına yaslanarak bir iç çekti. "Nasıl gidiyor? Elinde iyi bir hikâye var mı?"

"Evet," diyerek şarabımdan büyük bir yudum aldım. Sırrı açıklayıp açıklamamak konusunda ikilem yaşıyordum. "Oldukça enteresan bir hikâye üzerinde çalışıyorum."

"Öyle mi?"

"Evet, 1933 yılında kaybolan küçük bir çocuk hakkında. Kar fırtınasının koptuğu gün kaybolmuş. Tıpkı bu haftaki fırtına gibi."

Ethan bir parça ekmek alarak ortamızdaki zeytinyağı tabağına batırdı. "Peki, ona ne olduğunu öğrendin mi?"

"Kısmen," dedim. "Anlatsam gerçekten şok olursun."

"Bir dene bakalım," dedi eğlenen bir ifadeyle.

"Pekâlâ," dedim yavaşça, "anlaşılan o ki, o bir Kensington'mış."

Ethan ağzındaki ekmeği çiğnemeyi bıraktı, sonra da onu hızlıca yuttu. "Nasıl yani?"

"Uzun hikâye. Ama sözün kısası, senin büyük büyük atalarından biri, yoksul bir kadınla bir kaçamak yaşamış. Kadın hamile kalmış. Ve üç yıl sonra, sanırım adamın kız kardeşi çocuğu kaçırmış. En azından ben öyle olduğundan şüpheleniyorum."

"Tanrım," dedi Ethan. "Elinde herhangi bir isim var mı?"

Evet dercesine başımı salladım. "Çocuğun babası Charles Kensington adında bir adammış."

Ethan başını iki yana salladı. "Ciddi olamazsın."

"Evet" dedim. "Neden? O kim ki?"

"Tanrım, Claire, o benim büyük büyükbabam."

"Oldukça yürek parçalayan bir hikâye," diye devam ettim. "Sanırım sonunda bir taslak hazırlayacak bilgiler edinebildim."

Ethan kaşlarını çattı. "Bunu yazamayacağını biliyorsun."

"Ne demek istiyorsun?"

"Bu, ailenin adını ve gazetenin itibarını zedeler. Büyükbabam mahvolur."

"Bence tamamen yanılıyorsun, Ethan," dedim. "Warren'ı tanıyorum. O gerçeklerin yayımlanmasını isteyecektir."

Ethan peçetesini tabağına bıraktı. "Hayır. Bu kadar hastayken onu incitme riskini göze alamayız."

"Pekâlâ," dedim, "neyse ki sen benim patronum değilsin, Ethan."

"Haklısın," diye karşılık verdi Ethan. "Ben senin patronunun patronuyum."

İrkildim. "Ailenin kirli çamaşırlarını ortaya seriyor diye bu hikâyeyi gerçekten yok eder misin?"

"Evet," dedi Ethan. "Yaparım."

Yaklaşan garsonu elimi sallayarak uzaklaştırdım. "Bazı cevaplar arayan tek kişi ben değilim. Lillian Sharpe'ın Windermere'daki evinin halini görmeliydin. Babası, küçük çocuğun annesinin cinayeti davasında yer almıştı. Birileri o dosyaları bulmak için evin altını üstüne getirmiş. Gerçekler er ya da geç ortaya çıkmaya mahkûm."

"Ama benim gazetem bu haberi yayımlayanlardan biri olmayacak," dedi Ethan, masaya elli dolarlık bir banknot bırakıp ceketine uzanarak.

Aklımda Kafe Lavanto'ya gitmek yoktu. Taksi şoförüne beni eve götürmesini söylemiştim. Ancak araba apartmanın önünde durduğunda başımı iki yana salladım. "Hayır," dedim. "Planda bir değişiklik oldu. Beni Beşinci Cadde'ye götürün, lütfen."

Kapıyı tıklatmamla birlikte, Dominic kilidi açtı. "İçeri girmemin bir mahsuru var mı?" diye sordum.

"Gir lütfen," dedi samimi bir şekilde. Birkaç adım ötede bir şömine ateşi çıtırdıyordu. Hoparlörlerden hafif bir müzik yayılıyordu. Dominic, güçlükle yutkunmama neden olacak bir şekilde gülümsedi. "Gel, otur."

Kafede farklı bir şeyler vardı. Kapının yanında birkaç karton kutu duruyordu. *Başka ne değişmiş? Duvarların rengi mi? Yoksa perdeler mi?* Zihnim detaylara odaklanamayacak kadar karışıktı. Dominic bardan bir şarap şişesini alarak, cebinden bir tirbuşon çıkardı. "Şarap?"

Omzumu silktim. "Tabii, neden olmasın?"

Dominic'in şarabı iki kadehe dolduruşunu seyrettim. "Yeni başlangıçlara," dedi kadehlerden birini bana uzattıktan sonra.

Başımı olumlu anlamda sallayarak kadehimi onunkiyle tokuşturdum. Ama şarabımdan bir yudum almadan kadehi masaya bıraktım. "Dur bakalım, 'başlangıçlara' dedin. Çoğul eki kullanmakla ne demeye getiriyorsun?"

"Pekâlâ," diyerek kafeye bakındı Dominic. "Galiba sana söylemem gereken bir şey var." Durakladı. "Bundan sana daha önce bahsetmeliydim, Claire."

"Nedir o?"

"İşimle ilgili büyük bir karar aldım. Bu yerle ilgili."

"Ne yapacaksın? Tavan arasındaki boşluğu, her zaman istediğin gibi bir daireye mi dönüştüreceksin? Mönüye öğle yemeği mi ekleyeceksin?"

Dominic başını iki yana salladı. "Hayır. Claire, burayı satmaya karar verdim."

Ağzım açık kalmıştı. "Ama... ama bunu asla yapmayacağını söylüyordun. Burayı sevdiğini söylüyordun. Bu binanın yıkılıp, yerine yeni bir apartman dikildiğini görmeye dayanamayacağını söylüyordun. Kaçırdığım bir yer mi var?"

"Bunların hepsini söyledim," diye devam etti konuşmasına Dominic. "Ve söylediklerimde samimiydim. Ama dün müteahhidin biri, bana reddedemeyeceğim bir teklifte bulundu. Bir süredir burayı satmam için beni ikna etmeye çalışıyordu ve ben de satmamaya kararlıydım. Ama son teklifi o kadar cazipti ki içinde bulunduğum şartları düşündüğümde, bunu kabul etmememin aptallık olacağını fark ettim. Dinle, bu hayat değiştirecek miktarda bir para, Claire. Artık anneme güzelce bakacak birini tutabilir, yeni bir yer satın alabilir ve" –bana doğru eğildi– "bir 'yuva' kurabilirim."

"Hayır," diyerek ayağa kalktım. "Bunları söylediğine inanamıyorum." Kendimi paramparça hissediyordum. Dominic'in annesine destek olmak için maddi sıkıntılar çektiğini biliyordum, ama yine de bu binanın yerle bir edileceği düşüncesine katlanamıyordum. "Bu duvarların arasında bir geçmiş yatıyor," diye karşı çıktım. "Bu kadar özel bir şeye herhangi bir paha biçemezsin."

"Üzgünüm, Claire," dedi Dominic. "İnan bana, bu kararı vermek benim için bir işkenceydi. Keşke başka bir yolu olsaydı."

Kadehimi bir kenara ittim.

"Claire," dedi Dominic beni gülümsetmeye çalışarak, "lütfen bana bunun... bizim aramızdakileri değiştirmeyeceğini söyle."

Elini uzatarak usulca yanağımı okşadı. Dominic beni kendine doğru çekerken gözlerimi kapattım. Kucaklayışı sıcak ve huzur vericiydi, ama geri çekildim.

"Üzgünüm, Dominic," dedim. "Gitmem gerek."

On Dokuzuncu Bölüm

"Warren, ben Claire," dedim ertesi sabah telefonda.

"Selam, tatlım," dedi Warren adeta fısıldayarak.

"Neden fısıldayarak konuşuyorsun?"

"Hemşire uyuduğumu sanıyor."

"Peki, uyuyup uyumadığınla neden ilgileniyor?"

"Uyandığımda bana iğne yapacağını söylemişti."

"İğne."

"Evet."

Kahkahamı bastırsam da ona takılmadan edemedim. "Altı yaşında falan mıyız?"

"Görünüşe bakılırsa öyle."

"Dinle," dedim, "iğne korkusunu bir kenara bırakırsak, *nasılsın*?"

"Çok iyiyim, hayatım," dedi Warren. "Beni neden burada tuttuklarını bilmiyorum. Doktor bugün eve gidebileceğimi söyledi. Umarım öyle olur. Her neyse, sen nasılsın?"

"Kafamda bir sürü şey var," diye yanıtladım. "Seni aramamın sebebi de bu." Glenda'nın, Warren'ı kendi 'dram'larımla rahatsız etmememe dair yaptığı uyarıyı hatırlayarak durakladım. Bilgisayarımın ekranına bir güve kondu. Tam da makalemin ilk satırına konmuştu. Onu elimle uzaklaştırınca, alay edercesine üzerime doğru uçtu. Bu kez üzerine vurarak ondan kurtuldum. Glenda ne demiş olursa olsun, Warren'a makalemden ya da onun Kensington Ailesi'yle olan ilişkisinden bahsetmeyecektim. Şimdilik. Ama yine de ona bir şeyler sorabilirdim. "Warren, merak ediyordum da," diye söze başlasam da cümlemin devamını nasıl getireceğimi düşünüyordum. *Nazik ol.* "Kensingtonların soy ağacını merak ediyordum. Ethan'a ataları hakkında hiçbir şey sormadığımı fark ettim. Bilirsin, büyük teyzeler, amcalar falan. Ethan'ın ailesi –şey, yani ailem hakkında daha fazla şey öğrenmek istiyorum."

"Pekâlâ," diyerek bir iç çekti Warren. "Kensingtonlar Seattle'ın ilk ailelerinden biriydi. Çok önemli bir aileyiz biz."

"Ve hiç de burnu havada değilsiniz," diye ekledim şakacı bir şekilde.

"Claire, sen de baştan aşağı bir Kensington'sın."

Sırıttım. "Peki, ya annenle baban? Adları neydi? Ethan'ın bana söylediğini hiç hatırlamıyorum."

"Ah, evet," dedi Warren. Belli ki geçmişe yolculuk yapma şansı bulmak hoşuna gitmişti. "Annemin adı Elaine'di. Babamınsa Charles."

Kalp atışlarım hızlanmıştı.

"Hiç... erkek kardeşin var mıydı?"

"Bir kız kardeşim var, evet, ama erkek kardeşim yoktu," dedi Warren. "Ama bir süreliğine oldu. Yani, bir kardeş gibi yakındık. Josephine Halamın küçük oğluydu o. Ölmeden bir süre önce, o ve Josephine Hala gelip bizde kalmışlardı."

"Ölmeden önce mi?"

"Evet," diyerek bir iç çekti Warren. "Merdivenden düştü. Başını çarptı. Oracıkta, çakıltaşlarıyla kaplı araba yolunda öldü. Öldüğünde oradaydım. Josephine beni suçladı. Ben ondan biraz daha büyüktüm. Josephine, onu merdivene çıkması için teşvik ettiğimi söyledi. Yapmamıştım. Merdivene ayak basamayacak kadar korkuyordum. Ama onun içinde bir gram korku yoktu. Ardıç kuşunun yumurtalarını görmeyi kafasına koymuştu bir kere. O merdivene de o yüzden tırmanmıştı."

"Onun adı neydi, Warren?" Kalbim daha da hızlı çarpmaya başladı.

"Thomas," dedi Warren. "Ama bu onun gerçek adı değildi. Asıl ismi neydi hatırlamıyorum, ama biz ona Thomas diyorduk. Onun ölümünden sonra, ev bir daha eskisi gibi olmadı. Josephine Hala hiçbir zaman tam anlamıyla toparlanamadı. Çocuklar annelerinden önce ölmemeli."

"Evet, ölmemeli," dedim not defterimi açarak.

"Josephine'in kocasının adı neydi?"

"Bilirsin," diyerek durakladı, "tam olarak hatırlamıyorum. Bana onun öldüğü söylenmişti."

"Öldüğü mü?"

"Zaten hiç ortalarda görünmezdi. Kendimi bildim bileli, sadece Thomas ve Josephine vardı."

Demek Daniel'ı almış ve onun kendi oğlu olduğunu iddia etmişti. Ama neden?

"Warren, Thomas'ın nerede gömülü olduğunu biliyor musun?"

"Neden soruyorsun?"

"Ah, sadece meraktan. Mezarlıklar daima ilgimi çekmiştir."

"Bryant Park'ta," dedi Warren. "Bütün Kensingtonların gömüldükleri yerde. Üniversitenin yanındaki tepedeki mezarlıkta."

Göğsümden, kalbimden yükselen derin bir acı hissettim. "O mezarlığı biliyorum," dedim. "Orası bebeğin..."

"Ah, tatlım. Ne kadar düşüncesizim. Tabii ki hatırlıyorum. Ben–"

"Sorun değil," dedim. Ama öyle değildi. Ethan ile birlikte, ilk çocuğumuzun küçücük –ürpertici derecede küçük– maun bir tabuta konulup, topraktaki bir çukura indirilmesini izlediğimiz günden beri o mezarlığa ayak basmamıştım. Bebeğimiz, düzinelerce aile bireyinin yattığı Kensington mezarlığına katılan en genç ve en yeni üyeydi. Glenda bebeğin mezarının yanındaki üç metrelik toprağı, şimdiden Ethan ve benim için ayırtmıştı. Kayınvalidemin hoşuma gitmeyen pek çok tarafı olsa da, günün birinde bebeğimle yeniden bir araya gelmemizi ayarladığı için ona daima minnettar olacaktım.

"Thomas'ın cenazesiyle ilgili hatırladığım tek şey, büyük bir toprak yığını ve o küçük tabut," dedi Warren anılara dalarak. "Her tarafı altınlarla süslenmişti. O kadar güzel bir şeyi neden toprağın altına koyduklarını anlayamamıştım. Babam, Josephine'i tutmak zorunda kalmıştı. Tabut toprağa indirildikten sonra, Josephine neredeyse kendini çukura atacaktı. Bütün bunlar altı yaşında bir çocuk için izlemesi tuhaf şeylerdi."

Bir iç çektim. "Peki, sen altı yaşındaysan, küçük çocuk kaç yaşındaydı? Yani Thomas?"

"Benden biraz daha küçüktü," diyerek durakladı Warren.

Hattın diğer ucunda bazı patırtılar ve bir hemşirenin

sesini duydum. "Ben seni tutmayayım," dedim Warren'a. "Yakında ziyaretine geleceğim."

"Elbette, tatlım. Ne zaman istersen."

Ethan'ın BMW'sinin anahtarları mutfak tezgâhının üzerindeydi. Düz vitesli arabalar yerine taksileri tercih ettiğimden, onu sadece bir ya da iki kez kullanmıştım. Bilhassa birinci ve ikinci vites arasında onca yolu geri geri kaydıktan sonra, Seattle'ın engebeli yollarında vites değiştirmekten korkuyordum. Bir daha araba kullanmamaya yemin etmiştim. Bu Ethan'ın işiydi, benim değil… ve kazadan sonra dile getirilmeden yapılmış anlaşmalardan biriydi. Geçtiğimiz yıldan beri, benim dünyam ile Ethan'ın dünyası arasında bir çizgi çizilmişti. Ama şimdi anahtarlar sabah güneşiyle parlıyordu. Uzun ve rahatsız bir taksi yolculuğu yapmak ya da otobüs hatlarını takip etmektense, mezarlığa arabayla gitmek daha kolay olurdu. Zaten otobüslerden nefret ediyordum. Başımı olumlu anlamda sallayarak anahtarları kaptım ve onları çantama attım.

Asansörle garaja indikten sonra arabaya binip çantamı yan koltuğa bıraktım. Derin bir nefes aldım. Ethan. Arabada onu parfümünün, teninin ve –kutudaki taş kesmiş kızarmış patateslerden aldım– gizli aşkı olan hazır yemeklerin kokusu vardı. Kendi kendime gülümseyerek patatesleri arka koltuktaki çöp poşetine attım.

Garajdan çıkıp sağa döndüğüm sırada tekerlekler tiz bir ses çıkardı. Tekrar direksiyon başında olmak iyi hissettirmişti. Kontrolün bende olduğunu hissediyordum. Radyoyu açmamla birlikte, U2'nun 'With or Without You' adlı şarkısı hoparlörlerden yayılmaya başladı. Büyük tepeleri zar zor fark ederek otobana yöneldim. Müziğin sesini biraz daha açıp beni yatıştırmasına izin verdim ve mezarlığa giden yola saptım. Bebeğin cenazesinin olduğu gün, bana kuvvetli bir sakinleştirici vermişlerdi. Cenaze boyunca ayakta uyuyor gibiydim. Sanki üzerime kocaman, yumuşacık bir yorgan örtülmüş gibi sıcak ve güvendeydim. Yine de o hapı hiç almamış olmayı diliyordum. Bütün duyguları olanca hamlığıyla hissetmeliydim. Acı çekmeme izin vermeliydim. Acı çekmeye ihtiyacım vardı. Ve şimdi, arabayı mezarlığın içine sürerken öyle yapıyor, bilincim tamamen açık bir şekilde kalbimdeki her sızıyı, her karanlık anıyı ve her pişmanlığı hissediyordum.

Arabadan dikkatlice indim ve anahtarlığın üzerindeki düğmeye basarak kapıları kilitledim. İlerideki çimenlerle kaplı tepelere göz gezdirdim. Çocukken, erkek kardeşim ve ben, sık sık evimizin yanındaki bir mezarlıkta oynardık. Babam bize mezar taşlarının çok yakınına basmamamızı tembihlemişti. "Bu, ölülere saygısızlıktır," demişti. O günden sonra, nereye bastığıma çok daha dikkat eder olmuştum. Ama bir keresinde, kardeşim bir mezar taşının arkasına saklanmış, sonra da 'Böö!' diye bağırarak saklandığı yerden fırlamıştı. Korkuyla geriye sıçramış ve 1940'lı yıllarda ölmüş küçük bir kızın mezar taşının hemen yanına basmıştım. Babam bunun çok büyük bir mesele olmadığını ve küçük kızın mezarını bozup onu rahatsız etmediğimi söylese de, yol boyunca ağlamıştım. Bisikletimi süremeyecek kadar üzgün olduğumdan, babam onu benim için itmişti.

Güneş başıma vuruyordu. Önceki hafta kopan kar fırtınasından sonra, güneşin sıcaklığını hissetmek hoşuma gitmişti. Mezar taşları karla kaplıyken mezarlığın nasıl göründüğünü düşündüm. Beyaz şekerlemelerle süslenmiş bir pastayı andırıyor olmalıydı.

Karşıdaki söğüt ağacını tanımıştım. Bebeğim onun hemen altında yatıyordu. Hafif bir rüzgâr, yakınlardaki bir manolya ağacının çiçeğini yanağıma kondurdu. İrkilerek arabaya doğru döndüm. *Bunu yapmak zorunda değilim. Hemen şimdi geri dönebilirim.* Sonra Vera'yı hatırladım. Onun için buradaydım. Vera için güçlü olabilirdim. Mezarlıkların arasından dolanarak, Kensington aile mezarlığına başkanlık eden söğüt ağacının yanına vardım.

Bebeğin mezar taşı, bakışlarımı bir mıknatıs gibi kendine çekiyordu. Bu mezar taşını anne ve babasının da yardımıyla Ethan seçmişti. Onu oldukça sade tutmuştuk. İsim yoktu. Fazla ayrıntı yoktu. Böyle olmasını ben istemiştim. Ethan çocuğun cinsiyetini neden öğrenmek istemediğimi anlayamamıştı. Beni duygusuz ve taş kalpli olmakla suçlamıştı. Belki de öyleydim. Ama bu, kederime yenik düşmemek için bildiğim tek yoldu. Eğer *bilmezsem, hissetmezdim.* Hastanenin yas danışmanı, bir cenaze töreninin gerekli olmadığını söylemiş, ama bunun acımızı hafifletebileceği tavsiyesinde bulunmuştu. Yakın zamanda ikizlerini kaybeden bir çift, onların küllerini arka bahçelerine diktikleri iki erik ağacının altına gömmüşlerdi. Bir diğer çift ise, ölü doğan kızlarını bahçelerindeki bir gül ağacına defnetmişlerdi. Ethan çocuğumuzun bir cenaze törenine ihtiyacı olduğu konusunda ısrar etmişti. Bana göreyse bu, acıma acı katmaktan başka bir şeye yaramayacaktı. Sonunda perişan bir halde kendimden geçmiştim ve bir hemşire gelip bana sakinleştirici vermişti.

Mezarın yanına diz çökerek elimi mezar taşının üzerine gezdirdim ve bir yosun parçasını temizledim. Çantamdan bir paket mendil çıkarıp, parlak granitin üzerindeki tozları sildim. İlk satırda BEBEK KENSINGTON yazıyordu. 3 MAYIS'TA DOĞDU; DOĞDUKTAN 13 DAKİKA SONRA İSA'NIN KOLLARINA KAVUŞTU.

Yanağımdan süzülen bir gözyaşını silme gereği duymadım. Kimse beni görmüyordu. Acımı yaşayabilirdim. "Anneciğin seni özlüyor," diye fısıldadım, rüzgâr söğüt ağacının yaprakları arasından eserken. Bebeğimi kucağıma almak, yanağının yumuşaklığını göğsümde hissetmek için yanıp tutuşuyordum. Hastaneden geldiğim gün, süt dolu göğüslerimin nasıl acıyla sızladığını hatırladım. Hiç besleyemeyeceğim bir çocuk için süt taşıyor olmak ne kadar acı, diye düşünmüştüm. Gözlerimi mezar taşına diktim. Kaybımın acısını her bir parçamda hissediyordum. Ve yaşlar gözlerimi doldurduğunda, bu kez onları tutmaya çalışmadım.

Duyduğum bir hışırtıyla irkilerek etrafıma bakındım. Biraz ileride, işçi tulumu giymiş yaşlı bir adam duruyordu. Dizlerinde çamur lekeleri, elinde de bir tırmık vardı. *Ne zamandır beni seyrediyor?*

Adam tırmığını bir ağaca yaslayarak bana doğru yürümeye başladı. Ona uzaklaşmasını, beni yalnız bırakmasını söylemek istesem de dostane ve sevecen yüzü bana engel olmuştu. "Çocuk sizin mi, bayan?" diye sordu mezar taşını işaret ederek.

Evet anlamında başımı salladım.

"Adım, Murphy," diyerek, eldiveninin içinden kırışmış elini çıkardı. "Burada bekçiyim."

Adamın sıkıca sıktığı elimi, tekrar cebime soktum. "Ben,

Claire Aldridge," dedim gözlerimi mezar taşından ayırmaksızın.

"Bu çok özel bir çocuk olmalı," diyerek yanıma diz çöktü Murphy.

Cevap vermedim. *Muhtemelen herkese aynı şeyi söylüyordur.*

"Kırk yıldan fazladır bu topraklarla ilgileniyorum," dedi Murphy. "Daha önce burada böğürtlen yetiştiğini hiç görmemiştim. Toprak çok geçirimsiz. Ama bak." Mezar taşının arkasından bakan incecik, açık yeşil bir dalı işaret etti. Dikenli gövdesi tırtıklı yapraklarla kaplıydı ve üzerinde tek bir beyaz çiçek vardı. Çiçeğin yaprakları öylesine narindi ki adeta bir danteli andırıyordu.

Bitkinin gövdesine dokunmak için uzandım, ancak keskin bir acı hissederek elimi hızla geri çektim. Parmağım kanıyordu. "Ah!" diye bağırdım.

"Dikkat et," dedi Murphy. "Dikenleri sivridir."

Kanamayı durdurmak için parmağımı emdim.

"Biz mezarlık bekçileri, geçmişten beri böğürtlen efsanesine inanırız," diye devam etti Murphy. "Onu bilir misin?"

Hayır dercesine başımı salladım.

"Onlar korumak için birer ruh seçerler. Özel olanları."

Böğürtlen yapraklarının, adeta onu kucaklıyormuş gibi mezar taşına yaslandıklarını fark ettim.

"Fırtınanın bu fidanı öldürmediğine şaşırdım," dedi Murphy, minik çiçeğe işaret parmağıyla dikkatlice dokunarak. "Özel," dedi tekrar. Sonra ayağa kalkıp dizlerindeki toprağı silkeledi. "Pekâlâ, artık sizi yalnız bırakayım. Sadece bilmek istersiniz diye düşünmüştüm."

"Teşekkür ederim," dedim, kelimelerin ifade edemeyeceği bir minnetle ona bakarak.

Orada uzunca bir süre oturdum. Hiç tanımayacağım çocuğu ve hiç göremeyeceğim dönüm noktalarını düşündüm. İlk adımlar. İlk kelimeler. Çocuk yuvası. Altıncı sınıf bilim fuarı. Salıncaklar ve kaldırım tebeşirleri. Yaz kampı gezileri. Yazma ve heceleme yarışmaları. Ayağa kalkıp söğüt ağacının gövdesine tutundum. Buraya Daniel'ı bulmaya gelmiştim, kendi kederimin içinde boğulmaya değil. *Vera için geldim.* Derin bir nefes alıp, Kensingtonların mezar taşları arasında ilerlemeye başladım. Çoğu mermerden yapılmıştı ve üzerlerinde özenle hazırlanmış çeşit çeşit süsler, büyük vazolar vardı. Zenginler için mezar taşları... Ruby Kensington. Elias Kensington. Merilee Kensington. Daniel neredeydi? Eleanor Walsh Kensington. III. Louis Kensington. Gözlerimi kısarak daha küçük bir mezar taşına baktım. En üstte kabartma bir sallanan at vardı. Yazıları okurken kalp atışlarımın hızlandığını hissettim. JOSEPHINE KENSINGTON'IN OĞLU, THOMAS KENSINGTON. DOĞUM, 21 NİSAN 1930; ÖLÜM, 9 HAZİRAN 1936. Yazanları defterime not ettim.

Tarihler son derece anlamlıydı. Josephine onu üç yaşındayken kaçırmış olmalıydı. Ve birkaç yıl sonra da ölmüştü. İşte, küçük Daniel –Warren'ın dediği gibi, o zamanlar ona Thomas diyorlardı- burada, ayaklarımın dibinde huzur içinde yatıyordu. Başımı iki yana salladım. *Hayır, huzur içinde değil. Annesi olmadan huzur içinde yatmayacak.*

Arabayı doğruca ofise sürerek, *Herald* binasının yanındaki bir alana park ettim. Satış departmanında çalışan ve sigara molasında olan kızlara selam vermek için bile durmaksızın, hızla odama yürüdüm. Masama oturup bilgisayarımdaki taslağı açtım ve yazmaya başladım. Önceki hafta edindiğim ufak tefek bilgiler için not defterime başvuruyordum. Eva. Kafe Lavanto. Kensington Ailesi. On yıllar öncesine ait gazete kupürleri. Bay Ivanoff'un ifadesi. Ve şimdi mezarlık hepsini birbirine bağlamıştı. Neredeyse hiç açlık hissetmeyerek öğlene kadar yazmaya devam ettim. Öğle vakti geldiğinde ise midem kazınıyordu. Saat ikide, arkama yaslanarak hikâyemin tamamına göz gezdirdim. Son cümleyi de yazdıktan sonra en yukarı çıktım. Başlığın yanında yanıp sönen imlece baktım. 'Böğürtlen Kışı: Mevsimsiz Kar Fırtınası, 1933'te Kaybolan Çocuğun Anahtarı Oldu.' Başlığın hemen altına, emin parmaklarla adımı yazdım. 'Yazan: Claire Aldridge.' Adımla en son ne zaman bu kadar gurur duyduğumu hatırlamıyordum.

Makalenin bir çıktısını aldım. Toplam beş sayfaydı. Beni bu hikâyeden çıkarmış olsa bile, Frank bunu görmek isteyecekti. Ama önce Abby'nin odasına gittim. Abby başını bilgisayarından kaldırdığında, sayfaları masasına bıraktım. Sonra da o sessizce okurken, karşısındaki sandalyeye oturdum. Arada bir şok olmuş bir ifadeyle yüzüme bakıyor, sonra yeniden taslağa dönüp okumaya devam ediyordu.

"Vay canına," dedi kâğıtları yeniden bana uzatarak.

"Ee, ne düşünüyorsun?"

"Sadece, vay canına," dedi tekrar. "Herhalde bu makaleyle kocanın bütün ailesini suçladığının farkındasındır."

Omzumu silktim. "Bu doğru."

Abby kararsız görünüyordu. "Doğru ya da değil, Kensingtonların bunu basmana asla izin vermeyeceklerini biliyorsun."

"Vermek zorundalar," dedim. "Bu hikâyenin anlatılması gerek."

"Öyle," dedi Abby düşünceli bir şekilde. "Peki, ya Vera? Onun mezarını bulabildin mi?"

Bir iç çektim. "Hayır," diyerek elimdeki kâğıtlara baktım. "Ve ona ait bir bilgi olmadan, hikâye tamamlanmış gibi durmuyor. En azından benim için."

Abby suratını astı. "Sence Kensingtonlar bütün bunlarla ilgili ne düşünecek?"

"Onların ne düşündüğü artık umurumda değil," dedim. Caddeye bakan pencereden dışarı göz attım. Genç bir anne, küçük oğlunun elinden tutmuş yürüyordu. Çocuğun üzerinde sarı bir yağmurluk, ayağında da onlarla uyumlu çizmeler vardı. Tekrar Abby'den yana döndüm. "Tüm dünyanın Daniel Ray'e ne olduğunu öğrenme vakti geldi."

Abby uzunca bir süre bana baktı. "Seninle gurur duyuyorum, tatlım. Çok fazla yol kat ettin."

"Teşekkürler," diyerek kapıya döndüm.

Frank telefondaydı. O yüzden kâğıtları masasına bırakarak, "Hikâyeyi iptal ettiğini biliyorum," diye fısıldadım, "ama ne olursa olsun, işte, burada. Onu bitirmek zorundaydım."

Frank'in gülüşü, beni affettiğini söylüyordu.

Masama döndüğümde, telefonumun kırmızı ışığının yanıp sönerek bir sesli mesajım olduğunu belirttiğini fark ettim. Mesajı dinlemek için şifremi girdim. "Claire, benim, Eva. Affedersin, aradığında yürüyüşe çıkmıştım. Bu bilgiyi bir telesekretere bırakmak tuhaf geliyor, ama araştırmalarını geciktirmek istemiyorum. Vera'nın nerede yattığını sormuşsun. Onu şehrin hemen kuzeyinde, First Hill'deki küçük bir mezarlıkta bulabilirsin. Soldan dokuzuncu parsel, tel örgülerin hemen yanında. Eskiden onu sık sık ziyaret ederdim, ama bu yaşta... Doğrusu uzun zamandır oraya gitmedim. Onu ziyaret edebilecek olmana sevindim hayatım."

Kalbim deli gibi çarpıyordu. Çantamı ve ceketimi alıp kapıdan fırladığım sırada, az kalsın Frank ile çarpışıyordum. "Bu," diyerek yeniden sandalyeme oturmamı işaret etti, "bir şaheser."

Temkinli bir şekilde gülümsedim. "Gerçekten öyle mi düşünüyorsun?"

"Evet. Şimdiye dek yaptığın en iyi araştırma. Ve bu yazın" –sanki güzel bir tabloya bakıyormuş gibi başını iki yana salladı– "çok güzel olmuş. Beni ağlattı." Frank şaşkın bir ifadeyle bana baktı. "Geri döndün, Claire."

"Teşekkür ederim," dedim. "Ama Kensingtonlar hakkındaki bütün o şeyler–"

Frank elini kaldırarak beni susturdu. "Hepsi geçmişte kalmış. Bu yazı basılmalı. Merak etme. Ben onu yayın kuruluyla birlikte düzeltir, yumuşatırım."

"Pekâlâ," diyerek ayağa kalktım.

Frank kaşlarını kaldırdı. "Sen nereye böyle?"

"Sadece bir başka ipucunu takip ediyorum," dedim. "Bu gece hikâyeyi sana e-posta atarım."

"Sabırsızlıkla bekleyeceğim," dedi Frank benimle birlikte odadan çıkarken.

O öğleden sonra arabayı mezarlığın önüne park ettim. Özenle ilgilenilmiş Bryant Park ile burası arasında dağlar kadar fark vardı. Paslı tel örgülerle çevrelenmiş First Hill

Mezarlığı, tamamen unutulmuş gibi görünüyordu. Çoğunun üzerine graffitiler çizilmiş olan mezar taşlarını, kahverengi ve yabani otlar bürümüştü. BMW'yi kilitlemeye dikkat ederek, mezarlığın kapısından içeri girdim. Kapının iki yanında yükselen sedir ağaçları, yerde koyu gölgeler oluşturuyordu.

Eva, Vera'nın mezarının nerede olduğunu söylemişti? Soldan dokuzuncu parsel. Mezarlığın biraz daha içine girerek, mezar taşlarını saya saya yürümeye başladım. Burada ne mermerler ne de süslemeler, sadece çıplak taşlar vardı. Burası da yoksul insanların mezarlığıydı. Dokuzuncu mezar taşının başına vararak dizlerimin üzerine çöktüm. Yosunlarla kaplanmış olduğundan, taşın üzerindeki yazıyı okuyamıyordum. BMW anahtarının ucunu kullanarak, harflerin üzerindeki yosunları kazıdım. Basit ve sade bir şekilde VERA RAY yazıyordu. 1910-1933.

Başımı iki yana salladım. Mezar taşına onun sevgi dolu bir anne olduğuna dair hiçbir şey yazılmamıştı. İyi bir arkadaş. Bir kız kardeş. Bir kız evlat. Yalnızca bir isim ve belli belirsiz iki tarih... Bu dünyanın neyi vardı böyle? Kensington gibi bir soyadı sizi özel biri yapıyorken, Ray gibi bir soyadının sizi önemsiz, unutulabilir kıldığı bir dünya mıydı bu? Mezar taşına uzun uzun baktım. *Seni unutmalarına izin vermeyeceğim, Vera.*

Küçük mezar taşı boyunca uzanan dikenli bir dalı fark eder etmez, içimde bir şeylerin kanat çırptığını hissettim. Dalın kadifemsi yeşil yapraklarının arasından beyaz çiçekler fışkırıyordu. Mezarlıktaki adamın böğürtlenler hakkında söylediklerini, onların özel ruhları seçerek koruduklarını hatırladım. *Elbette Vera'yı seçeceklerdi.* Eskimiş tel örgülerin diğer tarafındaki yoldan hızla geçen bir arabayla birlikte ürperdiğimi hissettim.

Ofise dönüş yolunda Ethan'ı düşünüyordum. Elbette, hikâyeyle ilgili endişeleri vardı, ama onu bir kez okudu mu ne kadar önemli olduğunu anlayacaktı. İçimden bir ses böyle diyordu. Ona makalenin bir taslağını götürmek için sabırsızlanıyordum. Tabii, Glenda bu işe sevinmeyecekti, ama umurumda değildi. Gelgelelim, Warren'ın fikri benim için önemliydi. Warren'ın kalbi zayıftı. Ailesiyle ilgili bu karanlık sırları öğrenmekle başa çıkabilir miydi? Bütün bunlar ona çok acı verir miydi? Ne de olsa kuzeninin sadece *kaçırılmış* olmakla kalmayıp, aynı zamanda üvey kardeşi olduğunu bilmiyordu.

Ofise vardığımda Frank odamda beni bekliyordu. Ağzından bir kalem sarkıyordu.

Çantamı yere bıraktım. "Ne oldu?"

"Makale iptal edildi."

"Ne? Kim tarafından?"

Hayal kırıklığına uğramış bir şekilde başını iki yana salladı. "Benim elimden gelen bir şey yok. Bunu kocanla konuşmak zorundasın."

Hızla Ethan'ın odasına giderken yanaklarım yanıyordu. Hikâyenin içine sinmediğine dair beni uyarmıştı, ama onu gerçekten iptal edeceğine inanmamıştım.

Odasına girdiğimde Ethan'ın sırtı kapıya dönüktü. Kapıyı arkamdan kapattım. "Nasıl yaparsın?" diye bağırdım.

Ethan arkasını dönerek bana baktı, elinde benim makalem vardı. "İyi hikâye, Claire," dedi. "Gerçekten. Bravo."

"Onu iptal edemezsin," dedim. "Yapamazsın."

"Yaparım." Ethan'ın bakışları soğuk ve ifadesizdi. O an hangisinden daha çok nefret ettiğimi bilemiyordum, makalemin iptal oluşundan mı, yoksa evliliğimizden mi?

Ethan'ın masasının önündeki bir sandalyeye oturdum ve derin bir iç çektim.

"Dinle," dedi Ethan oturarak, "bu kararı ben vermedim."

Başımı kaldırarak ona baktım. "Sen vermedin mi?"

"Evet," dedi. "Warren verdi."

"Ne?"

"Evet," diye devam etti Ethan. "O hikâye üzerinde çalıştığını biliyordu ve hazır olduğunda ona bir taslağını fakslamamı istedi."

"Anlamıyorum. Bana bundan hiç bahsetmemişti. Warren bunu nereden–?"

Ethan omzunu silkti. "Pekâlâ, biliyordu ve okudu."

Dudağımı sarkıttım. "Ve sanırım hoşlanmadı."

Ethan başını sallayarak onayladı. "Korkarım bunu onunla konuşmak zorunda kalacaksın. Ne de olsa o hâlâ onursal yazı işleri müdürümüz."

"Konuşacağım," diyerek ayağa kalktım.

"Bu arada, hastaneden eve döndü," diye ekledi Ethan. "Hâlâ halsiz, ama çabuk iyileşiyor."

Başımı olumlu anlamda salladım. O sırada Ethan'ın masasının yanındaki bir valizi fark ettim. Çantasının üzerinden sarkan ceketi, her an yola çıkabileceğinin işaretini veriyordu.

Şaşkın bir halde başımı iki yana salladım. "Nereye gidiyorsun?"

"Ah, o mu?" dedi benimle göz göze gelerek. "Bir süre

adada kalsam iyi olur diye düşünmüştüm... sorunlarımızı çözene kadar."

Yutkundum.

"Sanırım biraz... ayrı kalmalıyız." Bir onay bekliyormuş gibi gözlerimin içine baktı. "Bu son yılda çok fazla şey yaşadık," diye devam etti. "İkimiz için de iyi olacak. İkimiz de... düşünmek için biraz zaman bulabiliriz."

"Doğru," dedim çabucak. "Elbette." Gözlerim yanıyordu. Ethan'ın masasının etrafından dolanıp, yanağına bir öpücük kondurdum. Ya oradan hızlıca ayrılmak ya da odasında hıçkırıklara boğulmayı göze almak zorunda olduğumu biliyordum. Kalması için ona yalvarmak istemiyordum. Kalmak *istemesini* istiyordum. "Pekâlâ," dedim boğazımın düğümlendiğini hissederek, "öyleyse sanırım bu bir... veda."

Ne Ethan'ın yüzünü görmek ne de kapıdan çıktığım sırada gevelediklerini duymak istiyordum. Gitmeliydim. Dört duvar arasındaki bu hava ağır ve boğucuydu. Kapıdan çıktığımda gözlerimi kapattım ve çocukken büyükannemin bana verdiği minik, yelkenli tekneyi düşündüm. Önce bulanık olan hatıra bir anda netleşti. Öyle ki, yüzüme serpilen deniz suyunu bile hissedebiliyordum. Her yaz kumsaldaki dalga havuzunda küçük teknemle oynuyordum. Ta ki bir haziran günü, onu okyanusa çıkaracak cesareti toplayana dek. Bu sadece yatak odasındaki sandıkta bulduğum 1950'li yıllardan kalma bir çocuk kitabından esinlenilmiş bir fikirdi: *Şıpıdık Gemi*. Böylece küçük teknemi kıyıya yerleştirip hızlıca suya doğru ittim. Sonra da bir dalganın onu minik direklerinden kavrayarak okyanusa sürükleyişini seyrettim. Onun gittiğini görmek kalbimi kırmıştı. Sonrasında kendimi azarlayarak, uzunca bir süre sahile göz gezdirdim. Tıpkı onu kendi ellerimle göndermiş olmam gibi kocamı da kendimden uzaklaştırdığımdan korkuyordum.

Daha fazla ofiste kalmaya dayanamazdım. Masadaki çantamı aldığım gibi kendimi dışarı attım. Bir araba tiz bir fren sesi çıkararak birkaç santimetre önümde durdu. Hemen ardından öfkeli sürücünün kornası duyuldu. "Önüne baksana!" diye bağırdı direksiyondaki adam. "Az kalsın seni eziyordum!"

Başımı olumlu anlamda sallayıp yürümeye devam ettim. Az önce olanlardan neredeyse hiç etkilenmemiştim. Karşıya geçip, Ethan'ın BMW'sinin beklediği park alanına girdim. Parlak arabaya bir süre öylece bakıp, gözyaşlarıma hâkim olmaya çalıştım. Bahar güneşinin altında, oldukça göz alıcı şekilde parlıyordu. Bir o kadar da üzgün görünüyordu. Bu araba, başarısız evliliğimizin bir sembolüydü. Başımı iki yana salladım. Sonra da tekrar caddeye yürüyüp bir taksi çevirdim.

Warren şehir merkezindeki çok katlı bir apartmanda oturuyordu. Bu çatı katı dairesini yıllar önce eşiyle birlikte almışlardı. Bu muhteşem bir daireydi... en azından, bir zamanlar öyleydi. Oturma odasının yukarısındaki özel çatı verandası, Seattle'daki favori saklanma yerimdi. Sıcak gecelerde orada şarap içmek için Ethan ile birlikte Warren'a katılırdık. Gökyüzündeki yıldızları sayar, Space Needle'dan Alki Plajı'na dek uzanan ve sadece kuşların görebileceği kuşbakışı manzaranın tadını çıkarırdık. Ama artık oraya kimse gitmiyordu. Warren'ın dizleri sarmal merdivenleri çıkamayacak kadar zayıf, Ethan ise şarap içip yıldızları seyredemeyecek kadar meşguldü. Bense bahar ayında son bir kez çatıya çıkmış ve oranın oldukça pasaklı bir grup güvercine yuva olduğunu keşfetmiştim.

Warren, Noel'den hemen sonra hizmetçisini göndermişti. "Sehpamda toz olması umurumda bile değil!" demişti Glenda'ya, aylar önceki bir ziyaretimizde. Glenda dağılmış dergi ve kitap yığınlarına, toz içindeki pencere eşiklerine endişeyle göz gezdiriyordu. Warren, görünüşünü kurtarma meraklısı olmayan tek Kensington'dı ve bu yüzden onu daha çok seviyordum. Yine de son zamanlarda eskisi gibi olmadığı inkâr edilemezdi. Bundan hastalığını sorumlu tutsam da başka sebepleri olup olmadığını merak ediyordum. Derin bir nefes alarak zile bastım.

"Evet?"

"Warren, benim, Claire."

"Tamam," dedi Warren. "Haydi, yukarı gel."

Asansörle yirmi üçüncü kata çıkarken, Warren'ın bana neler söyleyeceğini hayal ediyordum. Bana bu makaleyi yayımlayamayacağımı, çünkü ailenin itibarını düşüreceğini söyleyecekti. Josephine'in suçlanacağını, ruhunun rahat etmeyeceğini söyleyecekti. Bu konu hakkında tek kelime dahi etmemem için bana söz verdirecekti.

Kapıyı çaldım.

"Gir," diye bağırdı Warren içeriden. "Kapı açık."

İçeri girdiğimde, Warren masada oturmuş sandviç yiyordu.

"Seni bekliyordum," dedi, peçetesini ağzının kenarındaki bir hardal lekesine dokundurarak. "Oldukça zeki bir muhabirsin, Claire," diyerek önündeki kâğıtları işaret etti.

Ona doğru yaklaştığımda yazının başlığını tanıdım. Bu, benim makalemdi.

"Hatta özel dedektiflerimden bile iyisin."

Evde ürkütücü bir sessizlik hâkimdi. Duvardaki saatin sesi sinirime dokunuyordu.

Warren ellerini birbirine kenetledi. "Askeri eğitimli dedektifler Sharpe'ın evindeki dosyaları bulamadı, ama sen buldun." Başını hayretle iki yana salladı. "İşte *bu* bir yetenek."

Kalp atışlarım hızlanmıştı. *Tanrım.* Lillian'ın evine zorla girildiğinden haberi vardı. Daha da kötüsü, bundan kendisi sorumluymuş gibi görünüyordu.

Başımı iki yana salladı. "Warren, anlamıyorum."

"Gel, otur," dedi yanındaki sandalyeyi göstererek. "Yıllardır bu sırrı çözmeye çalışıyordum," diye devam etti. "Vera Ray'e ne olduğunu öğrenmek epey vaktimi aldı. Polis merkezinde çıkan bir yangında dava dosyaları esrarengiz bir şekilde kayboldu. Sence de çok uygun değil mi? Sonra ben–"

Ellerim titriyordu. *Bana ne anlatıyor? Bütün bunlar ne anlama geliyor?* "Warren," dedim başımı iki yana sallayarak, "anlamıyorum."

Warren'ın gülümsemesi beni biraz olsun rahatlattı. "Önce ailemi korumak istediğim için gerçeği tüm çirkinliğiyle sakladığımı düşündüm. Ama dahası da var. Bu benim için oldukça özel bir hikâye."

Elimle ağzımı kapattım. Zihnim öylesine hızlı çalışıyordu ki ona zor yetişiyordum. "Warren, yoksa bana söylemeye çalıştığın şey…?"

Warren başını olumlu anlamda salladı. "Evet. Makaleni iptal ettim çünkü yeni bir sona ihtiyacı vardı. Thomas Kensington, Daniel değildi." Warren'ın gülümsemesi her şeyi açıklıyordu. "Daniel, benim. Sana kendim söylemek istedim."

Şaşkınlıkla nefesimi tuttum. "Nasıl öğrendin? Sen sadece küçük bir çocuktun–"

"Evet, geçmişi net hatırlamıyorum, tabii," dedi Warren. "Götürüldüğümde sadece üç yaşındaydım."

Götürüldüğümde.

Warren'ın açıklamalarının ağırlığını sindirmeye çalışarak, başımı iki yana salladım. *Daniel Ray'in gözlerinin içine bakıyorum. O başından beri buradaymış.*

"Ama küçük de olsalar, çocuklar bir şeyleri hissedebilir," dedi Warren. "Annem bana daima diğerlerinden farklı bakardı."

"Elaine'i mi kastediyorsun?"

"Evet," dedi. "Önceleri kız kardeşim kadar sevimli olmadığımı düşünüyordum. Ama yaşım ilerledikçe, başka bir şeyler olup olmadığını merak etmeye başladım. Annemle babamın partide çok fazla şarap içtikleri bir gece, onları salonda tartışırlarken duydum. Annem onun adını anıyordu. *Vera*. Okuldaki başarısızlığımın tamamen onun suçu olduğunu söylüyordu. Kötü notlarımdan, Vera'nın 'zayıf genlerini' sorumlu tutuyordu. Tabii kimden bahsettiğini ya da Vera'nın kim olduğunu bilmiyordum. Josephine Halam 1980'lerde felç geçirene dek, bu konuyu bir daha düşünmemiştim. Bütün aile hastanede, onun yatağının etrafında toplanmıştı. Babam, kız kardeşini elli yıldan fazladır görmüyordu. Ben küçük bir çocukken araları açıldığından beri onunla konuşmayı reddetmişti. Bu yüzden babam çıkageldiğinde –yani hepimiz çıkageldiğimizde– Josephine kendini kaybetti. Bana hayatımı mahvettiği ve beni Vera'dan kopardığı için ne kadar üzgün olduğunu söylemeye çalışıyordu. Annem ve babamsa onun hastalık yüzünden böyle sayıkladığını, aklının yerinde olmadığını söylüyorlardı. Ama ben öyle olmadığını biliyordum. Söylediklerinin temelinde bir gerçek yatıyor olmalıydı. Ve geçmişimi araştırmaya başladığımda, beni çok korkunç bir şeyden koruduklarını gördüm. Parçaları bir araya getirdiğim kadarıyla, Vera ve babam birbirlerine deliler gibi âşıktı. Ama Vera yoksuldu ve aile onu kabul etmedi. Fakat kimse bu aşka babamın kız kardeşi Josephine kadar karşı çıkmadı. Vera'nın annesi yıllar önce onun dadılığını yapmıştı. Josie Halam dadısından hiç hoşlanmazdı, o yüzden bütün hırsını onun kızından, yani Vera'dan aldı. Benim, yani bir Kensington'ın, sıradan ve yoksul biri tarafından büyütüleceği düşüncesine dayanamıyordu. Ve bu sorunu kendi yöntemleriyle çözdü."

"Baban, Charles bunu biliyor muydu?"

"Bildiğim kadarıyla bunu Vera'nın ölümünden sonra Josephine'den öğrendi," dedi Warren. "Josephine babamın ne kadar iyi biri olduğunu biliyordu. Sanırım babamın Vera ve beni tekrar bir araya getirmek için her şeyi yapacağından endişe ediyordu. O yüzden Vera tamamen ortadan kalkana dek beklemek zorunda kaldı."

Tüylerim ürpermişti. "Peki, baban onun kapısına gittiğin zaman ne demişti?"

"Josephine her şeyi kusursuzca planlamıştı," dedi Warren. "Yıllar önce hastanede söylediklerinden çıkardığım kadarıyla, babama önceleri kim olduğumu söylememiş.

Babam iyi yürekli ve yardımsever bir adamdı. Josephine ona bir eve ihtiyacım olduğunu söylemiş, babam da beni içeri almış. Thomas'ın ölümünün hemen ardındansa babama suçunu itiraf etmiş. Belki de kendi kaybı, Vera'ya neler yaşattığını anlamasına ve itirafta bulunmasına neden olmuştur. Josephine bunu benim iyiliğim için yaptığını, bir Kensington'ın asla yokluk içinde büyümemesi gerektiğini söyleyerek kendini savunmuş. Ve babam o günden sonra bir daha onunla konuşmamış."

"Yani baban ve karısı seni evlat edinip, bu sırrı yıllarca saklamışlar mı?

"Evet," dedi Warren. "Kimse geçmiş hakkında konuşmazdı. Gerçeklerin üzeri özenle örtülmüştü. Ta ki hepsi bir anda serbest kalana kadar. Sırlar böyledir, her zaman yollarını bulurlar. Bu bir ömür sürse bile."

"Vera, annen, o gece göldeki bir kayıkta öldü," dedim. "Sence onun ölümü Josephine'in ellerinden mi oldu?"

Warren bir iç çekti. "Sanırım Josephine'in bununla bir ilgisi var. Vera'nın yüzemediğini bildiği için onu o delik kayığa yöneltmiş olabilir."

Başımı sallayarak onu onayladım. "Polisin bu olayı neden daha derinlemesine araştırmadığını ve Bay Ivanoff'u neden bu kadar çabuk Vera'nın cinayetiyle suçladıklarını hiç anlamıyorum."

"O dava dosyalarını ele geçirmek isteyişimin sebebi buydu," dedi Warren. "Josephine ve diğer aile bireylerinin, polis merkezindeki yangınla bir ilgilerinin olduğundan şüpheleniyorum. Her ne olursa olsun, ailemin çevresi geniştir. Eğer Josephine ya da aileden herhangi biri polisten bir yardım istemişse, yerine getirilmiştir. Ivanoff kolay hedefti. Onun peşinden giderek, dikkatleri ailenin ve gerçeklerin üzerinden çektiler." Warren önündeki makale taslağına baktı. "Ben daha iyisini yazamazdım."

"Bütün bunları öğrendiğinde neden polise gitmedin? Neden bir şey yapmadın?"

"Ne yapacaktım? Ailemi polise mi ihbar edecektim? Onlara ölmüş bir kadını mı tutuklattıracaktım?"

Ne demek istediğini anlamıştım.

"Hayır," diye devam etti Warren. "Olanlar geçmişte kaldı. Yapacağım hiçbir şey annemi geri getiremez."

"Haklısın."

Warren bir şey hatırlamaya çalışıyormuş gibi durakladı. "Geçen yıl babamın bazı eski evraklarını gözden geçiriyordum ve muhasebecisinin tuttuğu hesap defterini buldum. Orada çok ilginç bir şey keşfettim."

"Ne?"

"Beşinci Cadde'deki kadın sığınma evini biliyor musun?"

Evet dercesine başımı salladım. "Umut Evi, değil mi? Geçen yıl onlar hakkında bir makale yazmıştım. Harika bir yer. Evsiz annelere ve hamile kadınlara kapılarını açıyorlar."

Warren pencereden Seattle'ın siluetine baktı. "Orayı babam kurmuş," dedi.

Sevinçle gülümsedim. "Charles."

Warren'ın gözleri gururla doluydu. "Annem, babamın hayır işlerine neden bu kadar para harcadığını hiç anlamazdı. Sanırım yoksul insanlar annemi korkutsa da babamı korkutmuyordu."

"Bu çok anlamlı," dedim. "Baban Umut Evi'ni Vera'nın anısına yaptırdı. Ah, Warren, sen babanın oğlusun. Şimdi o kocaman kalbinin ve insaniyetinin nereden geldiğini anlıyorum."

"Keşke yıllar önce bunları onunla konuşabilseydim," dedi Warren.

Elindeki makaleyi gösterdim. "Artık bütün hikâye elinde olduğuna göre, huzurlu hissediyor musun?"

"Evet, bir bakıma," dedi Warren. "Ama hâlâ eksik bir şey var, bana yardımcı olabileceğini umduğum bir şey."

Başımı olumlu anlamda salladım. "Tabii, ne istersen."

"Eski evim," dedi Warren özlem dolu bir şekilde. "Vera'yla yaşadığım apartman dairesi. Sen oraya gitmiştin, değil mi?"

"Evet."

Warren bir iç çekti. "Orası bulmacanın çözemediğim parçalarından biri. Çok tuhaf, penceremizin önünde titreyen sokak lambası ya da ara sokaklarda çamaşır yıkayan kadınların kulak tırmalayan sesleri gibi hiç olmayacak ayrıntıları hatırlayabiliyorum. Ama ne yaparsam yapayım apartmanın yerini hatırlayamıyorum. Geceleri dışarı çıkıp yürürdüm. Adresi hatırlayabilmeyi umar, bir vitrinin ya da eski bir binanın beni çağırmasını dilerdim. Ama bunca yıldır evimin yerini bulamadım." Warren yalvaran ve buğulu gözlerle bana baktı. "Beni oraya götürür müsün, Claire?"

"Bunu her şeyden çok isterim," dedim. "Yarın öğleden sonraya ne dersin?"

Warren bir an için gözlerini kapatıp, sonra yeniden canlanmışçasına tekrar açtı. "Teşekkür ederim, hayatım."

Yanağına bir öpücük kondurmak için ona doğru eğildim. "Sana artık Daniel demek istesem, çok mu tuhaf olur? Bu isim kulağına çok garip geliyor olmalı."

"Hayır," dedi Warren. "Garip gelmiyor. O daima kalbimde taşıdığım bir isim."

Yirminci Bölüm

Ertesi sabah yatakta doğrularak kollarımı esnettim. Evet, Ethan kalbimde bir boşluk bırakarak gitmişti, ama bunu düşünmemeye çalışıyordum. Mikrodalga fırına bir kâse yulaf ezmesi koydum ve pencereden dışarı bakarak, körfeze giren bir vapuru seyrettim. Ethan ile burada oturmayı ve gelip giden vapurları izlemeyi severdik. Onlara isim bile takmıştık. Edgar. Duncan. Maude. Ethan'ın onlardan birine Horace dediği günü hatırlayarak gülümsedim.

Mutfaktaki telefon çalmaya başlayınca, koşarak açtım. "Alo?"

"Claire, ben Eva."

"Merhaba," dedim. "Sesini yeniden duymak güzel." Ona Warren'dan bahsetmek için sabırsızlanıyordum.

"Bugün buraya uğrayabilir misin diye soracaktım," dedi Eva. "Aklıma bir şey geldi ve... Neyse, buraya geldiğinde konuşuruz. Müsait misin?"

"Evet," dedim, öğleden sonra Warren'la olan planımı düşünerek. Önce Eva'nın yanına uğrayabilirdik. Böylece iki eski arkadaşı tekrar bir araya getirebilirdim. "Öğlen müsait misin?"

"Olur," dedi Eva.

"Ah, Eva, yanımda bir arkadaşımı daha getireceğim. Tanışmanı istediğim biri."

"Harika," dedi Eva. "Ne kadar kalabalık, o kadar iyi."

Yulaf ezmemi bitirdikten sonra saçlarımı atkuyruğu şeklinde topladım. Ardından ne yaptığımı bile düşünmeksizin, elbise dolabımdan bir şortla tişört çıkardım. Yatak odamdaki boy aynasının önüne geçip kendime baktım. Bacaklarım eskisi gibi değildi. Bir zamanlar formda ve güçlüyken, şimdi zayıf ve hamur gibi görünüyorlardı. Artık bir koşucu değildim. *Bir daha olabilecek miyim?*

Yeniden elbise dolabına baktım. İçinde Ethan'ın kıyafetleri olmayınca oldukça çıplak görünüyordu. Başımı çevireceğim sırada, alt ayakkabılık rafındaki bir mavilik dikkatimi çekti. Bunlar koşu ayakkabılarımdı. Önceki aylarda yaptıkları gibi artık benimle alay etmiyor, orada sessizce duruyorlardı. Şimdi yalnızca sabırla ve usulca bekliyorlardı. Onları alıp yatağa oturdum ve ayaklarımı yavaşça içlerine sokarak yumuşak tabanlarını hissettim. Kendimi rahat ve güvende hissettirmeleri hoşuma gitmişti. Çift düğüm atmaya çalışarak bağcıklarını bağladım. Bir yudum su içip, cep telefonumu ve anahtarlarımı cebime atarken kalp atışlarım hızlanmıştı. Bunlar, eskiden koşuya gitmeden önce yüzlerce defa yaptığım alışkanlıklarımdı.

Asansörden inip koridoru yürüdüğüm sırada Gene hiçbir şey söylemedi. Bu, muhabbet etmeyi gerektirmeyen bir andı. Zaten aklım çalkalanıyor, kalbim sıkışıyordu. Koşuya çıktığım son günden bu yana tam bir yıl geçmişti. Hayat değiştiren bir yıl... Gene sadece kapıyı açtı ve dışarı çıktığım sırada beni başıyla selamladı. Yıllardır pek çok koşu yapmıştım. Fakat bu, sadece üç blok koşmama rağmen hayatımın koşusu gibi hissettirmişti. Ve öyleydi de.

Önce yürüyerek başladım. *Bir adım, sonra bir adım daha.* Bir zamanlar güçlü ve sağlam olan bacaklarımın yerine, şimdi iki dondurma çubuğunun üzerinde duruyor gibiydim. Başımı iki yana salladım. *Hayır, bunu yapamam.* Kaldırımdaki bir çatlak, kalp atışlarımı daha da hızlandırdı. Hızla üzerime gelen arabayı hatırladım. Ayağımın nasıl takıldığını, arabanın çarptığı anı, sonrasında karnımdan bir şeylerin koptuğunu hatırladım. *Bir adım, sonra bir adım daha.* Tempomu dikkatle arttırdım. *Nefes al.* Yüzüme vuran güneş yanaklarımı ısıtıyordu. Yandaki kafede oturan bir kadın bana bakarak gülümsedi. *Nefes al.* Kuşlar, kondukları elektrik tellerinde cıvıldaşıyorlardı. Farkına bile varmadan yeniden koşmaya başlamıştım. Gerçekten koşuyordum.

Apartmanın çevresinde birkaç blok dolandıktan sonra, Kafe Lavanto'nun sokağından geçmeye karar verdim. Dominic'in bir önceki gün söylediklerinden sonra içeri giremezdim. Ama o binanın önünden geçmek, Warren'ın küçük bir çocukken orada oyunlar oynadığını hayal etmek için can atıyordum. Terli ve soluk soluğa bir halde yokuşu tırmanırken göğsüme saplanan bir ağrıyla iki büklüm oldum. Elimi göğsüme bastırarak birkaç kez derin nefes aldım ve ilerideki kafeye baktım. Binanın etrafı turuncu konilerle çevrilmişti. Kasklı adamlar ellerinde bloknotlarla girişin etrafında koşuşturuyor, binayı işaret ediyorlardı. Sarı bir ikaz şeridi, bir latte içmek isteyenlerin içeri girmesine engel oluyordu. Sıcak çikolata içmek isteyenlere de öyle. *Herhalde yıkımı hemen başlatmıyorlardır, değil mi?* Telefonumu cebimden çıkarıp Dominic'i aradım. Fakat birkaç kez çaldıktan sonra telefona telesekreteri cevap verdi. "Dominic," dedim, kafenin önünde geri geri yaklaşan büyük bir kamyonun sesini bastırmak için bağırıyordum. "Kafeyi satacağını söylemiştin, ama bu kadar çabuk olacağını düşünmemiştim. Ben..."

Ne diyeceğimi bilemeyerek telefonu kapattım. Sarı şeride yaklaşıp, başında sarı bir kask olan adama el salladım. "Affedersiniz!" diye bağırdım.

Adam, rahatsız edilmek istemeyen bir yüz ifadesiyle bana doğru yürüdü.

"Burada neler oluyor?" diye sordum.

"Bina yıkılacak," diye yanıtladı adam. "Ama bugün değil. Sadece hazırlık yapıyoruz."

"Hayır!" diye bağırdım. "Bu olamaz."

Adam omzunu silkti. "Öyle." Elindeki bloknotu bana döndürerek, yeni bir apartman binasına benzeyen mimari çizimi gösterdi. En alt katta bir Starbucks kafe görünüyordu. "Bu bina için alınması gereken tüm izinler hızla alındı. Patron buranın karşı caddedeki apartmandan önce inşa edilmesini istiyor."

Başımı iki yana salladım.

"Bunun gibi eski bir binanın bu kadar uzun süre ayakta kalmasına inanmak zor," dedi penceredeki tabelaya göz atarak. "Tam bir çöplük."

"Bu çöplük," dedim, "çok özel bir yer. Burası–"

Adam uzaktaki bir işçiye bir şeyler bağırarak uzaklaştı.

"Vera ve Daniel'ın yaşadığı yer," diye devam ettim, tek dinleyen ben olsam da. "Onu yıkamazsınız. Yapamazsınız."

Bir süre öylece durup, etrafta koşuşturan inşaat işçilerini seyrettim. Çürümüş bir tahta parçasını yiyip bitirmek için toplanan karıncalar gibi akın ediyorlardı. Tıpkı kendilerini ağaçlara zincirleyen kararlı çevreciler gibi, kendimi binanın önüne atmak ve kollarımı iki yana açarak onu korumak istiyordum. Bütün o anıların ve sırların gülle darbeleriyle yerle bir olacağını düşündükçe kendimi kötü hissediyordum. *Kaçırdığım bir şeyler olabileceği ihtimalini düşünmekten nefret ediyordum, ama en önemlisi, Warren'ın onu bir kez daha görme şansı bulmasını garantilemekti.*

Oradan uzaklaştım ve köşeyi döner dönmez tempomu arttırarak yavaşça koşmaya başladım. Nefes alıp verişlerim hızlanırken, aklım yeniden Ethan'a gitmişti. Hatıralar ayaklarımın yere daha sert basmasına, kalbimin daha yüksek sesle çarpmasına neden oluyordu. Farkına bile varmadan Pacific Place ve Broad Caddesi'ni hızla geçmiş, yukarıda Space Needle'ın ışıldadığı yere gelmiştim. İşte o an anladım. *Ethan'ın beni affetmesine değil, kendi kendimi affetmeye ihtiyacım vardı.*

Telefonumun çalmasıyla tempomu düşürdüm. Ekranda Ethan'ın numarasını gördüğümde, ilk aklıma gelen onu telesekretere bırakmak oldu. *Ethan*'ı bırakmayı düşündüm. Elimi cebime atıp telefonu sıkıca kavrayarak ikinci ve üçüncü kez çalışını dinledim. Sonra onu cebimden çıkardım. Bir bebek kaybetmiştik. İkimiz de birer parçamızı kaybetmiştik. Çok şey yaşamıştık. Çok fazla şey. Ama bu, birbirimizi de kaybetmek zorunda olduğumuz anlamına gelmiyordu.

Yeşil tuşuna bastım.

"Merhaba," dedim telefona.

"Merhaba," dedi Ethan. "Eve gelmek istiyorum –tabii, gelmeme izin verirsen."

"Ama söylediklerinden anlamıştım ki–"

"Claire, ne söylediğimi bilmiyorum. Ve dürüstçe söyleyebilirim ki aramızı nasıl düzelteceğimizi de bilmiyorum. Tek bildiğim, bunu istediğim."

"Ah, Ethan," dedim ağlayarak. "Bunu ben de istiyorum."

"Bir sonraki vapura bineceğim."

Bir buçuk kilometre daha koştuktan sonra, apartmana bir blok kala yavaşlayarak yürümeye başladım. Kalbim deli gibi çarpıyordu. Gülümsemeden duramıyordum. Telefonumu cebimden çıkarıp Elliott Körfezi Kuyumcusu'nu aradım.

"Alo, ben Claire Aldridge. Bir süre önce kocam için bir saat satın almıştım, evet, içine ne yazdıracağıma karar verdim."

"Evet," dedi kadın, "ne yazılacaktı?"

"Sadece '43. Sone' yazabilir misiniz?"

"Hepsi bu mu?" diye sordu kadın. "Başka bir şey?"

"Hayır," dedim. "Bu söylemem gereken her şeyi özetliyor."

Telefonu kapattığım sırada apartmana varmıştım. Gene, bana kapıyı açarken yüzümden ter akıyordu. "Geri döndün," dedi gururlu bir gülümsemeyle.

"Geri döndüm," diyerek asansöre adım attım. Bu defa kelimeler nihayet inandırıcı gelmişti.

Ethan eve girerken kanepeden doğrularak ona baktım. Kapının yanına bıraktığı çantası devrilince, içindeki evrak halıya saçıldı. Fakat Ethan onları toplamak için durmadı. "Claire," dedi çekingen bir gülümsemeyle, "öyle davrandığım için çok üzgünüm."

"Ben de," dedim sessizce.

Ethan yanıma geldi ve yüzüme bakmak için dizlerinin üzerine çöktü. "Tekrar koşmaya başlamışsın," dedi usulca.

"Evet," dedim. "Nihayet." Parmaklarımı saçlarının arasında gezdirdim. Şakaklarındaki bir tutam beyaz, bana bu adamla yaşlanmayı ne kadar çok istediğimi hatırlattı.

"Tuhaf bir şey oldu," dedi Ethan. "Adaya giden vapurda, küçük bir oğlu olan bir çift gördüm." Gözündeki bir damla yaşı sildi. "Hemen hemen bizim oğlumuzun olacağı yaştaydı. Bir yaşlarında. Daha yeni yeni yürüyordu."

Kollarımı Ethan'ın boynuna dolayıp ağlamaya başladım. "*Oğlumuz* mu?"

Ethan evet dercesine başını salladı. "Bir oğlumuz olmuştu."

"Ethan," diye ağladım, söylediklerinin kalbimi delip geçmesine izin vererek.

"Çok güzel bir çocuktu," dedi Ethan gözyaşları arasında. "Burnunu senden almıştı. Senin burnunu seviyorum."

Yüzümü Ethan'ın göğsüne gömdüğümde beni yavaşça sallamaya başladı. "Sensiz, bizsiz bir hayat nasıl olurdu diye düşünmeye başladım, Claire. Tatlım, ben o hayatı istemiyorum."

"Ben de istemiyorum," dedim boğazımın düğümlendiğini hissederek.

"Hastanedeki danışman ne demişti? Çocuğunu kaybeden çiftlerin boşanma ihtimallerinin iki kat daha yüksek olduğunu mu?"

Başımı sallayarak onayladım. "Onun gibi bir şey."

"Haydi, bu istatistiği yenelim," diyerek kolunu belime doladı Ethan. "Yeniden başlayalım."

Tamam dercesine başımı salladım. "Daniel," dedim fısıldarcasına.

Ethan şaşırmış görünüyordu. "Daniel?"

"Evet," diyerek gülümsedim. "Bebeğimiz. Ona Daniel adını vermek istiyorum."

"Evet," dedi Ethan, sesi duygu yoğunluğundan titriyordu. "Daniel. İlk oğlumuz için mükemmel bir isim."

Gülümsedim. "Sanki bir tane daha varmış gibi konuşuyorsun."

Ethan sırıttı. "Olmasını çok isterim. Eğer buna hazırsan..."

"Ben de onu diyorum," dedim yanağımı boynuna sürterek.

"Yanında olmadığım için çok üzgünüm," dedi Ethan usulca. "Beni affedebilecek misin?"

Parmaklarımı parmaklarının arasından geçirdim. "Sen *beni* affedebilecek misin?"

Ethan, "Affettim bile," diyerek önce pencereden dışarıya, sonra tekrar bana baktı. "Hey, haydi bugün işleri boş verelim ve yeniden başlamamızı kutlamak için bir yerlere gidelim, hemen şimdi."

Saate baktım. "Yapamam," dedim. "Şimdi olmaz. Başka bir randevum var."

Ethan şaşırmış görünüyordu.

"Büyükbabanla," diyerek yüzümü göğsüne bastırdım ve bembeyaz gömleğinin kokusunu içime çektim. Kafenin yıkılacağını hatırlayınca yüreğimin ezildiğini hissettim. Çok geç kalmıştık, ama ona son bir kez bakmak için geç sayılmazdı. Belki de Warren'ın ihtiyacı olan tek şey buydu.

"Senin de bizimle gelmeni çok isterim," dedim Ethan'a bakarak. "Bu Warren için çok büyük bir an," diyerek durakladım. "Benim için de öyle."

Ethan cebinden *anahtarlarını* çıkardı. Anahtarların sesi, aynı zamanda 'birlikte' yol alan iki insanın sesiydi. "Ben sizi götürürüm."

Ethan arabayı Eva'nın oturduğu binanın önüne park ettiğinde, Warren yüzünde şaşkın bir ifadeyle bana baktı. "Ama ben sanmıştım ki–"

Saatime baktım. Geçen her dakikanın farkındaydım. Bina bugün yıkılacak olmasa bile, yıkılmaya bu kadar yakın olduğunu bilmek beni son derece endişelendiriyordu. Warren'ın onu son bir kez görebilmesini istiyordum. Fakat Eva'ya söz vermiştim. "Önce buraya uğramak istedim," dedim. "Sadece bir dakikalığına. Tanışmanı istediğim biri var."

Warren ve Ethan'ı peşime takarak, asansörü Eva'nın bulunduğu kata çıkardım. Odasına vardığımızda kapıyı tıklattım.

"Claire," dedi Eva neşeyle, ardından bizi içeri davet etti. "Yanında arkadaşlar da getirmişsin! Bir bakayım, bu kocan olmalı, öyle değil mi?" dedi Ethan'dan yana dönerek.

"Evet, bayan," diyerek kolunu belime doladı Ethan. Sarılışındaki sıcaklığı seviyordum. Ama şimdi bunun sırası değildi. Şimdi sıra Eva ve Warren'daydı.

"Eva," dedim yavaşça, "bu, Warren Kensington. Ama sen onu başka bir isimle tanıyorsun."

Eva önce bana, sonra da dikkatlice Warren'a baktı.

"Eva," dedi Warren. Eva'ya elini uzatırken gözleri anılarla doluydu. "Seni yeniden görmek çok güzel. Sen beni Daniel olarak tanırsın. Daniel Ray."

"Tanrım," dedi Eva nefesini tutarak. "Rüya mı görüyorum?" Pencerenin yanındaki bir sandalyeye oturdu. "Bu bir mucize," diyerek benden yana döndü. "Nasıl...? Nereden...?"

"O benim büyükbabam," dedi Ethan.

Eva hayretler içinde bir bana, bir Warren'a baktı.

Warren başını sallayarak onayladı. "Ve bu başarılı muhabir de davayı çözdü."

Eva sarsılmış görünüyordu. "Bunca zaman hayatta mıydın yani?"

Warren onun yanına oturarak gülümsedi. "Pekâlâ, bu yaşlı kalp hâlâ attığına göre sanırım öyleyim."

Eva, Warren'ın koluna dokundu. "Burada olduğuna inanamıyorum," dedi. "Annen seni çok özlüyordu."

"Tahmin edebiliyorum," dedi Warren.

"Hatırlıyor musun, Daniel?"

"Sanırım evet. O hayatı hatırladığıma inandığım bazı anlar oluyor. Gözlerimi kapadığımda onun yüzünü görebiliyorum."

Eva gülümsedi. "Vera'nın yüzünü mü?"

"Evet," dedi Warren sessizce.

Warren'ın sandalyesinin yanına diz çöktüm. "Onun mezarını buldum," dedim.

Warren son derece duygulanmış görünüyordu. "Nasıl?"

"Eva söyledi."

"Tanrım," dedi Warren. "Onu o kadar uzun zamandır arıyordum ki, ben..."

"Eski apartman binasını ziyaret ettikten sonra seni oraya götürmemi ister misin?"

"Evet," dedi Warren sandalyesinde kımıldayarak. Bacağını kaldırırken sehpanın üzerindeki bir dergiyi yere düşürdü. Dergiyi almak için uzandığımda, bileziğim bileğimin aşağısına kaydı. Safir taşlar, pencereden süzülen güneş ışığıyla parladı.

Eva sandalyesinde doğruldu. "Claire, bileziğin," dedi. "Seninle konuşmak istediğim şey buydu. Geçen gün kolundaki bileziği fark ettim. Onu nereden aldığını sorabilir miyim?"

Kapıya yaslanıp sessizce bekleyen Ethan'a baktım. "Onu bana kocam verdi," dedim gururla. "Bir hediye."

"Şuna bir bakayım," diyerek elini uzattı.

Bileğimi Eva'ya uzattım. Eva altın zinciri uzunca bir süre inceledikten sonra, "Evet," dedi.

"Ne oldu?"

"Vera'nın bilekliği. Flört ettikleri zamanlar Charles'ın ona hediye ettiği bileklik."

"Bu olamaz," dedim.

"Doğru söylüyor," dedi Warren kendinden emin bir şekilde. "Babam gençliğimde bu bileziği bana vermişti. Onu çok özel bir kadına vermemi, çünkü bir zamanlar sevdiği birine ait olduğunu söylemişti. Ben de onu karıma verdim ve karım öldüğünde, sana vermesi için Ethan'a devrettim."

İnanamayarak başımı iki yana salladım. "Bunca zamandır onun bileziğini takıyormuşum."

Yanıma diz çöken Ethan'ın elini tuttum. "Şimdi hatırlıyorum." Aklıma araştırmalarım gelmişti. "Otopsi raporu. Charles Kensington," diyerek Warren'a baktım, "onun özel eşyalarını baban almıştı. Bu, Josephine ona senin hakkındaki gerçeği söyledikten ve Vera'nın oğlunu arayarak öldüğünü öğrendikten sonra olmuş olmalı."

Bileziği sıkıca kavradım. Son nefesini verdiği gece Vera'nın bileğini süslemiş, yaklaşık seksen yıl sonra da benim kolumu bulmuştu.

"Eşim bu bileziği çok severdi. Keşke gerçek hikâyeyi o da bilseydi. Yine görüşeceğiz," dedi Warren gökyüzüne bakıp göz kırparak. "Ve ona anlatacak çok şeyim olacak."

"Aynen öyle," dedi Eva.

Ayağa kalktım. "Eminim siz ikiniz sonsuza kadar eski günleri yâd edebilirsiniz, ama Warren'ın uğraması gereken bir yer daha var... Tabii, hazırsan."

"Evet," diyerek ayağa kalktı Warren. "Hazırım."

Eva bizi kapıya kadar geçirdi. "Seni gördüğüme ne kadar sevindim anlatamam," dedi Warren'a. "Annemin ruhunun şimdi huzura kavuştuğunu hissediyorum."

"Caroline Teyze?" dedi Warren, sanki uzun zamandır aklının derinliklerinde olan bir anı canlanmışçasına.

"Evet. Annem. Seni bulmak onun son arzusuydu."

"Umarım şimdi yukarıdan bize bakıp gülümsüyordur," dedi Warren.

"Gülümsediğini biliyorum," dedi Eva. "Vera'yla birlikte."

Ethan arabayı Kafe Lavanto'ya sürerken kalbim hızla çarpıyordu. Aracı kafeye çıkan bir yokuşun başındaki alana park etti. "İleride hiç park yeri yok gibi görünüyor," dedi gözlerini kısıp ileri bakarak. "Sizi burada indireceğim."

Kemerimi çözüp ön koltukta oturan Warren'a doğru eğildim. "Eski evi görmek için son şansımız olabilir," dedim. "Onu yıkacaklar."

"Ne yazık," dedi Warren ileride olanları görmeye çalışarak. "Neden?"

"Yeni bir apartman dikmek için," dedim.

"Şehirde onlardan yeterince yok mu zaten?"

Omzumu silktim. "Görünen o ki Seattle büyük apartmanlara ve Sturbucks'lara doymuyor." Kafeye baktım. "Gerçekten yazık. Bu kafenin sahibi iyi bir adam. Onu annesine destek olmak için satıyor. Annesi uzun zamandır hasta ve tedavi masraflarını karşılayamıyormuş."

Warren'ın beni dinlediğinden emin değildim. Bakışları caddeye sabitlenip kalmıştı.

"Geliyor musun?" diye sordum Ethan'a arabadan inmeden önce. Ön camdan içeri vuran akşamüzeri güneşi, yeşil gözlerini parlatıyordu.

Ethan önce büyükbabasına, sonra da bana baktı. "Siz gidin, Claire," dedi gülümseyerek. "Bu sizin hikâyeniz."

"Teşekkür ederim," diye fısıldadım.

"Yarım saat sonra sizi almaya gelirim," dedi Ethan. Gözleri, çok özlediğim o aşkla doluydu. "Sence yeterli bir süre mi?"

Başımı olumlu anlamda salladım. Arabadan inerken Warren'ın elini sıkıca tuttum. Sessizce kafeye baktık. "Hazır mısın?" diye sordum.

Warren evet dercesine başını sallayınca, kafeye çıkan dik yokuşu yavaşça tırmanmaya başladık. Warren'ın soluklanması için sık sık mola veriyorduk. İnşaat bölgesi, hastaneden yeni çıkmış birine göre bir yer değildi ve onu buraya getirdiğim için kendimi bir an suçlu hissettim. Ama sonra bunun onun fikri, onun dileği olduğunu hatırlayarak rahatladım.

"Claire!" Başımı kaldırdığımda telaşla yanımıza koşan Dominic'i gördüm. "Burada olmana çok sevindim. Bütün öğleden sonrasını sana ulaşmaya çalışarak geçirdim, ama telefonun kapalı olmalı."

Elimi çantama attım ve telefonumu yanlışlıkla kapatmış olduğumu fark ettim. "Dinle," dedim Dominic'e. "Seni suçlamıyorum."

Dominic'in elinde büyük bir zarf vardı. "Bu akşamüzeri senetleri imzalıyorum," dedi özür dilercesine. "Bir iki gün sonra da yıkıma başlayacaklar." Alnını ovaladı. "Claire, bunu yapmak zorunda olmaktan gerçekten nefret ediyorum, ama anneme bakabilmek için bildiğim tek yol bu."

"Lütfen, özür dileme. Seni anlıyorum."

"Gerçekten mi?"

"Evet," dedim. "Keşke başka bir yol olsaydı. Bu eski binanın gittiğini görmek beni çok üzüyor."

"Erkek ve kız kardeşim katkıda bulunmayı teklif ettiler. Annemin adına bir yardım kampanyası başlattık. Ama yeterince bağış toplayamadık."

Warren hemen yanımda duruyor, konuşmamızı yarı kulağıyla dinlerken gözlerini kafenin kapısından ayırmıyordu. Koyu kırmızı kapı çerçevesinin aşırı derecede boyanmaya ihtiyacı vardı. Özellikle sağ üst köşesinin boyası aşınmış, altındaki çıplak ahşabı ortada bırakmıştı. Kapı çerçevesinin 1930'lu yıllarda ne renk olduğunu merak ettim.

Caddeye bir başka kamyon yanaşırken, Dominic bana bakıp başını olumlu anlamda salladı. "Sorun değil," diye fısıldadı. "Onlara işiniz bitene kadar içeri girmemelerini söyleyeceğim. İstediğiniz kadar kalın."

Merakla Dominic'e baktım. "Onun kim olduğunu nasıl...?"

Gülümsedi. "Daniel, değil mi?"

Başımı sallayarak doğruladım. "Ama nasıl...?"

"Onu bulacağını biliyordum," dedi Dominic sırıtarak.

Bir adım daha attığımızda, Warren cesaret bulmak için bana baktı. "Çok uzun zamandır bu anı bekliyordum," dedi gözlerini kapıya dikerek. Ardından buğulu gözlerle benden yana döndü.

Warren'ın kalbi için hem fiziksel hem de duygusal açıdan endişeleniyordum. Ama buna ihtiyacı vardı. Onun hayatı, son bölümü eksik olan acı bir roman gibiydi. Güzel bir roman. O romanı bulmuş, tozunu üflemiştik. Ve artık onu okumamızın vakti gelmişti. "Teşekkürler, Claire," dedi Warren.

Dominic'in açtığı kapıdan içeri girdik. Barın üzerindeki eski espresso makinesi kaldırılmıştı. Yerinde sadece koyu kahve lekeleri kalmıştı. Masa ve sandalyeler, dışarı taşınmaya hazır bir halde duvar kenarına dizilmişlerdi. Karşı duvardaki güzel şömine çok yalnız görünüyordu. Derin bir nefes alarak Bay Ivanoff'un güzel duvar çinilerine baktım. Onlar da diğer her şey gibi yok edileceklerdi.

"Warren?" dedim.

Warren cevap vermedi.

Elini tuttum. "Warren, iyi misin?"

"Hatırlıyorum," dedi hareket etmeksizin. Gözleri irileşmişti. "Bu koridor. Burada adamlar olurdu. Sarhoş adamlar. Annem beni aceleyle içeri sokardı. Hızla onların arasından geçip yukarı çıkardık."

Warren kafenin arka tarafına doğru birkaç yavaş adım attı. "Yukarı çıkabilir miyim?" diye sordu tekrar Dominic'e dönerek.

"Lütfen," dedi Dominic.

Warren'ın peşinden arka odaya açılan kapıdan girip üst kata çıkmaya başladım. Merdivenler ayağımızın altında gıcırdıyordu. Tutunması için Warren'a kolumu uzattım, ama başını iki yana salladı.

Warren küçük merdiven sahanlığında durarak elini korkulukların üzerinde gezdirdi. "Bunca yıldır," diyerek elini ceketinin cebine daldırdı, "bu evin hayalini kurup durdum." Bir mendil çıkarıp hafifçe gözlerine dokundurdu. "Ve burada olmak... Her şey tıpkı hatırladığım gibi."

Elini tuttum. "Onu hatırlıyor musun? Vera'yı?"

Warren evet dercesine başını salladı. "Hatırlıyorum. Aslında sanırım bu bir hatıradan çok bir... *his.*" Gözlerini kapatıp derin bir nefes aldı. "Bir içgüdü. Kalbin anneni asla unutmuyor."

Gözyaşlarımı tutmaya çalışarak, merdivenlerin yanındaki duvara göz gezdiren Warren'ı izledim. Duvara yaklaşıp eliyle hafifçe süpürgeliklere vurdu.

Yanına yaklaştım. "Ne oldu?"

Warren geri adım atarak bir iç çekti. "Hiçbir şey," dedi. "Bir şey hatırladığımı sanmıştım, ama..."

"Yeniden burada olmak," dedim, "zor olmalı."

Warren'ın gözleri hafifçe parıldadı. "Beni o şekilde kaybetmek onu mahvetmiş olmalı. Çocuklarımızdan birini kaybetmiş olsaydık karım mahvolurdu. Bir daha da asla eskisi gibi olmazdı."

"Böylesine aradığına göre seni çok seviyormuş," dedim.

Warren başını olumlu anlamda sallayarak merdivenlerden inmeye başladı. Dirseğinden tutup ona destek olarak, onunla birlikte aşağı indim.

"Artık seni eve götüreyim," dedim. "Yorulmuş olmalısın."

Warren beni duymuyor gibiydi. Sanki bir şey sezmiş, bir şey *hissetmiş* gibi, önce sağa sonra da sola baktı.

"Warren?" dedim. "İyi misin?"

Warren sessizce merdivenlerin başına döndü ve duvara dayalı birkaç kutunun önünde durdu. Dizlerinin üzerine çöküp kutuları kenara iterek, sıvası dökülmüş duvar boyunca uzanan ahşap paneli ortaya çıkardı. Warren elini ahşap panelin üzerinde gezdirirken, Dominic ile onu seyrediyorduk. Çok geçmeden bir menteşe gıcırtısı duyuldu ve Warren minik bir kapağı açtı. *Bir gizli bölme.* Kalbim hızla çarpmaya başlamıştı.

Warren elini duvarın içindeki küçük boşluğa soktu. Yanına diz çöküp, içeriden toz içinde bir kuş tüyü çıkarışını izledim. Tüyü parmaklarının arasında döndürüp kendi kendine gülümsedikten sonra, onu yavaşça ahşap zemine bıraktı. Sonra da yanına kayısı renginde bir çakıltaşı, bir bozuk para, üç beyaz deniz kabuğu ve yırtık pırtık bir kupa ası koydu. "Bunu alt katta bulmuştum," dedi karta hayranlıkla bakarak. "Annem saklamama izin vermişti."

Annem.

Warren elini tekrar gizli bölmeye sokarak, bu kez bir zarf çıkardı. Titreyen eliyle zarfı bana uzattı. Üzerinde rengi uçmuş bir mürekkeple 'Daniel'a' yazılıydı. Warren bana baktı. "Claire, bunu bana sen okur musun, lütfen?"

Başımı olumlu anlamda sallayarak, sararmış zarfın kapağını açtım. İçindeki narin kâğıdı çıkararak açtım. Tekrar Warren'a baktıktan sonra mektubu okumaya başladım:

Canım Daniel'ım,

Kaybolduğun gün dünyam sona erdi, canım oğlum. Seni her kim alıp götürdüyse, seninle birlikte kalbimi, hayatımı da çaldı. Ben senin gülümsediğini görmek, kahkahalarını duymak, mutluluğunu paylaşmak için yaşıyordum. Ve şimdi dünya sensiz daha çirkin görünüyor. Yakınımda olduğunu biliyorum. Bunu kalbimde hissediyor ve buraya geri geleceğine inanıyorum. Bizim gizli yerimize... Ve döndüğünde, sana söylemek için orada olamasam bile, seni ne kadar çok sevdiğimi bilmeni istiyorum.

Günün birinde yeniden kavuşacağız, oğlum. Bir gün sana yine şarkılar söyleyecek, seni yine kollarıma alacağım. O zamana dek, seni seviyor ve hep seni düşünüyor olacağım.

Seni çok seven,
Vera

İşte, küçük Daniel burada, karşımdaydı. Onu, bir zamanlar Vera'nın gördüğü haliyle görebiliyordum. Kırışıklıkların olduğu yerde yumuşak, tombul yanaklar... Birkaç tel beyaz saçın yerine sarı bukleler... Ve yılların bulutlandırmadığı parlak, mavi gözler...

Warren bana baktı. "Kafe," dedi. "Yıkılacak mı?"

Başımı sallayarak onayladım. "Çok üzgünüm, Warren. Dominic onu satıyor. Çünkü–"

"Teklif ne kadar?"

"Anlamadım?"

"Burayı satın almak isteyenler ona ne kadar teklif etmişler?"

Başımı iki yana salladım. "Bilmiyorum. Dominic söylemedi."

"İki katını vereceğim."

Gülümsememe engel olamıyordum. "Gerçekten mi, Warren? Bunu yapacak mısın?"

Warren gülümsedi. "Çocukluğumun geçtiği evi yıkmalarına izin veremem, değil mi? Hem arkadaşın, ailesinin paraya ihtiyacı olduğunu söylememiş miydi? Bu yaşlı Kensington'ın parası da bir işe yaramış olur," diyerek etrafına bakındı. "Evet, o genç adam burayı eskisi gibi devam ettirebilir. Hiçbir şeyi değiştirmeyeceğim." Gözleri buğulanmış görünüyordu. "*Bir* şey hariç."

"Neymiş o?"

"Adı," dedi Warren. "Adını Vera'nın Kafesi olarak değiştireceğim."

"Ah, Warren!" diye bağırdım ona sıkıca sarılarak. "Çok gurur duyacaktır."

Vera'nın mektubuna son bir kez göz atarken, sayfanın sonundaki bir cümle dikkatimi çekti. Bir dipnot. Nasıl olduysa onu gözden kaçırmıştım.

"Bekle," dedim. "Burada kaçırdığım bir şey var."

Not: Daniel, Max'i unutma. Onu karların arasında buldum. Seni çok özledi.

Bir anlam veremeyerek başımı iki yana salladım. "Max mi?"

Warren şaşkın görünüyordu. Elini tekrar duvarın içine, bu kez biraz daha derine uzattı. Az sonra içeriden boynunda mavi papyonu olan, eski püskü bir oyuncak ayı çıkardı.

"Max," dedi ayıcığın tozlu kafasını düzelterek. "Beni almaya geldiği gece onu düşürmüştüm." Çenesi titredi. "Dönüp onu almama izin vermemişti."

"Josephine mi?"

"Evet," dedi Warren. "Tek düşünebildiğim karların arasında ne kadar üşüyeceğiydi. Çok soğuktu."

Elimi Warren'ın omzuna koydum. "Annen onu bulup senin için saklamış," dedim. "Eve döneceğini biliyormuş."

Warren küçük ayıcığı özenle kucaklayarak ayağa kalktı. Küçük bir çocukken yaptığı gibi, parmağını yıpranmış papyonun içinden geçirip, yüzünü ayıcığın yüzüne bastırdı. İçi doldurulmuş bir bez parçası, biraz iple kabaca dikilmişti ve hepsi buydu. Ama Warren için bu oyuncak, servetiyle satın alamayacağı kadar değerli olmalıydı.

"Ön tarafta olacağım," diye fısıldadım Warren'a. Biraz yalnız kalmaya ihtiyacı olduğunu hissetmiştim. "Hazır olduğunda gidebiliriz."

Warren tamam dercesine başını salladı. Kafenin ön tarafına geldiğimde, Dominic ellerini ceplerine sokuşturarak mahcup bir şekilde bana baktı. "Çok üzgünüm–"

"Özür dileme lütfen," dedim. "Her şey olması gerektiği gibi oldu." Arkamı dönerek Warren'a baktım. "Hazır olduğunda seninle konuşmak istediği bir şey var."

Dominic soru soran gözlerle bana baktı. "Öyle mi?"

Gülümsedim ve gözlerindeki pişmanlığı görmek için duraklamaksızın kapıya yürüdüm.

"Hoşça kal, Dominic," diyerek kapıyı itip dışarı çıktım. Ethan birazdan burada olurdu. Birlikte yeni bir bölüme –daha iyisine– başlıyorduk ve bu yüzden her bir parçamın hafiflediğini hissediyordum. Güneş ağaçların arasından süzülüyordu. O sırada, ayağımın yakınlarında dolanarak yerleri gagalayan bir kızılgerdan kuşunu fark ettim. Varlığımdan rahatsız olmaksızın, başını sağa yatırarak bana baktı.

Çok geçmeden, kaldırımın birkaç adım ilerisinde ezilmiş halde duran, ince dallardan ve yosun parçalarından oluşan yuvasını gördüm. Beton zemindeki mavi bir yumurta tam ortasından çatlamış, içindeki sarısı kaldırıma akmıştı.

Zavallı şey. Bebeğini kaybetmişti. Tıpkı Vera –derin bir nefes aldım– ve benim gibi. Bu adil değildi. Bu acı vericiydi. Ama hayatın kendisiydi.

Kuş, yuvasının üzerinde daire çizerek, ince bir dalı boş yere gagaladı. Ardından kaldırımın birkaç adım ilerisine kaçtı. Çabalarının nafile olduğunu anladığı o anı neredeyse hissedebiliyordum. Yavrusunu *bıraktığı* anı... Gökyüzüne yükselerek, kiraz ağacının yukarıdaki dallarından birine kondu. Sanki aşağıdaki manzarayı hafızasına kazımak ve son bir kez hoşça kal demek istiyordu.

Tam da o sırada karnımda bir acı, o eski ağrıyı hissettim. Kollarımı bir zamanlar içinde bir bebek taşımış ve onu kaybetmiş olan karnıma doladım. *Hoşça kal, Daniel'ım.* "Seni daima seveceğim," diye fısıldadım.

Ansızın esen bir rüzgâr, kavak ağacının dallarını hışırdatarak yumuşacık polenlerini etrafa uçuşturdu. *Tıpkı kar gibi.* Polenlerden birini yakalayıp gülümseyerek gökyüzüne baktım. Gökyüzünde daireler çizen kızılgerdan kuşu, kanatlarını çırparak uzaklaşıp kayboldu.

YAZARIN NOTU

Kocam ve oğullarımızla birlikte arabada olduğumuz bir sabah, radyoda büyüleyici bir şarkı çalmaya başladı. Onu daha önce hiç dinlememiştim, ama melodisi ve söyleyeninin büyüleyici sesi karşısında adeta kendimden geçtim. Arabaya kullanan kocama dönerek, "Çok *güzel* bir şarkı!" dedim. "Adını biliyor musun?" Hayır dercesine başını salladı. İşte o zaman radyoya bakıp, ekranda 'Blackberry Winter – Hilary Kole' yazdığını gördüm. Şarkının adı yüreğimi pır pır ettirmişti. Doğma büyüme bir Kuzeybatılı olarak, böğürtlenlerin benim için özel bir anlamı vardır. Çocukluğumun yazlarında, akşam yemekleri sonrası annem, babam ve kardeşlerimle yaptığımız yürüyüşleri düşünüp geçmişe özlem duyarım. Hepimiz elimize birer kâse alır, evimizin yakınındaki ormanda dolaşarak böğürtlen avına çıkardık. Topladıklarımızın çoğunu kız kardeşim ve ben yerdik. Kalanlar da annemin meşhur turtaları ya da pastalarında son bulurdu. Böğürtlen lekesi olmamış parmaklarla geçen bir yaza yaz denmezdi.

Arabada olduğumuz o gün, cep telefonumu çıkardım (ki kendisi, öhö, bir Blackberry'dir) ve şarkının adıyla söyleyenin ismini kendime e-posta olarak attım. Şarkı sözlerini okumak, ama en çok da bu adın nereden geldiğini öğrenmek istiyordum. *Böğürtlen kışı ne demek?* O akşam eve döndüğümüzde, biraz araştırma yapmak için masamın başına geçtim. Bu ifadenin, mevsim sonu görülen ani soğuklar için kullanılan eski bir meteoroloji terimi olduğunu öğrendim. Tam da böğürtlenlerin üzerinde beyaz, narin çiçeklerin belirmeye başladığı mayıs ayında, sıcaklığın düştüğünü ve kar yağdığını düşünün.

'Böğürtlen kışı' kelimelerini aklımdan bir türlü çıkaramıyordum ve o gece, bu romanın bir taslağını hazırlamaya başladım. Hikâye aklımda çok hızlı ve gerçekçi bir biçimde canlanmıştı: Vera, Daniel ve 1930'lu yıllarda yaşadıkları küçük apartman dairesi; Daniel'ın karda yüzüstü yatan sevgili ayıcığı; Claire'in meraklı gazeteci ruhu ve derin acısı; kiraz çiçeklerinin üzerine konan kar taneleri...

Takip eden aylar boyunca adeta *Böğürtlen Kışı* ile yatıp kalktım. Benim için bu hikâyenin temelinde anneliğin saf duygusu yatıyordu. Romanı yazmaya başladığımda üçüncü oğluma hamileydim. Vera ve Claire'in acılarıyla, yürek burkan deneyimleriyle empati kurup durdum. Bir çocuk kaybetmenin nasıl bir his olduğunu ve böyle bir durum karşısında ne yapacağımı düşündüm. Ve olayların hiç beklenmedik bir yönde gelişmesiyle, kitabın bitmesine kısa bir süre kala, en yakın arkadaşlarımdan biri olan Wendi Parriera, iki yaşındaki oğlunu beyin kanseri sebebiyle kaybetti. Sevgili oğluna veda edişini seyretmek yüreğimi parçalamıştı. Oğlunun son saatlerinde onu bağrına basarken, telefonda onunla birlikte ağlamıştım. Ama aynı zamanda onun gözlerinde metaneti ve ışığı da görmüştüm. Bu ışık bana, Wendi'nin o güzel çocuğun annesi olduğu için ne kadar minnettar ve onu cennette yeniden göreceğini bildiği için ne kadar heyecanlı olduğunu söylüyordu. Wendi bana her zaman, ne kadar kısa sürerse sürsün anneliğin bir armağan olduğunu hatırlatıyor.

Tıpkı sevgili arkadaşım gibi, karakterlerimin sorunları büyük ve hikâyeleri trajik olsa da, kendi huzur ve doğrularını bulduklarını düşünmek hoşuma gidiyor. Mevsimsiz bir kar fırtınasında sağa sola uçuştuktan sonra, her biri böğürtlenlerin koruyucu dikenlerinin arasına saklandılar.

Okuduğunuz için teşekkürler. Umarım bu roman benimkine dokunduğu gibi, sizin yüreğinize de dokunmuştur.

Benim Kış Notlarım

Benim Kış Notlarım

Benim Kış Notlarım